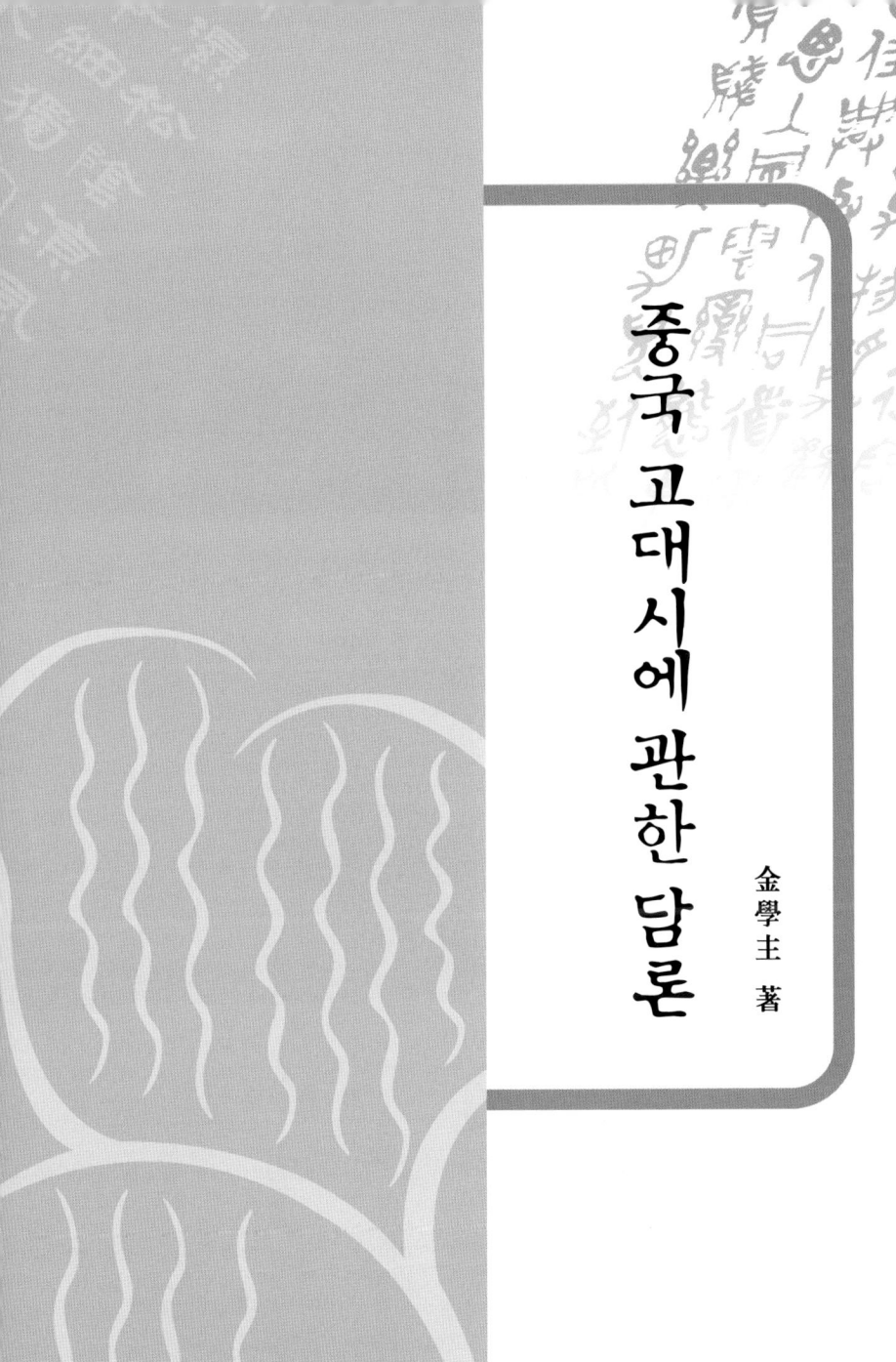

중국 고대시에 관한 담론

金學主 著

明文堂

▲ 도연명(陶淵明 365~427)
중국 동진(東晉)·송대(宋代)의 시인

▲ 도연명이 도화원기를 썼던 마을 입구

▼ 두보(杜甫)의 소릉초당(少陵草堂)

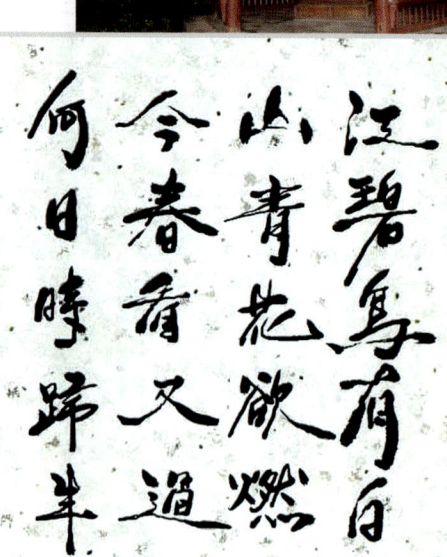

▲ 두보(杜甫 712~770)
중국 성당시대(盛唐時代)의 시인
중국 성도에 위치함

두보(杜甫)의 오언절귀 ▶

유우석(劉禹錫 772~842) ▶
　자(字)는 몽득(夢得)

▲ **두목**(杜牧 803~852)
　자(字)는 목지(牧之), 호는 번천(樊川)

▲ **유종원**(柳宗元 773~819)
　자(字)는 자후(子厚)

소식(蘇軾) ▶
중국 북송(北宋) 때
정치가 · 문학자

▲ **백거이**(白居易 772~846)
　중국 중당기(中唐期)의 시인

한유(韓愈 768~824) ▶
중국 당(唐)나라의 문학자 · 사상가

▲ 이태백(李太白 701~762)
중국 성당기(盛唐期)의 시인

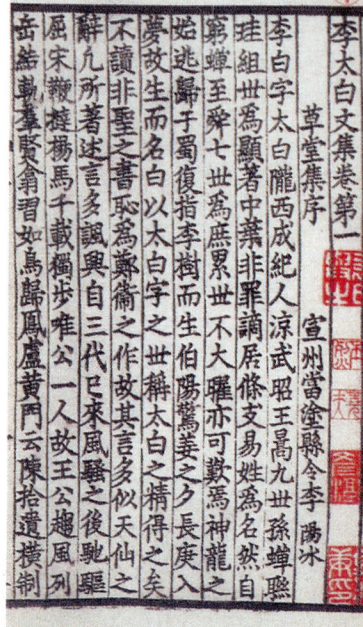

▲ 이태백문집(李太白文集)
송간본(宋刊本)

◀ 매요신(梅堯臣 1002~1060)
중국 송대의 시인

▼ 굴원(屈原)
중국 전국시대의 정치가, 비극시인

◀ 귀거래도(歸去來圖)
장승업의 〈귀거래도〉는 중국 진(晉)
나라 때 도연명이 지은 〈귀거래사〉
의 내용을 바탕으로 그린 그림이다

중국 고대시에 관한 담론

여기에 실린 글은 1970년대로부터 1990년대에 이르는 기간 동안 중국의 고대시에 관하여 쓴 것을 모은 것이다. 따라서 글의 성격도 다양하고 내용도 가지각색이다. 쉽게 일반인을 상대로 고시를 해설한 글도 있고 논문도 있다. 그러나 중국 고대시가의 성격과 그 발전과 특징의 일면을 알아보는 데에는 편리한 길잡이가 되지 않을 가 한다.

다만 걱정되는 것은 세월의 흐름을 따라 집필자의 중국 고대시에 관한 견해도 바뀌어져 왔기 때문에 힘들여 교정을 하기는 하였으나 아직도 혹 있을 지도 모르는 앞뒤의 모순되는 말들이다. 우리 선인들의 한시는 별로 많이 읽지는 않았으나 우연히 남긴 두 편의 논문을 버려둘 수가 없어서 함께 싣기로 하였다. 필자는 고려 이후의 우리 한학(漢學)은 많은 면에 있어 중국학자들에 비하여 조금도 손색이 없다고 생각하기 때문에 그런 뜻을 나타내 보이려는 의도도 있었음을 밝혀 둔다.

끝으로 어려운 출판계 여건에도 불구하고 양서 발간을 사명으로 알고 분발하고 있는 명문당 김동구 사장에게 경의를 표한다.

2005. 7. 5 김학주 인헌서실에서

Ⅰ. 『시경(詩經)』과 고시(古詩)의 발전

1. 『시경(詩經)』과 중국시의 발전

2. 『시경(詩經)』 행역시(行役詩) 이야기

3. 『시경(詩經)』 육의(六義) 중 흥(興)에 대하여

01. 『시경(詩經)』과 중국시의 발전

❋ 1. 『시경』의 특징

『시경』은 중국에서도 가장 오래된 시가집(詩歌集)이며, 유교 경전 중에서도 삼경(三經)의 하나로 옛날부터 가장 존중되며 가장 널리 읽혀온 책이다. 따라서 『시경』은 중국문학뿐만이 아니라 중국문화 전반에 걸쳐 다른 어떤 옛 전적(典籍)보다도 큰 영향을 끼쳤다고 할 수 있다. 『시경』은 서주(西周) 초인 B.C 1100년 무렵부터 춘추(春秋) 중엽인 B.C 600년 무렵에 이르는 약 500년간에 걸친 시대의 중국에 유행하던 민간가요와 사대부(士大夫)들이 지은 작품인 왕실에서 잔치를 벌일 때 및 여러 가지 의식(儀式)을 행할 때 부르던 노래와 종묘(宗廟)에서 제사지낼 때 부르던 노래의 가사들을 후세 사람이 모아 정리 편찬한 책이다. 여기에 실린 노래의 가사인 시는 거의 모두가 언제 누가 지은 것인지 알 수 없는 것들이며, 『시경』이란 시가집 조차도 언제 누구에 의하여 편찬된 것인지 확실히 알 수가 없는 것이다. 그리고 여기에 실려 있는 시들이 어느 정도 옛날의 본래 모습을 간직하고 있는 것인지도 모두 알 길이 없다.

동한(東漢) 때의 반고(班固)(32~92)가 지은 『한서(漢書)』예문지(藝文志)를 보면 옛날에는 임금이 각 지방의 풍속을 살피어 정치의 잘잘못을 알아가지고 나라를 다스리는 데의 참고로 삼으려고 각 지방에 유행하는 노래들을 채집하는 임무를 지닌 "채시지관(採詩之官)"을 두었었다 한다. 그래서 예부터 이 채시관(採詩官)이 모아들인 시들이 『시경』의 자료가 되었다고 여겨져 왔다. 『좌전(左傳)』을 보면 양공(襄公) 29년(B.C 544)의 기록에 오(吳)나라 공자(公子)인 계찰(季札)이 노(魯)나라를 찾아와 주악(周樂)을 감상하는 얘기가 씌어있다. 여기에서 그는 지금 우리에게 선하는 『시경』과 내용이 같은 15국(國)의 풍(風)을 차례대로 감상하면서 각각 평을 한 뒤에 다시 소아(小雅)·대아(大雅)와 송(頌)도 감상하고 있다. 그런데 이 양공(襄公) 29년은 『시경』의 편자로 알려진 공자(孔子)(B.C 551~ B.C 479)가 8세 되던 해이니, 이미 공자 이전부터 주공(周公)의 후손의 나라인 노(魯)나라 왕실에는 주(周)나라 음악인 『시경』의 노래들이 보존되고 있었음을 알게 된다.

그러나 청(淸)대의 학자 최술(崔述)(1740~1816)이 『독풍우지(讀風偶識)』에서 밝히고 있는 것처럼, 옛날에 실제로 채시관 같은 관리나 제도가 있었다는 증거는 없다. 그렇다고 『시경』은 시가집이니 정치와는 직접적인 관련은 없는 것이라 할 수도 없다. 『춘추좌전(春秋左傳)』 같은 책의 기록을 통하여 춘추(春秋)시대의 시의 쓰임을 보면, 첫째 대아(大雅)·송(頌)같은 시들은 천자나 왕후들의 전례(典禮)에 노래 부르던 것이고, 둘째 윗사람의 잘못을 간접적으로 깨우치기 위한 이른바 풍간(諷諫)의 목적으로도 여러 가지 시가 쓰이고 있으며, 셋째 간혹 자기감정의 표현 수단으로 시를 읊는 경우가 있고, 넷째 특수한 쓰임의 보기로 외교사절들이 다른 나라에 가서 외교활동을 시작하기 전에 서로가 자기네 속뜻을 암시하기 위하여 시를 한 구절 또는 한 수씩 읊기도 하였다. 그러니 『시경』에 실려 있는 시들은 춘추시대만 하더라도 많은 경우 직접 정치에 응용되기까지 하였던 것이다.

『논어(論語)』 자로(子路)편을 보면 공자도

"『시경』을 외운다 하더라도, 그에게 정치를 맡기었을 때 거기에 통달하지 못하고, 사방에 사신으로 가서도 전문적인 응대를 하지 못한다면 비록 많이 안다 하더라도 무슨 소용이 있겠느냐?"

(誦詩三百, 授之以政, 不達 ; 使於四方, 不能專對 ; 雖多, 亦奚以爲?)

고 말하고 있다. 그러니 『시경』은 정치와 외교를 올바로 하기 위해서도 외우고 공부할 필요가 있는 것이다.

한편 서주(西周)시대에는 한자(漢字)의 자체(字體)도 통일되지 않았고, 문자의 쓰임이 보편화되지 못했던 때이다. 따라서 그때의 문장의 작자나 기록자는 모두 사관(史官) 같은 그 방면의 전문가였고, 그러한 전문가는 임금 아래에만 있었으므로 『시경』은 말할 것도 없고 그 시대의 모든 글이 정치와의 관련 아래에서만 존재할 수 있었다고 하겠다.

『시경』의 편자에 관하여서는, 서한(西漢)때의 사마천(司馬遷)(B.C 145 ~ B.C 86?)이 그의 『사기(史記)』 공자세가(孔子世家)에서

"옛날에는 시 3,000여 편이 있었는데, 공자에 이르러 그 중

중복되는 것은 버리고 예의에 합당한 것들만을 취하여 ⋯⋯⋯
305편으로 하였다."

고 자 시 삼 천 여 편   급 지 공 자   거 기 중   취 가 시 어 예 의
(古者詩三千餘篇, 及至孔子, 去其重, 取可施於禮義, ⋯⋯⋯

삼 백 오 편
三百五篇.)

고 한 이래로 공자가 편찬한 것이라 믿어왔다. 그러나 당
(唐)나라 공영달(孔穎達)(574~648, 『모시정의(毛詩正義)』의
작자)을 비롯하여 많은 학자들이 앞에 든 『춘추좌전(春秋左
傳)』 양공(襄公) 29년의 오(吳)나라 계찰(季札)이 노(魯)나라
에 와서 주악(周樂)을 감상한 기록에 공자가 8세 때인데도
이미 지금의 『시경』과 거의 같은 내용의 노래들이 전해지고
있었고, 또 옛날 전적에 인용된 시들을 보면 지금의 『시경』
에 들어있는 것들이 대부분이고 『시경』에 없는 시들은 극히
드무니, 3,000여 편의 시들 중에서 305편을 골라 공자가
『시경』을 편찬했다는 것은 믿을 수가 없다고 이의를 제기하
였다. 확실히 일리가 있는 이론이다.

그러나 『논어(論語)』 자한(子罕)편을 보면 공자 스스로 말
하기를

　"내가 위(衛)나라로부터 노(魯)나라로 돌아온(68세 때) 연후에
　야 음악이 올바르게 되고 아(雅)와 송(頌)이 각기 제자리를 찾게
　되었다."

　오 자 위 반 로   연 후 악 정   아 송 각 득 기 소
　(吾自衛返魯, 然後樂正, 雅頌各得其所.)

하였으니, 『시경』을 일단 공자가 정리했음에 틀림없다. 특히
송(頌)을 보면 천자의 종묘에서 쓰던 주송(周頌)과 함께 노

송(魯頌)·상송(商頌)을 나란히 놓고 있는데, 이는 동한(東漢)의 정현(鄭玄)(127~200)이 『시보(詩譜)』에서 지적했듯이 공자가 아니라면 하기 어려운 일이기 때문이다. 왜냐하면 상송(商頌)은 송(宋)나라(商나라 후손) 노래인데 송나라는 공자의 선조의 나라이며, 노(魯)는 공자가 살고 있던 나라이어서, 주송(周頌)과 함께 나란히 배열하였다는 것이다. 그리고 『시경』을 만인의 교과서인 육경(六經)의 하나로 확정지은 것은 공자임에 틀림없으니, 공자가 노나라 왕실에 전해오던 자료를 바탕으로 『시경』을 편정했다 하더라도 잘못일 수는 없는 것이다.

『시경』은 크게 국풍(國風) 160편, 소아(小雅) 74편, 대아(大雅) 31편, 송(頌) 40편으로 나뉘어져 있는데, 도합 305편의 시가 실려 있어 흔히 옛날에는 시삼백(詩三百)이라고도 불렀다. 국풍(國風)은 각 지방에 유행하던 민간가요가 그 중심을 이루며, 그 노래가 불리어지던 지역에 따라 다시 15국(國)으로 나뉘어져 있다. 소아(小雅)에는 대체로 궁중에서 잔치를 할 때 부르던 노래, 대아(大雅)에는 궁중의 의식에서 부르던 노래들이 모아져 있다. 그러나 그 중에는 서민들 남녀의 정이나 생활의 어려움 같은 것을 주제로 한 국풍(國風)과 같은 성격의 시들도 얼마간 섞여있다. 송(頌)은 주송(周頌)·노송(魯頌)·상송(商頌)으로 나누어지는데, 주송의 시들은 모두가 주(周)나라 종묘에서 제사 지낼 때 불리어지던 노래이나, 노송(魯頌)·상송(商頌)에는 그 당시의 임금의 공덕(功德)을 노래한 시들도 섞여 있다.

어떻든 국풍(國風)에서 소아(小雅)·대아(大雅)·송(頌)으로 갈수록 시가 형식적이고 교훈적이며 진실성이 결여되고 있다. 따라서 『시경』 중에서도 문학적인 면에서 가장 중심을 이루는 것은 양에 있어서나 질에 있어서나 국풍(國風)이라 할 것이다. 국풍은 옛날 중국 각 지방에 유행하던 서정적인 아름답고도 진솔한 노래의 가사들로 이루어졌다. 후세의 중국문학이 시를 중심으로 하여 발전하고, 또 시중에서도 서정시가 주류를 이루게 되는 것은 이 국풍의 영향이라 할 수도 있을 것이다.

❀ 2. 『니경』과 애정니

『시경』의 시들은 서정시가 중심을 이룬다하였는데, 고금동서를 막론하고 서정의 중심을 이루는 것은 남녀사이의 애정 문제이다. 그러니 『시경』에 무수한 애정을 주제로 한 노래들이 실려 있는 것은 당연한 일이다. 『시경』을 펼쳐 보면 첫머리 주남(周南)의 관저(關雎)시부터가 이성을 그리는 노래이다.

구욱구욱 물수리는
황하(黃河) 섬 속에서 울고 있네.

얌전하고 아리따운 아가씨는
군자(君子)의 좋은 배필일세.

올망졸망 마름풀을
이리저리 헤치며 찾으면서,
얌전하고 아리따운 아가씨를
자나 깨나 그리워하네.
그리어도 얻지 못해
자나 깨나 생각노니,
그리움은 그지없어
이리 뒤척 저리 뒤척.

올망졸망 마름풀을
이리저리 가려 뜯으면서,
얌전하고 아리따운 아가씨
거문고 치며 함께 지내고자 하네.
올망졸망 마름풀을
이리저리 헤치고 찾으면서,
얌전하고 아리따운 아가씨
풍악 울리며 함께 즐기고자 하네.

관 관 저 구　　　재 하 지 주
關關雎鳩, 在河之洲.
요 조 숙 녀　　　군 자 호 구
窈窕淑女, 君子好逑.

참 치 행 채　　　좌 우 류 지
參差荇菜, 左右流之.
요 조 숙 녀　　　오 매 구 지
窈窕淑女, 寤寐求之.

<ruby>求之不得<rt>구 지 부 득</rt></ruby>, <ruby>寤寐思服<rt>오 매 사 복</rt></ruby>.

<ruby>悠哉悠哉<rt>유 재 유 재</rt></ruby>, <ruby>輾轉反側<rt>전 전 반 측</rt></ruby>.

<ruby>參差荇菜<rt>참 치 행 채</rt></ruby>, <ruby>左右采之<rt>좌 우 채 지</rt></ruby>.

<ruby>窈窕淑女<rt>요 조 숙 녀</rt></ruby>, <ruby>琴瑟友之<rt>금 슬 우 지</rt></ruby>.

<ruby>參差荇菜<rt>참 치 행 채</rt></ruby>, <ruby>左右芼之<rt>좌 우 모 지</rt></ruby>.

<ruby>窈窕淑女<rt>요 조 숙 녀</rt></ruby>, <ruby>鐘鼓樂之<rt>종 고 낙 지</rt></ruby>.

이 시는 아리따운 아가씨를 그리는 젊은이의 정을 노래한 것이다. 밤이면 잠도 설치며 이상적인 장래의 자기 배필을 갈구하고 있지만, 아름다운 아가씨는 쉽사리 구해지는 게 아니다. 예부터 국풍(國風)에서도 앞머리의 주남(周南)과 소남(召南)은 서주(西周) 초기 문왕(文王)·무왕(武王)·주공(周公)의 덕치(德治)가 이루어지던 시기의 노래라 하였는데, 이런 정가(情歌)들이 여러 편 들어있다. 다음에는 소남(召南)의 야유사균(野有死麕) 시를 보기로 들겠다.

들판에서 잡은 노루고기를
흰 띠풀로 싸다 주었네.

아가씨 봄바람이 들었는데
미남이 유혹한 거지.

숲에는 잔 나무 있는데
들판에서 사슴 잡았네.
흰 띠풀로 싸가지고 가니
옥 같은 아가씨 있네.

"가만가만 천천히
내 행주치마 건드리지 말고
삽살개 짖지 않게 해요!"

<ruby>野<rt>야</rt></ruby><ruby>有<rt>유</rt></ruby><ruby>死<rt>사</rt></ruby><ruby>麕<rt>균</rt></ruby>, <ruby>白<rt>백</rt></ruby><ruby>茅<rt>모</rt></ruby><ruby>包<rt>포</rt></ruby><ruby>之<rt>지</rt></ruby>.
野有死麕, 白茅包之.
有女懷春, 吉士誘之.
유녀회춘 길사유지

林有樸樕, 野有死鹿.
임유복속 야유사록

白茅純束, 有女如玉.
백모돈속 유녀여옥

舒而脫脫兮, 無感我帨兮, 無使尨也吠!
서이태태혜 무감아세혜 무사방야폐

　사랑하는 여자에게 노루고기나 사슴고기를 선물하는 것은
수렵사회의 유풍인 듯하다. 그리고 "흰 띠풀"은 옛날에 정갈
한 풀로 여겨졌기 때문에 선물할 짐승 고기를 흰 띠풀로 쌌
던 것이다. 그리고 이 시의 제 3장은 아무래도 남녀가 만났

을 적의 여자의 말을 옮겨 놓은 것인 듯하다.

  그런데 애정시 중에서도 가장 두드러지는 것은 사랑하는 남녀가 이별로 말미암아 부른 "임 그리움"을 주제로 한 시이다. 특히 중국은 서북쪽으로 거친 종족들과 접경으로 하고 있어서 언제나 전쟁이 끊이지 않았고, 나라 안의 성을 쌓는다든가 궁전을 짓는 등의 역사(役事)도 끊일 날이 없었다. 나라에서는 때도 없이 장정들을 이러한 일을 위하여 징발하여 갔는데, 예부터 이를 '행역(行役)'이라 불렀다. '행역'은 불시에 젊은이를 먼 곳으로 잡아가는 것을 뜻함으로, 이에 따라 젊은 서로 사랑하는 남녀들 사이에는 불의의 생이별이 자주 생겨났다. 따라서 '행역'은 서민들에게 있어 당시에는 무엇보다도 큰 사회문제였고, 흔히 사랑하는 남녀들에게 뼈를 에이는 듯한 생이별로 말미암은 그리움을 안겨주었다. '행역'으로 말미암은 임 그리움을 노래한 보기로 주남(周南)의 권이(卷耳) 시를 읽어보기로 하자.

      도꼬마리 뜯고 또 뜯어도
      납작 바구니에도 차지 않네.
      아아, 내 님 그리움에
      바구니를 한길에 내던지네.

      높은 산에라도 오르려니
      내 말 병이 났네.

에라, 저 금잔에 술이나 따르며
기나긴 수심 잊어볼까!

높은 언덕에라도 오르려니
내 말 병들었네.
에라, 저 쇠뿔 잔에 술이나 따르며
기나긴 시름 잊어볼까!

돌산에라도 오르려니
내 말 지쳐 병이 났고.
내 하인 발병 났으니
어찌하면 그대 있는 곳이라도 바라본단 말인가!

采采卷耳, 不盈頃筐.
채 채 권 이　불 영 경 광

嗟我懷人, 寘彼周行.
차 아 회 인　치 피 주 항

陟彼崔嵬, 我馬虺隤.
척 피 최 외　아 마 훼 퇴

我姑酌彼金罍, 維以不永懷.
아 고 작 피 금 뢰　유 이 불 영 회

陟彼高岡, 我馬玄黃.
척 피 고 강　아 마 현 황

我姑酌彼兕觥, 維以不永傷.
아 고 작 피 시 굉　유 이 불 영 상

陟彼砠矣, 我馬瘏矣,
척 피 저 의　아 마 도 의

我僕痛矣, 云何吁矣!
아 복 부 의　운 하 우 의

국풍(國風)중에서도 정치가 올바로 되어지던 시대에 지어졌다는 이른바 '정풍(正風)'에도 이런 시가 많으니, 이 밖의 어지러웠던 시대에 나온 '변풍(變風)'에는 얼마나 그러한 시가 더 많을까 짐작이 갈 것이다. '행역'은 행복한 한 집안을 갑자기 불행 속으로 몰아넣던 큰 사회문제였기 때문에, 더욱 이로 말미암은 임 그리움의 노래는 많은 사람들이 공감을 불러일으킬 수 있었을 것이다. 다음에는 왕풍(王風)에서 군자우역(君子于役)이라는 본격적으로 '행역'으로 말미암은 임 그리움을 노래한 시를 읽어 보기로 하자.

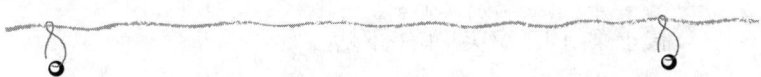

임은 역사(役事)에 나가
돌아올 날 속절없네.
언제나 오시려나?
닭은 홰에 오르고
해 저무니
소와 양도 돌아오는데,
역사에 나간 우리 임이여!
어이 그립지 않으리!

임은 역사에 나가
몇 날 몇 달인지 속절없네.
언제나 만나게 되려나?
닭은 우리에 들고
해 저무니

소와 양도 돌아오는데,
역사에 나간 우리 임이여!
굶주리고 계시지나 않기를!

君子于役, 不知其期, 曷至哉?
雞棲於塒, 日之夕矣, 羊牛下來.
君子于役, 如之何勿思!

君子于役, 不日不月, 曷其有佸?
雞棲于桀, 日之夕矣, 羊牛下括.
君子于役, 苟無飢渴!

대체로 행역시 중에는 집에 앉아 멀리 떠나간 남편을 애타게 기다리는 여인의 정을 읊은 것들이 많지만은, 반대로 집 떠난 남자가 자신의 노고를 노래한 시들도 있다. 그러한 시의 보기로 국풍이 아닌 소아(小雅)에서 하초불황(何草不黃)이라는 작품을 읽어보기로 하자.

무슨 풀이건 시들지 않는가?
어느 날이건 길 가지 않는가?

어느 누구고 길 걷지 않는가?
나라 사방에 일이 많네.

무슨 풀이건 마르지 않는가?
어느 누구건 병들지 않는가?
슬프다 우리 나그네여,
우리만이 사람 구실 못하네!

외뿔소도 아니고 호랑이도 아닌데
저 넓은 들판 헤매고 있네.
슬프다 우리 나그네여,
아침이고 저녁이고 쉴 겨를 없네!

텁수룩한 여우가
저 무성한 풀밭 헤매고 있네.
높다란 수레는
저 한길 달리고 있네.

何草不黃? 何日不行?
何人不將? 經營四方.

何草不玄? 何人不矜?
哀我征夫, 獨爲匪民.

匪兕匪虎, 率彼曠野.
哀我征夫, 朝夕不暇.

有芃者狐, 率彼幽草.
〈유봉자호 솔피유초〉

有棧之車, 行彼周道.
〈유잔지거 행피주도〉

"모든 풀이 시들고 있듯" 모든 장정들이 혼란 속에 집을 떠나 고난을 겪고 있는 상황을 노래한 것임이 분명하다. 끝 장의 한길을 달리고 있는 "높다란 수레"란 나라를 이 모양으로 만들고도 안락을 누리고 있는 위정자에 비유한 말인 듯하다.

❀ 3. 『시경』과 사회시

사회시란 그 시대의 사회문제를 다룬 시, 곧 백성들이 생활 속에서 겪고 있는 부당한 고난이나 여러 가지 사회의 모순을 고발하는 내용의 시를 말한다. 이미 앞의 애정시를 애기하면서 언급한 '행역시' 중에도, 특히 남자들이 안락했던 집을 떠나 거친 고장에서 겪고 있는 고난을 노래한 시들 중에는 사회시라 부를 수 있는 게 많다. 국풍(國風)은 옛날 여러 지방에 유행하던 민가이기 때문에 남녀의 정을 노래한 시들도 많지만은 백성들이 겪고 있던 여러 가지 고난을 노래한 사회시가 없을 수 없었을 것이다. 그 보기로 위풍(魏

風)에서 석서(碩鼠)란 시를 읽어보기로 하자.

큰 쥐야 큰 쥐야
우리 기장 먹지 마라.
삼년 너를 섬겼건만
나를 돌보아주지 않는구나!
이제는 너를 떠나
저 즐거운 땅으로 가련다.
즐거운 땅, 즐거운 땅이여!
거기 가면 내 편히 살 수 있겠지!

큰 쥐야 큰 쥐야
우리 보리 먹지 마라.
삼년 너를 섬겼건만
나를 봐주지도 않는구나!
이제는 너를 떠나
저 즐거운 나라로 가련다.
즐거운 나라, 즐거운 나라여!
거기 가면 내 바르게 살 수 있겠지!

큰 쥐야 큰 쥐야
우리 곡식 먹지 마라.
삼년 너를 섬겼건만
나를 위해 주지 않는구나!
이제는 너를 떠나

저 즐거운 고장으로 가련다.
즐거운 고장, 즐거운 고장이여!
거기엔 긴 한숨 쉬는 이 없으리라!

_{석서석서} _{무식아서}
碩鼠碩鼠, 無食我黍.

_{삼세관여} _{막아긍고}
三歲貫女, 莫我肯顧.

_{서장거여} _{적피낙토}
逝將去女, 適彼樂土.

_{낙토낙토} _{원득아소}
樂土樂土, 爰得我所.

_{석서석서} _{무식아맥}
碩鼠碩鼠, 無食我麥.

_{삼세관녀} _{막아긍덕}
三歲貫女, 莫我肯德.

_{서장거여} _{적피낙국}
逝將去女, 適彼樂國.

_{낙국낙국} _{원득아직}
樂國樂國, 爰得我直.

_{석서석서} _{무식아묘}
碩鼠碩鼠, 無食我苗.

_{삼세관여} _{막아긍로}
三歲貫女, 莫我肯勞.

_{서장거여} _{적피낙교}
逝將去女, 適彼樂郊.

_{낙교낙교} _{수지영호}
樂郊樂郊, 誰之永號.

여기에서 석서(碩鼠) 곧 "큰 쥐"는 말할 것도 없이 가렴주구(苛斂誅求)하는 관리를 뜻한다. 관(官)의 착취에 더 이상

견딜 길이 없어 세상 어디에도 없을 "즐거운 나라" 낙국(樂
國)을 찾는 백성들의 몸부림이 절실하다. 국풍 중에서도 위
풍(魏風)에는 7편의 시가 실려 있는데 그 모두가 사회시라
할 성질의 것이다. 그 중 벌단(伐檀)이란 시를 한 수 더 보기
로 읽어보자.

쾅쾅 박달나무 베어다가
황하 가에 놓고 보니
황하 물 맑게 물놀이지고 있네.
씨 뿌리고 거두지도 않는데
어째서 수백 호(戶)의 전세(田稅) 곡식 거둬들이고
짐승 사냥도 않는데
어째서 그대 집 뜰엔 걸려있는 담비가 보이는가?
진실한 군자란
놀고먹지 않는 법이라던데.

쾅쾅 수레바퀴 살 감 베어다가
황하 곁에 놓고 보니
황하 물 맑고 질펀히 흐르고 있네.
씨 뿌리고 거두지도 않는데
어째서 수 억 다발 곡식 거둬들이고,
짐승사냥도 않는데
어째서 그대 집 뜰엔 걸려 있는 큰 짐승이 보이는가?
진실한 군자란
놀고먹지 않는 법이라던데.

쾅쾅 수레바퀴 감 베어다가
황하 가에 놓고 보니
황하 물 맑게 잔물결 치고 있네.
씨 뿌리고 거두지도 않는데
어째서 수 백 창고의 곡식 거둬들이고,
짐승사냥도 않는데
어째서 그대 집 뜰엔 걸려있는 메추리가 보이는가?
진실한 군자란
놀고먹지 않는 법이라던데.

감 감 벌 단 혜   치 지 하 지 간 혜
坎坎伐檀兮, 寘之河之干兮,

하 수 청 차 연 의
河水清且漣猗.

불 가 불 색   호 취 화 삼 백 전 혜
不稼不穡, 胡取禾三百廛兮,

불 수 불 렵   호 첨 이 정 유 현 훤 혜
不狩不獵, 胡瞻爾庭有縣貆兮?

피 군 자 혜   불 소 찬 혜
彼君子兮, 不素餐兮.

감 감 벌 폭 혜   치 지 하 지 측 혜
坎坎伐輻兮, 寘之河之側兮,

하 수 청 차 직 의
河水清且直猗.

불 가 불 색   호 취 화 삼 백 억 혜
不稼不穡, 胡取禾三百億兮,

불 수 불 렵   호 첨 이 정 유 현 특 혜
不狩不獵, 胡瞻爾庭有縣特兮?

피 군 자 혜   불 소 식 혜
彼君子兮, 不素食兮.

감 감 벌 윤 혜   치 지 하 지 순 혜
坎坎伐輪兮, 寘之河之漘兮,

河水清且淪猗.
하 수 청 차 륜 의

不稼不穡, 胡取禾三百囷兮,
불 가 불 색　호 취 화 삼 백 균 혜

不狩不獵, 胡瞻爾庭有縣鶉兮?
불 수 블 렵　호 첨 이 정 유 현 순 혜

彼君子兮, 不素飧兮.
피 군 자 혜　불 소 손 혜

이는 가난한 백성의 푸념을 노래한 것이다. 자기는 죽도록 일해도 먹고 살기에 바쁜데, 세상에는 손가락도 까닥하지 않고 잘 먹고 잘 사는 사람들이 있는 것이다. 세상이 어지러울수록 백성들은 더욱 고난에 시달리게 된다. 다음엔 어지러운 세상에서 어렵게 살아가는 백성들의 절규같은 당풍(唐風)의 보우(鴇羽) 시를 한 수 더 읽어보기로 하자.

푸드득 넉새 깃 날리며
상수리나무 떨기에 내려앉네.
나랏일로 쉴 새도 없어
차기장 메기장 못 심었으니,
부모님 무얼로 봉양하나?
아득한 푸른 하늘이어!
언제면 안정될 수 있겠는가?

푸드득 넉새 날개치며

대추나무 떨기에 내려앉네.
나랏일로 쉴 새 없어
메기장 차기장 못 심었으니,
부모님은 무얼 잡숫고 사시나?
아득한 푸른 하늘이어!
언제면 끝장이 나게 될 건가?

푸드덕 넉새 줄지어 날다가
뽕나무 떨기에 내려앉네.
나랏일로 쉴 새 없어
벼와 수수 심지 못하였으니,
부모님은 무얼 잡숫고 지내시나?
아득한 푸른 하늘이어!
언제면 제대로 될 것인가!

숙숙보우　집우포허
肅肅鴇羽, 集于苞栩.

왕사미고　불능예직서　부모하호
王事靡鹽, 不能蓺稷黍, 父母何怙?

유유창천　갈기유소
悠悠蒼天, 曷其有所.

숙숙보익　집우포극
肅肅鴇翼, 集于苞棘.

왕사미고　불능예서직　부모하식
王事靡鹽, 不能蓺黍稷, 父母何食?

유유창천　갈기유극
悠悠蒼天, 曷其有極?

숙숙보항　집우포상
肅肅鴇行, 集于苞桑.

왕사미고　불능예도량　부모하상
王事靡鹽, 不能蓺稻粱, 父母何嘗?

유유창천　갈기유상
悠悠蒼天, 曷其有常?

주희(朱熹)(1130~1200)는 『시집전(詩集傳)』에서 "백성들
이 정역(征役)에 종사하느라 그의 부모를 부양할 수 없음을
노래한 것"이라 하였다. 나랏일에 징발 당하여 전쟁터나 성
쌓는 일에 끌려 다니느라 농사지을 겨를조차 없으니, 부모
님 부양은 물론 먹고 살기 조차 어려웠을 것이다. 그런 백성
들이 쳐다볼 곳은 "푸른 하늘" 밖에 없었던 것이다.

❀ 4. 한(漢)대 이후 학자들의 『시경』해석

『시경』은 공자에 의하여 육경(六經)의 하나로 편정(編定)
되었지만은, 그것이 경전으로서 본격적으로 읽혀지고 연구
된 것은 한대의 일이다. 서한(西漢) 초엽에는 후세에 삼가시
(三家詩)라 부르는 '노시(魯詩)'·'제시(齊詩)'·'한시(韓
詩)'의 세 가지 『시경』 해설이 그 연구의 주류를 이루었다.
'노시'는 문제(文帝) 때에 박사(博士)가 되었던 노(魯)나라
신배공(申培公)이 전한 것이며, '제시'는 제(齊)나라 원고생
(轅固生)이 전한 것으로 그는 경제(景帝) 때에 박사가 되었

다 하며, '한시'는 역시 문제 때에 박사가 되었던 연(燕)나라 한영(韓嬰)이 전한 것이다. 이들은 모두 『시경』을 공부한 덕에 박사라는 학관(學官)에 올랐으므로, 모두 『시경』을 빌어 그 시대의 정치원리를 설명하고 정치현실을 옹호해야만 하였다.

따라서 이들의 『시경』 해설은 『한서(漢書)』 예문지(藝文志)에서 평하고 있듯이 "혹은 『춘추(春秋)』에서 취하기도 하고 잡설(雜說)을 채택하기도 하여 모두 그 본의(本義)가 아닌 것"이며, 시의 대의(大義)를 억지 해석하여 그 학문은 그 시대만 지나면 존재할 가치도 없게 되고 마는 수가 많았다. 이 때문에 '제시'는 위(魏)나라 때 없어졌고, '노시'는 서진(西晋) 때 없어졌으며, '한시'만이 당(唐)대까지 전해진 듯하나 역시 없어지고 그 중 본격적인 『시경』 해설이 아닌 『한시외전(韓詩外傳)』만이 전해진다. 이 삼가시(三家詩)에 대하여는 청(淸)대의 학자들이 집일(輯佚)과 연구에 힘을 기울인 덕택에, 지금 와서는 진교종(陳喬樅)의 『삼가시유설고(三家詩遺說考)』, 왕선겸(王先謙)의 『삼가시의집소(三家詩義集疏)』 등을 통하여 그 대체적인 내용을 알 수 있게 되었다.

『시경』은 지금 우리에게 서한(西漢)대에는 학관(學官)에 올라보지도 못하였던 '모시(毛詩)'를 통하여 전해지고 있다. '모시'는 서한(西漢) 초 하간헌왕(河間獻王) 밑에서 박사를 지냈다는 모공(毛公)이 전한 것이다. 『한서(漢書)』 예문지(藝文志)에는 『모시(毛詩)』 29권, 『모시고훈전(毛詩詁訓傳)』 30권이 재록(載錄)되어 있는데, 그 중 뒤의 것이 우리에게 전해진 가장 오랜 『시경』의 저본(底本)이며 또 그 해설서가 되고 있는 것이다. '모시'는 서한을 통하여 학관(學官)에 오르지 못하였기 때문에 훈고(訓詁)에 비교적 성실하였고, 또 동한(東漢)에 정현(鄭玄)(127~200)이란 대학자가 나와 '모시'를 보충해설한 『전(箋)』을 썼기 때문에 삼가시(三家詩)를 압도하고 '모시'만이 전해지게 되는 계기가 되었던 것 같다.

그러나 '모시'에 있어서도 『시경』을 단순한 시가집(詩歌集)이 아닌 "경(經)"으로 풀이하여, 거기에 실린 모든 시들이 성인의 뜻에 따른 대의(大義)를 지니고 있는 것으로 보았다. 그런데 이들은 성인이 편찬한 '경' 속에 남녀의 정을 노래한 애정시나 사회에 대한 불만이나 생활상의 고난을 읊은 사회시가 들어있는 까닭을 이해할 수 없었다. 그 때문에 이들은 문왕(文王)·무왕(武王)·성왕(成王)에 이르는 서주(西周) 초의 정치가 잘 되던 성세에 지어진 시들이 '정경(正經)'이고, 그 나머지 세상이 어지러워진 다음에 지어진 것들은 '변시(變詩)'(變風, 變雅)라 하였다. '정경'이야말로 본격적인 성인의 뜻이 담긴 '경'이고, '변시'는 후세인들이 참고로 삼도록 넣어놓았다는 것이다. 그러나 이들이 '정경'이라 주장한 국풍(國風)의 주남(周南)·소남(召南) 같은 데에도 여전히 애정시나 사회시가 들어있다. 이런 시들은 결국 『시경』의 '경'으로서의 성격에 어울리도록 시의 뜻을 둘러대어 해석하는 수밖에 없었다.

그래서 『모전』만 보더라도 주남(周南)의 시 11편은 모두 "후비(后妃)의 덕(德)"을 체계적으로 노래한 것들이고, 소남(召南)의 시 14편은 "부인(夫人)의 덕(德)"을 체계적으로 노래한 것이라 하였다. 따라서 앞에서 인용한 첫머리 관저(關

雎)도 『모전』에서는 "후비의 덕을 노래한 것"이라 하였다. 그 시는 이성을 그리는 것이 아니라 천자인 문왕(文王)의 후비인 태사(太姒)가 현명한 여자를 구하여 남편을 함께 잘 섬기고자 하는 훌륭한 뜻을 노래한 것이라는 것이다. 그리고 권이(卷耳) 시에 대하여는 "후비의 뜻을 읊은 것"이라 하였다. 곧 이것은 행역(行役)으로 말미암은 임 그리움을 노래한 시가 아니라 후비가 현명한 사람을 구하여 남편을 보좌케 하고자 하는 뜻을 읊은거라는 것이다. 또 소남(召南)의 야유사균(野有死麕) 같은 것도 남녀의 정을 노래한 것이 아니라 "무례(無禮)함을 싫어하는 뜻을 노래한 것"이라 하였다. 곧 "천하가 크게 어지러워지면 강폭(强暴)한 자들이 날뛰어 음풍(淫風)이 이루어지고 마는 것인데, 문왕의 교화를 입게 되자 난세가 되었어도 여전히 무례함을 싫어했던 것이다."고 설명을 붙이고 있다. 이러한 해석 방법은 약간의 견해 차이만 보일 뿐 그대로 후세 학자들에게까지 이어지고 있다.

　'정경'의 시만을 이처럼 둘러대어 해석하고 '변시'들은 그대로 읽고 해석한 것은 아니다. 아무리 어지러운 세상의 노래라 하더라도 성인 공자께서 편정(編定)한 이상 거기에는 위대한 의의가 깃들여있지 않으면 안 되는 것이다. 따라서 '변시'들도 되도록 큰 뜻을 지니도록 왜곡된 해석을 하려 애썼고, 그것도 되지 않는 대부분의 시들은 당시의 어지러운 사회풍속을 "풍자한 것"이라 하였다. 『모전』에서 제풍(齊風)을 보기로 들면 모두 11편의 시들 중 첫머리 것만을 "현비(賢妃)를 생각하는 노래"로 풀이하고 나머지 열편은 모두 "……을 풍자한 것"이라 하고 있다.

따라서 이들은 시에 대한 기본태도부터가 달랐다. 이들은 시를 문학작품으로 보지 않고 '경'으로 받들어 모시면서, 세상을 바로 잡고 백성들을 올바로 이끄는 위대한 길이 제시된 글로 보았다. 시의 대의(大義)를 설명한 『모전』의 서(序)만 보더라도 그들의 시에 대한 기본 인식을 쉽사리 이해할 수 있게 된다.

"치세(治世)의 음악은 편안하면서도 즐겁고 그 정치는 조화를 이루며, 난세(亂世)의 음악은 원망스러우면서 노엽고 그 정치는 도리에 어긋나며, 망국(亡國)의 음악은 슬프고도 애틋하며 그 백성들은 곤경에 빠진다. 그러므로 정치의 잘잘못을 바로잡고, 천지를 움직이고, 귀신을 감동시키는데 있어서는 시보다 더 좋은게 없다. 선왕(先王)들은 이것으로써 부부 사이를 다스리고, 효도와 공경을 이룩하였으며, 인륜(人倫)을 두터이 하고, 교화(敎化)를 아름답게 하고, 풍속을 훌륭하게 이끌었다."

治世之音, 安以樂, 其政和 ; 亂世之音, 怨以怒, 其政乖 ; 亡國
之音, 哀以思, 其民困. 故正得失, 動天地, 感鬼神, 莫近於詩. 先
王以是經夫婦, 成孝敬, 厚人倫, 美敎化, 移風俗.

곧 음악은 그 시대 사회를 무엇보다도 잘 반영하는 것이며, 또 한편으로는 사람뿐만이 아니라 천지와 귀신까지도 감동시키는 힘이 있는 거라는 것이다. 본시 이 시는 노래의 가사였기 때문에, 이 시도 정치를 하는데 있어서 가장 훌륭한 용구가 된다는 것이다. 이 때문에 『시경』의 민가를 모아 놓은 부분을 '풍(風)'이라 부르는 이유를 설명하기 위하여 『모전』 서에는 다음과 같은 '풍'에 대한 해설도 하고 있다.

"풍이란 풍자의 뜻이요 가르친다는 뜻이니, 풍자함으로써 감동을 시키고 가르침으로써 교화를 시킨다는 것이다."

風, 風也, 敎也, 風以動之, 敎以化之.
<small>풍 풍야 교야 풍이동지 교이화지</small>

"임금은 풍으로써 백성을 교화하고, 백성은 풍으로써 임금을 풍자하는 것인데, 수사(修辭)를 위주로 하여 간접적으로 간하는 것이기 때문에 말한 사람은 죄가 없고 듣는 사람은 경계하기에 족하게 되는 것이다. 그래서 풍이라 하는 것이다."

上以風化下, 下以諷刺上, 主文而譎諫, 言之者無罪, 聽之者足
<small>상 이 풍 화 하 하 이 풍 자 상 주 문 이 휼 간 언 지 자 무 죄 청 지 자 족</small>
以戒, 故曰風.
<small>이 계 고 왈 풍</small>

곧 『시경』의 민가인 국풍(國風)의 시들까지도 임금이 올바른 정치를 하고 또 백성들이 정치하는 사람들의 잘못을 깨우쳐 주는 데에 큰 효용이 있다는 것이다. 곧 『시경』은 백성들을 깨우쳐 올바로 이끌어주고 정치하는 사람들의 잘못을 풍자하여 바로잡아주는 '풍유(諷諭)'의 뜻을 통하여 '경'으로서의 존엄한 지위가 확인되었던 것이다.

앞에서 얘기한 사회시들은 사회의 여러 가지 모순을 고발하고 그릇된 정치로 말미암은 백성들의 고통을 들어내는 것들이기 때문에 이를 통하여 '풍유'의 뜻을 설명하기란 그다지 어려운 게 아니다. 그러나 남녀의 정을 주제로 한 애정시를 놓고 '풍유'의 뜻을 설명하기란 그다지 쉬운 일이 아니다. 그 때문에 옛 학자들은 대부분의 이러한 시들의 '풍유'의 뜻에 맞도록 둘러대어 해석하였던 것이다.

첫머리에서 얘기했듯이 『시경』은 '중국문학의 할아버지(中國文學之祖)'라 할 만한 지위에 있으므로, 이러한 옛 학자들의 시 해석 방법이나 풍유론은 후세 중국시의 해석과 중국의 전통적인 문학론 전반에 걸쳐 큰 영향을 끼쳤다. 한 (漢)대 사마상여(司馬相如)(B.C 179? ~ B.C 117)의 자허부 (子虛賦)나 상림부(上林賦) 같은 것도 제왕과 귀족들의 뜻에 맞추어 화려하고 거창한 문사(文辭)나 늘어놓은 내용을 보잘 것 없는 글인데도, 『사기(史記)』와 『한서(漢書)』 모두가 "그 졸장(卒章)에선 절검(節儉)으로 뜻을 돌림으로서 풍간 (風諫)을 하였다."고 상림부(上林賦)를 평하면서 '풍유(諷諭)'와 비슷한 뜻의 '풍간(諷諫)'으로 그 문학적인 가치를 평가하려 하고 있다. 내용은 없는 화려한 수사나 늘어놓으며 옛 사람들의 작품을 흉내내기에만 바빴던 한부(漢賦) 조차도 '풍유'로서 그 가치를 인정하려 했으니, 다른 분야에 있어서는 더 말할 나위 조차도 없을 것이다. 이 때문에 동한 (東漢)의 반고(班固)(32~92)의 양도부(兩都賦)나 장형(張衡)(78~139)의 이경부(二京賦) 같은 것은 모두 사마상여(司馬相如)를 비롯한 이전 작가들의 부(賦)를 흉내 낸 작품들이면서도 '풍간'의 뜻을 조금이라도 살려보려는 의식적인 노력이 드러나고는 있다.

동한 말엽 무명작가의 작품으로 양(梁)나라 소통(蕭統)(501~531)이 편찬한 『문선(文選)』에 실려 있는 고시십구수(古詩十九首)를 보기로 하자. 이 19수의 시는 대부분이 한대의 사회를 배경으로 한 남녀의 정을 노래한 것들이다. 그 중 첫 번째 시를 먼저 한 수 읽어보기로 한다.

가고 가고 또 가고 하여
임과 생이별 하였네.
서로 만여 리나 떨어져
각각 하늘 양쪽 가에 있게 되었는데,
길은 험하고 머니
만날 날 어찌 알 수 있으랴?
북쪽 오랑캐 말은 북풍에 의지하려 들고
남쪽 월(越)나라 새는 남쪽 가지에 둥우리를 친다 하였네.
떠나간 날 멀어질수록
옷 띠 날로 느슨해지네.
뜬 구름 밝은 해 가리어
떠난 임은 돌아오려 들지 않네.
임 그리움에 사람은 늙는데
세월만이 어느덧 저물어 가네.
다 버려두고 더 말하지 않겠으니
식사 많이 하여 건강에 노력하시기를!

行行重行行, 與君生別離.

相去萬餘里, 各在天一涯.

道路阻且長, 會面安可知?

胡馬依北風, 越鳥巢南枝.

相去日已遠, 衣帶日已緩.

부 운 폐 백 일　유 자 불 고 반
浮雲蔽白日, 遊子不顧返.

사 군 령 인 노　세 월 홀 이 만
思君令人老, 歲月忽已晚.

기 연 물 부 도　노 력 가 찬 반
弃捐勿復道, 努力加餐飯!

『문선』은 당(唐)대 이선(李善)(?~689)의 주(注)와 개원년간 (開元年間)(713~741)에 여연조(呂延祚) 등 다섯 명의 학자들이 쓴 이른바 『오신주(五臣注)』가 있는데, 『오신주』에서는

"이 시의 뜻은 충신이 간사한 자의 모함을 받아 쫓겨난 것을 말한다."

고 설명하고 있다. 따라서 "부운폐백일, 유자불고반(浮雲蔽 白日, 遊子不顧返.)"이란 구절 밑에 『오신주』에서는

"백일(白日)은 임금을 비유한 것이고, 부운(浮雲)은 간사한 신하들을 뜻하는 것으로, 간교한 신하들이 임금의 명철(明哲)함을 가리어 충신으로 하여금 떠나가서는 돌아오지 못하게 함을 말한 것이다."

고 설명하고 있다. 이선(李善)도 여기에

"……부운이 백일을 가리고 있다는 것은 간사한 신하들이 충양(忠良)한 사람들을 해치고 있음을 비유한 것이다. 그래서 '유자'는 떠나가서 되돌아올 생각도 못하는 것이다."

고 주를 달고 있다. 곧 이것은 남녀의 정을 읊은 시가 아니라 임금과 충신 관계를 노래한 거라는 것이다. 옛날 중국학

자들은 『시경』 애정시의 해석방법을 그대로 후세 시에도 적용하며, 이러한 임 그리움을 읊은 시를 모두 임금을 생각하는 충성스런 신하의 마음을 노래한 것이라 하였다. 이들은 『고시십구수』의 이 한 수 뿐만이 아니라 모든 남녀관계를 노래한 시들을 이러한 방식으로 해설하였다.

　이러한 시의 왜곡된 해석방법은 말할 것도 없이 올바른 방법은 되지 않는다. 그러나 한편 한(漢)대 이후 2000년의 역사를 두고 유교의 엄한 윤리가 그 사회를 지배했던 중국에서, 사대부들이 아무 거리낌 없이 애정시가 주류를 이루는 서정시를 중심으로 하는 시를 지을 수가 있었던 것은, 한편 애정시를 형식상으로는 이처럼 둘러대어 해석하는 방법이 있었기 때문이라고도 할 수 있다. 그렇지 않다면 중국에서 점잖은 사대부들이 꽃피는 봄날 깊은 규방(閨房)에서 멀리 떠나간 임을 그리는 규정(閨情)을 읊은 시나, 얼굴이 이쁜 미인이라 하여 구중궁궐(九重宮闕)로 뽑혀 들어와 임금의 얼굴조차도 보지 못하고 외롭고 쓸쓸한 나날을 보내는 궁녀들의 한이 담긴 궁원(宮怨)을 노래한 시를 짓지 못하였을 것이다. 사대부들은 이러한 시들을 짓거나 읽으면서 겉으로는 윤리적인 해석을 그럴싸하게 하면서도 실제 속으로는 그러한 외로운 여인들의 아름답고도 짜릿한 시름이 담긴 서정을 즐겼을 것이다. 그리고 중국시는 이렇게 윤리적인 제약을 넘어서서 자유로이 서정을 추구함으로써 큰 발전을 이룩할 수가 있었던 것이다.

● 5. 한(漢) 이후의 애정시

『시경』에서 보여준 남녀의 정을 주제로 한 시들은 한대에 와서 다시 등장한 민가풍의 악부시(樂府詩)와 고시(古詩)에로 전승되고 있다. 서한(西漢)의 악부는 지금 남아 전하는 것이 몇 수 되지 않지만 그 속에도 남녀의 사랑을 노래한 작품이 있다. 본시 군대 안에서 노래 불리어지던 고취곡사(鼓吹曲辭) 중에는 요가(鐃歌) 십팔곡(十八曲)이 전하는데, 거기에서 보기로 상야(上邪)란 시를 한 수 읽어보기로 한다.

하늘이여!
내 임과 서로 사랑하여,
오래도록 끊임없기를!
산언덕 닳아 없어지고
강물 말라붙고
겨울에 벼락치고
여름에 눈 내리고
하늘과 땅이 합쳐진대도
어찌 감히 임과 떨어지랴!

상 야 !
上邪!

아 욕 여 군 상 지   장 명 무 절 쇠
我欲與君相知, 長命無絕衰.

산 무 릉   강 수 위 갈
山無陵, 江水爲渴,

冬雷震震, 夏雨雪, 天地合,
乃敢與君絕!

　'요가(鐃歌)'는 군대 안에서 부르던 노래라 하지만 18곡 중 전쟁과 관련있는 내용의 것은 전성남(戰城南) 한 곡이 있을 뿐이다. 대체로 상야(上邪)처럼 내용이 청신하면서도 참되고 간결하니 모두가 민간가요로부터 옮아간 것임이 분명하다.

　본격적인 악부(樂府)나 고시(古詩)의 빼어난 작품들은 동한(東漢)에 가서야 볼 수 있게 된다. 앞에서 보기로 든 고시 십구수(古詩十九首)도 그 중의 하나이다. 본시 민간의 악부는 정형이 아닌 자유로운 형식의 시였으나, 동한 중엽 무렵부터 이것들이 오언고시(五言古詩)로 정형화(定形化)되는 경향을 보여준다. 그 때문에 동한의 악부시는 흔히 고시와 혼동된다. 그러한 보기로 부부의 파탄문제를 해학적으로 다룬 상산채미무(上山採蘼蕪)란 시를 읽어보기로 한다.

　산으로 약초 캐러 갔다,
　산을 내려오다 전 남편 만나,
　무릎 꿇고 전 남편에게 물었네.

"새 사람은 어떻습니까?"
"새 사람 좋다고들 하지만
옛 사람 만큼 훌륭하진 못하오.
얼굴생김 비슷하나
손재주가 다르다오.
새 사람 대문으로 들어오자
옛 사람 곁문으로 나갔는데,
새 사람 누런 비단 잘 짜고
옛 사람 흰 비단 잘 짰지요,
누런 비단은 하루 한 필이나
흰 비단은 한 필 반이나 짰었으니,
누런 비단 흰 비단 견줘 보면
새 사람이 옛 사람만 못하지요."

上山採蘼蕪, 下山逢故夫.

長跪問故夫, 新人復何如?

新人雖言好, 未若故人姝.

顏色類相似, 手爪不相如.

新人從門入, 故人從閤去.

新人工織縑, 故人工織素.

織縑日一匹, 織素五丈餘.

將縑來比素, 新人不如故.

헤어진 부부관계이지만 원망이나 불평은 하나도 없다. 씁쓸한 웃음 속에 신의(信義)없는 남편이 느껴질 따름이다.

이런 해학적인 노래뿐만이 아니라 견우(牽牛)와 직녀(織女)의 전설을 빌어 절실한 임 그리움을 노래한 초초견우성(迢迢牽牛星)이란 시도 있다.

> 아득히 멀리 있는 견우 그리는
> 훤한 은하수 가의 직녀,
> 고운 흰 손 놀리며
> 찰각찰각 베 짜는데
> 종일 한 폭도 못 짜고
> 눈물만 비 오듯 흘리네.
> 은하수 맑고도 얕으니
> 서로의 거리 그 얼마나 되나?
> 찰랑찰랑 흐르는 한 줄기 강물 사이에 두고
> 빤히 바라보기만 하고 말도 건네지 못하네.

초초견우성 교교하한녀
迢迢牽牛星, 皎皎河漢女.

섬섬탁소수 찰찰농기저
纖纖擢素手, 札札弄機杼,

종일불성장 읍체영여우
終日不成章, 泣涕零如雨.

하한청차천 상거부기허
河漢淸且淺, 相去復幾許?

영영일수간 맥맥부득어
盈盈一水間, 脈脈不得語.

이 시는 곽무천(郭茂倩)(1084 전후)의 『악부시집(樂府詩集)』 잡곡가사(雜曲歌辭) 속에 실린 고사(古辭)인데, 한 구절 건너씩 신운(抻韻)하고 있는 완전한 오언고시(五言古詩)이다. 민간에는 이런 남녀의 정을 주제로 한 노래들이 끊임없이 전승되고 노래 불러졌다. 지금 전하는 남북조(南北朝)시대의 민가인 남조(南朝) 악부(樂府)는 더욱 두드러지게 정가(情歌)로서 그 특징을 보여주고 있다. 보기로 화산기(華山畿)라는 짧은 노래 세 곡을 노래한다.

그리움에 우는
눈물은 물시계처럼
밤낮으로 쉬지 않고 흐른다.

제 상 억　　누 여 각 루 수　　주 야 유 불 식
啼相憶, 淚如刻漏水, 晝夜流不息.

오랜 동안 떨어져 있을 수 없네!
밤중에 즐거웠던 날들 생각하며
이불 껴안고 하염없이 우네.

불 능 구 장 리　　중 야 억 환 시　　포 피 공 중 제
不能久長離, 中夜憶歡時, 抱被空中啼.

밤에 임 그리워
바람에 불려 창 발 움직이면
그이 오시는가 흠칫하네.

야 상 사　　풍 취 창 렴 동　　언 시 소 환 래
夜想思, 風吹窓簾動, 言是所歡來.

중국의 문인들이 자신의 이름을 내걸고 본격적으로 시를 중심으로 하여 개성적인 작품을 쓰기 시작한 것은 동한(東漢) 중엽에 비롯된다. 이때 장형(張衡, 78~139)은 사수시(四愁詩)라는 임 그리움을 노래한 작품 4수를 지었는데, 그 서문에서 장형은 하간상(河間相)으로 있으면서 그 때 임금은 교만하고 사치를 즐기면서 법도를 따르지 않고 부호와 권세가(權勢家)들의 횡포가 심하여 나랏일을 걱정하는 뜻에서 이 시를 지었다 하고 있다. 그리고

> "굴원(屈原)을 본떠 사수시(四愁詩)를 지어 미인을 군자에 견주고 진귀한 보배를 인의(仁義)에 비기며, 깊은 물과 휘날리는 눈은 소인에 비유함으로써, 도술(道術)로서 얘기하며 당시의 임금에게 아뢰려하면서 간사한 자들로 말미암아 뜻이 통하지 않을까 두려워했던 것이다."

고 끝머리에 적고 있다. 그는 스스로 임 그리움을 노래하면서 이 시는 임금과 나랏일을 걱정한 것이라 밝히고 있는 것이다. 이는 『시경』의 왜곡된 해석방법을 그대로 시를 짓는 데에 응용한 첫 번째 보기이다. 중국의 문인들이 시를 짓기 시작하면서부터 바로 『시경』 해석에서 나온 이런 수법을 내세웠기 때문에, 후세 문인들은 마음 놓고 남녀의 정을 노래한 시를 지을 수 있었던 것이다. 보기로 사수시(四愁詩) 네 수 중의 첫 시를 읽어보기로 한다.

내 그리운 임 태산에 계신데

그곳으로 달려가려니 양보산이 가로막혀 있어,
몸 기울이여 동쪽 바라보니 눈물만 옷 깃 적시네.
아름다운 임은 금조도(金錯刀)를 내게 보내 주셨으니,
아름다운 옥돌로나 임에게 보답해야 할 터인데.
길은 멀고 보낼 길은 없어 서성이고만 있으니
언제까지나 시름 안고 마음 괴로워해야 하는가?

아 소 사 혜 재 태 산　욕 왕 종 지 양 부 간
我所思兮在太山, 欲往從之梁父艱,

측 신 동 망 체 점 한
側身東望涕霑翰.

미 인 증 아 금 조 도　하 이 보 지 영 경 요
美人贈我金錯刀, 何以報之英瓊瑤.

노 원 막 치 의 소 요　하 위 회 우 심 번 로
路遠莫致倚逍遙, 何爲懷憂心煩勞?

동한 말엽 건안년간(建安年間, 196~219)부터 조조(曹操, 155~220) 삼부자를 중심으로 하는 문학집단에 의하여 개성적인 작품의 창작활동이 오언시(五言詩)를 위주로 하여 본격적인 전개를 보여주게 된다. 이때 이들의 작품은 주로 서정적인 오언고시가 그 중심을 이루었으니, 여기에서 애정시가 빠질 리가 없는 것이다. 더욱이 이들은 오언고시를 짓기 시작하면서 흔히 옛 악부(樂府)를 본떠서 작품을 지었으니, 애정시는 더욱 없을 수가 없는 성질의 것이었다. 여기서는 조조(曹操)의 아들이며 위(魏)나라 문제(文帝)인 조비(曹丕, 187~226)의 연가행(燕歌行)을 보기로 들겠다.

가을바람 쌀쌀하고 날씨 서늘하니
초목은 시들어 낙엽지고 이슬은 서리되어 내리네.
제비 떼 돌아가고 기러기도 남쪽으로 날아오는데
멀리 떠나간 임 생각하니 애간장 끊이네.
마음 허전하여 돌아갈 생각하며 고향 그리워하련만
임은 어찌하여 타향에 그대로 머물러 계시는지?
나는 외로이 빈 방만 지키노라니
근심 속에 임 생각 잊을 길 없어,
나도 모르게 눈물 흘러 옷자락 적시네.
가야금 잡고 줄 뜯어 슬픈 가락 연주하며
짧은 노래 가늘게 불러보지만 오래 부르지 못하겠네.
밝은 달은 휘영청 내 침상에 비치는데
은하수 서쪽으로 기울고 밤은 깊어만 가네.
견우와 직녀 멀리 서로 바라보고만 있는데,
너희들은 어이하여 은하수 다리 없음만 한하고 있는가?

추 풍 소 슬 천 기 량　　초 목 요 락 노 위 상
秋風蕭瑟天氣涼, 草木搖落露爲霜.

군 연 사 귀 안 남 상　　염 군 객 유 다 단 장
群燕辭歸雁南翔, 念君客游多斷腸.

겸 겸 사 귀 연 고 향　　하 위 엄 류 기 타 방
慊慊思歸戀故鄉, 何爲淹留寄他方?

천 첩 경 경 수 공 방　　우 래 사 군 불 감 망
賤妾煢煢守空房, 憂來思君不敢忘.

불 각 루 하 점 의 상
不覺淚下霑衣裳.

원 금 명 현 발 청 상　　단 가 미 음 불 능 장
援琴鳴絃發淸商, 短歌微吟不能長.

<ruby>明<rt>명</rt></ruby> <ruby>月<rt>월</rt></ruby> <ruby>皎<rt>교</rt></ruby> <ruby>皎<rt>교</rt></ruby> <ruby>照<rt>조</rt></ruby> <ruby>我<rt>아</rt></ruby> <ruby>牀<rt>상</rt></ruby>, <ruby>星<rt>성</rt></ruby> <ruby>漢<rt>한</rt></ruby> <ruby>西<rt>서</rt></ruby> <ruby>流<rt>류</rt></ruby> <ruby>夜<rt>야</rt></ruby> <ruby>未<rt>미</rt></ruby> <ruby>央<rt>앙</rt></ruby>.

明月皎皎照我牀, 星漢西流夜未央.

<ruby>牽<rt>견</rt></ruby> <ruby>牛<rt>우</rt></ruby> <ruby>織<rt>직</rt></ruby> <ruby>女<rt>녀</rt></ruby> <ruby>遙<rt>요</rt></ruby> <ruby>相<rt>상</rt></ruby> <ruby>望<rt>망</rt></ruby>, <ruby>爾<rt>이</rt></ruby> <ruby>獨<rt>독</rt></ruby> <ruby>何<rt>하</rt></ruby> <ruby>辜<rt>고</rt></ruby> <ruby>恨<rt>한</rt></ruby> <ruby>河<rt>하</rt></ruby> <ruby>梁<rt>량</rt></ruby>?

牽牛織女遙相望, 爾獨何辜恨河梁?

이러한 악부시의 모작(模作)은 후세에도 크게 성행한다. 『악부시집』 상화가사(相和歌辭)에 실린 연가행(燕歌行)만 보더라도 조비(曹丕)에 이어 당(唐)나라 도한(陶翰)에 이르기까지 12명의 작품이 실려 있다. 맹교(孟郊, 751~814)의 고원별(古怨別) 같은 것도 악부에서 발전한 시체(詩體)라 할 수 있다.

선들선들 가을 바람 이는데
시름 안은 사람은 이별 원망하네.
정을 머금은 채 서로 바라보고 있노라니
말 하려하자 기가 먼저 막히네.
심사는 천만 갈래여서
슬퍼지는데도 말하기는 어렵네.
이별 뒤에는 오직 서로 그리워하며
멀리 떨어져서도 밝은 달 함께 보며 슬퍼하리.

<ruby>颯<rt>삽</rt></ruby> <ruby>颯<rt>삽</rt></ruby> <ruby>秋<rt>추</rt></ruby> <ruby>風<rt>풍</rt></ruby> <ruby>生<rt>생</rt></ruby>, <ruby>愁<rt>수</rt></ruby> <ruby>人<rt>인</rt></ruby> <ruby>怨<rt>원</rt></ruby> <ruby>離<rt>리</rt></ruby> <ruby>別<rt>별</rt></ruby>.

颯颯秋風生, 愁人怨離別.

^{함 정 양 상 향} ^{욕 어 기 선 열}
含情兩相向, 欲語氣先咽.

^{심 곡 천 만 단} ^{비 래 각 난 설}
心曲千萬端, 悲來却難說.

^{별 후 유 소 사} ^{천 애 공 명 월}
別后唯所思, 天涯共明月.

그리고 유우석(劉禹錫, 772~842)의 죽지사(竹枝詞)같은 것은 후세의 민가체(民歌體)를 본뜬 것이다.

버드나무 푸릇푸릇하고 강물은 평평한데
강가에서 낭군의 답가(踏歌)소리 들리네요.
동쪽엔 해 뜨고 서쪽에는 비 오듯이
무정한 줄만 알았더니 다정하기도 하네요.

^{양 류 청 청 강 수 평} ^{문 랑 강 상 답 가 성}
楊柳靑靑江水平, 聞郎江上踏歌聲.

^{동 변 일 출 서 변 우} ^{도 시 무 청 각 유 청}
東邊日出西邊雨, 道是無晴却有晴.

중국의 남녀의 정을 노래한 시들 중에서도 특히 눈에 띄는 것은 아름다운 젊은 여자가 깊숙한 규방(閨房)에서 화사한 봄날이나 가을 밤 떠나간 임을 그리는 애절한 모습을 다룬 규방시(閨房詩)와 아름다운 궁녀(宮女) 같은 미녀들의 불우한 처지를 노래한 원시(怨詩)이다. 이것들은 대체로 『시경』의 행역시(行役詩) 중 역사(役事)에 나가 돌아올 기약조차 없는 임을 그리는 여인의 노래를 계승한 것이라 할 것이다. 유가의 경전인 『시경』에 그러한 임 그리는 시들이 있었기에 사대부들이 여인의 입장에서 규정(閨情)이나 궁원(宮怨)을 노래할 수 있었을 것이다. 한(漢)대의 『고시십구수(古詩十九首)』 중에도 이미 규정을 노래한 시가 있다.

밝은 달은 얼마나 환한가?
내 비단 침대 장막에 비치네.
시름에 잠 못 이루고
옷 걸치고 일어나 서성이네.
객지 비록 즐겁다 해도
속히 돌아오심만은 못할 것을!
문 밖에 홀로 거니는
이 시름과 그리움 누구에게 하소연 할까?

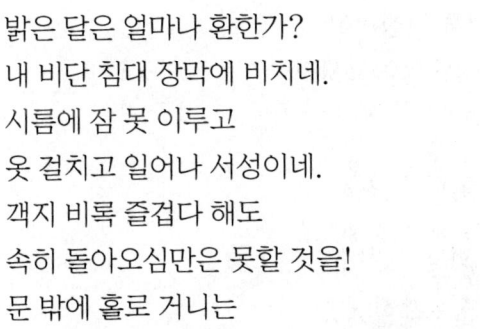

明月何皎皎, 照我羅床幃.
憂愁不能寐, 攬衣起徘徊.
客行雖云樂, 不如早旋歸.
出戶獨彷徨, 愁思常告誰?

수많은 시인들이 규정을 노래하고 있다. 당(唐)대의 이백 (李白, 701~762)만 보더라도 여러 수의 규정시가 있는데, 보기로 짧은 두 수만을 소개하기로 한다.

자야추가(子夜秋歌)

장안 하늘엔 조각달 외로운데
수많은 집에선 다듬이 방망이 소리.
가을바람 끊임없이 불어오니
옥관(玉關) 밖으로 나가계신 임 그리는 정 더해주네.
언제면 오랑캐들 평정하고
우리 임 원정에서 돌아오시려나?

장 안 일 편 월 만 호 도 의 성
長安一片月, 萬戶擣衣聲.
추 풍 취 불 진 총 시 옥 관 정
秋風吹不盡, 總是玉關情.
하 일 평 호 로 양 인 파 원 정
何日平胡虜, 良人罷遠征?

오야제(烏夜啼)

황운성(黃雲城) 근처엔 까마귀도 깃들려고
날아 돌아와선 나뭇가지 위에서 까악까악 울고 있네.
베틀 위에서 비단 짜던 진천(秦川)의 여인에게
안개처럼 얇은 파란 사창(紗窓)을 사이에 두고 말해준 것일까?
북 놓고 슬퍼하며 멀리 떠난 사람 그리다가

외로운 방에 홀로 자려다가 눈물만 비 오듯 흘리네.

黃雲城邊烏欲栖, 歸飛啞啞枝上啼.
機中織錦秦川女, 碧紗如烟隔窗語.
停梭悵然憶遠人, 獨宿孤房淚如雨.

원시(怨詩)나 원가(怨歌) 또는 궁원(宮怨)을 노래한 시들도 규정시와 함께 계속 지어졌다. 한나라 반첩여(班婕妤, B.C 48?~B.C 6?)의 작품이라고도 하나 작자가 확실치 않은 원가행(怨歌行)을 먼저 소개한다.

새로 제(齊)나라 고운 비단 잘라내니
희기 서리와 눈 같은데,
말라서 합환선(合歡扇) 만들어 놓으니
둥그런 밝은 달 같네.
임의 품 속 드나들며
흔들흔들 산들바람 내면서도
언제나 가을 철 와서
싸늘한 바람이 무더위 앗아가면
장롱 속에 내던져지고
알뜰한 사랑 도중에 끊어질까 두려워하네.

신 렬 제 환 소　교 결 여 상 설
新裂齊紈素, 皎潔如霜雪,

재 위 합 환 선　단 단 사 명 월
裁爲合歡扇, 團團似明月.

출 입 군 회 수　동 요 미 풍 발
出入君懷袖, 動搖微風發,

상 공 추 절 지　양 표 탈 염 열
常恐秋節至, 涼飇奪炎熱,

기 연 협 사 중　은 정 중 도 절
棄捐篋笥中, 恩情中道絕.

젊어서는 남편의 사랑을 받다 늙어서는 버림받는 측실(側室) 같은 연인들의 원(怨)을 노래한 시이다. 그리고 이러한 원시(怨詩)는 결국은 궁원(宮怨)으로 집중된다. 보기로 초당 심전기(沈佺期)(656? ~ 714)의 장문원(長門怨)을 읽어보기로 한다.

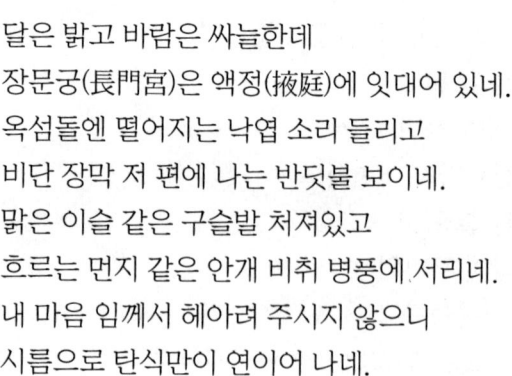

달은 밝고 바람은 싸늘한데
장문궁(長門宮)은 액정(掖庭)에 잇대어 있네.
옥섬돌엔 떨어지는 낙엽 소리 들리고
비단 장막 저 편에 나는 반딧불 보이네.
맑은 이슬 같은 구슬발 처져있고
흐르는 먼지 같은 안개 비취 병풍에 서리네.
내 마음 임께서 헤아려 주시지 않으니
시름으로 탄식만이 연이어 나네.

월교풍냉랭　장문차액정
月皎風冷冷, 長門次掖庭.

옥계문추엽　나황견비형
玉階聞墜葉, 羅幌見飛螢.

청로응주철　유진하취병
淸露凝珠綴, 流塵下翠屏.

첩심군미찰　수탄극번성
妾心君未察, 愁歎劇繁星.

그 중에서도 이백(李白)의 옥계원(玉階怨) 같은 것은 짧은 빼어난 작품 중의 하나이다.

옥섬돌엔 흰 이슬 내리어
밤 깊어지자 비단 버선 적시네.
수정 발 내려놓은 채로
영롱한 가을 달만 바라보네.

옥계생백로　야구침라말
玉階生白露, 夜久侵羅襪.

각하수정렴　영롱망추월
却下水晶簾, 玲瓏望秋月.

이상과 같은 남녀의 정을 읊은 노래는 후세에 와서도 특히 민가 계통에 두드러진다. 중당(中唐)에서 오대(五代)를 거쳐 송(宋)대에 성행하였던 사(詞) 같은 것은 더욱이 일반적으로 거의 모두가 남녀의 정을 주제로 한 완약(婉約)한 작품들이었다. 원(元)대에 가서 성행하였던 산곡(散曲)도 사보다는 제재(題材)의 범위가 넓어졌다고는 하지만 역시 남녀의 정을 노래한 것들이 많았다. 여기에서는 당나라 말엽 오대(五代)의 온정균(溫庭筠, 820~870?)의 사 경루자(更漏子)를 보기로 든다.

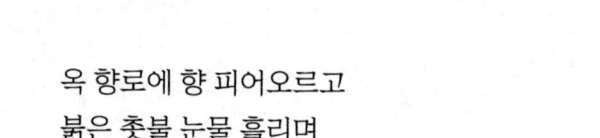

옥 향로에 향 피어오르고
붉은 촛불 눈물 흘리며
주당(晝堂) 두루 비추어 가을 시름 돋우네.
눈썹 화장 엷어지고
구름 같은 머리 헝클어뜨리고
긴 밤 싸늘한 금침을 겨워하네.

오동나무 잎에
한 밤중 비 오는 소리,
이별의 정 괴롭다 않던가?
한 잎 한 잎
후둑 후둑
적막한 섬돌 앞에 밤새도록 떨어지네.

옥 로 향　홍 랍 루
玉爐香, 紅蠟淚,

偏照畫堂秋思.

眉翠薄, 鬢雲殘,

夜長衾枕寒.

梧桐樹, 三更雨,

不道離情正苦?

一葉葉, 一聲聲,

空階滴到明.

산곡(散曲)으로는 원곡(元曲) 초기의 대가인 관한경(關漢卿, 1246 전후)의 작품으로 "별정(別情)"이란 부제가 달린 사귀옥(四塊玉)을 한 수 읽어보기로 하자.

이별한 뒤로도
마음은 떼어버리지 못하니
이 사랑 언제나 끊이려나?
난간에 기대어 섰노라니 눈 같은 버들 솜 옷 소매에 스치네.
시냇물 가로놓이고
산이 막혀있는 저 편으로
임은 가버렸네!

자송별 심난사
自送別, 心難捨.

일 점 상 사 기 시 절
一點相思幾時絶?

빙 난 수 불 양 화 설
凭欄袖拂楊花雪.

계 우 사 산 우 차 인 거 야
溪又斜, 山又遮, 人去也!

다시 말하면 〈시경〉으로부터 이어져 내려오는 전통과 그
에 대한 특별한 해석 방법이 있었기 때문에, 유교적인 논리
로 젖은 점잖은 후세의 사대부들도 이상과 같은 여린 남녀
의 정을 시로 노래할 수가 있었던 것이다. 그리고 이 때문에
서정시는 더욱 중국 고전문학의 중심을 이루는 자리를 차지
하고 발전할 수가 있었던 것이다.

❀ 6. 한대 이후의 나회니

중국 고전문학에 있어서 그 문학론은 전통적으로 풍유론
(諷諭論)이 지배하여 왔다는 것은 앞에서도 이미 지적한 바
와 같다. '풍유'란 사회의 모순이나 부조리를 고발하여 위정
자들의 잘못을 깨우치는데 중심을 이루기 때문에 후세의 중

국시에 사회시가 없을 수 없다. 우선 시성(詩聖)이라 부르는 당대의 두보(杜甫, 712~770)만을 보더라도 보통 '삼리(三吏)', '삼별(三別)'이라 하는 신안리(新安吏)·석호리(石壕吏)·동관리(潼關吏)와 신혼별(新婚別)·무가별(無家別)·수로별(垂老別)을 비롯하여, 병거행(兵車行)·여인행(麗人行)·자경부봉선영회오백자(自京赴奉先詠懷五百字)·애강두(哀江頭)·북정(北征) 등 수많은 그 시대 사회상을 반영하는 시를 지어 지금 와서는 흔히 사회시인이라 지목되기도 한다. 이중 석호리(石壕吏) 한 수 만을 읽어본다 하더라도 그의 사회시의 성격을 알 수가 있을 것이다.

석호리(石壕吏)

날 저물어 석호촌(石壕村)에 묵었는데
관리가 밤에 사람을 잡으러 나왔다네.
늙은 할아버지는 담을 넘어 달아나고
할머니가 문에 나와 보는데,
관리의 호통은 어찌 그리도 노엽고
할머니의 울음은 어찌 그리도 슬프딘지!
할머니가 관리에게 나아가 하는 말 들으니,
"셋째 아들은 업성에서 수자리 살고 있고,
첫째 아들이 부쳐온 글에
둘째 아들이 요즘 싸우다 죽었다오.
산 놈은 구차하더라도 살아간다지만

죽은 놈은 영영 그만이지요.
집안엔 사람이라고는 더 없고
오직 젖먹이 손자가 하나 있는데,
손자가 있어 어미는 아직 안 끌려갔으되
출입하려 해도 온전한 치마가 하나도 없다오!
이 늙은 할미 힘은 비록 쇠약하나
나리 좇아 밤도와 가서
급히 하양(河陽)의 싸움터로 나간다면
그래도 아침밥은 마련해 드릴 수 있을 거요!"
밤이 깊어지자 말소리 끊어지고
흐느껴 우는 소리만 들리는 듯 하였네.
날이 밝아 길에 오를 적에는
오직 할아버지와만 작별을 했다네.

暮投石壕村, 有吏夜捉人.

老翁踰墻走, 老婦出門看.

吏呼一何怒, 婦啼一何苦?

聽婦前致詞, 三男鄴城戍,

一男附書至, 二男新戰死.

存者且偷生, 死者長已矣.

室中更無人, 唯有乳下孫.

孫有母未去, 出入無完裙.

老嫗力雖衰, 請從吏夜歸.

급 응 하 양 역　유 득 비 신 취
急應河陽役, 猶得備晨炊.

야 구 어 성 절　여 문 읍 유 열
夜久語聲絕, 如聞泣幽咽.

천 명 등 전 도　독 여 노 옹 별
天明登前途, 獨與老翁別.

　　중당(中唐)에 이르러는 '안사(安史)의 난'을 겪은 뒤라시
사회의 불행을 보는 눈이 더욱 예리해졌다. 원결(元
結, 719~772)·백거이(白居易, 772~846)·이신(李
紳, 772~846)·원진(元稹, 779~831)·장적(張籍,
768?~830?)·유우석(劉禹錫, 772~842) 같은 시인들이 그
러한 중당의 시풍을 대표한다. 특히 백거이는 여원구서(與
元九書) 같은 글에서 사회문제를 다룬 '풍유'에 자기가 시를
짓는 목표가 있다고 분명히 선언하고, 자신의 시를 풍유시
(諷諭詩)·한적시(閑適詩)·감상시(感傷詩)·잡률시(雜律詩)
의 네 종류로 나누면서 더욱 '풍유'의 뜻을 강조하고 있다.
그 중에서도 진중음(秦中吟) 10수와 신악부(新樂府) 50수가
대표적인 것이다. 그의 '신악부'는 먼저 이신(李紳)이 지은
'신제악부(新題樂府)' 20수와 원진(元稹)이 지은 '신제악부
(新題樂府)' 15수에 호응하여 지은 것인데 모두 사회눈제를
풍자한 내용들이다. 보기로 백거이의 '신악부'에서 "관시
(官市)의 고충을 읊는다"고 스스로 부 제목을 하나 더 붙이
고 있는 매탄옹(賣炭翁)을 읽어보기로 하자.

숯 파는 노인은
나무 베고 숯 굽기를 남산에서 하는데,
온통 얼굴이 먼지와 재와 연기와 불빛이고
양 귀밑머리 희끗희끗 하고 열 손가락은 새까맣네.
숯 팔아 돈이 생기면 무엇을 하는가?
몸에 걸치는 옷과 입으로 들어가는 음식 마련일세.
가엽게도 몸의 옷이라곤 홑 것 뿐인데도
마음으로 숯 값 싸질까 걱정되어 날씨 춥기 바라네.
밤사이 성 밖에 한 자 눈이 내리자
새벽에 숯 실은 수레 몰고 언 길을 나서니
소는 지치고 사람은 배고픈데 해는 벌써 높이 솟았고
저자 남쪽 문 밖 진흙 속에 와서 쉬네.
두 말 탄 사람이 나는 듯 달려오는데 누구일까?
누런 옷 입은 사자(使者)와 흰 저고리 입은 사나이인데
손에는 문서 들고 입으로는 칙명이라 소리치며
수레 돌리고 소를 몰아 북쪽으로 몰고 가네.
한 수레의 숯은 천 근이 넘는데
관리인 사자가 몰고 간다고 애석히 여긴들 어찌하는 수 없는 것,
반 필의 홍사(紅紗)와 열 자 길이의 비단을
소머리에 매어 주고 숯 값으로 셈 하자네.

매 탄 옹   벌 신 소 탄 남 산 중
賣炭翁, 伐薪燒炭南山中,

만 면 진 회 연 화 색   양 빈 창 창 십 지 흑
滿面塵灰煙火色, 兩鬢蒼蒼十指黑.

賣炭得錢何所營? 身上衣裳口中食.

可憐身上衣正單, 心憂炭賤願天寒.

夜來城上一尺雪, 曉駕炭車輾冰轍.

牛困人飢日已高, 市南門外泥中歇.

翩翩兩騎來者誰? 黃衣使者白衫兒.

手把文書口稱敕, 迴車叱牛牽向北.

一車炭, 千餘斤, 官使驅將惜不得.

半匹紅紗一丈綾. 繫向牛頭充炭直.

백거이는 스스로 자신의 시를 짓는 목표는 '풍유'에 있다고 선언하면서도 감상시(感傷詩)에서도 유명한 장편의 비파행(琵琶行)과 장한가(長恨歌)를 비롯하여 좋은 시를 많이 남겼고, 만년의 한적시(閑適詩)에도 빼어난 작품이 많다.

앞에서도 얘기한 행역시(行役詩) 중 여자의 입장에서 지은 시는 후세에 규정시나 궁원시로 발전하지만은, 남자의 입장에서 지은 시는 후세에 변새시(邊塞詩)라 부르는 국경수비나 전쟁을 다룬 시들로 발전하였다. 그리고 이러한 국경수비나 전쟁은 사회에 큰 문제를 던져 주었기 때문에 크게 볼적에는 사회시 속에 들어갈 수 있는 것들이 많다. 그러한 시들은 옛 악부(樂府)에도 이미 상당히 유행하여 이미 위(魏)

나라 때의 조조(曹操, 155~220)를 비롯하여 많은 사람들이 그러한 시들을 지었다. 조조의 시를 한 수 보기로 든다.

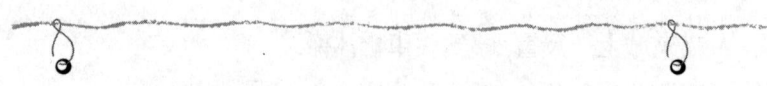

고한행(苦寒行)

북으로 태행산에 오르니
험난하도다, 얼마나 높은가?
양장처럼 언덕길은 꾸불꾸불
수레바퀴도 험한 길에 부서지네.
수목들은 이 얼마나 쓸쓸한가?
북풍 소리 정말 슬프네.
큰 곰들 우리 향해 쭈그리고 앉아 있고
호랑이와 표범이 길 양편에서 울부짖네.
계곡엔 사람도 없는데
눈은 어째서 펄펄 내리는가!
목을 길게 뽑고 장탄식하니
멀리 떠나와 생각 어수선하네.
내 마음 얼마나 서글픈가!
곧 동쪽으로 돌아가고만 싶네.
물 깊은데 다리는 끊겨
길 위에서 배회하고 있네.
갈팡질팡 옛 길도 잃어버리고
땅거미 지는데 묵을 곳도 없네.
가고 가서 날로 멀어지니
사람과 말이 함께 굶주리네.

행낭을 메고 가 나무를 하고
도끼로 얼음 깨고 죽을 끓이네.
슬프다 저 주공(周公) 동정(東征) 때의 동산시(東山詩)여!
한 없이 나를 서럽게 하네.

북 상 태 행 상　간 재 하 외 외
北上太行上, 艱哉何巍巍?

양 장 판 힐 굴　거 륜 위 지 최
羊腸坂詰屈, 車輪爲之摧.

수 목 하 소 슬　북 풍 성 정 비
樹木何蕭瑟? 北風聲正悲.

웅 비 대 아 준　호 표 협 로 제
熊羆對我蹲, 虎豹夾路啼.

계 곡 소 인 민　설 락 하 비 비
谿谷少人民, 雪落何霏霏.

연 경 장 탄 식　원 행 다 소 회
延頸長歎息, 遠行多所懷.

아 심 하 불 울　사 욕 일 동 귀
我心何怫鬱? 思欲一東歸.

수 심 교 량 절　중 로 정 배 회
水深橋梁絶, 中路正徘徊.

미 혹 실 고 로　박 모 무 숙 서
迷惑失故路, 薄暮無宿棲.

행 행 일 이 원　인 마 동 시 기
行行日已遠, 人馬同時飢.

담 낭 행 취 신　부 빙 지 작 미
擔囊行取薪, 斧冰持作糜.

비 피 동 산 시　유 유 사 아 애
悲彼東山詩, 悠悠使我哀.

집 떠나 객지를 헤매는 이의 고난이 눈앞에 선하다. 끝머리에서 주공(周公)이 동정(東征)할 때 지은 것으로 알려진 동산시(東山詩)를 두고 슬퍼하고 있으니, 여기의 주인공도 전쟁터에 끌려 나가 있는 것임이 분명하다. 이러한 시들은 후세로 오면서 더욱 성행한다. 초당(初唐) 양형(楊炯, 650~692)의 종군행(從軍行)을 한 수 보기로 든다.

봉화가 장안에 비치니
마음은 저절로 격앙되네.
군대에 끌려 궁성을 하직하고 가서
용감한 기병은 흉노(匈奴)의 도성을 포위했네.
눈발 자욱하니 깃발의 그림도 빛을 잃고
바람 소리 속에 북 소리 뒤섞이네.
차라리 중대장이 된다 하더라도
일개 서생보다는 훌륭하다네!

봉 화 조 서 경　심 중 자 불 평
烽火照西京, 心中自不平.

아 장 사 봉 궐　철 기 요 용 성
牙璋辭鳳闕, 鐵騎繞龍城.

설 암 조 기 화　풍 다 잡 고 성
雪暗凋旗畵, 風多雜鼓聲.

녕 위 백 부 장　승 작 일 서 생
寧爲百夫長, 勝作一書生.

특히 성당(盛唐)시대에 와서는 이백(李白)을 비롯하여 잠참(岑參, 715~770)·고적(高適, 702?~765)·왕창령(王昌齡, 698~757?)·최호(崔顥, ?~754)·이기(李頎, 690~751)·왕지환(王之渙, 688~742) 등은 그러한 시를 많이 지어 흔히 변새파시인(邊塞派詩人)이라 지목되기도 한다. 여기에는 왕창령의 출새(出塞)란 시와 왕한(王翰, 678?~726?)의 양주사(涼州詞)를 각각 소개하기로 한다.

출새(出塞)

진(秦)나라 때의 밝은 달 한(漢)나라 때의 관문 그대로인데,
만 리 저편으로 싸움 나간 군사는 돌아오지도 못하네.
다만 노성(盧城)의 비장(飛將)이라 불리던 이광 같은 장수만
　　있다해도
오랑캐 군사의 말이 음산을 넘어 침입해 오도록 두지는 않았
　　으련만!

秦時明月漢時關, 萬里長征人未還.
但使盧城飛將在, 不敎胡馬度陰山.

양주사(涼州詞)

포도로 빚은 아름다운 술을 야광배(夜光杯)에 따라

마시려는데 비파 소리 말 위에서 떠나기를 재촉하네.
취해서 모래밭에 눕는다 해도 그대들 비웃지 말게나,
예부터 싸움터에 나가 몇이나 살아 돌아왔다던가?

포 도 미 주 야 광 배   욕 음 비 파 마 상 최
葡萄美酒夜光杯, 欲飮琵琶馬上催.
취 와 사 장 군 막 소   고 래 정 전 기 인 회
醉臥沙場君莫笑! 古來征戰幾人回?

후세로 오면서 변새시는 더욱 전쟁과의 관련이 뚜렷해지고, 전쟁과의 관련이 뚜렷해지면서 애국적인 성향을 많이 띄게 된다. 앞에 든 왕창령의 출새(出塞)도 그러한 예이다. 특히 자기 조국이 외족의 침략을 받고 있을 때 그러한 경향은 두드러졌었다. 예를 들면 '안록산(安祿山)의 난(755~763)' 직후 당나라가 내란으로 변경 수비를 소홀히 한 틈을 타 토번(吐蕃)이 이른바 농우육주(隴右六州)를 침략하였는데, 이 때의 대표적인 시인 백거이(白居易)·원진(元縝)·두목(杜牧)·이익(李益)·장적(張籍)·사공도(四空圖) 등이 모두 서량시(西涼詩)·하황시(河湟詩)·변사시(邊思詩) 등 잃어버린 자기네 변경 땅을 일깨우기 위한 변새시를 썼다. 보기로 두목(杜牧, 803~852?)의 하황(河湟)이란 제목의 작품을 읽어보자.

하황(河湟)

재상 원재(元載)는 일찍이 대종(代宗)황제에게 서북 변경의
　　방비책을 아뢰었고
헌종(憲宗)황제도 서북 변경 방비에 유념하셨는데,
곧 원재는 모함을 받아 의관(衣冠)을 입은 채 동시(東市)에서
　　죽고
헌종도 죽어 활과 칼을 놓고 서북쪽은 돌보지 않게 되었네.
양 치고 말 타는 자들 토번족 통치 아래 오랑캐 옷 입고
　　있다 해도
머리 희도록 붉은 마음 지닌 모두가 당나라 신하인데,
오직 양주(涼州)에 관한 가무곡 만이
천하에 유행하며 한가한 자들이나 즐겁히고 있네.

元載相公曾借著, 憲宗皇帝亦留神.

旋見衣冠就東市, 忽遺弓劍不西巡.

牧羊驅馬雖戎服, 白髮丹心盡漢臣.

唯有涼州歌舞曲, 流傳天下樂閑人.

　　끝으로 장적(張籍, 768?~830?)의 양주사(涼州詞) 삼수(三
首) 중 끝머리 한 수를 더 소개하겠다.

양주사(涼州詞)

옛 우리 땅이던 풍림관 안의 강물은 동쪽으로 흐르고 있는데,
잡풀 잡나무로 거칠어진지 육십년이나 되었네.
변경의 장수들 모두 임금님의 은택을 입었으련만
아무도 양주를 되찾자는 말 할 줄 모르네.

풍 림 관 리 수 동 류   백 초 황 유 육 십 추
風林關裡水東流, 白草黃楡六十秋.

변 장 개 승 주 은 택   무 인 해 도 취 량 주
邊將皆承主恩澤, 無人解道取涼州.

⚜ 7. 맺는 말

이상 살펴본 바와 같이 중국의 고전문학은 그 중심을 이루
는 전통적인 문학론이 『시경』의 연구와 해석을 발판으로 이
루어져 발전한 것이고, 창작의 주류를 이루어온 서정시의
전통도 『시경』에 그러한 작품이 있은 뒤에 그러한 것들을 받
아들일 수 있는 해석 방법이 있었기에 발전할 수 있었던 것
이다. 그러기에 중국의 전통문학은 시를 중심으로 하여 발

전하게 된 것이다.

그리고 『시경』에서 발전한 '풍유'라는 문학이념은 시론에만 그치지 않고, 전통적인 산문론(散文論)이나 소설·희곡의 이론에까지도 영향을 끼쳤다. 당대 이후 고문운동가(古文運動家)들이 내세운 "문이재도(文以載道)"의 문론이나, 소설·희곡을 거의 모두 권선징악(勸善懲惡)의 방향으로 몰고 갔던 것도 말하자면 '풍유'의 또 다른 일면의 발전이라 할 수 있다. 그래서 중국의 전통적인 문학과 문학론이 크게는 『시경』을 근거로 하여 이루어지고 발달했다고 하는 것이다.

그리고 이러한 사회적인 공용성과 관계없는 서정을 중심으로 한 아름다움의 추구가 특히 시(詩)·사(詞)·곡(曲) 등에서 큰 발전과 성과를 이룰 수 있었던 것도 『시경』 덕분이라는 것이다. 곧 문학론의 중심을 이루는 '풍유'와 창작의 중심을 이룬 서정은 얼핏 보기에 서로 모순되는 것인데도 불구하고, 중국에서 서로 조화를 이루며 발전할 수 있었던 것이 『시경』 때문이라는 것이다.

이런 점에서 『시경』은 중국문학의 시원이며 또 "중국문학의 할아버지(中國文學之祖)"라 하여 조금도 손색이 없는 것이다.

02. 『시경(詩經)』 행역시(行役詩) 이야기

❀ 1. '행역' 이란 무얼 말하는가?

"행역(行役)"이라는 것은 "집을 떠나 먼 곳으로 역사(役事)에 끌려 나가는 것"을 말한다. 그리고 그 '역사'란 군대에 복무하는 일까지도 포함하여 나라 일을 위하여 강제로 동원되어 가서 나라에 봉사하는 일을 뜻한다. 실제로 시에 있어서는 그것이 병역(兵役)인지 요역(徭役)인지 또는 부역(賦役)인지 알 수 없는 경우가 많으므로 이 이상의 설명은 필요 없을 것이다. 다만 이들 행역시는 모두가 어지러운 세상에서 생겨난 것이며, 요역이던 부역이던 간에 거의 모두가 전쟁과 직접 또는 간접적인 관계가 있는 것임은 말할 것도 없다. 중국의 옛날 『시경』 연구가들도 모두 '행역' 이란 말을 이런 정도의 개념 아래 사용하고 있다고 볼 수 있다.[1]

'행역' 에 나가는 사람들은 거의 모두가 한창 때의 젊은이들이었음으로 이들을 징집하여 먼 이역으로 끌고 가는 일은

---

1) 魏風 陟岵; "孝子行役, 思念父母也. 國迫而數侵消, 役乎大國, 父母兄弟離散, 而作是詩也."
上同 鄭箋; "役乎大國者, 爲大國所徵發."
上同 孔疏; "役乎大國, 則爲大國所役."

일반 사회생활은 물론 젊은 남녀들의 정서에 큰 파문을 일으키는 결과가 된다. 더구나 중국은 옛날부터 사방이 이민족으로 둘러싸인 지리적인 여건 때문에 거의 하루도 전쟁이 멎을 날이 없을 지경이었음으로 자연이 '행역'이 잦았고, 이 잦은 '행역'은 국민의 사회생활 또는 정서생활에 많은 영향을 끼쳤을 것이다. '행역'은 개인이나 그 집안의 사정은 아랑곳없이 나라의 수요에 따라 집정자들의 일방적인 명령에 의하여 동원되는 것임으로 그것은 흔히 개개인의 생활과 감정에 무엇보다도 심각한 파문을 던져주게 된다.

'행역시'는 옛사람들의 생활과 정서에 '행역'이란 횡포가 던져 준 파문들을 노래한 것들이다. 따라서 '행역시'의 연구는 중국 서정시의 특성을 밝히는데 큰 도움이 되리라 믿는다. '행역'이란 안락한 가정과 정든 고향 및 사랑하는 사람들과의 이별을 갑자기 강요당하는 것임으로 떠나간 사람이나 떠나보낸 사람들이 맛본 이별의 슬픔이나 오랜 그리움은 어느 경우보다도 심각하였다.

여기에서는 '행역시'를 골라서 분류하고 그 특성을 밝히는데 일차적인 목표를 두었다. 그리고는 다시 이 '행역시'가 지니는 특성들이 후세 시가에 어떤 영향을 남기고 있는가를 더듬어 보려고 한다. '행역시'는 그 성격으로 보아 중국의 서정시의 전통과 근원적인 관계를 지니고 있을 가능성이 많기 때문에 이러한 작업은 중국시가 오랜 역사를 통하여 어떤 형태로 발전 지속되었는가를 따져보는 한 가지 방편이 되리라 생각한다.

❀ 2. '행역시'와 그 분류

앞에서 간단히 '행역'이란 말의 개념을 설명하기는 하였지만 실지로 『시경』 속에서 '행역시'를 골라내려면 먼저 해결하여야만 할 문제들이 생긴다. 우선 시의 대의의 파악에서 모시(毛詩)와 주희(朱熹)는 물론 여러 학자들의 의견이 일치하지 않는 것들이 있음으로 그 작품의 성격 규정에 혼란이 생긴다. 여기에서는 여러 주석가들의 설을 종합하여 '행역시'에 틀림없다고 단정할 수 있는 작품들만을 다루기로 하였다. 그리고 전쟁에 관계되는 시와 '행역시'의 구분도 문제가 된다. '행역'이 종군까지도 포함된다면 어떤 경우에는 비정한 전쟁을 노래한 것이나 원정(遠征)을 기린 시들과의 구분이 모호하기 때문이다. 여기에서는 일단 전쟁이나 원정 그 자체가 주요 테마인 작품들도 제외하기로 하였다. 따라서 여기에서는 강제로 징발 당하여 그리운 고향을 떠나온 '행역'하는 사람과 '행역'에 나간 사람을 아끼고 그리는 사람의 관계가 뚜렷한 것들만을 골랐다.

이렇게 하여 추려진 '행역시'들을 분류해 보면 대략 다음과 같은 작품들이 있다.

첫째 : 여자가 '행역'에 나간 임을 생각하는 시.
  ① 국풍(國風) 주남(周南) 여분(汝墳)[2]
  ②   〃   소남(召南) 초충(草蟲)[3]
  ③   〃   〃   은기뢰(殷其雷)
  ④   〃   패풍(邶風) 웅치(雄雉)

⑤　　〃　　위풍(衛風)　백혜(伯兮)

⑥　　〃　　왕풍(王風)　군자우역(君子于役)

⑦　　〃　　당풍(唐風)　갈생(葛生)

⑧　　〃　　진풍(秦風)　소융(小戎)

둘째 : '행역'에 나간 남자의 노래.

(1) 집을 그리는 詩

① 국풍(國風)　주남(周南)　권이(卷耳)[4]

②　　〃　　위풍(魏風)　척호(陟岵)

③　　〃　　왕풍(王風)　양지수(揚之水)

④ 소아(小雅)　체두(杕杜)[5]

---

2) 汝墳詩는 小序에 "道化行也. 文王之化, 行乎汝墳之國, 婦人能閔其君子, 猶勉之以正也."라 하여 道德的인 입장에서 詩를 曲解하고 있다. 朱熹의 詩集傳도 周南과 召南詩의 解釋에 있어서는 이러한 道學的인 見解를 벗어나지 못하고 있다. 그러나 詩의 內容을 읽어보면 屈萬里교수가 詩經釋義에서 지적 했듯이 "婦人이 그의 남편이 行役으로부터 돌아온 것을 마중하여 기뻐하는 詩"이다. 그러나 詩의 내용은 이별했던 때의 그리운 情과 이별의 두려움의 노래가 중심이고 기쁨은 약간 비추기만 한다.

3) 草蟲詩도 小序에는 "大夫妻, 以禮自防也."라 설명하고 있으나, 이미 朱熹도 道學的인 見地를 지키면서 "부인이 行役에 나간 남편을 그리는 詩"임을 시인하고 있다.

4) 卷耳詩에 대하여 小序에서는 "后妃之志也.……"라 설명을 가하고 있으나 屈萬里교수의 詩經釋義처럼 "行役者가 집을 생각하는 詩"로 보아야만 할 것이다.

5) 이 杕杜뿐만 아니라 小雅의 詩들은 모두 "役事로부터 돌아 온 것을 위로"한다든가 "使臣을 위로"하는 것 같은 宴會에 쓰인 시라고 小序에서 풀이하고 있지만 詩의 내용은 전부 다르다.

(2) '행역'의 고달픔을 노래한 시

① 국풍(國風) 패풍(邶風) 격고(擊鼓)

②   〃   당풍(唐風) 보우(鴇羽)

③ 소아(小雅) 사무(四牡)

④   〃   채미(采薇)

⑤   〃   기보(祈父)

⑥   〃   소명(小明)

⑦   〃   면만(綿蠻)

⑧   〃   하초불황(何草不黃)

(3) 장수가 정벌(征伐)의 괴로움을 읊은 시

① 소아(小雅) 출거(出車)

②   〃   점점지석(漸漸之石)

『시경』에서 이상 21편을 행역시로 골라내었다. 그러나 이 밖에도 빈풍(豳風)의 동산(東山)시처럼 행역과 관계있는 시들이 더 있다. 그 시의 한 절을 보기로 들어 보자.

나는 동산(東山)으로 갔다가
오랜 동안 돌아오지 못했네.
내가 동쪽으로부터 올 적에는
부슬비 자욱이 내렸네.

나는 동쪽에서 돌아갈 날 생각하여
서쪽 그리며 마음 슬퍼했네.
돌아와 평복 지으면서
다시는 종군 않으리라 마음먹었네.

우물거리는 뽕나무 벌레 기는
뽕나무 밭에서
움츠리고 홀로 지새우던
수레 밑의 밤이 꿈만 같네.

我徂東山, 慆慆不歸. 我來自東, 零雨其濛.
我東曰歸, 我心西悲. 制彼裳衣. 勿士行枚.
蜎蜎者蠋, 烝在桑野. 敦彼獨宿, 亦在車下.

　동쪽 지방 원정으로부터 돌아와 괴롭던 종군시절을 노래
한 것이어서 행역에서 돌아온 남편을 맞이한 여분(汝墳) 시
의 노래와 가깝다. 행역시에 포함시켜도 괜찮을 것이지만
모전(毛傳)에서 말한 것처럼 '주공동정(周公東征)'이란 장한
일을 치르고 난 사람의 말투인 듯 하고 또 분명한 전쟁시임
으로 빼버렸다. 이처럼 행역시에 포함시켜도 좋을 작품들이
아직도 몇 편 더 있다. 그러나 행역시의 성격을 밝히고 그
후세 시가에의 영향을 고찰함에 있어서는 이것들만 가지고
도 충분할 것이다.

❀ 3. 행역시의 성격과 특징

(1) 행역에 나간 임을 그리는 노래

첫째 행역에 나간 임을 그리는 여인들의 노래를 읽어보면 그리움이나 슬픔을 노래하는 태도가 작품에 따라 모두 차이가 있음을 발견하게 된다. 차분히 자기의 감정을 노래한 것이 있는가 하면 그리움에 몸부림치는 격한 노래들이 있고, 자기라는 개인의 입장으로부터 국가나 사회로 시야를 확장시키어 시국에 대한 자기 생각을 자기 감정 속에 함께 섞어 노래한 것이 있다. 그리고 시국을 보는 눈은 긍정적인 것과 부정적인 것이 있다.

자기의 그리움이나 외로움을 차분히 노래함으로써 시를 읽는 이에게 애틋한 동정을 자아내게 하는 것으로 초충(草蟲)과 군자우역(君子于役)시가 있다.

임은 역사에 나가시어
돌아올 기약조차 없으니
언제나 오시려나!
닭은 홰에 오르고
해는 저무니
소와 양도 마을로 돌아오네.
임은 역사(役事)에 나가셨으니
그 어찌 그립지 않으리!

군자우역　불지기기　갈지재
君子于役, 不知其期, 曷至哉!

계서어시　일지석의　양우하래
雞棲於塒, 日之夕矣, 羊牛下來.

군자우역　여지하물사　　군자우역
君子于役, 如之何勿思! ― 君子于役 첫째 수.

이처럼 차분하고 애틋한 그리움이 농양석인 연심(戀心)인 지도 모른다. 조용히 잔물결처럼 이는 그리움이나 외로움은 읽는 이의 가슴에 그것을 아름다움으로 물결치게 만든다. 이것은 "하루만 보지 못해도 삼 년 보지 못하는 것 같다"(一日不見, 如三秋兮. ―王風 采葛)는 일반적인 사랑의 그리움이나 "어찌 그대가 그립지 않으리? 그대가 내게 안 오는 거지"(豈不爾思? 子不我卽. ―鄭風 東門之墠)하는 일반적인 사랑의 갈등과도 통한다. 그러나 행역의 이별은 타의에 의하여 불시에 생긴 것이기 때문에 여기에서 일어나는 그리움이나 외로움의 감정은 더욱 격해지기 쉽다.

우르릉 우레 소리가
남산 남쪽 기슭에서 울리네.
어찌하여 임은 이곳을 떠나
돌아와 볼 겨를조차도 없는가!
그리운 임이여,

돌아오시이다, 돌아오시이다!"

은 기 뢰　재 남 산 지 양　하 사 위 사　막 감 혹 황
殷其雷, 在南山之陽. 何斯違斯, 莫敢或遑!
진 진 군 자　귀 재 귀 재　　은 기 뢰
振振君子, 歸哉歸哉! ― 殷其雷 첫째 수

노래하는 주인공은 우레 소리에서 자기를 불행케 만든 횡포 같은 것을 느꼈을 것이다. 그리고 "돌아오시이다! 돌아오시이다!" 하는 임을 향한 강렬한 그리움은 몸부림으로 느껴질 정도이다. 갈생(葛生)시에서도 이와 같은 격정이 느껴진다.

뿔 장식 달린 베개는 곱고
비단 이불은 찬란하기만 한데,
내 고운 임 여기 없으니
그 누구와 이 밤을 지새나!

긴 긴 여름날
긴 긴 겨울밤의 외로움이여!
백년 뒤라도
그와 한 무덤에 묻혔으면!

각 침 찬 혜　금 금 란 혜　여 미 무 차
角枕粲兮, 錦衾爛兮. 子美亡此,

誰與^{수 여}? 獨旦^{독 단}!

夏之日^{하 지 일}, 冬之夜^{동 지 야}. 百歲之後^{백 세 지 후},

歸于其居^{귀 우 기 거}. ―葛生^{갈 생} 제3, 4 수

앞의 초충(草蟲)이나 군자우역(君子于役)의 시정이 잔물결이라면 이 은기뢰(殷其雷)와 갈생(葛生)은 거센 파도와 같다. 행역이 아닌 단순한 사랑의 갈등이나 사업 또는 벼슬하기 위하여 가는 이별이라면 이처럼 그리움이 격해질 수는 없을 것이다. 이러한 감정의 표현은 행역시에서 특징으로 두드러지게 되는 서정인 것이다. 그것은 자기의 그리운 임 또는 행복의 상실이 자기와는 전혀 관계없는 타의에 의하여 생겼다는데서 일어나는 것이다.

(2) 이별에 대한 시야를 보다 넓힌 시들

가끔 시인들은 임을 잃은 자기의 불행을 좀 더 시야를 넓혀서 바라보기도 하였다. 자기의 행복을 앗아간 타의의 존재를 의식하여 이 불행의 원인이 된 요건들을 아울러 노래하는 것이다.

임을 뵙지 못하니
굶주림에 음식 찾듯 그리워지네.

未見君子. 怒如調飢.
미 견 군 자　　역 여 조 기

하고 노래하던 여분(汝墳)시에서 끝 장을 보면

방어(魴魚) 꼬리 붉어지듯 사람들 고생하고
왕실은 불타는 듯 하네.
비록 불타는 듯 하다 해도
부모님은 더욱 가까이 모셔야 할 분들이네.

魴魚禎尾, 王室如燬. 雖則如燬, 父母孔邇.
방 어 정 미　 왕 실 여 훼　　 수 즉 여 훼　 부 모 공 이

여기서는 자기 임과의 이별이 "왕실이 불타는 듯 하기 때
문에" 곧 외적의 침입같은 나라의 혼란 때문에 일어난 것임

을 인정하고 있다. 아무리 나라가 혼란에 빠져있다 하더라도 이 여자는 자기의 행복을 희생하고 싶지는 않다. 그래서 부모님이 계시니 다시는 멀리 떠나지 말라는 것이다. 또 웅치(雄雉)시를 보면 "길은 먼데 언제나 오시려나?(道之云遠, 曷云能來?)" 하고 그리움을 노래하면서 불행의 근원을 찾는 눈길을 전혀 다른 방향으로 돌리고 있다.

여러 군자들은
덕을 행할 줄 모르네.
서로 미워하지 않고 탐욕하지 않으며
어찌하여 잘 지내지 못하였는가?[6]

_{백 이 군 자　부 지 덕 행　불 기 불 구　하 용 불 장}
百爾君子, 不知德行. 不忮不求, 何用不臧!

이렇게 나에게 불행이 닥쳐 온 것은 당신네 군자들이 정치를 올바로 하지 않았기 때문이다. 만약 여러 군자들이 덕을 올바로 닦고 서로 남을 위하며 잘 지냈던들 자기처럼 백성

---

6) 이 구절은 鄭箋, 孔疏, 集傳과 해석 방향이 약간 다르다. 대체로 "나의 임은 남을 嫉害하지도 않고 또 한 사람에게 모든 德을 갖추기 바라지도 않는 그러한 행실을 하셨거늘 어찌하여 善하다 하지 않음으로서 임 홀로 밖에 있게 되었는가?"(孔疏)로 해석하지만 이 글을 쓰는데에는 아무런 지장이 없다.

들이 불행을 겪게 되지는 않았을 것이라는 것이다. 이것은 불행의 원인을 "왕실이 불타는 듯 하다"는 나라의 혼란에서 한 발자국 더 깊숙이 파고들어 따져본 것이다. 그 결과로 귀착점을 관리인 군자들의 덕행으로 돌리고 있는 것은 덕치(德治)를 숭상해온 중국인다운 결론이라 하겠다.

경우에 따라서는 이러한 시야의 확장은 자기의 불행 곧 임과의 이별을 긍정적인 면에서 받아들이기도 한다. 나라가 혼란에 빠진 것은 외족의 침입 때문이며 자기네가 잘 살기 위하여 젊은이들이 나아가 이 외족을 무찌름으로서 나라를 지키지 않으면 안 된다는 각성이 있었기 때문이다. 이것은 애국 또는 우국의 노래인 것이다. 위풍(衛風)의 백혜(伯兮) 시를 읽어보자. 첫 장에서는

임[7]은 용감하신
나라의 영걸(英傑).
임은 창을 들고
임금님 선봉에 섰네."

---

7) 伯을 毛傳에선 "州伯也"라 풀이하고 있으나 鄭箋에선 "君子字也"라 하였다. 伯의 身分은 어떻든 다음 二章 以下의 내용으로 보아 伯은 노래를 부르는 女人의 남편이나 愛人임에 틀림없다.

<ruby>伯<rt>백</rt></ruby><ruby>兮<rt>혜</rt></ruby><ruby>朅<rt>걸</rt></ruby><ruby>兮<rt>혜</rt></ruby>, <ruby>邦<rt>방</rt></ruby><ruby>之<rt>지</rt></ruby><ruby>桀<rt>걸</rt></ruby><ruby>兮<rt>혜</rt></ruby>. <ruby>伯<rt>백</rt></ruby><ruby>也<rt>야</rt></ruby><ruby>執<rt>집</rt></ruby><ruby>殳<rt>수</rt></ruby>, <ruby>爲<rt>위</rt></ruby><ruby>王<rt>왕</rt></ruby><ruby>前<rt>전</rt></ruby><ruby>驅<rt>구</rt></ruby>.

하면서 나라를 위하여 창을 들고 나선 용감한 임의 모습을 노래하고 있다. 자기가 사랑하는 임을 싸움터로 앗아간 나라나 시국에 대한 불평은 전혀 없이 임금님의 군대의 선봉을 선 영웅다운 임의 모습을 노래한 것은 작자가 임이 나선 전쟁을 긍정적으로 받아들이고 있기 때문이라 할 것이다. 그러나 아무리 나라를 위해 명예로운 출정을 하였다 하더라도 떠나간 임이 그리워짐은 어찌하는 수가 없다.

　　임이 동쪽으로 떠나신 뒤로는
　　내 머리 바람에 날리는 쑥대 같네.
　　어찌 머릿기름조차 없을까만은
　　누구를 위하여 화장한단 말인가!

<ruby>自<rt>자</rt></ruby><ruby>伯<rt>백</rt></ruby><ruby>之<rt>지</rt></ruby><ruby>東<rt>동</rt></ruby>, <ruby>首<rt>수</rt></ruby><ruby>如<rt>여</rt></ruby><ruby>飛<rt>비</rt></ruby><ruby>蓬<rt>봉</rt></ruby>. <ruby>豈<rt>기</rt></ruby><ruby>無<rt>무</rt></ruby><ruby>膏<rt>고</rt></ruby><ruby>沐<rt>목</rt></ruby>, <ruby>誰<rt>수</rt></ruby><ruby>適<rt>적</rt></ruby><ruby>爲<rt>위</rt></ruby><ruby>容<rt>용</rt></ruby>?

　이처럼 제2장부터 3, 4장은 모두 임을 그리는 노래로 일관된다. 나라를 위하여 임이 떠나갔어도 임 없는 자기 생활은

외롭기만 한 것이다. 이제는 머리 빗고 화장할 엄두조차도 나지 않는다는 것이다. 진풍(秦風) 소융(小戎)시도 이 백혜(伯兮)시와 성격이 비슷하다. 3장 모두 앞의 대목에서는 임이 출정할 때의 탄 병거(兵車)의 모습과 무사들의 늠름한 모습을 노래하다가 뒤의 대목에서는 주체하기 어려운 임에 대한 그리움을 노래한다.

시인들이 시야를 확대시켜 임 그리는 노래를 부를 때 불행의 원인을 부정적인 면에서 파악한다는 것은 어느 정도 일반적인 사랑의 갈등과도 서로 통한다. 그리운 임과 이별한다는 것은 대개 자기들의 뜻이 아니라 남의 강요에 의하여 이루어지기 때문이다. 그러나 일반적인 사회생활로 말미암은 일시적인 이별은 아무래도 행역처럼 난폭하게 느껴질 수 없는 것이기 때문에 그 서정은 행역시에서 보는 것처럼 심각하지는 않을 것이다. 더구나 자기의 이별을 긍정적으로 받아들이고 보면 임의 모습은 더욱 영웅답고 훌륭하게만 느껴질 것이기 때문에 연연한 정은 다른 어떤 경우보다도 뜨거워질 것이다.

(3) 행역하는 남자들의 노래

여인만이 떠나간 임을 그리는 게 아니라 따뜻한 가정을 버리고 거친 들판에 나가 고생하는 남자는 더욱 집안과 집안의 가족들이 그리울 것이다. 왕풍(王風)의 양지수(揚之水)는 행역에 나간 남자가 사랑하는 사람을 그리며 집에 돌아갈 날을 기다리는 시이다.

사랑하는 그 사람은
내가 수자리 사는 신 땅에 없구나!
그립다, 그립다!
어느 달이면 나는 돌아가게 될 것인가?"

_{피 기 지 자} _{불 여 아 술 신}　_{회 재 회 재}　_{갈 월 여 환 귀 재}
彼其之子, 不與我戌申. 懷哉懷哉! 曷月子還歸哉?　–제1장

여기에서 특히 주의해야 할 것은 나머지 행역에 나간 사람들의 시를 보면 모두가 자기가 사랑하는 사람들의 입장에서 노래는 전개하고 있다는 것이다. 거친 들판에서의 집 생각은 아무래도 따뜻한 집안에서 자기를 살뜰히 생각하고 있을 사랑하는 아내나 가족들의 모습으로 상상이 비약하기 쉬웠던 것 같다. 주남(周南)의 권이(卷耳)시를 보면 첫 장에서

나물을 캐고 캐어도
대바구니에 차지를 않네.
아아, 내 임 그리워

바구니를 한길에 팽개치네.

채 채 권 이　불 영 경 광　차 아 회 인　치 피 주 항
采采卷耳, 不盈傾筐. 嗟我懷人, 寘彼周行.

하면서 집에서 애타게 자기를 그리고 있을 부인의 모습을
노래한다. 그리고는 제2, 3, 4장에서야 고향 있는 쪽을 바라
보지 조차도 못하는 자기의 그리운 정을 절절히 노래한다.

저 돌산에라도 올라가 보려니
내 말 병나고
내 하인 지쳤으니
얼마나 가슴 아픈가!

척 피 저 의　아 마 도 의　아 복 부 의　운 하 우 의
陟彼砠矣, 我馬瘏矣, 我僕痡矣, 云何吁矣. —제4장

　말과 하인이 병들었다는 것은 자기 뜻대로 되지 않는 괴로
운 행역의 처지에 비유한 것일 것이다. 고향 쪽을 바라 볼
수 있는 높은 곳에 올라가지 조차도 못하는 행역자의 심정
이야 얼마나 쓰렸을까 짐작이 갈 것이다.

소아(小雅)의 체두(杕杜)시에서도 앞에서는

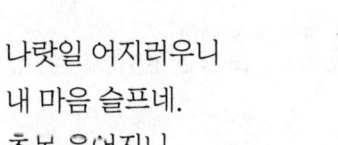

나랏일 어지러우니
내 마음 슬프네.
초목 욱어지니
여인의 마음 슬퍼하며
떠난 임 돌아오기 기다리리.

왕 사 미 고　아 심 상 비
王事靡盬, 我心傷悲.
훼 목 처 지　여 심 비 지　정 부 귀 지
卉木萋止, 女心悲止, 征夫歸止.　-제2장

하고 노래하다가는 끝 4장에 가서는 완전히 여인의 입장으로 돌아간다.

임 타신 수레 오지 않으니
마음의 시름 심한 병 되었네.
기약한 날짜 지나도 오시지 않으니
더욱 시름 짙어지네.
거북점 역점(易占) 다 쳐보니

모두 돌아올 날 가까웠다 하니
떠난 임 가까이 오고 계시겠지!

<ruby>匪<rt>비</rt></ruby><ruby>載<rt>재</rt></ruby><ruby>匪<rt>비</rt></ruby><ruby>來<rt>래</rt></ruby>, <ruby>憂<rt>우</rt></ruby><ruby>心<rt>심</rt></ruby><ruby>孔<rt>공</rt></ruby><ruby>疚<rt>구</rt></ruby>.

<ruby>期<rt>기</rt></ruby><ruby>逝<rt>서</rt></ruby><ruby>不<rt>부</rt></ruby><ruby>至<rt>지</rt></ruby>, <ruby>而<rt>이</rt></ruby><ruby>多<rt>다</rt></ruby><ruby>爲<rt>위</rt></ruby><ruby>恤<rt>휼</rt></ruby>. <ruby>卜<rt>복</rt></ruby><ruby>筮<rt>서</rt></ruby><ruby>偕<rt>해</rt></ruby><ruby>止<rt>지</rt></ruby>, <ruby>會<rt>회</rt></ruby><ruby>言<rt>언</rt></ruby><ruby>近<rt>근</rt></ruby><ruby>至<rt>지</rt></ruby>, <ruby>征<rt>정</rt></ruby><ruby>夫<rt>부</rt></ruby><ruby>邇<rt>이</rt></ruby><ruby>止<rt>지</rt></ruby>.

더구나 위풍(魏風)의 척호(陟岵)시를 보면 세 장 모두가 사
랑하는 가족의 입장에서 노래를 하고 있다.

저 민둥산에 올라가
아버님 계신 곳 바라보니
아버님 말씀이 들리는 듯.
아아, 내 아들 행역에 나가
밤낮으로 쉴 새 없겠지.
부디 몸조심 하였다가
지체 없이 돌아오너라!

<ruby>陟<rt>척</rt></ruby><ruby>彼<rt>피</rt></ruby><ruby>岵<rt>호</rt></ruby><ruby>兮<rt>혜</rt></ruby>, <ruby>瞻<rt>첨</rt></ruby><ruby>望<rt>망</rt></ruby><ruby>父<rt>부</rt></ruby><ruby>兮<rt>혜</rt></ruby>. <ruby>父<rt>부</rt></ruby><ruby>曰<rt>왈</rt></ruby>; "<ruby>嗟<rt>차</rt></ruby>! <ruby>予<rt>여</rt></ruby><ruby>子<rt>자</rt></ruby><ruby>行<rt>행</rt></ruby><ruby>役<rt>역</rt></ruby>, <ruby>夙<rt>숙</rt></ruby><ruby>夜<rt>야</rt></ruby><ruby>無<rt>무</rt></ruby><ruby>已<rt>이</rt></ruby>.

<ruby>上<rt>상</rt></ruby><ruby>愼<rt>신</rt></ruby><ruby>旃<rt>전</rt></ruby><ruby>哉<rt>재</rt></ruby>, <ruby>猶<rt>유</rt></ruby><ruby>來<rt>래</rt></ruby><ruby>無<rt>무</rt></ruby><ruby>止<rt>지</rt></ruby>!

같은 내용의 노래가 어머니의 입장 형님의 입장으로 바뀌며 되풀이 된다. 거친 땅으로 행역 나와 고생하는 남자들은 자기를 알뜰히 생각하고 있을 사랑하는 아내나 부모형제들의 모습을 상상함으로써 정신적인 위안을 구하였던 듯하다.

이러한 추리를 좀 더 확장시켜 보면 앞에서 얘기한 여인이 행역에 나간 임을 그리는 노래들도 대부분이 작자는 남자였을 가능성이 많다. 행역에 나간 남자들이 집 생각을 하는 시의 대부분이 자기가 사랑하는 사람의 입장을 상상으로서 노래하고 있음을 생각할 때, 많은 경우에 처음부터 끝까지 자기가 사랑하는 사람이 자기를 그리는 모습을 입장을 바꾸어 노래 불렀을 가능성이 많다. 자기가 사랑하는 사람이 "임은 행역에 나가시어 돌아올 기약조차 없으니, 언제나 오시려나!" 하고 자기를 그리고 있다고 생각함으로서 자기의 향수를 미화시키는 한편 정신적인 위안을 구하였던 것이다. 이러한 추리는 시를 지을 만한 지식인들은 대부분이 남자였으리라는 점과 후세 문인들이 남자임에도 불구하고 여인의 입장에서 수많은 규정시(閨情詩)·궁원시(宮怨詩)들을 짓고 있다는 것이 어느 정도의 방증이 될 것이다.

(4)

행역에 나간 남자들이 행역에 대한 원망과 괴로움을 노래한 시들을 보면 가장 두드러진 특징이 거의 모든 시가 소아에 들어 있다는 것이다. 국풍에서는 패풍(邶風)의 격고(擊

鼓)와 보우(鴇羽) 두 편을 원망과 괴로움을 노래한 시 속에 넣었다. 그러나 격고(擊鼓)시는 원망과 괴로움 못지않게 집으로 돌아가고 싶은 정이 짙은 것이다. 제3장에서

여기 머물고 저기 머물고 하다
내 말을 잃었네.
그 말을 찾아다니다
숲 속에서 찾았네.

원거원처　원상기마　우이구지　우림지하
爰居爰處, 爰喪其馬, 于以求之, 于林之下.

하고 행역의 괴로움을 노래하고 있을 뿐 나머지는 제2장에서 "나를 돌려보내 주지 않으니 마음의 시름 한이 없네."(不我與歸, 憂心有忡)로 시작하여 제4장에선 사랑하는 아내와 해로를 서약하던 일을 노래하고 제5장에선

아아, 이별이여!
우리는 함께 살지 못하는가?
아아, 멀리 왔네!

나는 언약을 지키지 못하누나!

우 차 활 혜　 불 아 활 혜　 우 차 순 혜　 불 아 신 혜
于嗟闊兮! 不我活兮! 于嗟洵兮! 不我信兮!

하고 이 시를 끝맺고 있다. 따라서 이 시는 5장 중 1장만이
원망과 괴로움을 노래하고 있으니 집에 두고 온 아내를 그
리는 정이 더욱 뚜렷한 주제라고도 할 수 있다. 이렇게 보면
순수한 자기의 원망과 괴로움을 읊은 작품은 국풍에 보우
(鴇羽) 한 편이 있을 뿐이다.

　그러나 소아에 들어있는 원망과 괴로움을 노래한 작품이
라고 해서 자기 개인의 고생만을 노래하고 집 생각을 않는
것은 아니다. 사무(四牡)시에서는 "어찌 돌아가고 싶지 않으
리?"(豈不懷歸) 하고 몸부림치면서 부모님을 봉양치 못함을
한하고 있고[8] 채미(采薇)시에서도 "돌아가자, 돌아가! 해는
또 저문다."(曰歸曰歸, 歲亦暮止) 하며 집으로 돌아가고 싶
은 정을 노래하고 있다. 그러나 이들 소아에서 집으로 돌아
가고 싶은 마음을 노래한 시는 사무(四牡)시에서 부모님을
봉양하려는 효성이 동기로서 내세워지고 있고, 뒤의 기보
(祈父)시를 보아도 왕지조아(王之爪牙)로 행역하는 남아의
시름의 원인으로 "어찌하여 나는 시름 속에 전전하며 어머

---

8) 四牡詩 第二章 ; "王事靡鹽, 不遑將父." 第四章 ; "王事靡鹽, 不遑將母."
　 第五章 ; "是用作歌, 將母來諗."

님이 집안 일로 고생하게 하는가?"(胡轉子于恤, 有母之尸饔)고 하면서 어머님의 봉양을 내세우고 있다. 다만 소명(小明)시의 "저 공인(共人)을 생각하니 눈물이 비 오듯 흐르네."(念彼共人, 涕零如雨) 하는 "공인"을 굴만리(屈萬里)교수는 "행역자가 자기 처를 가리키는 말"이라 주장하고 있으나[9] "밝고 밝은 위 하늘이 아래 땅을 비추고 있네"(明明上天, 照臨下土) 하고 시작되는 이 시의 앞뒤 글의 줄거리로 보아 처가 아닐 가능성이 많으며[10], 설혹 처라 하더라도 국풍에서 행역시가 처나 애인을 그리던 것과는 성격이 판이하다. 단적으로 소아의 집으로 돌아가기를 바라는 시에는 국풍에서 보던 것처럼 참되고 순수한 맛이 없고 예교(禮敎)로 꾸며진 도학자적인 냄새가 짙다. 이들 중 사무(四牡)와 채미(采薇) 두 시를 제외하면 모두가 정현(鄭玄)이 말한 이른 바 변소아(變小雅)속에 들어가는 작품들이지만 아무래도 사대부들의 작품이기 때문인지도 모른다. 국풍의 보우(鴇羽)가 부모봉양을 들고 있지만 이것은 하늘과 함께 자신의 원망과 괴로움을 강조하기 위한 것이다.

이들은 원망과 괴로움을 노래한 작품이라지만 곱고 여린

---

9) 共人을 鄭箋에서는 "靖共爾位, 以待賢者之君."이라 하여 共은 供과 통하여 "爵位를 供俱하는 임금"으로 보았다. 朱熹는 "僚友之處者也"라 하여 함께 벼슬하던 고향에 있는 친구들로 보았다. 屈萬里敎授는 馬瑞辰이 毛詩傳箋通釋에서 "共人卽恭人, 詩人以念居者, 猶下言君子也."라 한 말을 더욱 발전시키어 行役者가 자기 妻를 가리키는 말이라 보았으나 詩의 文勢로 보아 반드시 妻를 가리키는 말이라 斷定할 수는 없다.

10) 小明시 끝장은 "嗟爾君子, 無恒安息. 靖共爾位, 好是正直. 神之聽之, 介爾景福."이라 하고 있다.

서정이란 거의 찾아 볼 수 없이 서술이 거창하게 나온다. 사무(四牡)시를 보면 "수레를 끄는 사마(四馬)"가 1, 2, 5장 첫머리에 나오고, 채미(采薇)시에도 "네 마리 수 말[四牡]이 끄는 수레를 탐"을 노래한 구절이 네 개가 있으며, 면만(綿蠻)과 하초불황(何草不黃)시에도 수레 얘기가 나온다. 기보(祈父)시를 보면 차라리 자랑스러운 듯 "나는 임금의 발톱이오, 어금니라(予, 王之爪牙)"고 노래하고 있다. 이로서 보면 소아의 행역시들은 비록 행역의 괴로움을 노래하고 있다 하더라도 졸병들의 노래는 아닌 듯하다.

(5)

소아에 실린 장수가 행역의 괴로움을 노래한 시들을 보면 앞에서 논한 일반적인 행역의 괴로움을 노래한 시와 큰 성격상의 차이가 있는 것은 아니다.

나는 내 수레를 내어
들판에 나와 있는데,
천자 계신 곳으로부터
내게 오라는 명 내리셨네.
하인들을 불러
수레를 준비하게 하고
나랏일 다난하니

다급히 출동한 걸세.

我出我車, 于彼牧矣. 自天子所, 謂我來矣. 召彼僕夫, 謂之
載矣. 王事多難, 維其棘矣. — 出車 −제1장

이처럼 자기의 신분이 장수라는 것은 표시하고 있지만 시
상(詩想)은 대체로 일반적인 원망과 괴로움을 노래한 행역
시와 같다. 점점지석(漸漸之石)도 마찬가지이다. 이처럼 소
아의 시들이 원망과 괴로움을 노래하면서도 국풍의 시들이
보여준 아름답고 여린 서정과 거리가 먼 것은 적어도 그것
이 정변(正變)의 구별없이 궁정에서 잔치 때 사용되던[11] 음
악이었기 때문인지도 모른다. 많은 학자들이 소아에 들어있
는 황조(黃鳥)·아행기야(我行其野)·곡풍(谷風)·하초불황
(何草不黃) 등 변아(變雅) 중의 일부 작품이 국풍과 비슷하
니 아(雅)는 풍(風)과 용도만 달랐을 뿐만 아니라 악조(樂調)
도 달랐을거라 주장하고 있다.[12] 물론 국풍보다 아(雅)의 작
품들은 더 장중하고 반듯한 풍격을 지닌 시들이니 그 악조
도 풍보다는 단아한 것이었을 것임은 의심할 여지도 없다.

11) 朱熹는 詩集傳에서 雅를 解說함에 "正小雅는 燕饗之樂이오 正大雅는 會朝
   之樂이라"하고, 鄭玄을 따라 變詩들은 論外로 치며 "王道가 衰하고 禮義
   가 廢하고 政敎를 잃고 나라의 정치가 달라지고 집안의 습속이 변한 때의
   詩들"이라 말하고 있다.
12) 例; 屈萬里 詩經釋義

그러나 이 행역시에서 발견되는 것처럼 일부 변아(變雅)에 속하는 작품들이 풍과 유사하다고 보이기도 하겠지만 자세히 음미해보면 이들 사이에는 품격에 있어서 큰 차이가 있음을 알게 될 것이다.

그리고 소아의 행역시들은 자신의 원망과 괴로움을 노래하고 있다 하더라도 대개는 자기의 행역을 긍정적으로 받아들이거나 그 책임을 외족(外族)에게로 돌리고 있다. "나는 임금의 발톱이오 어금니"라고 노래하고 있는 기보(祈父)시는 말할 것도 없고 장군들의 행역시나 "네 마리의 말이 끄는" 자기의 수레를 노래한 대목들을 읽어보면 작자의 늠름한 위풍이 느껴진다. 그래서 장군은 점점지석(漸漸之石)에서처럼 "군인이 동쪽 지방을 원정하게 되니 천자님 뵈올 겨를조차 없구나"(武人東征, 不皇朝矣)하면서 당당하게 출정했거니와, 가장 원망과 괴로움의 정이 짙은 하초불황(何草不黃)시에서 조차도 "어느 사람이라고 가지 않는가? 사방을 경영하는데"(何人不將? 經營四方)하면서 원정이 고생스러워도 그 사실은 긍정적으로 받아들이고 있는 것이다. 그리고 사무(四牡)·채미(采薇)·출거(出車)시에서는 자기가 고생하는 원인을 "나랏일이 안정되지 않아서"라 했고 소명(小明)시에서는 "정사(政事)가 다급해서"라 노래하고 있다. 다시 채미(采薇)와 출거(出車)시에서는 이처럼 나라에 큰 일이 생겨 자기들이 고생하게 된 것은 서북쪽의 오랑캐 험윤(獫狁) 때문이라고 거듭 강조하고 있다. 이처럼 행역이 고생스럽다 하더라도 그 행역의 원인만은 긍정적으로 받아들이고 있다는 것이 소아 행역시의 또 하나의 특징이라 할 것이다.

다시 출거(出車)시를 보면 국풍 소남(召南) 초충(草蟲)시의 제1장과 거의 같은 "요요초충(喓喓草蟲), 적적부종(趯趯阜螽), 미견군자(未見君子), 우심충충(憂心忡忡), 기견군자(旣見君子)."란 대목이 제5장에 들어 있다. 초충(草蟲)시의 "역기견지(亦旣見止), 역기구지(亦旣覯之)."의 두 구절이 출거(出車)시에서는 "기견군자(旣見君子)"의 한 구절로 줄여져 있다는 것이 다를 뿐이다. 다시 출거(出車)시 제6장을 보면 "춘일지지(春日遲遲), 훼목처처(卉木萋萋). 창경개개(倉庚喈喈), 채번기기(采蘩祁祁)."란 구절이 보이는데 빈풍(豳風) 칠월(七月)시에 "유명창경(有鳴倉庚)……춘일지지(春日遲遲), 채번기기(采蘩祁祁)."란 말이 보이고 다시 주남(周南) 갈담(葛覃)시에는 "유엽처처(維葉萋萋)……기명개개(其鳴喈喈)"란 구절이 보인다. 이들의 성격을 음미해 보면 아무래도 출거(出車)시가 국풍의 여러 시의 구절을 인용하고 있는 것임에 틀림없다. 그렇다면 출거(出車)시와 비슷한 성격의 소아의 시들은 국풍의 이상 작품들 보다 지은 연대가 뒤이며, 사대부가 이들 소아의 시를 지음에 있어 민요인 국풍을 참고한 것이라 보아야 할 것이다. 이런 여러 가지 이유에서 소아의 시는 국풍처럼 서정이 솔직하지 못하고 인위적인 흔적을 많이 지니고 있는 것이다.

❀ 4. 후세 시가에의 영향

(1)

　한위(漢魏) 이하 중국의 시들을 읽어보면 이상 언급한 행역시와 같은 성격의 시가들이 적지 않다. 대부분의 작가들이 남자들이었음에도 불구하고 역사(役事)에 나간 임과의 이별을 한하거나 임 그리움을 노래한 규정시(閨情詩)들이 많다는 것은 『시경』 행역시가 끼친 영향 때문이라 보아야 할 것이다. 물론 규정시의 그리움들의 원인을 분석해 보면 행역 이외에도 두 부부나 애인사이의 갈등이나 직업으로 말미암은 이별도 있지만은 역시 가장 두드러지는 것은 전쟁을 중심으로 한 행역으로 말미암은 이별이다. 두 사람 사이의 애정이나 갈등이나 직업으로 말미암은 이별 같은 것은 어느 정도 책임이 본인들에게 있는 것이기 때문에 완전한 타의로 말미암은 행역의 경우처럼 슬픔이나 그리움이 절절하지는 못할 것이다.

　『문선(文選)』에 실린 한(漢)나라 초기 작자를 알 수 없는 「고시십구수(古詩十九首)」를 보더라도 그 이별의 원인은 뚜렷하지 않지만[13] 그 대부분이 이별한 임을 그리는 게 주제이

---

13) 相去日已遠에선 遊子, 靑靑河畔草에서는 蕩子라 떠난 님을 指稱하고 있어 行役으로 因한 이별이 아닌 듯한 印象을 주기도 하지만 다른 경우에는 行役과 無關하다고 말하기 어렵다.

다. 그리고 소무(蘇武)의 시 네 수 중 결발위부처(結髮爲夫妻) 같은 것은 분명히 행역을 읊은 것이다.

전쟁터로 행역하는 이 몸
다시 만날 기약 없으니
두 손 맞잡고 긴 한숨지으며
생이별의 눈물 하염없네.
젊은 나이 아끼기에 힘쓰고
즐거웠던 시절 잊지 말기를!
살아남게 되면 당연히 다시 돌아오겠지만
죽는다면 응당 영원한 사랑만 남으리라!

행 역 재 전 장   상 견 미 유 기   악 수 일 장 탄   누 위 생 별 자
行役在戰場, 相見未有期. 握手一長歎, 淚爲生別滋.
노 력 애 춘 화   막 망 탄 락 시   생 당 부 래 귀   사 당 장 상 사
努力愛春華, 莫忘歎樂時. 生當復來歸, 死當長相思.

이러한 경향은 위진육조(魏晋六朝)의 문인들이 계승하여 더욱 발전시킨다. 유미주의를 지향하던 육조(六朝)의 시인들에게는 행역으로 말미암은 이별이 여인들에게 주는 절절한 외로움이나 그리움은 어떤 다른 서정보다도 강렬한 아름다움을 지닌 것이어서 그들의 좋은 시재가 되었을 것이다. 따라서 조조(曹操) 세 부자를 비롯한 위진육조의 시인들은

규정(閨情)이나 행역을 노래하지 않은 이가 거의 없다.

이미 후한(後漢)시대의 악부(樂府)인 맥상상(陌上桑)에서 볼 수 있듯이 문인들은 남녀의 이별을 미화하려는 노력도 아끼지 않았던 것 같다. 나부(羅敷)라는 아름다운 여자가 화려한 옷차림을 하고 뽕밭에 나가 뽕을 따고 있다. 젊은이들은 나부를 보고 넋을 잃고 밭 갈던 남자는 보습을 잡을 줄 모르고 김매던 남자는 호미자루를 놓친다. 마침 뽕밭 옆을 지나던 그 고을 태수가 아름다운 나부를 발견하고 수작을 건다. 그러나 나부는 "당신에게 부인이 있듯이 나에겐 남편이 있다"고 하면서 멋진 자기 남편의 모습을 형용한다. 나부는 남편을 떠나보낸 가련하고 외로운 여인이 아니라 남편과 떨어져 있으므로 말미암아 더욱 여인의 냄새를 풍기는 아름다운 여자이다. 시의 내용뿐만 아니라 문장의 수사에도 많은 노력이 가해진다.

보기로 위문제(魏文帝) 조비(曹丕)의 연가행(燕歌行) 칠해(七解)중 앞의 이 해를 들어본다.

가을바람 선들선들 불어와 날씨 쌀쌀해지니
풀과 나무는 시들고 이슬은 서리로 변하네.
제비 떼 강남으로 돌아가고 기러기 남쪽으로 나니
집 떠난 임 생각에 창자 끊이는 듯하네.

추풍소슬천기량 초목요락노위상
秋風蕭瑟天氣凉, 草木搖落露爲霜.

群燕辭歸雁南翔, 念君客遊思斷腸.)
군연사귀안남상 염군객유사단장

　규정이야 본시 남자들이 상상할 때 아름다움을 느낄 수 있는 것이니까 말할 것도 없지만 뒤에는 남자들의 행역 자체까지도 미화되고 만다. 미화는 그리움이나 원망과 괴로움의 정 자체는 어느 정도 흐리게 하는 경향도 있지만은 이들을 중국시의 서정의 한 특징으로 자리 매김 시키는 데에는 적지 않은 공로가 있었음을 인정해야만 할 것이다. 보기로 양(梁) 원제(元帝)의 관산월(關山月)을 들어 본다.

아침엔 맑은 물결 바라보며 길 가다
저녁엔 백등대에 오른다.
달 속에는 계수나무 박혀 있고
그림자 밟으며 홀로 거닌다.
차가운 모래는 바람에 휘날리고
봄꽃은 눈을 이기고 피어난다.
기나긴 밤 더불어 벗할 이도 없는데
홑옷은 그 누가 지어주나?

조망청파도 야상백등대 월중함계수 유영자배회
朝望淸波道, 夜上白登臺. 月中含桂樹, 流影自徘徊.
한사축풍기 춘화범설개 야장무여오 의단수위재
寒沙逐風起, 春花犯雪開. 夜長無與晤, 衣單誰爲裁?

관산월은 악부의 의 제명(題名)으로 본시가 집 떠나온 나그네의 고향 그리는 정을 읊은 것이며 이곳의 '백등'은 산서(山西) 대동현(大同縣)에 있는 산 이름으로 한고조(漢高祖)가 흉노에게 포위당하였던 곳으로 유명하니 이는 행역한 남자의 시임이 틀림없다. 그러나 이 시는 정역(征役)의 괴로움이나 떠나온 집에의 그리움은 잠시 접어두고 아름다운 달빛과 황량한 변경의 풍경을 부각시키어 서정의 미화에 더 많은 힘을 들이고 있다. 진림(陳琳)의 음마장성굴행(飮馬長城窟行)이나 사조(謝朓)의 옥계원(玉階怨), 양무제(梁武帝)의 동비백노가(東飛伯老歌), 도굉경(陶宏景)의 한야원(寒夜怨) 등이 모두 그러한 성향을 지니고 있다.

(2)

당(唐)나라 이후의 시인들 중에서는 악부 형식의 시를 좋아하는 사람들의 작품에 행역과 관련된 시들이 많다. 보기를 들면 이백(李白)과 같은 시인들의 시에 많다. 이것은 규정시(閨情詩)나 변사시(邊思詩)가 시경 행역시의 전통을 계승한 것임을 뜻한다. 악부시는 『시경』보다 형식상의 뚜렷한 발전을 보여 주고는 있지만 국풍(國風)과 같은 민요나 소아(小雅)와 대아(大雅) 같은 사대부들의 노래가 기저를 이루고 있기 때문이다. 그러나 이백의 사변시(思邊詩)나 자야추가(子夜秋歌)에서 볼 수 있는 것처럼 이러한 규정이나 변경에서의 정서는 시로써 훨씬 세련되고 있다.

장안의 하늘에는 조각달 떠 있고
수많은 집에서는 다듬이 방망이 소리 나네.
가을바람 쉴 새 없이 불어오니
모두가 옥관(玉關) 저편으로 나가 계신 임
그리는 정 더하게 하네.
언제나 오랑캐들 평정하고
우리 임이 원정으로부터 돌아오시려나?

長安一片月, 萬戶擣衣聲. 秋風吹不盡, 總是玉關情.
何日平胡虜, 良人罷遠征? ― 子夜秋歌

문장이 아름다울 뿐만 아니라 멀리 변경 밖에 나가 있는
임을 그리는 정이 절실하기 짝이 없다. 당(唐)대의 시인들
중에서 호운익(胡雲翼)이 그의 『중국문학사』에서 변새파(邊
塞派)라 지목한 고적(高適)·왕창령(王昌齡)·잠참(岑參)·
왕지환(王之渙)·왕한(王翰)·이기(李頎) 등의 악부 계통의
작품들에 행역시가 많다. 그리고 내용도 여인이 그윽한 규
방에서 떠나간 임을 그리는 시와 행역으로 변경에 나가있는
남자들의 시가 있을 뿐만 아니라 반전적인 행역을 부정하는
시[14]가 있는가 하면 애국심이 바탕이 된 전쟁을 긍정적으로
받아들이는 것들[15]도 있다. 『시경』의 행역시들이 지녔던 경

향들이 시 자체의 발전과 더불어 더욱 구체화한 것이다. 그
것은 시인들이 여러 가지 시국의 변화에 더욱 민감하였기
때문일 것이다.

　송(宋) 이후의 시인들 중에서도 이백(李白)과 같은 성향을
지닌 육유(陸游) 같은 시인의 경우에 보다 많은 행역시가 발
견된다.

　　술잔을 앞에 놓고 이별가를 한수 부르고는
　　말달려 만리 길 교하로 수자리 살러간다.

　　준 전 일 곡 위 성 가　　마 제 만 리 교 하 수
　　樽前一曲渭城歌, 馬蹄萬里交河戍.

　이것은 방초곡(芳艸曲)의 한 구절이다. 그러나 당대 이전
에 비하여 그 수가 줄어든 것은 송대 시가 논리적인 표현도
추구하고 생활 주변의 모든 잡다한 것들도 시로 노래 부르
게 된 결과인지도 모른다. 행역시의 창작이 중국시의 발전

14) 反戰的인 詩로는 李頎의 古從軍行 같은게 있다.
　　"白日登山望烽火, 黃昏飮馬傍交河.　行人刁斗風沙暗, 公主琵琶幽怨多.
　　野雲萬里無城郭, 雨雪紛紛連大漠.　胡鴈哀鳴夜夜飛, 胡兒眼淚雙雙落.
　　聞道玉門猶被遮, 應將性命逐輕車.　年年戰骨埋荒外, 空見蒲桃入漢家."
15) 肯定的인 詩로는 王昌齡의 出塞시 같은게 있다.
　　"秦時明月漢時關, 萬里長征人未還.　但使龍城飛將在, 不敎胡馬度陰山."

자체와 성쇠를 함께하고 있다는 것은 전통의 계승이란 면에서 볼 때 우연이라고만 할 수는 없는 일일 것이다.

행역시는 당대의 변새파(邊塞派) 시인들 뿐만 아니라 두보(杜甫)와 같은 사회파 시인에게도 많은 영향을 주었다. 행역이 어느 시대를 막론하고 사회의 가장 중요한 문제의 하나였다면 사회시인들이 거기에 관심을 갖지 않았을 이가 없는 것이다. 다만 그들은 개개인의 그리움이나 외로움 같은 정서보다도 사회 전반에 걸친 문제들을 다루기 때문에 두보의 신안리(新安吏) · 동관리(潼關吏) · 신혼별(新婚別)이나 백거이(白居易)의 신풍절비옹(新豐折臂翁)처럼 거시적인 입장에서 행역을 다루고 있을 따름이다. 따라서 이들의 시는 외로움이나 괴로움 같은 개인의 서정보다도 전쟁의 비정함이나 반전적인 자기 사상의 표현으로 바뀌게 되는 것이다. 그러나 두보의 월야(月夜)같은 시를 읽어보면 행역시와 같은 분위기가 느껴진다.

오늘 밤 부주의 저 달을
규방 안에서도 홀로 바라보고 있겠지.
먼 곳의 어린 자식들 가엾기만 하니
아직 장안의 나를 그릴 줄도 모르겠지.
향기로운 안개는 구름 같은 머리 축이고
맑은 달빛은 옥 같은 팔뚝 싸늘히 비추고 있을 터이지.
어느 때나 되면 한가로이 장막에 기대앉아
서로 쳐다보며 눈물 흔적 말릴 수 있게 될 것인가?

今夜鄜州月, 閨中只獨看. 遙憐小兒女, 未解憶長安.
_{금 야 부 주 월} _{규 중 지 독 간} _{요 련 소 아 녀} _{미 해 억 장 안}

香霧雲鬟濕, 清輝玉臂寒. 何時依虛幌, 雙照淚痕乾?
_{향 무 운 환 습} _{청 휘 옥 비 한} _{하 시 의 허 황} _{쌍 조 루 흔 건}

객지에서 두고 온 가족을 생각하는 시라서 시재 자체가 행역과 비슷하기 때문인지도 모른다. 그러나 이처럼 섬세한 가족 특히 부인을 그리는 개인적인 서정은 두보에게 그리 흔하지 않은 것이라면 행역시 편에서 받은 영향이라 볼 수도 있을 것이다.

(3)

당대에 생겨나 송대에 성행했던 사(詞)를 보면 초기에 아름답고 여린 성격의 규정을 많이 노래한 것은 깊은 규방의 여인의 외로움이나 그리움이 가장 절절하게 여겨졌기 때문일 것이다. 소식(蘇軾)에 이르러서야 비로소 사의 내용이 확장되었다 하더라도 규정이 사의 대표적인 제재임에는 변함이 없었다. 오대(五代) 온정균(溫庭筠)의 경루자(更漏子)를 한 수 읽어보자.

옥 향로엔 향불 피어오르고

붉은 촛불도 눈물 흘리며
아름다운 방 두루 비추어 가을 시름 자아내네.
눈썹 화장 엷어졌고
구름 같은 머리 엉클어트리고
차가운 이불과 베개 위에 긴 밤을 새우네.

오동나무 잎에
한 밤에 빗발치는데,
이별의 정 매우 괴롭다고 하지 않던가?
한 잎 한 잎 마다
한 방울 한 방울 떨어지는 소리
사람 없는 섬돌에 밤새도록 들려오네.

옥로향 홍랍루 편조화당추사 미취박 환운잔 야장금침한
玉爐香, 紅蠟淚, 偏照畵堂秋思. 眉翠薄, 鬢雲殘, 夜長衾枕寒.
오동수 삼경우 부도리정심고 일엽엽 일성성 공계적도명
梧桐樹, 三更雨, 不道離情甚苦. 一葉葉, 一聲聲, 空階滴到明.

　사는 본시 민간에 유행하던 가요로서 시를 노래 부를 수
없게 되자 당대에 문인들이 민간에 유행하던 가요인 사의
형식을 취하여 작품을 만들기 시작한 것이다[16]. 다시 말하면
정통적인 악부계통의 시가 사인 것이다. 소식(蘇軾)에 의하

---

16) 詞의 發生에 대하여는 "詩가 詞로 變한 것"이라 主張하던 學者들도 많았
　　단. 그러나 敦煌石室에서 나온 雲謠雜曲子에 依하여 詞는 盛唐 이전부터
　　民間에 유행한 歌謠의 한 樣式임이 證明되었다.

여 사의 내용이 확장된 뒤 남송(南宋)에 이르러는 다시 사율 (詞律)을 엄격히 따지게 되자 사가 본시부터 지니고 있던 민요의 성격이 흐려졌다. 그리고 사의 제재는 한편 행역과 관련이 있는 규정을 읊은 작품이 그 중심을 이루어 온 것인데, 그 사가 규정과 멀어진다는 것은 한편 사의 쇠퇴를 뜻하기도 한다.

시가 민요적인 성격에서 멀어지자 원대(元代)에는 이에 대신하여 곡(曲)이 생겨났다. 초기 작가들의 길이가 짧은 작품인 소령(小令)을 보면 사와 형식이나 내용을 구분하기 어려운게 많다. 곡은 처음부터 노래하는 내용이 광범하여 모든 시의 제재는 곡의 제재도 될 수 있었다. 그러나 초기의 관한경(關漢卿)·마치원(馬致遠) 같은 작가들의 작품에는 역시임 그리움을 노래한 것들이 많다. 관한경(關漢卿)은 잡극(雜劇)에 있어서도 여자 주인공이 창하는 단본(旦本)을 많이 쓴 작가이니 말할 것도 없다 치고, 여기엔 마치원(馬致遠)의 『동리악부(東籬樂府)』에서 천정사(天淨沙)를 한편 보기로 들어 본다.

낙엽 진 등나무와 늙은 나무엔
저녁 까마귀 앉아 있고
작은 다리 걸린 시냇물 저편엔
인가들이 있다.
옛 길을 가을바람 받으며

여윈 말 타고 가는 이 있고
저녁 해 서산에 진다.
그리운 내 임은
저편 하늘 아래 계시련만!

고 등 노 수 혼 아　소 교 류 수 인 가
枯藤老樹昏鴉, 小橋流水人家.
고 도 서 풍 수 마　석 양 서 하　단 장 인 재 천 애
古道西風瘦馬, 夕陽西下, 斷腸人在天涯!

곡도 뒤에는 곡율(曲律)을 심히 따지는 나머지 작가의 창의를 발휘할 여지가 없어져 쇠멸되고 만다.

❀ 5. 맺는 말

이상 너무 개괄적으로 얘기한 듯한 느낌이 있으나 그런대로 몇 가지 중요한 결론을 얻게 되었다. 여기에서 얻어진 중요한 결론을 간추려 보면 대략 다음과 같다.

① 행역시는 중국의 고대 서정시의 특징을 이루고 있다.
② 여인이 떠나간 임을 그리는 내용의 시들도 대부분 작자가 남자일 것이다.

③ 후세에 와서는 규정시 또는 변새시로 발전한다.

④ 이별 자체는 물론 그리움이나 외로움이 훨씬 시로서 미화된다.

⑤ 후세의 시에서는 특히 악부 계통의 시가들과 더욱 밀접한 관련이 발견된다.

⑥ 변새시에는 반전적인 경향을 노래하는게 많지만 애국 또는 우국의 정을 노래한 것들도 있다.

⑦ 행역시는 사회시에도 많은 영향을 끼치고 있다.

⑧ 사와 곡에는 특히 규정을 노래한 작품이 많아 행역시와 밀접한 관련이 느껴진다.

⑨ 행역시와 관련된 작품들의 발전은 대체로 시·사·곡의 성쇠와 운명을 같이 하고 있다.

이상을 통하여 『시경』의 행역시가 후세 중국시 발전에 얼마나 큰 영향을 끼쳤는가 대강 짐작하게 되었을 줄로 믿는다.

03. 『시경』 육의(六義) 중 흥(興)에 대하여

❁ 1. 무엇이 문제인가?

'시의 육의' 중에서도 특히 '흥'에 대한 해석은 의견이 구구하다.[1] '육의' 중에서도 흥(興) · 비(比) · 부(賦)는 '비'와 '부'에 대한 해설이 이해가 쉬운 상식적인 것이라는 점과 아울러 이들은 시구의 표현방법을 뜻하는 것이라 하여, 대부분의 해설자들이 '흥'에 대한 투철한 이해없이 적당히 『시경』을 풀이하고 있다. 그러나 '흥'을 어떻게 이해하느냐고 하는 문제는 『시경』을 읽는 사람들의 기본태도를 좌우한다.

여기에서는 그처럼 의론이 분분한 '흥'의 정확한 뜻을 추구해 보려는 것이다. 『시경』은 유가의 가장 중요한 기본 경전인 삼경(三經) 중의 하나라서 공부하는 사람이라면 누구나가 어느 정도 '흥'에 대한 인식을 지니고 『시경』을 읽어왔다. 그러나 경전으로써 『시경』을 읽고 또 『시경』 자체를 위하여 '흥'을 이해하고 그것을 해설한 옛 분들에게 그에 대한

---

1) 黃侃도 『文心雕龍札記』에서 "用比者歷久而不傷晦昧, 用興者說絕而立致辨爭."이라 하였다. 周策縱은 『古巫醫與六詩考』(臺北 聯經出版社)에서 風 · 雅 · 頌 만이 아니라 興 · 比 · 賦도 모두가 詩體를 말한다 하였지만 여기에서는 論外로 하기로 한다.

올바른 인식이란 기대하기 어려운 것이다. '흥' 뿐만이 아니라 시에 따르는 여러 가지 현상이나 그에 관한 이론은, 시의 본질을 바탕으로 그것을 이해하고 또 그 이해를 통하여 이론이 정리되어야 할 것이다.

'흥'의 뜻을 정확히 파악하기 위하여, 먼저 '흥'에 대한 역대 학자들의 해설을 정리해 보고 다시 실제로 시를 통하여 '흥'의 특징을 찾아보기로 한다. 또 많은 경우 '흥'은 '비'와 혼동이 되고 있음으로 실제로 '비'와 '흥'의 대비를 통하여 '흥'의 특징을 드러내는 방법도 쓰이게 될 것이다.

❋ 2. 옛 분들의 해널

'시의 육의'는 『주례(周禮)』에서 비롯된다. 『주례』권23 춘관(春官) 태사(大師)에는 이런 말이 있다.

　"육시(六詩)를 가르쳤는데, 육시란 풍(風)·부(賦)·비(比)·흥(興)·아(雅)·송(頌)을 말한다."

『모시(毛詩)』대서(大序)에도 시에는 '육의'가 있다고 하면서 『주례』의 '육시'를 들고 있다. 그리고 이에 관한 주석 중 '흥'에 관한 것으로는 대표적인 것이 다음과 같은 것이다.

먼저 정중(鄭衆, A.D. 1?-A.D. 80?)은 이런 설명을 하고 있다.

"'비'라는 것은 물건에 견주어 비유한 것이고, '흥'이라는 것은 물건에 일을 기탁한 것이다."

정현(鄭玄, 127-200)은 이에 다음과 같은 설명을 더 보태고 있다.

"'비'란 지금의 그릇됨을 보고도 감히 꾸짖어 말하지 못하고 비슷한 종류의 것을 취하여 그것을 말하는 것이다.
'흥'이란 지금의 아름다움을 보고도 아첨하는 듯한 모양새 때문에 좋은 일을 취하여 가지고 그것을 깨우쳐 권하는 것이다."[2]

한(漢)대의 이들 대학자들의 해설을 읽고 다시 『시경』을 읽어보면 실제로 어떤 것이 '비'이고 어떤 것이 '흥'인지 전혀 아는 수가 없다. 이 때문에 후세 학자들의 의견도 여러 가지로 혼란을 일으키는 수밖에 없었을 것이다.

유협(劉勰, 464?-520)은 『문심조룡(文心雕龍)』 권8 제36에서 '비흥'을 논하고 있으나 확실한 정의는 내리지 못하고 있다. 다만 "'비'는 뚜렷이 나타나고 '흥'은 희미하게 숨겨져 있다", "'흥'이란 일으키는 것이다"는 정도의 설명이 있을 뿐이다.

종영(鍾嶸, ?-552)은 그의 『시품(詩品)』 서(序)에서 "사물을 근거로 뜻을 비유하는 것이 '비'이고, 글로는 이미 다하였으나 뜻이 남음이 있는 것을 '흥'이라 한다"는 설명을 하고 있다. 이들은 모두 중국문학 평론의 시작이라 할 만한 대저라고 알려진 명저들이나 '흥'에 대한 설명은 모두 구체적

---

2) 이상 唐 孔穎達 『周禮正義』 의거.

이지 못하다.

당(唐)대의 공영달(孔穎達, 574-648)은 『모시정의(毛詩正義)』에서 앞에 인용한 두 정씨의 설명에 대하여 다음과 같이 보충하고 있다.

"모든 '여(如)---'라고 말한 것은 모두가 '비'의 표현이다. ---'흥'이라는 것은 일으킨다는 것이니 비유로서 비슷한 종류의 것을 끌어다가 자기의 마음을 일으키는 것이다. 시나 산문 중에 모든 식물 동물을 들어 뜻을 표현한 것은 모누가 '흥'의 표현인 것이다. 모시에서 '흥'만을 특히 말한 것은 그 이치가 분명치 않기 때문이다."(이상 鄭衆 설명의 보충)

"'비'는 물건에 비유로 의탁하여 감히 바른 말로 못하니 흡사 두려워하는 바가 있는 것 같다.---'흥'은 뜻을 불러 일으키는 것으로 찬양하는 말이다.---"(이상 鄭玄 설명의 보충)

'흥', '비'의 이해의 혼동은 아무래도 공영달에게 많은 책임이 있는 듯 하다. 그는 '흥'이나 '비'나 모두 비유법의 일종이라는 점에 있어서는 같다고 본 것이다.

송(宋)대 주희(朱熹, 1130-1200)의 '흥'에 대한 이해가 비교적 명석했다고 볼 수 있다. 그는 『시집전(詩集傳)』 관저(關雎)의 주에서 이런 설명을 하고 있다.

"'흥'이란 먼저 다른 물건을 말함으로써 읊은 바의 글 뜻을 끌어 일으키는 것이다."

소철(蘇轍, 1039-1112)의 견해도 귀 기울여 들을 만하다.

"'흥'이란 그 당시 본 바가 그의 뜻을 움직인 것이니 후세 사람으로서는 알 수가 없는 것이다. 「관저(關雎)」의 종류와 같은 것은 '비'이지 '흥'이 아니다."(陳啓源 『毛詩稽考編』 권25 인용).

송대 학자들 중에는 이처럼 비교적 진보적인 견해를 지녔던 이들이 더 있다.[3] 그러나 이들의 설명도 대부분의 경우 시를 읽을 때 '흥'과 '비'의 차이에 있어서 혼동을 일으키게 한다. 그리고 명(明)·청(淸)대 이후로도 『시경』 연구에 굉장한 업적이 쌓였으나 '흥'의 뜻을 풀이하는 데 있어서는 서로 다른 이론만이 더욱 많아졌을 뿐 갈피를 잡을 수가 없는 실정이다. 어떤 이들은 '흥'과 '비'를 처음부터 혼동하고 있고[4], 어떤 이들은 시의 한 구절 한 구절에서 '흥' '비' '부'를 따져 한 편의 시 속에 '흥'이나 '비'와 '부'가 모두 있을 수 있게도 풀이하고 있다.[5] 또 '비'가 시의 첫머리로 가면 그것이 '흥'이 된다고 주장한 사람도 있다.[6] 굴만리(屈萬里) 교수 같은 분은 '흥'이란 작자가 읊고 있는 주제와 전혀 관계가 없는 표현이라 하였다.[7]

이처럼 '흥'은 여러 학자들의 해설을 전부 모아놓고 보더라도 전혀 그 명확한 뜻을 알아볼 수가 없다. 그렇다고 『시경』을 읽으면서 '흥'은 모른 체 하고 버려 둘 수도 없는 성격의 것이다. 여기에서는 먼저 자타가 공인할만한 '흥' 표현

---

3) 鄭樵의 『六經奧論』 등.
4) 陳啓源 『毛詩稽考編』, 方玉潤 『詩經原始』 등.
5) 惠周惕 『詩說』 등.
6) 日人 仁井田好古 『毛詩補傳』.
7) 屈萬里 『詩經釋義』.

의 시구를 가려내 놓고 그 성격을 살펴본 다음 옛 분들의 여러 해설 중에서 이 '흥'이라고 한 시구들 중에서 성격이 서로 부합하는 것들을 모아 이를 종합함으로써 '흥'에 대한 올바른 뜻을 찾아보고자 한다.

❀ 3. '흥'의 성격

옛 『시경』의 주석서들 중에서 시구에 '흥'을 표시하고 있는 것은 『모전(毛傳)』과 주희(朱熹)의 『시집전(詩集傳)』이 대표적인 것이라 할 것이다. 두 책의 '흥'의 표시에는 적지 않은 차이가 있으나, 후세의 우리로서는 『모전』과 『집전』에서 다같이 '흥'이라고 말하고 있는 시구만은 이를 '흥'이라 보아 큰 잘못이 없을 것이다.

지금 전하는 시 305편 중에서 "흥야(興也)"하고 표시하고 있는 시구가 있는 시는 『모전』에 114편이 있고 『집전』에는 84편이 있다. 이 중에서 『모전』과 『집전』이 다같이 '흥'이라 표출하고 있는 구절이 있는 시는 도합 63편이다. 그밖에도 『집전』에는 "부이흥(賦而興)"이라 표시한 것이 2편, "흥이비(興而比)"가 1편, 또 후반 부분에서 '흥'이라 표시한 구절이 있는 시가 1편 있다[8]. 이 주석서에서 다같이 '흥'이라

---

8) 興에 대한 해설은 朱熹가 가장 簡明하다. 그러나 賦而興 또는 興而比 등의 개념은 성립될 수가 있는 것인지 의심스럽다.

고 한 구절들은 틀림없는 흥일 것이라 가정하고 이들의 공통된 성격을 가려내어 보려는 것이다. 그러면 비교적 명확한 '흥'의 성격도 드러나게 되리라 믿기 때문이다.

먼저 두 책이 모두 '흥'이라 한 63편을 분석해 보기로 한다. 이들은 『시경』 각 부문에 다음과 같이 들어있다.

	시의 전체 편 수	흥이란 구절이 있는 시의 편수
국풍(國風)	160	39
소아(小雅)	80	23
대아(大雅)	31	1
송(頌)	34	0

여기에서 보면 '흥'은 특히 국풍 소아와 관계가 깊다. 흥의 대부분이 국풍과 소아에 몰려있고, 국풍과 소아에 있어서는 전체 시의 4분의 1 정도가 된다. 그리고 대아와 송은 '흥'과 거의 무관하다고 할 수 있다. 국풍과 소아의 특징이 민요풍의 시가 많다는 것이라 한다면 '흥'은 또 민요와 관련이 많은 시의 표현형식이라 할 수가 있게 된다.

『시경』의 국풍과 소아는 본시 대부분이 민요에서 나온 시일 것이다. 다만 입으로 노래 부르며 유행하던 것을 필사하면서 필사하는 지식인들에 의하여 그 노래의 가사가 다듬어졌을 것이다. 그리고 이 『시경』이 지식인들의 손에 의하여 전하여지면서, 그리고 공자 이후에는 그것이 유가의 경전으로 높이 받들어지면서 오랜 세월을 두고 많이 다듬어졌을 것이다. 그리고 한(漢)대에 나온 『모시』 이후의 전주가(傳注家)들은 『시경』을 '경(經)'으로 간주하고 읽고 해석하였기 때문에 더욱 이 시들은 민요적인 성격을 잃게 되었을 것이다.

어떻든 '흥'을 이해하는 데 있어서 '흥'은 '비'나 '부' 보다도 특히 민요의 소박한 표현방식과 많은 관계가 있을 것이라는 전제를 염두에 두어야 할 것이다.

❊4. '흥'의 의의

이제는 앞에서 추리한 '흥'의 특징을 기반으로 하고 옛 사람들의 해설을 참작하여 가장 합리적이고 올바른 '흥'의 뜻을 밝힐 차례이다.

(1) '흥'은 글자의 뜻이 '일으킨다'는 것이다. 따라서 '흥'은 작자의 시정(詩情)을 불러일으키는 역할을 하는 것이라 본다(孔穎達『正義』: 興者, 起也.---起發己心---).

(2) '흥'은 작자가 눈으로 보았던, 또는 뚜렷한 인상으로 남아있는 사물(事物)을 노래한 것이다. 이러한 사물이나 풍경 같은 것이 시를 짓는 사람에게는 시의 내용에 대하여 일종의 연상작용(聯想作用)을 하거나 시정(詩情)을 불러일으키는 작용을 하고 있는 것이다(鄭衆: 興者, 託事於物. 蘇轍: 興者, 是當時所見. 朱熹: 興者, 先言他物以引起所詠之詞也).

(3) '흥'은 작자의 주관을 통하여 그 표현이 시의 주제와 연결되고 있음으로 시를 읽는 사람으로서는 '흥'과 시의 주

제의 관계를 객관적으로 설명하기가 어렵다(蘇轍: 非後人可得而知. 鄭樵: 不可以事類推, 不可以理義求也. 鍾嶸: 文已盡而義有餘, 興也.).

(4) 그 표현방식이 연상적이며 시의 주제와는 동떨어져 있으나 은유의 방식에 가까운 것도 있다. 그러나 '비'와는 성격이 전혀 다른 것이다.

(5) '흥'은 가장 소박하고 자연스러우며 거의 무의식적으로 흘러나오는 감정의 표현이다. 따라서 '흥'의 표현은 무엇보다도 작자의 성격을 잘 드러낸다. 그리고 이런 표현방식은 지식인이나 문인들보다는 낮은 민중들의 노래 속에 많이 응용되고 있다.

이상과 같이 '흥'은 '비'와 은유적인 성격을 통하여 약간의 연관이 있기는 하지만 두 가지는 완전히 서로 다른 것이다. 따라서 '비'의 경우처럼 시를 읽을 적에 '흥'을 반드시 주제와 관련시켜 해설하려는 태도도 옳은 방법이 못되지만 주제와의 관계를 전적으로 부정하는 태도도 그대로 받아들일 수가 없는 것이다.

❀ 5. '흥'과 시의 해석

『시경』은 본시 '시'라고만 불렸으며, '시'에 경(經)자가 덧

붙여진 것은 대략 전국(戰國) 만년의 일이다[9]. 그 밖의 서 · 역 · 악 · 예 등의 경우도 마찬가지이지만, 『시경』은 특히 '경' 자가 붙여짐으로 인하여 시를 읽고 해석하는 데에 심한 왜곡이 생겼다. 그것은 시를 순수한 노래의 가사로 보지 않고 만인들의 교과서인 경전으로 풀어내야만 했기 때문이다.

『시경』의 첫 번째 시 「관저(關雎)」를 살펴보자. 『모전』에서는 이 시가 "후비(后妃)의 덕을 노래한 것"이라 하였고, 주희도 『시집전』에서 대체로 이 방향의 해설을 따르고 있다. 그러나 아래와 같은 이 시의 첫 절만 읽어보아도 이 시는 '후비의 덕'과는 거리가 먼 시임을 누구나 느끼게 될 것이다.

구욱구욱 물수리는
황하 섬 속에서 우는데,
아리따운 고운 아가씨는
군자의 좋은 짝일세.

관관저구　재하지주　요조숙녀　군자호구
關關雎鳩, 在河之洲. 窈窕淑女, 君子好逑.

『모전』이나 『집전』이나 이 첫 절을 모두 '흥'이라 설명하

9) 屈萬里 『詩經釋義』 敍論 의거.

고 있다. 앞에서 정리한 '흥'에 대한 이해를 바탕으로 하여
이 시를 읽어보면 좀 더 뚜렷이 이 시의 뜻을 파악할 수 있
을 것이다. 곧 이 네 구절 중 앞의 두 구절은 이른바 '흥'의
부분이고, 나머지 두 절의 시의 내용을 참고로 할 때 뒤의
두 구절은 시의 주제와 관계되는 것임을 알게 된다. 곧 "아
리땁고 고운 아가씨는 군자의 좋은 짝이라"는 내용이 이 시
의 주제라는 것이다. 그 뒤의 절들도 모두가 자기의 이상적
인 이성을 추구하는 내용이다. 굴만리 교수는 이 시를 축혼
시라 하였고(『詩經釋義』), 필자는 이를 "이성을 그리는 시"
로 번역하였다(明文堂 新完譯 『詩經』).

　억지로 '저구'라는 새를 정숙한 부부에 비겨보려고도 들
지만, 물수리는 정숙한 부부에 비길만한 새가 못되는 듯 하
고, 또 확실히 '저구'가 어떤 새인지도 알지 못하는 것이 일
반적인 현상이다. 첫 구절은 아마도 시의 작자가 그의 눈과
귀를 통하여 보고 듣고 있던 정경을 묘사한 것일 것이다. 작
자는 그러한 정경을 보고 들으면서 시의 주제를 떠올렸던
것이다. 그러나 '흥'인 이 앞 두 구절과 주제인 뒤 두 구절
의 연관을 객관적으로 또는 논리적으로 설명할 길은 없다.

　둘째 절의 "올망졸망 마름풀을 이리저리 헤치며 뜯는다(參
差荇菜, 左右流之)"고 하는 '흥'도 마찬가지이다. 물가에서
마름풀을 뜯으면서 부른 노래이거나, 황하 가에서 마름풀을
뜯는 사람들을 보면서 부른 노래일 것이다. "올망졸망 마름
풀---"은 아리따운 고운 아가씨 생각에 잠도 이루지 못한
다는 내용과는 아무런 의미상의 관련은 없는 것이다. 셋째
절도 "올망졸망 마름풀---"로 시작되지만 시의 주제는 아

리따운 아가씨와 풍악을 울리며 행복하게 즐기고 싶다[10]는 소망을 노래한 것이다.

이러한 '흥'과 시의 주제의 관련에 대하여는 객관적인 설명이 불가능하다. 물수리의 울음소리를 듣거나 마름풀을 뜯는다고 하여 반드시 아리따운 이성을 누구나가 그리게 되는 것은 아니기 때문이다.

소남(召南)의 「강유사(江有汜)」 시를 다시 보기로 들어보기로 한다. 다음에 그 첫째 절을 인용한다.

> 강수는 갈라졌다 다시 합쳐지는데,
> 아가씨는 시집가면서
> 나를 거들떠보지도 않네.
> 나를 거들떠보지도 않지만
> 뒤에는 후회하게 되리라.

江有汜. 之子歸, 不我以. 不我以, 其後也悔.
강유사   지자귀   불아이   불아이   기후야회

둘째 셋째 절도 이와 비슷한 내용을 되풀이하여 노래한 것

10) 屈萬里 『詩經釋義』에서는 이 절의 내용은 이미 아리따운 아가씨와 결혼하여 즐김을 노래한 것이라 하였다.

이다. 첫 구절에 대하여 『모전』과 『집전』 모두 '흥'이라 하고 있다. 『모전』에서는 이 시의 대의를 이렇게 설명하고 있다.

"「강유사」란 잉첩(媵妾)을 기린 시이다. 잉첩이 부지런히 일하며 원망치 않으니 본처도 그의 잘못을 뉘우친 것이다.---"

정현(鄭玄)은 그의 『전(箋)』에서 "이곳에서 '흥'이라 한 것은 강수(江水)는 큰마누라, 사수(氾水)는 작은마누라에 비유되기 때문이다." 하고 설명을 보충하고 있다. 주희도 이러한 『모전』의 방향을 따라 이 시를 풀이하고 있다.

이 시의 대의는 분명히 "남자가 자기가 사랑하는 여인이 자기를 버리고 시집갈 때 이를 원망한 시"이다.[11] 정현은 사(氾)를 강물의 지류 이름으로 보았지만 "강물의 흐름이 갈라지는 것"을 뜻한다. 강수에는 그런 곳이 상당히 많다고 한다. 작자는 흘러가는 강수를 바라보고 있다. 흘러가다 갈래가 지고 있는 강물을 시름없이 바라보면서 자기를 버리고 떠나는 사람을 원망한 것이다. 위의 번역에서는 "갈라졌다 다시 합쳐진다"고 하였지만 실제로 작자는 그 물이 다시 합쳐지는 것까지는 생각하지 않았을 것이다. 강물과 시의 주제를 객관적으로 설명하기는 어렵지만 그래도 은유 정도의 관련은 인정할 수가 있다.

『모전』과 『집전』에서 '비'라고 설명한 시들 가운데에도 잘 살펴보면 '흥'으로 해석하여야 할 곳들이 있다. 보기로 위풍(魏風) 「벌단(伐檀)」시가 있다. 아래에 그 첫째 절을 든다.

---

11) 屈萬里 『詩經釋義』 참조.

쾅쾅 박달나무 베어
황하 가에 놓고 보니
황하 물 맑게 물놀이 치고 있네.
씨 뿌리고 거두지도 않거늘
어째시 수백 호의 전세(田稅) 곡식 거둬들이며,
짐승사냥도 않거늘
어째서 그대 집 뜰엔 걸려있는 담비가 보이는가?
진실한 군자들은
놀면서 먹고 살지 않는다 하였네.

감 감 벌 단 혜　치 지 하 지 간 혜　하 수 청 차 연 의
坎坎伐檀兮, 寘之河之干兮, 河水淸且漣猗.

불 가 불 색　호 취 화 삼 백 전 혜　불 수 불 렵　호 첨 이 정 유 현 훤 혜
不稼不穡, 胡取禾三百廛兮? 不狩不獵, 胡瞻爾庭有縣狟兮?

피 군 자 혜　불 소 찬 혜
彼君子兮, 不素餐兮.

이 시는 거의 같은 내용과 형식으로 2절과 3절도 이루어져 있다. 『모전』에서는 이 시에 대하여 나음과 같은 설명을 하고 있다.

　　"벌단시는 탐욕이 많은 것을 풍자한 것이다. 벼슬자리에 있으면서 탐욕만이 있어 제대로 일은 않으면서 녹(祿)만 받고 있으니, 군자가 나아가 일할 수가 없게 된 것을 노래한 것이다."

주희도 "좋은 인재는 거들떠보지도 않고 등용치 않으며 자신은 탐욕스러운 것에 비긴 것이다"고 하였다. 이들은 본문 첫째 줄의 "박달나무를 베어 황하 가에 놓아둔다"고 한 것은 인재를 쓰지 않고 버려 둔 것을 비유한 것이라 하였다.

그러나 이 시도 첫 줄은 '흥'임이 분명하다. 작자의 눈에 보이고 있는 정경을 읊은 것이다. 작자 자신이 노동자여서 직접 박달나무를 베어 날라 황하 가에 내려놓고 맑은 강물을 바라보며 신세타령을 하고 있는 것인지도 모른다. 그리고 그 뒤의 "씨 뿌리고 거두지도 않거늘---" 이하 끝 구절 "올바른 군자는 놀면서 먹고 살지 않는다" 하고 노래 부른 데까지가 이 시의 주제이다.

저 군자들은 일도 않고 풍성히 잘 먹고 살고 있는데, 한편 자신을 비롯하여 일반 백성들은 쉴 새 없이 일하고 고생하여도 입에 풀칠하기도 바쁘다. 맑고 유유히 흘러가는 황하 물을 바라보는 백성들의 눈에는 원망이 서려있다. 그러나 이 대목은 주제와는 객관적인 연관을 설명할 수 없는 '흥'인 것이다.

이러한 '흥'의 방법은 현대시에 있어서도 가끔 쓰이고 있는 표현 수법이다. 보기로 우리나라 김소월(金素月)의 시를 아래에 든다.

풀따기

우리 집 뒷산에는 풀이 푸르고

숲 사이의 시냇물 모래바닥은
파아란 풀 그림자 떠서 흘러요.

그리운 우리 님은 어디 계신고?
날마다 피어나는 우리 님 생각
날마다 뒷산에 홀로 앉아서
날마다 풀을 따서 물에 던져요.

흘러가는 시내의 물에 흘러서
내어던진 풀잎은 옅게 떠 갈 제
물살이 해적 해적 풀을 해쳐요.

그리운 우리 님은 어디 계신고?
가엾은 이내 속을 둘 곳 없어서
날마다 풀을 따서 물에 던지고
흘러가는 잎이나 맘해 보지요.

　이 시의 첫 단도 바로 '흥'인 것이다. 지금 이 작자의 뒷산
에는 풀이 푸르고, 작자의 눈앞에는 맑은 시냇물이 흐르고
있다. 이 작자도 『시경』의 「강유사(江有氾)」처럼 맑은 시냇
물을 바라보며 떠나간 임을 그리고 있는 것이다.

1966. 7.

Ⅱ. 중국시의 이모저모

1. 한위(漢魏) 육조(六朝)의 악부시(樂府詩)

2. 전원시인(田園詩人) 도연명(陶淵明)

3. 중국시에 있어서의 시간과 공간

4. 당시(唐詩)와 무습(巫習) – 이하(李賀)를 중심으로 하여

5. 중국시의 언어와 문자

6. 중국 현대시의 가능성

01. 한위(漢魏) 육조(六朝)의 악부시(樂府詩)

❀ 1. 악부시의 기원

「악부시」는 한(漢)대와 위(魏)·진(晉)을 거쳐 남북조(南北朝) 시대에 이르기까지 중국의 민간에서 노래 부르던 그 시대 그 시대의 작자를 알 수 없는 민요의 형식을 따라 지은 시이다. 악부(樂府)란 본시 한나라 무제(武帝, B.C. 140~B.C. 87 재위)가 설치한 음악에 관한 일을 관장하던 관청의 이름이다. 반고(班固, 32~92)의 『한서(漢書)』 예악지(禮樂志)에는 "무제가 교사(郊祀)의 예를 정하고, 악부를 세웠다"는 기록이 보이는데, 당(唐)대의 안사고(顔師古)는 거기에 "악부란 명칭은 여기에서 생긴 것이다"고 주(注)를 달고 있다. 그리고 무제는 이연년(李延年, B.C. 140?~B.C. 87?)을 그곳의 책임자인 협률도위(協律都尉)에 임명하고, 옛날부터 내려오는 음악과 악기의 정리, 음악의 연주, 필요한 음악의 작곡 등의 일을 맡겼다. 그런데 악부의 기능 중에는 그 밖에 특이하고도 중요한 것으로 민간 가요의 수집이 있었다. 또 『한서』 예문지(藝文志)에는 이런 기록이 보인다.

무제가 악부를 세우고 가요를 채집하니 이에 조(趙)·대(代) 지방의 노래와 진(秦)·초(楚)의 민요가 있게 되었다. ……또한 풍속을 관찰하고 정치가 잘 되고 있는가를 알기 위한 것이었다.

이것은 중국에 옛날에 있었다는 채시관(採詩官) 제도를 부활시킨 것을 뜻한다. 『시경(詩經)』에 실려 있는 시들도 『한서』 예문지의 기록에 의하면 대부분의 것들이 이 '채시관'들이 수집한 가요들을 정리하여 이루어진 것이라 한다. 여하튼 이 '악부'에서 모아들인 시가도 후세에 전하여져 흔히 '악부' 또는 '악부시'라 부르게 되었다.

이 '악부시'에는 여러 가지 성격의 음악이 있지만 우리의 관심을 가장 끄는 것은 그 중에서도 민가(民歌)이다.

『한서』 예문지에는 그 시대에 전하여지던 민가집으로 다음과 같은 것들을 수록하고 있다.

『오 · 초 여남 가시(吳楚汝南歌詩)』 15편.

『연 · 대의 노래와 안문 · 운중 · 농서의 가시(燕代謳雁門雲中隴西歌詩)』 9편.

『한단 · 하간 가시(邯鄲河間歌詩)』 4편.

『제 · 정 가시(齊鄭歌詩)』 4편.

『회남 가시(淮南歌詩)』 4편.

『좌풍익 · 진 가시(左馮翊秦歌詩)』 3편.

『경조윤 · 진 가시(京兆尹秦歌詩)』 5편.

『하동 · 포반 가시(河東蒲反歌詩)』 1편.

『낙양 가시(雒陽歌詩)』 4편.

『하남 · 주 가시(河南周歌詩)』 7편.

『주요 가시(周謠歌詩)』 75편.

『주 가시(周歌詩)』 2편.

『남군 가시(南郡歌詩)』 5편.

이상의 기록을 통해 보더라도 '악부'에서 수집한 민가는 그 지역이 무척 광범했고 수량도 많았음을 알 수 있다. 뒤의 애제(哀帝, B.C. 6~B.C. 1 재위)는 '악부'에 음탕한 '정위의 노래(鄭衛之聲)'가 많다 하여, 대대적인 정리를 단행했는데, 이때 적지 않은 '악부'의 노래들이 없어졌을 것으로 생각된다. 어쨌든 '악부'에서 민가를 수집한 덕분에 지금까지도 귀중한 한대의 민가들이 우리에게 전해지게 된 것이다.

'악부' 제도는 규모는 작아졌지만 후한(後漢) 때까지도 그대로 유지되었던 것 같다. 범엽(范曄)의 『후한서(後漢書)』에 의하면 광무제(光武帝)와 화제(和帝)·영제(靈帝) 등이 각 지방의 민요를 통하여 민심의 동향을 파악하려 했다 하였다. 따라서 분명하지는 않지만 후한대에도 '채시관'의 제도가 완전히 없어지지는 않고 존속하였던 것 같다.

위(魏)·진(晉) 시대는 '채시'의 제도는 없었지만 나라에서 쓰는 음악을 정리하고 작곡하며 연주하는 일을 맡았던 음악 기관은 그대로 존속했다. 그 뒤 남북조 시대에 와서 다시 민가가 크게 유행했던 것을 보면 '악부'와 비슷한 음악 기관은 위·진대에도 존속되고 있었던 것 같다.

따라서 국가의 음악 관청인 '악부'에는 거기에서 수집한 여러 지방의 민요와 옛날부터 전해 내려오던 노래와 나라의 여러 가지 행사 때 불리어지던 노래 등이 보전되었다.

악부시 중에는 민간의 가요도 있지만, 문인들의 작품도 있다. 그러나 그러한 시들은 악부에서 그 곡을 정리하거나 새로운 곡을 작곡하면서 가사에 적지 않은 수정이 가해진 것들이라는 점에 유의해야 할 것이다. 그리고 한대 말엽부터 많은 문인들이 민가풍의 '악부시'를 본떠서 새로운 작품을 짓게 되었다. 중국 정통문학의 중심을 이루며 발달해온 중국시는 이러한 악부시를 본떠서 지은 작품을 바탕으로 본격적인 발전을 시작하였다고도 할 수 있다.

이 '악부시'를 본 뜬 작품의 창작은 당송(唐宋) 이후까지도 시인들 사이에 성행된다. 따라서 악부시 중에는 수많은 후세 시인들이 본떠서 지은 것들까지도 그 속에 끼게 되었다. 특히 조조(曹操, 155~220) 삼부자와 왕찬(王粲, 177~217) 등의 건안칠자(建安七子)는 악부시를 본떠서 쓴 작품을 중심으로 하여 시의 창작활동을 전개하였다고 말할 수도 있다. 후세의 대시인들 중에도 이백(李白, 701~762)처럼 악부시체의 빼어난 작품들을 많이 남기고 있는 작가들이 많으며, 특히 백거이(白居易, 772~846)와 원진(元稹, 723~772)의 '신악부(新樂府)'는 유명하다.

❀ 2. 악부시의 내용

지금 전하고 있는 악부시의 시가집으로는 송(宋)대 곽무천(郭茂倩, 1084 전후)이 편찬한 『악부시집(樂府詩集)』 100권이 가장 내용이 풍부하고 자세한 것이다. 『악부시집』에서는 악부시를 대략 다음과 같은 12종류로 나누어 편찬하고 있다.

(1) 교묘가사(郊廟歌辭) - 임금이 제사지낼 때 쓰던 악가로서 한(漢)대로부터 오대(五代)에 이르는 시대의 작품들.

(2) 연사가사(燕射歌辭) - 임금이 잔치할 때 쓰던 악가로서, 진(晉)대로부터 수(隋)대에 이르는 시대의 작품들.

(3) 고취곡사(鼓吹曲辭) - 횡취곡(橫吹曲)과 함께 군중(軍中)에서 쓰던 음악. 그 중 고취곡은 북방에서, 횡취곡은 서쪽에서 들어온 것이다. 한대에서 당(唐)대에 이르는 시대의 작품들.

(4) 횡취곡사(橫吹曲辭) - 한대로부터 양(梁)대에 이르는 시대의 작품들.

(5) 상화가사(相和歌辭) - 한대의 민요가 중심을 이루며, 여기에는 상화육인(相和六引)·상화곡(相和曲)·음탄곡(吟歎曲)·사현곡(四弦曲)·평조곡(平調曲)·청조곡(淸調曲)·슬조곡(瑟調曲)·초조곡(楚調曲)·대곡(大曲) 등이 있다.

(6) 청상곡사(淸商曲辭) - 남조(南朝)의 민가가 중심을 이루며, 오성가곡(吳聲歌曲)·신현가(神弦歌)·서곡가(西曲歌)·아가(雅歌) 등으로 분류된다.

(7) 무곡가사(舞曲歌辭) - 춤을 곁들였던 노래의 가사로 한대에서 수(隋)대에 이르는 작품들이 실려 있다. 여기의 춤에는 아무(雅舞)·잡무(雜舞)·산악(散樂)의 구분이 있다.

(8) 금곡가사(琴曲歌辭) - 가장 오래된 것으로는 요순(堯舜)시대의 작품이라고 전하는 것까지도 있으며, 수당(隋唐)대의 작품까지 남아 전한다.

(9) 잡곡가사(雜曲歌辭) - 한대에서 수·당대에 이르는 시대의 여러 가지 민가가 모여 있다.

(10) 근대곡사(近代曲辭) - 수·당대 작가들이 이전의 악부시를 본떠서 만든 작품들.

(11) 잡가요사(雜歌謠辭) - 요·순 시대에서 수·당대에 이르는 시대에 지어져 유행한 여러 가지 요언(謠言)과 시가들.

(12) 신악부사(新樂府辭) - 당대 시인들에 의하여 지어진 악부시체의 새로운 시들.

이 분류에는 구분이 애매한 것들도 있으나 무엇보다도 금곡가사·근대가사·잡가요사·신악부사는 우리가 얘기하는 악부시에서 제외되어야 할 것이다. 금곡(琴曲)에는 본시 가사가 없는 것이 원칙이니, 모두 후세 사람들이 뒤에 쓴 작품들일 것이며, 그밖에 근대곡사·잡가요사·신악부사는 대부분이 노래의 가사가 아닌 읽거나 읊는 것으로 변한 것들이다. 후세 문인들이 본떠서 만든 작품들은 악부라기 보다는 고시(古詩)로 보는 게 옳을 것이다. 악부시의 특징은 어디까지나 노래와의 관계에서 찾아야만 할 것이다.

그러나 악부고사(樂府古辭) 또는 고악부(古樂府)와 고시(古詩)의 구분은 그다지 명확한 것이 아니다. 이론상으로는 고악부로부터 고시가 발전한 것이라 하지만, 많은 경우 이것들은 서로 혼동되고 있다. 보기를 들면 소통(蕭統, 501~531)의 『문선(文選)』권29 고시십구수(古詩十九首)의 제8수 염염고생죽(冉冉孤生竹)과 제13수 구거상동문(驅車上

東門) 두 수가 『악부시집』에는 권74와 권61에 각각 고사(古辭)로서 잡곡가사(雜曲歌辭) 속에 들어있다. 『문선』 권27과 『악부시집』 권38에서 악부고사로 다룬 음마장성굴행(飮馬長城窟行)이 서릉(徐陵, 507~583)의 『옥대신영(玉臺新詠)』 권1에는 채옹(蔡邕, 133~192)의 시로 수록되어 있다. 이 밖에도 이러한 혼동의 보기는 무수히 많다.

실상 '고시'와 '고악부'는 형식이나 내용에 아무런 차이가 없어서 고시라 하여도 되고 고악부라 하여도 무방한것들이 상당히 많다. 보기를 들면 십오종군정(十五從軍征)(『樂府詩集』 권25 紫騮馬歌辭)이나 초초산상정(峇峇山上亭)(『樂府詩集』 권30 長歌行) 같은 것들이다.

다시 앞에 든 곽무천의 『악부시집』의 분류를 다시 간단히 정리하면 우리는 다음과 같은 네 가지로 줄일 수가 있다.

첫째, 귀족들의 악부. 여기에는 대체로 교묘가사 · 연사가사 · 무곡가사가 포함된다.

둘째, 외국에서 수입된 악부. 여기에는 대체로 고취곡사 · 횡취곡사가 포함된다.

셋째, 민간 가요. 이것이야말로 악부시의 중심을 이루는 것으로, 대체로 상화가사 · 청상곡사 · 잡곡가사가 여기에 포함된다.

넷째, 후세에 새로 지은 악부. 여기에는 귀족들의 것도 있고, 외국에서 수입된 것, 민간 가요 등 앞에 든 세 가지 성질의 노래들이 모두 포함된다. 수 · 당대의 조정에서 쓰던 가곡들도 이에 속한다.

❋ 3. 오언시(五言詩)와 악부시

악부시중의 민가들은 『시경』의 국풍(國風)이나 마찬가지로 중국 여러 지방에서 채집한 민요들이다. 따라서 중국 문학사상 그 전통에 있어 악부시 중의 민가들은 바로 『시경』의 국풍을 이어받은 것이라고 할 수 있다.

그러나 '국풍'과 '악부시'를 놓고 볼 때 우리는 그 가사 형식이나 리듬에서 이들 사이에 큰 차이를 발견하게 된다. '국풍'의 시들은 그 구절의 모양이 사언(四言)을 바탕으로 하고 있는데 비하여 '악부시'는 구절의 모양이 자유로우면서도 차츰 오언(五言)으로 발전하고 있는 것이다. 사언이란 중국어의 기본 리듬을 따른 단정하고 우아한 느낌을 주는 시형인데 비하여, 오언은 비교적 변화가 있고 청신(淸新)하며 경쾌한 맛을 주는 시형이어서 그 성격이 판연히 다른 것이다.

중국 문학사상 '악부시'의 가장 큰 공로는 오언시를 이룩하고 발전시켰다는 것이다. 오언시는 중국시의 가장 대표적인 시형이기 때문에 오언시의 발생과 발전은 중국시의 발전과 직접적인 연관 관계에 있는 것이다.

지금 우리에게는 전한(前漢) 초기의 작품으로 알려진 고시십구수(古詩十九首)를 비롯하여 매승(枚乘, ?~B.C. 141)의 시와 소무(蘇武, B.C. 143?~B.C. 60)·이릉(李陵, ?~B.C. 74)의 시들 같은 오언고시(五言古詩)가 전해지고 있다(蕭統의 『文選』과 徐陵의 『玉臺新詠』 등에). 그러나 이들의 저작 연대에 대해서는 이미 『문선』이나 『옥대신영』이 나온 직후에 나온 유협(劉勰, ?~473)의 『문심조룡(文心雕龍)』 명시

(明詩)편과 종영(鍾嶸, 505 전후)의 『시품(詩品)』 같은데서 작자가 의심스럽다는 논조로 얘기하고 있거니와, 뒤에 송(宋)대의 소식(蘇軾)·홍매(洪邁)를 비롯해 청(淸)대의 고염무(顧炎武)·옹방강(翁方綱)·전대흔(錢大昕)·양계초(梁啓超) 같은 학자들이 연이어 위·진 이후의 의작(擬作)임을 증명하려고 노력했다.

　문학의 진화라는 입장에서 보더라도 한대에 와서 갑자기 '오언고시'가 나타나 한대 말엽에 이르는 400여년 간 아무런 발달도 하지 못했다는 것은 이해할 수 없는 일이다. 지금 와서는 고시십구수나 이릉·소무의 시 같은 완전한 '오언고시'는 빨라도 후한(後漢) 말엽에나 이루어졌을거라는게 학자들의 일반적인 견해가 되어 있다.

　한편, 주건(朱乾)은 『악부정의(樂府正義)』라는 책에서 고시십구수는 고악부(古樂府)라고 말하고 있다. '고악부'였던 고시십구수를 후세 문인들이 완전한 오언고시로 개작한 것이라는 입장에서 그렇게 말한 것이다. '오언고시'가 '고악부'로부터 발전한 것임은 의심의 여지가 없다. 주이존(朱彝尊, 1629~1709)은 『폭서정집(曝書亭集)』 권52 서옥대신영후(書玉臺新詠後)란 글에서 구거상동문(驅車上東門)과 생년불만백(生年不滿百)의 보기를 들며, 시의 형식이 자유로운 '악부고사'를 후세 사람이 가지런한 오언시로 개작한 것이 고시라고 주장하고 있다.

　그는 구체적인 보기로서 『서문행(西門行)』 고사(古辭)의 "즐김에 있어서는, 즐길 수 있는 때에 즐겨야지, 어찌 앉아서 답답하게 걱정이나 하며, 뒷날을 기다려야 하겠는가?(夫爲

樂, 爲樂當及時, 何能坐愁怫鬱, 當復待來茲?)"를 고시에서는 "즐길 수 있는 때에 즐겨야지, 어찌 뒷날을 기다릴 수 있겠는 가?(爲樂當及時, 何能待來茲?)"로 개작했고, 고사의 "재물을 탐하여 쓰는 것을 아끼면, 다만 후세에 비웃음만 사게 되네.(貪財愛惜費, 但爲後世嗤)"를 고시에서는 "어리석은 자는 쓰는 것을 아끼어, 다만 후세의 비웃음거리만 되네.(愚者愛惜費, 但爲後世嗤)"로 고쳤고, 고사의 "자신은 신선인 왕자교가 아니니, 살 날을 따져봐야 언제까지일지 알 수가 없네.(自非 仙人王子喬, 計會壽命難與期)"를 고시에서는 "신선인 왕자교 는, 그와 같이 살 수는 없는 상대일세.(仙人王子喬, 難可與等期)"로 고쳤다고 지적하고 있다. 그의 의견에는 문제가 없는 것은 아니지만 자유로운 시형으로부터 오언고시로 시형이 정형화(定形化)하는 구체적인 보기로서는 손색이 없다.

이제껏 사언(四言)이 중심을 이루던 중국시가 어찌하여 한 대로 들어와서는 갑자기 오언을 지향하게 되었는가 하는 것 도 큰 문제이다. 거기에는 한무제(漢武帝)가 서역 땅을 정벌 한 뒤 수입해 온 오랑캐 음악인 호악(胡樂)과 '악부'의 우두 머리였던 이연년(李延年)이 '호악'과 민가를 바탕으로 하여 새로 개발한 신성(新聲)의 영향이 크게 작용했을 것 같다.

한대는 한편 남쪽 초(楚)나라 지방의 노래인 초가(楚歌)가 유 행하고 초사(楚辭)에서 발전한 부(賦)가 성행한 시대이다. 초 나라 지방의 노래는 삼언(三言)이 중심을 이루고 있다. 보기를 들면 항우(項羽)의 해하가(垓下歌) 앞부분은 다음과 같다.

> 힘은 산을 뽑을만 하고 기운은 세상을 뒤덮을만 한데,
> 시세가 불리해지니 애마인 추도 달리지 않네.

_{역 발 산 혜 기 개 세   시 불 리 혜 추 불 서}
力拔山兮氣蓋世, 時不利兮騅不逝.

조사인 '혜(兮)'자만 빼면 완전한 삼언시(三言詩)이다. 다음에는 전국(戰國)시대 굴원(屈原)의 작품이며 초사의 대표작으로 치는 이소(離騷)의 끝 대목 몇 구절을 인용한다.

> 하늘의 눈부시게 빛나는 곳 올라보니
> 문득 옛 고향이 저 아래에 보이네.
> 나의 종은 슬퍼하고 내 말은 그리워하며
> 머뭇머뭇 뒤돌아보며 나아가지 않네.

_{척 승 황 지 혁 희 혜   홀 임 예 부 구 향}
陟陞皇之赫戲兮, 忽臨睨夫舊鄕.
_{복 부 비 여 마 회 혜   권 국 고 이 불 행}
僕夫悲余馬懷兮, 蜷局顧而不行.

여기에서도 '혜(兮)'자를 빼고 보면 삼언시에 가깝다. 이런 '삼언'이 『시경』의 사언(四言) 형식과 융화되어 오언이 이루어지는데 도움이 되었을 것이다. 여기에서 '혜'자 이외에 또 '지(之)' '부(夫)' '이(而)' 따위의 조사를 빼면 오언이 된다. 그러니 한대에 유행한 초나라 노래의 리듬도 오언시가 이루어지는데 역할을 했을 것이다.

한편 『사기(史記)』나 『한서(漢書)』를 보면 전한(前漢)대의 요언(謠諺)으로 오언으로 된 노래들을 여러 곳에 인용하고 있다. 보기를 들면 『사기』 진세가(陳世家)에 인용된 "소를 끌고 남의 밭 가운데로 지나가면, 밭의 주인이 그 소를 빼앗는다.(牽牛徑人田, 田主奪之牛)"나 골계전(滑稽傳)에 인용된 "말을 감정할 적에는 여윈 때문에 실수를 하고, 사람을 대할 적에는 가난 때문에 실수하기 쉽다.(相馬失之瘦, 相士失之貧.)"와 같은 요언이 그것이다. 이를 근거로 이미 전한의 무제 시대에도 '오언고시'가 존재했다고 주장하는 사람들도 있다.

그러나 이러한 오언으로 이루어진 '요언'들은 한 구절의 글자 수가 다섯 자로 되어 있다 뿐이지 '오언고시'가 보여주는 경쾌한 리듬이나 응축된 뜻의 표현은 찾아볼 수가 없다. 따라서 오언으로 된 '요언'과 '오언고시'를 같은 성질의 것으로 볼 수는 없는 것이다. 더구나 『사기』 진세가에 보이는 "견우경인전(牽牛徑人田)" 운운하는 요언은 『좌전(左傳)』 선공(宣公) 11년에 인용된 신숙시(申叔時)의 말인 "소를 끌고 남의 밭을 짓밟으면, 그 소를 빼앗는다.(牽牛以蹊人之田, 而奪之牛)"를 후인이 오언으로 고쳐 쓴 것이고, 유후세가(留侯世家)의 여후(呂后)의 말에 인용된 "사람의 한평생은, 흰 망아지가 틈 앞을 지나가는거와 같다.(人生一世間, 如白駒過隙)"는 말은 『장자(莊子)』 지북유(知北遊)의 "사람이 하늘과 땅 사이에 사는 시간은 흰 말이 틈 앞을 지나가는거나 같다.(人生天地間, 若白駒之過郤)"를 후인이 고쳐 쓴 것이다. 그렇다면 『사기』나 『한서』의 요언은 처음부터 오언이 아니었던 것이 대부분이며, '요언'에서 '오언고시'가 나왔다고 말하기는 어려운 것이다.

전한의 무제 시대에 '악부고사'가 존재하기는 했지만, 그것은 지금 전해지고 있는 고악부 중에서도 형식이 가장 거칠고 내용이 세련되지 못한 작품들, 예를 들면 한뇨가(漢鐃歌)나 그 비슷한 종류의 것이었을 것이다.

그것들이 황실이나 귀족들 사이에 문인들의 손을 통해 전해지면서, 다시 다듬어지고 고쳐져 오언 형식으로 발전한 끝에 후한 말엽에 완전한 '오언고시'를 이룩했을 것이다. 곧 후한이 쇠멸기(대략 89~219)로 들어서면서 비로소 문인들에 의한 본격적인 '오언시'가 나오기 시작했던 것이다.

반고(班固, 32~92)의 영사(詠史)·죽선(竹扇), 장형(張衡, 78~139)의 동성가(同聲歌), 채옹(蔡邕, 133~192)의 취조(翠鳥), 역염(酈炎, 150~177)의 현지시(見志詩) 2수, 진가(秦嘉, 160 전후)의 유군증부시(留郡贈婦詩) 3수, 조일(趙壹, 178 전후)의 질사시(疾邪詩) 등이 그것이다. 이로부터 '오언'은 중국의 가장 대표적인 시의 구절 형식으로 굳어 버린다.

어쨌든 이전에는 '사언'이 주류를 이루던 중국 시의 리듬을 '오언'으로 바꾸어 놓는 데에는 악부시가 결정적인 역할을 했음은 의심의 여지가 없다.

❀ 4. 이연년(李延年)과 악부시

『한서』 예악지(禮樂志)에 의하면 무제는 악부라는 관청을 설립한 경과를 쓴 다음 다시 이렇게 말하고 있다.

이연년을 협률도위(協律都尉)로 삼고 사마상여(司馬相如) 등 수십 명을 등용하여 시부(詩賦)를 짓게 하고, 율려(律呂)를 따져 팔음(八音)의 음조에 맞추어 19장(章)의 노래를 지었다.

다시 같은 책 영행전(佞幸傳)에는 이런 말이 보인다.

이연년은 노래를 잘하여 신변성(新變聲)을 지었다. 이때 임금은 마침 천지에 대한 제사를 일으키어 음악을 작곡하려 했으므로 사마상여(司馬相如) 등으로 하여금 시송(詩頌)을 짓게 했는데, 이연년은 그 시들을 현가(弦歌)하여 신성곡(新聲曲)으로 만들었다.

또 같은 책 외척전(外戚傳)을 보면 이렇게 말하고 있다.

무제 부인의 오빠 이연년은 본시 음악을 잘 알고 가무를 잘해 무제가 그를 사랑했다. 그가 신성변곡(新聲變曲)을 지을 때마다 듣는 이로 감동하지 않는 이가 없었다. 이연년이 임금을 모시고 있다 일어나 춤추며 노래했다.

그리고는 「가인가(佳人歌)」(뒤에 인용)로 알려진 이연년의 노래를 소개하고 있다.

여기서 이연년이 지었다는 '신변성'·'신성곡'·'신성변곡'이 확실히 어떤 종류의 노래였는지 알 길이 없다. 『한서』 예악지에 실린 교사가(郊祀歌) 19장과 「가인가」 같은 것이 모두 거기에 속하는 노래들이었던 것 같을 뿐이다. 어쨌든 '신변성' 또는 '신성곡'·'신성변곡'이라 부르는 이연년이 작곡한 노래들은 그때까지 중국에는 없던 새로운 형식의 노래였던 것 같다. 이것들은 '악부'에서 연주하던 음악의 주류를 이루었던 듯한데, 뒤에 애제(哀帝)가 악부를 정리하면서 악부관(樂府官)에 "정위(鄭衛)의 노래"가 많은 것을 이유로 삼고 있는 것을 보면, 그것은 여러 지방에서 채집한 민요를 바탕으로 발전시킨 노래였던 듯도 하다.

다시 진(晉)나라 최표(崔豹)의 『고금주(古今注)』 권중(卷中)을 보면 다음과 같은 말이 보인다.

횡취(橫吹)는 오랑캐 음악이다. 장건(張騫)이 서역(西域)에 갔다가 그 방법을 서경(西京)으로 전해 왔는데, 오직「마하두륵(摩訶兜勒)」한 곡이 있었을 뿐이었다. 이연년은 이 오랑캐 음악을 근거로 다시 신성(新聲) 28해(解)를 지어 올렸다.

이곳의 '신성'도 앞의 '신성곡'과 같은 말일 것이다. 그렇다면 이연년의 신성곡은 서북쪽 오랑캐들의 음악에 영향을 받아 이루어진 것일 가능성이 많다.

'신성곡'의 하나라고 보이는 이연년의「가인가」는 다음과 같은 내용의 가사이다.

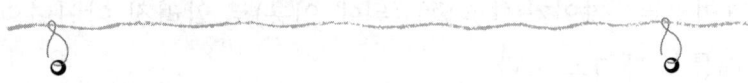

북방에 가인 있는데,
세상에 다시없이 빼어났네.
한 번 돌아보면 한 성안 사람들을 기울어지게 하고,
두 번 돌아보면 한 나라 사람들을 기울어지게 하네.
어찌 성과 나라를 기울게 하는 미인을 알아보지 못하는가?
가인은 다시 얻기 어려운 것이네.

北方有佳人, 絕世而獨立.
一顧傾人城, 再顧傾人國.
寧不知傾城與傾國? 佳人難再得.

이를 보면 '영부지경성여경국(寧不知傾城與傾國)' 한 구절만 제외하면 모두가 오언으로 이루어져 있다. 따라서 이연년의 신성곡은 오언의 리듬에 맞는 가락이었던 것 같다. 다만 「가인가」는 서릉의 『옥대신영』 권1을 비롯하여, 여러 가지 유서(類書)들에도 전부 또는 일부가 인용되어 있는데 특히 끝머리 두 구는 곳에 따라 여러 가지로 차이가 있다.

『옥대신영』 권1 이여년가시(李延年歌詩)
"……성을 기울게 하고 또 나라를 기울게 하는, 가인은 다시 얻기 어렵도다.(傾城復傾國, 佳人難再得)"
『예문유취(藝文類聚)』 권18 미부인(美婦人) 하(下)
"……어찌 성과 나라를 기울어뜨림을 알지 못하는가? 가인은 다시 얻을 수 없는 것을.(寧不知傾城國? 佳人不可再得)"
『태평어람(太平御覽)』 권136 효무이황후(孝武李皇后)
"……어찌 성을 기울어뜨리고 나라를 기울어뜨림을 안다는 것인가? 가인은 다시 얻을 수 없는 것을.(寧知傾城傾國, 佳人不可再得)"
『태평어람』 권381 미부인(美婦人)
"……어찌 성과 나라를 기울어뜨린다 말하지 않았던가? 가인은 다시 얻기 어려운 것을.(豈不言傾城國? 佳人難再得)"
『태평어람』 권517 자매(姉妹)
"……성을 기울어뜨리고 나라를 기울어뜨리는 이를 아끼지 않는가? 가인은 다시 얻기 어려운 것을.(不惜傾城傾國? 佳人難再得)"
『문선(文選)』 권21 안연년(顏延年) 추호시(秋胡詩) 이선(李善) 주(注)
"……어찌 성과 나라를 기울어뜨리는 것을 아는가? 가인은 다시 얻기 어려운 것을.(寧知傾城國? 佳人難再得)"

이밖에도 서로 다른 인용문이 유서 가운데에 더 눈에 뜨인다. 「가인가」는 본시 이처럼 완정한 오언시가 아니었는데, 후세 사람들이 이를 전하고 베끼면서 조금씩 자기의 기호를 따라 고쳐 쓴 결과 지금 우리가 보는 오언고시에 가까운 「가인가」가 이루어졌을 가능성도 많다. 그러나 이연년의 노래들이 적어도 '오언'의 리듬에 가까운 성격의 것이었다는 것조차 완전히 부정할 길은 없다.

이렇게 본다면 이연년이 중국 문학 발전에 끼친 공로는 대단히 크다. 그는 악부의 책임자로서 수많은 주옥같은 민가들을 채집하여 우리에게 전하는 역할을 수행했을 뿐만 아니라, 그 민가와 새로 수입된 오랑캐 음악들을 바탕으로 새로운 중국시의 대표적인 시형이 된 '오언시'의 바탕을 이룬 새로운 리듬의 노래들을 작곡했을 것이다.

❀ 5. 남북조의 악부시

한대로부터 위·진을 거쳐 남북조에 이르는 시대는 흔히 귀족 문학의 시대라고 말한다. 곧 한나라 초기부터 부(賦)가 발달해 황제의 주변 상황이나 도성(都城)의 모양을 화려하고 거창하게 묘사하는 형식주의적인 문학 풍조가 유행하여, 후한 이후로 산문이나 운문을 막론하고 내용은 상관없이 귀족적인 기호에 따라 형식만을 아름답게 꾸미는 풍조가 더욱 성행했기 때문이다.

이러한 문학 조류는 남북조 시대에 절정에 이르러 산문에서는 문장 형식만을 중시하는 변려문(騈儷文)을 완성시켰고, 운문에서는 일정한 구식(句式)에 따라 한 글자 한 글자의 성운(聲韻) 규칙을 지켜야 하는 근체시(近體詩)를 이룩하게 했다. 이러한 형식적인 유미주의(唯美主義)는 한편 문학을 알맹이 없는 귀족들의 장식물로 전락시키는 경향조차 보이기도 하였다.

이처럼 한대 이후 남북조에 이르기까지 중국의 전통 문학이 화려한 껍데기만을 남기려는 경향을 보여주고 있었는데도, 중국 문학이 완전히 생기를 잃지 않고 발전을 할 수 있었던 것은 민간에서 생겨난 「악부시」가 있었기 때문이라 할 수 있다.

한·위의 악부시들은 시의 형식에서 새롭고 청신한 리듬을 지닌 '오언시'를 발생시켜 중국 전통 문학의 주류를 오언시로 변형시켜 놓았을 뿐만 아니라 문학의 내용에도 계속 큰 영향을 끼쳤다. 그 시대의 문인들은 수사(修辭)를 통해 비로소 새로운 문학의 가능성을 인식했기 때문에 형식만을 거창하게 꾸민 '부'나 '시'를 지으려 했다. 그러나 '악부'의 민가들에서 노래한 민중들의 애환을 읊은 아름다운 서정(抒情)들은 문인들에게도 영향을 주지 않을 수가 없었다.

악부의 민가들에 보이는 가장 두드러진 서정으로는 인생의 무상감을 노래한 것과 이별이나 그 이별로 말미암은 그리움을 노래한 것들이 가장 많은데, 후한 말엽부터는 민가에서 발견되는 이 아름다운 서정들을 문인들도 자기 시의 주제로 흔히 선택하게 된다. 위나라 조조(曹操, 155~220)의 삼부자(三父子)나 건안칠자(建安七子)들의 시를 읽어보면, 이들이 시의 형식이나 내용에서 악부시의 영향을 얼마나 크게 받고 있는가 쉽사리 알 수 있게 된다. 또 백성들이 자기네 생활의 괴로움을 읊은 악부시들도 적지 않은데, 이것은 『시경』 이래로 중히 여겨온 시의 풍유(諷諭)의 뜻과 합치되어 중국시에 이른바 사회시(社會詩)를 발달시키는 계기가 되었다.

한편 중국의 전통문학은 건안연간(建安年間, 196~219년)부터 시를 중심으로 하여 본격적인 발전을 시작한다. 그런데 그 시작(詩作)의 중심은 앞에서도 간단히 말했던 것처럼 악부시를 본떠서 만든 자신의 작품을 창작하는 것이었다. 따라서 악부시는 중국의 전통문학 발전의 원동력이 되었다고 까지도 말할 수가 있다.

말하자면 한·위의 악부시는 껍질만 남고 알맹이는 없어져 가는 전통 문학의 조류에 꾸준히 새로운 형식에 싱싱한 알맹이를 담아 문단에 공급했던 것이다.

남북조(南北朝) 시대는 더욱 사회의 혼란이 극하여 문인들은 현실사회에 대한 희망을 잃고, 오직 문장의 아름다운 형식만을 추구하는 유미주의적인 풍조가 극성을 이루었던 시대이다. 이 시대에는 북방의 한인(漢人)들이 대거 남방으로 이동해 가고, 서북쪽 변경에는 외족들이 몰려 들어와 복잡한 종족간의 투쟁이 계속되었다. 그 때문에 중국 문화 자체에도 많은 변질이 생겨났지만 이 시대의 민가들도 다른 시대와는 다른 독특한 특징을 지니게 되었다. 그것은 무엇보다도 외국 음악의 영향 때문이었을 것이다.

무엇보다도 남북조를 통해 짧고 간단한 형식의 민가들이 크게 유행했다. 후세의 절구(絕句)나 비슷한 형식의 이 시대

악부시는 시의 형식미를 추구하던 이 시대 시인들이 새로운 '근체시'를 발전시키는데 큰 영향을 주었을 것이다.

그리고 남조와 북조의 악부시는 각각 남방과 북방의 지방 색에서 오는 성격상의 특징을 뚜렷이 드러내 보여주고 있다. 남조의 악부시는 거의가 사랑이나 그리움 같은 것을 주제로 한 부드럽고도 아름다운 서정시들이다. 이 남조의 악부시들을 읽어보면 사람들은 마치 사랑을 빼놓으면 할 일이 없었던 것처럼 느껴진다. 여기에 뽑은 남조의 악부시도 대부분이 그러한 성격들의 것이다.

그러나 북조의 악부시들은 거세고도 현실적인 작품이 많다. 북조는 남조보다도 훨씬 잦은 전쟁에 휩싸였기 때문일 것이다. 남조의 노래들이 여성적이고 여린 것에 비해 북조의 노래들은 남성적이고도 억세다. 그리고 「목란사(木蘭辭)」라는 장편의 서사적인 시를 내고 있다는 것도 주목할만한 일이다. 여기에 소개한 북조의 악부시들만 읽어보아도 이러한 특징은 쉽사리 파악될 것이다.

어쨌든 이러한 남북조 시대의 남북 민가의 성격 차이는 이 시대 악부시의 내용을 더욱 풍부하게 하고 있다. 그 때문에 한위의 악부시나 마찬가지로 작품의 형식을 중시하는 경향이 짙던 그 시대 시인들에게 여러 가지로 많은 영향을 줄 수가 있었을 것이다.

대체로 중국의 전통 문학은 유교에 의해 그 이념이 지탱되어 왔으므로 거기에서 오는 예교주의나 복고주의는 문학을 발전시키기보다는 오히려 메마르고 형식화하게 만드는 경향이 있었다. 그렇지만 중국 문학이 메말라 죽지 않고 계속 발전을 기

할 수 있었던 것은 이 악부시와 같은 민간 문학이 끊임없이 새로운 힘을 공급해 주었기 때문이라고 할 수 있다. 한대로 부터 남북조 시대에 이르는 귀족 문학 시대에는 악부시가 있어 계속 새로운 생명력을 공급받음으로써 당송(唐宋)시대 에 이르러 중국시가 크게 꽃필 수 있는 기틀이 마련되었던 것이다.

✽6. 당대 이후 문학에 끼친 영향

그리고 당대 이후로 시가 크게 성행하면서 그것이 사대부 들만이 읽는 그들의 전유물로 화하며 형식화하자, 민간에서 는 다시 새로운 형식의 사(詞)를 내놓아 시들어 가는 전통 문학에 새로운 생명력을 불어넣어 주었다. 그리고 그 사는 송대에 크게 발전한다. 원(元)대에 성행했던 곡(曲)도 음악 의 변화로 말미암아 생겨난 것이기는 하지만, '사'와 마찬가 지로 형식화하는 전통 문학에 대한 반발로 대두했던 민간의 노래였다고 할 수 있다.

그러므로 사와 곡도 한·위·남북조의 악부시와 똑같은 성격의 것이어서 옛사람들은 흔히 사·곡까지도 악부라 불 렀다. 그러나 악부와 사·곡은 시대의 변화에 따른 그 문학 사적인 의의나 문화사상의 지위가 서로 판연히 다른 것임을 명심해야만 할 것이다.

02. 전원시인(田園詩人) 도연명(陶淵明)

1. 도연명의 생애

도연명(365~427년)은 진(晉)나라 때의 시인으로 양(梁)나라 소명태자(昭明太子) 소통(蕭統, 501~531)이 '시편마다 술이 있다'고 평했을 만큼 시를 쓰면서 술을 좋아했던 시인이다. 그리고 벼슬자리를 버린 뒤 귀거래혜사(歸去來兮辭)를 부르고 전원으로 돌아와 숨어 살면서 시 쓰기에 몰두하여 중국 옛 시의 수준을 한 단계 높은 차원으로 발전시킨 시인으로 유명하다. 그를 통하여 중국시는 비로소 진지한 의식적인 개인의 창작활동으로 확인되었다고까지 말할 수 있다. 따라서 중국시는 도연명으로 말미암아 다시 한차원 높은 예술로 격상되었다는 것이다.

그러나 우리의 이 대시인은 전원 속에 숨어 살았기 때문에 옛날부터 이름조차도 확실치 않다. 양(梁)나라 심약(沈約, 441~513)이 쓴 『송서(宋書)』 은일전(隱逸傳)에는 '도잠(陶潛)은 자가 연명(淵明)인데, 혹은 연명의 자가 원량(元亮)이라고도 한다' 하였고, 다시 소통(蕭統)이 쓴 전기에는 '도연명은 자가 원량인데, 혹은 잠(潛)의 자가 연명이라고도 한다' 하고 그와 정반대로 글을 시작하고 있다. 이는 모두 도연명이 죽은 뒤 백년 이내에 씌어진 전기들인데도 그런 현상을 보여주고 있다.

또 당(唐)대 이연수(李延壽)가 쓴 『남사(南史)』 은일전(隱逸傳)에서는 '도잠은 자가 연명인데, 혹은 자가 심명(深明)이라고도 하며, 이름이 원량이다' 라고 하였다. 그리고 『진서(晉書)』에는 '도잠의 자가 원량이다' 라고만 쓰고 있다. 이처럼 그의 이름에 대하여 여러 가지 설이 많은 것은 그의 집안이 시원찮기 때문이라고 주장하는 학자들이 많다. 그러나 진(晉)나라의 대장군 도간(陶侃)이 그의 증조부이고, 일세의 풍류인으로 알려진 맹가(孟嘉)가 외조부라니 아주 형편없는 집안은 아니었다고 해야 할 것이다.

그의 생년에 대하여도 의견이 다른 경우가 있기는 하나 진(晉) 애제(哀帝) 흥녕(興寧) 3년(365년) 심양(潯陽 : 지금의 江西省 九江縣) 채상(柴桑)에서 태어났다는 설이 일반적으로 받아들여지고 있다. 그곳은 장강(長江) 중류지방, 남쪽으로는 파양호(鄱陽湖)가 바라보이고 북쪽에는 여산(廬山)이란 명산이 있는 아름다운 시골 마을이며, 그의 생애 대부분을 이 고장에서 보냈다. 그의 전원에의 애착은 이 아름다운 고향의 산천을 통해서 길러진 것이라 생각해도 좋을 것이다.

그의 생애는 대체로 1세부터 29세, 다시 29세부터 41세, 끝으로 41세부터 죽은 63세까지의 세 시기로 나누어 얘기하는 것이 좋다.

첫째 시기(1~29세)에 관하여는 별로 자세한 전기의 자료가 없으며, 어려서 아버지를 여의고 가난하게 살다가 처자를 거느리고 살 길을 찾아 마침내 강주(江州)의 좨주(祭酒) 벼슬을 했다는 정도가 고작이다. 그러나 도연명은 가난 속에서도 유가의 경전(經傳)을 중심으로 한 공부만은 열심히 하였던 것 같다. 그의 시문 속에는 젊었을 적의 공부와 포부를 알려주는 대목이 많이 보인다. 그는 유가에서 가르치는 인간본위(人間本位) 또는 현실긍정(現實肯定) 정신을 학문을 통해 체득함으로써, 그것이 자기 신념으로 세상을 살아가는 바탕이 되었다. 그리고 이 시기의 작품이라고 생각되는 시는 한두 편이 전해지고 있을 따름이다.

둘째 시기(29~41세)에는 가난한 생활에 몰리던 끝에 벼슬살이를 시도하였다. 그는 이 13년 사이에 적어도 다섯 번이나 집을 나서서 관리로서의 생활을 보낸다. 강주(江州)의 쾌주(祭酒)·진군(鎭軍)·참군(參軍), 강주자사(江州刺史)의 참군(參軍) 등이 그가 거친 중요한 벼슬들이며, 최후로 팽택(彭澤)이란 고을의 영(令)이 되었다. 그는 팽택의 영이 되자 공전(公田)에 모두 찰벼를 심으라고 명했다. 처자들이 메벼도 심어야 한다고 간청하자 결국은 반반씩 심기로 했다 한다. 술은 찹쌀술이 맛있다는 이유 때문이었다고 한다. 그리고 얼마 안 있다가 누이의 죽음을 핑계로 벼슬을 내던지고 전원(田園)으로 돌아와 본격적인 시인으로서의 여생을 시작한다.

그러나 『송서(宋書)』·『진서(晉書)』·『남사(南史)』 등 정사(正史)의 그의 전기에는 팽택령이란 벼슬을 그만둔 다른 극적인 얘기가 적혀있다. 군(郡)에서 행정시찰차 독우(督郵)가 행정을 감사하러 팽택으로 내려왔을 적에 고을 관리들이 도연명에게 관복을 차려입고 그를 영접하라고 권하자, 그는 "시골의 소인(小人)에게 오두미(五斗米)의 녹 때문에 허리를 굽힐 수 없다" 하고 그날로 사표를 내던지고 고향으로 돌아왔다 한다. 어떻든 이때의 도연명의 심경은 유명한 귀거래혜사(歸去來兮辭)에 무엇보다도 잘 표현되어 있다. 그로서는 전혀 만족못할 관리생활을 통하여 여러 가지 인간 사회의 모순을 체험하는 사이에 시인으로서의 도연명의 기량과 철학이 완성되어갔던 것 같다.

걸식(乞食)·연우독음(連雨獨飮) 같은 그의 시를 대표할 만한 작품들이 이미 이 시기에 몇 편 씌어졌던 것으로 생각된다.

셋째 시기(41~63세)야말로 도연명이 전원으로 돌아와 본격적인 자기 면모를 보여주며 살았던 시기이다. 도연명의 초상이나 그의 시를 통해 느껴지는 그의 개인적인 이미지가 노인인 것도, 이 시기가 도연명을 대표하기 때문일 것이다. 그는 벼슬을 버리고 전원으로 돌아와 속세의 번거로움으로부터 벗어난 기쁨을 되풀이하여 노래하면서 가난을 아랑곳하지 않고 술과 시로 여생을 보내었다. 그에게 있어서 전원과 술은 인간 본래의 세계에 자신을 안겨주는 길잡이였고, 시는 참된 인간의 모습을 추구하는 수단이었다.

이 시기 중간 그가 56세 되던 해, 그의 평생을 몸담아왔고 줄곧 충성을 표시해 온 동진(東晋)이 유유(劉裕)에 의하여 멸망되고 대신 송(宋)나라가 섰다. 이 사건은 그에게 커다란 충격을 안겨주었을 것이다. 그는 새로운 왕조에 대한 냉담을 표시하기 위하여 시문을 지을 때 이때부터는 왕조의 연호를 쓰지 않고 간지(干支)만을 썼으며, 이름조차도 잠(潛)이라 고쳤다고 주장하는 학자가 있는데(吳仁傑, 『靖節先生

年譜」), 그럴싸한 주장이다.

그러나 이 시기도 화재를 당했다(44세)든가, 저작좌랑(著作佐郎) 벼슬을 주려 했으나 사양했다(54세 무렵)는 등 몇 가지 단편적인 사적밖에는 전하여지는 기록이 없다.

도연명은 귀족적인 문학의 시대조류를 홀로 벗어나 자연과 어울리면서 가난하지만 참되게 살다 간 위대한 시인이었다. 그의 자세한 생애가 알려지지 않고 있다기보다도, 자연 속에 파묻힌 그의 생애는 속인들이 기록할만한 별다른 생활의 변화가 없었기 때문에 그의 생애는 몇 가지 단편적인 사적만이 전해지고 있을 것이다.

✿ 2. 술과 시

도연명의 문집을 펼쳐보면 대부분의 그의 시에 술 마시는 얘기가 나오고 있다. 그는 술과 문학을 결부시킨 중국 최초의 시인이었다. 도연명은 국화도 사랑한 것으로 유명하다. 그러나 꽃을 좋아한다는 것은 인지상정(人之常情)이라 할 수 있으므로 각별히 논하지 않기로 한다.

물론 도연명에 앞서 술로 세월을 보낸 사람들로 완적(阮籍, 210~293)·혜강(嵇康, 223~262)·유령(劉伶, 221?~300?) 등을 비롯한 유명한 '죽림칠현(竹林七賢)'이 있다. 이들은 어지러운 세상을 등지고 대숲 속에 숨어, 청담(淸談)이나 나누며 술로 세상을 잊었다. 이들만이 아니라 이미 한(漢)대부터 술은 문인과 선비들이 즐겨 마시는 음료가 되어 있었다.

그러나 이들의 술은 뚜렷한 공리적인 목적이 있었다. 일부 문인들은 불로장생(不老長生)한다는 선약(仙藥)을 구해 먹으면서 그 효과를 촉진시키기 위하여 술을 마셨고, 일부 문인들은 술을 빌어 극도의 방탄(放誕)을 추구함으로써 어지러운 세상에서 자기의 한 몸이나 잘 즐기려고 술을 마셨다. 죽림칠현을 비롯한 대부분의 애주가들은 거의가 후자에 속한다. 따라서 이들의 퇴폐적인 음주 뒤에는 어지러운 세상을 저주하는 뜻을 이루지 못한 지식인으로써의 뜨거운 분만(憤懣)이 깔리게 된다.

그러나 도연명은 세상에서 뜻을 잃은 분만을 달래기 위하여, 또는 어지러운 세상의 가해를 피하기 위하여 술을 마신 것은 아니다. 그의 술은 인간의 삶을 자연현상의 하나로 파악한 인생관에 연결된다. 그는 술을 통하여 인간의 잡된 욕망이나 감정을 잃음으로써 자연과 합치되는 참된 본연의 자신으로 돌아가려 하였다.

「연이어 비오는 날 홀로 술을 마시다(連雨獨飮)」라고 제한 시에서

시험 삼아 마셔 보니 온갖 정욕 멀어지고,
잔을 거듭하니 문득 하늘도 잊게 된다.

試酌百情遠, 重觴忽忘天.

라고 노래하고 있는데, '정욕이 멀어진다' 또는 '하늘을 잊
는다'는 말은 곧 자신의 모든 감정과 욕망을 버리고 자연에
융화되어 자신의 존재조차도 잊게 되었다는 것이다. 이는
노자(老子)와 장자(莊子)의 무위(無爲) 무아(無我)의 경지와
통하는 것이다. 도연명은 젊어서 유가의 경전을 읽어 유가
적인 교양을 바탕으로 하고 있지만 만년에 전원으로 돌아온
이후로는 자연 도가적인 경향을 아울러 지니게 되었던 것
같다.

「음주(飮酒)」시에서도 '내가 있음을 깨닫지 못하는데 어찌
물건의 귀함을 알랴!(不覺知有我, 安知物爲貴)'하고 음주의
경지를 읊고 있다. 술을 통하여 '나'와 모든 내가 지닌 '잡
된 것'을 떨쳐버림으로써, 참되고 순수한 '자연'과의 합치
를 꾀했던 것이다. 이것이 도연명으로 하여금 세상의 영리
를 떠나 순수한 시인으로서 술을 통하여 참된 인간의 추구,
인간의 본질적인 가치 추구를 가능하게 한 것이다.

왕국유(王國維, 1877~1927년)는 그의 『인간사화(人間詞
話)』첫머리에서 시의 '경계(境界)'를 논하고 있는데, 시에는
'유아지경(有我之境)'과 '무아지경(無我之境)'이 있다고 했다.
그리고는 '무아지경'의 보기의 하나로서 도연명의 「음주」시에
서

동녘 울 밑에서 국화를 따들고,
어엿이 남산을 바라본다.

채국동리하　유연견남산
采菊東籬下, 悠然見南山.

라는 구절을 들고 있다. 중국시의 '경계'를 논하면서 왕국유
는 대체로 '유아지경'보다도 '무아지경'이 더욱 고귀한 것
인 듯한 논조를 폈다. 그것은 개인보다도 전체 인간을, 개성
보다도 보편적인 감정을 존중하고 추구해 온 중국시의 전통
때문일 것이다. 그런데 이토록 소중히 여긴 '무아지경'을 가
장 먼저 개발한 시인이 도연명인 것이다. 그리고 그의 '무아
지경'의 개발은 술이 무엇보다도 중요한 촉진제가 되고 있
는 것이다. 그는 술을 통하여 뒤에 논할 은일(隱逸)을 추구
했다고도 할 수 있다.

　그러나 도연명도 만년에는 술을 끊어야겠다는 생각으로
「지주(止酒)」라는 시를 쓴 일이 있다. 그는 여기에서 '평생
동안 술을 끊지 못한 것은 술을 끊으면 마음의 기쁨이 없어
지기 때문(平生不止酒, 止酒情無喜)'이라 하였다. 그리고는
연이어 '공연히 즐겁지 않음을 끊을 줄만 알았지, 이기적인
행동을 끊을 줄 몰랐다.(徒知止不樂, 未知止利己)'고 했다.

그는 술을 마시는 일이 결국은 참된 자아(自我)의 본연으로 되돌아가는 것보다도 술 자체를 즐기는 '이기적인 행동'으로 전락하였음을 깨닫고 술을 끊으려 했던 것이다. 도연명은 개인적인 즐거움 또는 불만 때문에 술을 마셨던 것은 아니다. 오히려 '나'를 위하려는 이유에서보다도 '나'를 초극하여 전원 속에 융화함으로써 참된 자신의 모습으로 돌아가려는 뜻에서 술을 마셨다. 그리고 시로서 그 본인의 자아를 추구하였던 것이다. 도연명의 시에는 거의 모든 작품에 술이 나오지 않을 수가 없게 되어 있는 것이다.

❀ 3. 전원과 시

도연명의 생활과 시는 무엇보다도 전원에 대한 동경(憧憬)과 추구(追求)로 집약된다. 전원이란 그에게 있어서는 더럽고 번거로운 세상의 먼지를 털어버리고 자기 본연의 모습으로 되돌아가는 세계였다. 그 때문에 도연명은 흔히 중국 문학사상 '전원시'의 개척자라 칭송되고 있다. 전원은 부정과 싸움 같은 것으로 뒤얽혀 있는 어지러운 사회생활로부터의 해방을 뜻하는 것이었다.

그가 관리생활을 하던 시절의 시들을 보면 집요하다 할만큼 되풀이하여 자유롭고 아름다운 전원에의 동경을 읊고 있는 것도 그 때문이다. 만년에 관리생활을 청산하고 전원으로 되돌아와서는 전원생활의 기쁨에서 시작하여 전원 속에 융화된 인간을 추구하는데 모든 창작의 정열을 바치고 있다.

문장의 수사(修辭)를 중시하던 당시의 귀족적인 문학조류 속에서, 도연명처럼 개인의 생활을 바탕으로 하여 성실히 인간의 순수한 본연을 추구했다는 것은 파격적이라고까지 말할 수 있을 것이다. 이때문에 도연명은 중국 문학사상 후인들의 한적시(閒適詩)나 자연시(自然詩)를 위하여 새로운 국면을 열어놓은 대시인이라고 할 수 있다.

도연명의 시는 문장면에 있어서도 그 시대에 있어서는 예외라 할만큼 평이(平易)하다. 그것은 당시의 다른 작가들처럼 문학 형식에 크게 구애되지 않고 그 내용을 중시했기 때문일 것이다. 그가 노래하는 전원생활이 평이한 내용이기에 그 표현도 평이해지기 마련이라고 할 수도 있을 것이다. 그러나 여기에서 말하는 평이란 반드시 그 시가 읽기 쉽고 이해하기 쉽다는 것을 뜻하지는 않는다.

다른 그 시대의 시인처럼 별것 아닌 대상을 아름다운 묘구(妙句)와 대구(對句) 또는 전고(典故)의 사용 등으로 화려하게 표현하는 데 힘쓰지 않고, 있는 그대로와 생각하는 그대로를 표현했다는 뜻이다. 따라서 「형(形)·영(影)·신(神)」시를 비롯하여 다른 시들에도 담겨 있는 그의 인생관(人生觀) 또는 자연관(自然觀)을 노래한 철학적인 시들의 참뜻은 읽고 이해하기가 다른 어떤 작가의 시보다도 쉽지 않다.

또한 전원생활이란 듣기에는 아름다운 말인지도 모르지만 거기에는 남모르는 괴로움과 외로움 같은 내재적 갈등이 따르게 마련이다. 이 갈등이란 자연 속에 자신을 융화시키려는 도연명의 노력과는 위화(違和)되는 것이다. 이 위화를 극복하려는 그의 노력은 절대로 시 자체를 읽기 쉽게 버려두지는 못할 것이다. 거기에는 젊은 시절에 쌓아올린 유가적인 교양과 만년에 갈수록 더욱 가까워진 도가적인 사상이 그의 한 몸에 공존하고 있기 때문이기도 하다.

따라서 그의 정치에의 관심이나 윤리관을 비롯하여 그의 술과 자연에 대한 태도는 쉽사리 설명되기 어려운 것이다. 양(梁)나라 종영(鍾嶸, 468?~519?)이 『시품(詩品)』에서 그를 '고금 은일시인(隱逸詩人)의 조종(祖宗)'이라 평하고 있지만, 송대에 와서야 소식(蘇軾, 1037~1101)·주희(朱熹, 1130~1200) 같은 학자들에 의하여 그의 새로운 면모와 가치가 재평가되기 시작하였다.

그 이래로 수많은 학자들이 이 시인에 관한 연구를 쌓았지만 아직도 그를 올바로 이해하고 평가하기에는 드러내지 못한 비밀들이 너무나 많은 듯하다. 그러나 전원이란 테마가 그의 시의 중심을 이루고 있다는 것만은 움직일 수 없는 사실이다.

❀ 4. 송대(宋代) 문인과 도연명

도연명은 종영(鍾嶸)이 그의 『시품(詩品)』에서 '고금 은일시인(隱逸詩人)의 조종'이라 하고, 포조(鮑照, 414?~466)

가 그의 시체(詩體)를 본뜬 「학도팽택체시(學陶彭澤體詩)」
를 짓고, 강엄(江淹, 444~505년)이 그의 시의 풍격을 본뜬
「도징군 전거(陶徵君 田居)」(雜體詩三十首中之一)를 지은
것처럼, 일찍부터 많은 문인들의 주목을 받아왔다. 그러나
그 당시의 그에 대한 일반적인 평가는 그다지 높지는 못하
였다.

당(唐)대로 들어와서야 본격적으로 많은 문인들이 도연명
의 깨끗이 자적(自適)하는 전원시(田園詩)의 풍격을 중시하
기 시작하였다. 초당(初唐)의 왕적(王績, 585~644)이 시는
물론 생활하는데 있어서까지도 도연명을 본뜨려 노력하였
고, 성당(盛唐)에 들어와서는 장구령(張九齡, 678~740) ·
맹호연(孟浩然, 689~740) · 왕유(王維, 701~761) · 이백(李
白, 701~762) 등이 도연명의 전원생활이나 은거(隱居)의 뜻
을 읊은 시들을 본뜬 작품들을 많이 짓고 있다. 특히 귀거래
(歸去來) · 은거(隱居)와 술마시며 국화를 즐기는 중구(重九)
등의 제재(題材)는 그들의 시에도 많이 활용되었다.

중당(中唐)에 들어와서는 도연명이 더욱 중시되어 위응물
(韋應物, 737~792?) · 유종원(柳宗元, 773~819) · 백거이
(白居易, 772~846) 등에 의하여 더 많은 효도체(效陶體)의
시들이 지어졌다. 그것은 백거이가 「방도공구택서(訪陶公舊
宅序)」에서 말하고 있는 것처럼, 도연명의 위인과 그의 시를
존중하는데서 이루어진 것이다. 백거이는 이렇게 말하고 있
다.

"나는 일찍부터 도연명의 사람됨을 흠모하여 왔는데, 지난
해에 위천(渭川)에 한가이 지내면서 「효도체시십육수(效陶

體詩十六首)」를 지은 바가 있다."

그러나 중당의 문학 개혁운동을 계승 발전시키어 송대가 중국문학 발전의 정점을 이룩하였듯이, 이 도연명에 대한 존숭(尊崇)도 송대의 문인들이 계승함으로써 그의 시인으로써의 참된 업적이 공인받게 된다. 그러니 진정한 도연명 시의 성취를 확인한 것은 송대의 문인들이라 말할 수 있다. 그 중에서도 도연명을 특히 좋아하여, 그의 중국 문학사상의 지위를 확정시키는데 가장 큰 공헌을 한 것은 소식(蘇軾, 1037~1101)이라 하겠다.

그는 10여편의 글을 통하여 도연명의 생활과 시문을 높이 평가한 이외에도, 도연명 시의 원운(原韻)을 따라 109편의 화도시(和陶詩)를 짓고 있다. 이보다 더 도연명의 시를 좋아하고 존숭할 수는 없을 것이다. 소식의 아우 소철(蘇轍)은 「추화도연명시인(追和陶淵明詩引)」에서 그의 형이 자기에게 보낸 편지의 다음과 같은 글을 인용하고 있다.

"나는 시인들에 대하여 특히 좋아하는 이가 없으나 도연명의 시만은 유독 좋아하네. 도연명은 지은 시가 많지 않지만, 그의 시는 질박한 듯하면서도 실은 아름답고, 파리한 듯하면서도 실은 살쪘으니, 조식(曹植)·유정(劉楨)·포조(鮑照)·사령운(謝靈運)·이백(李白)·두보(杜甫) 등의 여러 시인들도 모두 따를 수가 없는 정도이네."

소식은 도연명을 중국 문학사상 첫째가는 시인으로 내세웠던 것이다.

그를 뒤이어 송대의 주희(朱熹, 1130~1200)·육유(陸游, 1125~1210)·신기질(辛棄疾, 1140~1207) 등이 도연명을

높이 받들어, 그의 문학사상의 지위가 확정되었던 것이다. 주희는 "나는 천년 뒤에 나서도, 천년 전의 사람을 벗하고 있다. 늘 『고사전(高士傳)』을 읽을 때마다, 홀로 도연명의 현명함에 탄식하게 된다.(「陶公醉石歸去來館」)"하였고, 육유는 "나는 시에 있어서 도연명을 흠모하면서도, 그의 시의 미묘함에 이르지 못한 것을 한하고 있다. 천년 동안에 그런 분이 없었다면, 나는 또 누구를 따라 배우겠는가?"(「讀陶詩」)라 하였으며, 신기질은 "도연명은 바로 나의 스승"(「最高樓」)이라 말하고 있다.

이후로 명(明)·청(淸)대를 거쳐 지금에 이르기까지 도연명에 대한 높은 평가는 흔들림이 없게 된 것이다.

❀ 5. 도연명의 작품

지금 도연명의 문집 속에는 130여수의 시가 실려 있는데, 사언(四言)이 9수이고 나머지는 모두가 오언(五言)이다. 현재 전하는 그의 문집은 거의 모두 첫머리 1권이 사언시, 다음 3권이 오언시, 끝머리에 부(賦) 1권, 산문(散文) 1권 정도 붙어 있는 체재가 대표적이다.

가장 먼저 양(梁)나라 소명태자(昭明太子)가 도연명의 전집을 편찬했다고 하나 그 책은 지금 전하지 않는다. 그가 편찬한 『문선(文選)』에 도연명의 시 8수가 실려 있을 따름이다. 그리고 지금 전하는 판본으로는 송대에 간행된 것들이 가장 오래된 것이며, 그 뒤로는 수많은 판본과 주석(注釋)을 단 책들이 나왔으나, 청(淸) 도주(陶澍)의 『도정절선생집(陶靖節先生集)』10권이 그것들을 집대성한 것이다. 도주의 책은 대만과 중국의 여러 출판사에서 인쇄본 또는 영인본들을 내고 있어 구하기 용이하다.

03. 중국시에 있어서의 시간과 공간

● 1. 중국의 전통적 시공개념

양수명(梁漱溟)은 『중국문화요의(中國文化要義)』서론에서 중국문화의 특징을 논하면서 여섯 번째 특징으로 '거의 종교가 없다고 할 수 있는 인생'을 꼽고 있다.[1] 풍우란(馮友蘭)이 그의 『중국철학사(中國哲學史)』에서 그 시대구분을, 공자(孔子)로부터 회남왕(淮南王)에 이르는 자학시대(子學時代, 400년간)와 동중서(董仲舒)로부터 강유위(康有爲)에 이르는 경학시대(經學時代, 2000년간)의 두 시기로 크게 나누고 있는 것도 중국철학의 발전 변화에 종교적인 작용이 거의 없었음을 말한다.

따라서 『시경(詩經)』에 호천(昊天)·상제(上帝)·천자(天子)·천(天)·신(神) 등의 말이 보이고[2] 『서경(書經)』에도 그런 말들과 함께 정치적으로는 천명(天命)사상까지도 보이지만[3] 그에 대한 신앙의 기록은 분명치 않다. 공자도 스스로는

---

1) B. Russel Problems of China에서 중국문화의 특징을 얘기하면서 두 번째로 '공자의 윤리를 준칙으로 삼되 종교가 없음'을 들고 있다.
2) 『詩經』 大雅 雲漢·烝民·江漢 및 周頌 淸廟·維天之命·天作·昊天有成命 등시 참조.
3) 『書經』 益稷·湯誓·湯誥·泰誓上·大誥·無逸 등 편 참조.

하늘에 대한 신앙심을 어느 정도 갖고 있었던 듯하다.[4] 그러나 하늘이나 귀신에 대한 신앙을 설교하거나 역설한 일은 없다.

종교가 없다는 것은 또한 우리가 인지할 수 없는 무한한 또는 초월적인 시간이나 공간의 개념도 없음을 말한다. 당군의(唐君毅)는 "중국문화지정신가치(中國文化之精神價値)』 제5장 5절에서는 '중국의 우주관(宇宙觀) 중에서는 물질과 능력, 물질과 공간, 시간과 공간이 서로 대립되지 않으며, 위(位)와 서(序)로서 시간과 공간을 해설하여 '무한한 시간과 공간의 관념'이 결여되어 있음"을 논하고 있다. 『역경(易經)』을 보면 공간은 위(位)로 설명하고 있고, 시간은 서(序)로 설명하고 있는데, 물건이 차지하고 있는 곳이 바로 공간이고(허공에도 햇빛 바람 기운 구름 따위가 차 있다) 거기에 변화가 일어날 적에 있게 되는 시서(時序)가 시간이다. 따라서 초월적인 시간이나 공간은 있을 수가 없게 된다. 그리고 '위'의 변화에 따라서 '시서'의 변화도 있게 되고, '시서'의 변화에 따라서 '위'의 변화도 생기게 된다. 그리고 그 변화는 만물을 생성하고 존재케 하는 섭리를 따르는 것이다. 그럼으로 물질과 능력, 물질과 공간, 시간과 공간은 모두 서로 대립되는 것이 아닌 것이다.

따라서 이상향인 도화원(桃花源)이나 신선들이 사는 삼신산(三神山)이나 곤륜산(崑崙山)도 모두 이 세상 어딘가에 있

---

4) 『論語』, 述而; "天生德於予, 桓魋其如予何?" 子罕; "天之未喪斯文也, 匡人其如予何?" 八佾; "獲罪於天, 無所禱也."

는 것이다. 해가 뜨고 지는 탕곡(湯谷)·함지(咸池)·부상(扶桑)도 모두 이 세상 어딘가에 있는 고장이다. 『산해경(山海經)』도 지리책의 일종으로 받아들여졌다. 사람이 죽은 뒤에 가는 천당이나 지옥도 없었고, 황천(黃泉)이란 개념도 후세에 생겨난 것이다. 따라서 이 세상에 사는 사람들은 『역경』건괘(乾卦) 초구(初九)에서 가르치듯이 젊든 늙든 시간의 흐름에 개념치 말고 "군자(君子)는 종일건건(終日乾乾)"하기만 하면, 곧 종일 쉬지않고 부지런히 힘쓰기만 하면 되는 것이다.

❀ 2. 『시경』·『서경』의 시공 개념

『시경』·『서경』에 있어서의 시간과 공간에 대한 개념은 앞에서 얘기한 중국의 전통적인 시공 개념을 대표한다. 우선 『서경』요전(堯典)을 보면 요임금은 희화(羲和)에게 명하여 각각 양곡(暘谷)·명도(明都)·매곡(昧谷)·유도(幽都)가 있는 이 세상의 동서남북과 춘하추동의 변화 및 하늘의 해와 별들과 땅의 사람과 생물을 관할하게 하고 있다. 곧 요임금은 중국이라는 나라가 아니라 온 세계 또는 우주 곧 우리가 알고 있는 전 공간과 그 속의 만물 및 그 변화인 자연의 질서와 시간을 모두 다스렸던 것이다. 그 뒤 순(舜)임금 때의 우(禹)의 업적을 쓴 우공(禹貢)편을 보면, 우는 "온 땅을 다스리어 높은 산과 큰 강물을 안정시켰고", 중국 땅을 구주

(九州)로 정리하고 다시 사방 500리 마다 1복(服)을 두는 방법으로 전복(甸服)·후복(侯服)·수복(綏服)·요복(要服)·황복(荒服)의 5복으로 이 세상을 구분해 놓는다. 그리고 그 한계는 동쪽은 바다 서쪽은 사막이 끝이며 남쪽과 북쪽의 끝까지도 우의 손길이 다 미쳐있다.

주(周)나라 때의 하늘이 내려준 정치원리인 홍범구주(洪範九疇)를 보면 네 번째가 오기(五紀)인데 해·달·날·별·역수(曆數)의 다섯 가지이고, 여덟 번째는 서징(庶徵)인네 비오는 것·햇빛 나는 것·더운 것·추운 것·바람 부는 것·사철이 돌아가는 것 등이다. 정치는 이것들을 때에 알맞도록 잘 다스려야 한다는 것이다. 따라서 사람들 의식 속의 공간과 시간은 모두 사람들이 다스릴 수 있는 범위 안에 존재하고 있는 것이다. 주관(周官)을 보면 사공(司空)은 방토(邦土)를 관장하고 지리(地利)를 때에 알맞도록 하는 것이 소임이다. 곧 존재하는 공간과 만물의 생성변화와 시간을 관장하는 관리인 것이다.

『시경』에서는 사방(四方)[5]·사국(四國)[6]·만방(萬邦)[7] 등이 사람들이 알고 있던 공간을 뜻하고, 만년(萬年)[8]은 시간을 뜻한다. 사람들의 의식한계를 넘는 시간이나 공간은 존재하지 않는다. 따라서 한없이 길다는 뜻의 '유유(悠悠)'는

---

5) 大雅에만도 大明·棫樸·皇矣·下武·崧高 등 여러 편에 보임.
6) 大雅의 崧高·江漢 편 등에 보임.
7) 大雅의 文王·六月·皇矣 등 편에 보임.
8) 小雅의 瞻彼洛矣·鴛鴦시 등의 "君子萬年", 信南山시의 "壽考萬年".

생각(思)이나 마음과 연결될 적에는[9] 시간이 긴 것을 뜻하고, 호천(昊天)·창천(蒼天)과 연결 될 적에는[10] 공간이 넓은 것을 뜻하는데, 모두 우리 의식 범위 안에서의 길고 넓은 시간과 공간이다.

따라서 모든 일에는 시작과 끝이 분명하다. 주(周)나라의 내력을 노래한 대아(大雅) 생민(生民)을 보면 주나라 조상은 아득한 옛날 "처음 사람을 낳으신 분은 바로 강원이란 분이시다.(厥初生民, 時維姜嫄)"고 하면서 인간의 시원부터 시작하여 자기 조상들의 위업을 칭송한 뒤 끝머리는 "거의 아무런 죄나 허물없이 지금에 이르렀다.(庶無罪悔, 以迄于今)"고 노래하고 있다. 그렇게 함으로써 사방을 다스려 왔다는 것이다.[11]

그 시대 사람들은 주어진 공간 속에서 최선을 다하려고만 하였다. 『서경』 주서(周書)에는 무일(無逸)편이 있고, 『시경』에서는 "숙야비해(夙夜匪解)"[12]·"숙야경지(夙夜敬之)"[13]·"종일건건(終日乾乾)"하면서 "이사이속, 속고지인(以似以續, 續古之人)"[14] 하였던 것이다.

그러나 동주(東周)시대로 와서는 남쪽에 오(吳)·월(越)나

---

9) 邶風의 終風·雄雉 등시의 "悠悠我思", 鄭風 子衿시 등의 "悠悠我心".

10) 王風 黍離시의 "悠悠蒼天", 小雅 巧言시의 "悠悠昊天" 등.

11) 大雅 崧高; "四國于蕃, 四方于宣."

12) 大雅 烝民·韓奕시.

13) 周頌 閔予小子시.

14) 周頌 良耜시.

라가 일어나고 특히 초(楚)나라는 급속히 강성해져 중원지방에 대하여 크게 영향을 미치게 된다.[15] 이에 따라 전통적인 시공개념과는 다른 개념이 약간 들어와 『시경』에 선을 보인다.[16] 몇 편의 시에서 흘러가는 세월에 대한 아쉬움을 노래하고 있는 것이다. 대아 소민(김旻)시 끝 부분을 보기로 든다.

옛날 선왕께서 천명을 받으실 적엔,
소공 같은 분이 계셔서
날로 백리씩 나라를 넓혔는데,
오늘날엔 날로 백리씩 나라가 줄어들고 있네.
아아, 슬프다!
지금 사람들 중엔,
옛 분 같은 이가 없단 말인가?

석 선 왕 수 명   유 여 소 공
昔先王受命, 有如召公.

일 벽 국 백 리   금 야 일 축 국 백 리
曰辟國百里, 今也日蹙國百里.

오 호 애 재   유 금 지 인   불 상 유 구
於乎哀哉! 維今之人, 不尙有舊?

15) 다음 절 '한(漢) · 당(唐)의 시공 개념' 참조.
16) 唐風 蟋蟀; 蟋蟀在堂, 歲聿其莫. 今我不樂, 日月其除. 小雅 小明; 昔我往矣, 日月方除. 曷云其還? 歲聿云莫.

좁은 세계와 흘러간 시간에 대한 애상이 느껴진다. 그러나 이는 예외에 속하는 것이다.

❀ 3. 한(漢)·당(唐)문학에서의 시공 개념

한 대로 들어와서는 문학에 있어서의 시공의 개념이 일변한다. 「고시십구수(古詩十九首)」만 보더라도 그것은 뚜렷이 느껴지는 현상이다.

아래에 오래 전 죽은 사람이 있는데,
어둑어둑한 오랜 밤 속에 있네.
황천 아래 잠기어 잠자고 있는데,
천년이 지나도 영영 깨지 않네.
쉬지 않고 음양이 변화하는 속에,
사람 목숨은 아침이슬 같네.

하 유 진 사 인　묘 묘 즉 장 모
下有陳死人, 杳杳卽長暮.

잠 매 황 천 하　천 재 영 불 오
潛寐黃泉下, 千載永不寤.

호 호 음 양 이　연 명 여 조 로
浩浩陰陽移, 年命如朝露.　　　(제13수)

사람이 죽어서 가는 황천이 있고, 그 곳의 시간은 영원하다. 따라서 우리에게 주어진 시간은 유한하여 쏜살같이 흘러가고 있는 세월을 안타까워하는 정서가 두드러진다. 영원한 시간 속의 사람의 목숨이란 아침 이슬 같다는 것이다. 그런 정서는 거의 「고시십구수」 전체의 시에서 발견된다.[17] 그 보기는 일일이 들 수도 없이 많다.

공간에 있어서도 이 세계 이외의 다른 공간에 대한 생각이 들어와 이 세상의 좁은 세계에서의 사랑하는 사람과의 거리는 사람들을 애타고 슬프게 만들게 되었다.[18]

새로운 공간 개념은 시보다도 소설 쪽에 더 두드러진다. 동방삭(東方朔)의 작품이라는 『십주기(十洲記)』, 반고(班固)가 지었다는 『한무고사(漢武故事)』 및 『목천자전(穆天子傳)』·『산해경(山海經)』 등에는 새로운 세계에 대한 동경이 보이고, 지괴(志怪)인 간보(干寶)의 『수신기(搜神記)』 등에는 명간(冥間)을 여행하는 얘기도 보인다. 특히 지금까지 여러 가지 형식의 연예(演藝)로 전해지는 '목련구모(目連救母)' 얘기 같은 것은 특히 유명하다.

한나라는 남만(南蠻)의 초(楚)·오(吳)·월(越)나라가 중원으로 합쳐진 시대라서 초 문화의 영향을 많이 받았다. 따라서 한 대부터 성행한 사부(辭賦)에서 그것은 시작되었다고 할 수 있다. 우선 『초사(楚辭)』를 보아도 시간개념의 변화를

---

17) 思君令人老, 歲月忽已晚.(제1수) 人生天地間, 忽如遠行客.(제3수) 四時更變化, 歲暮一何速?(제12수)

18) 相去萬餘里, 各在天一涯.(제1수) 還顧望舊鄕, 長路漫浩浩.(제6수)

쉽게 발견하게 된다.[19] 그리고 중간에 옥규(玉虬)에게 수레를 끌게하고 예(鷖)를 탄 다음 하늘로 날아올라가 유람을 하는 데, 아침에 창오(蒼梧)에서 출발하여 저녁에는 현포(懸圃)에 도착하며, 엄자(崦嵫)와 함지(咸池)를 거치고 마침내는 천제(天帝)의 궁전까지 찾아간다. 끝머리에서도 여러 환상적인 고장을 거쳐 하늘 위를 날아다닌다. 이 세계 밖의 공간에서 자신의 이상을 추구하고 있는 것이다. 그러니 이제는 "또 어찌 고향을 그리겠는가?"고 하면서 한계가 있어서 자신의 이상도 받아들이지 못하는 공간을 버리고 슬픔 속에 목숨조차 버리려 하게 되는 것이다. 「초혼(招魂)」을 보면 동서남북 사방에 괴물들이 있는 이 세상 아닌 세계를 들어 보이며 죽은 사람의 혼을 부르고 있다.

반고(班固, 32-92)의 「동도부(東都賦)」에서는 끝머리에서 백여 년의 세월과 온 천하가 하루아침에 무너진 것을 슬퍼하고 있다.[20]

이는 남방의 사상인 도가 및 동한(東漢) 이후의 도교와 불교의 영향이라 할 수 있다. 『장자(莊子)』 첫머리 소요유(逍遙遊)의 붕(鵬)만 보더라도 북명(北溟)에서 한 번 날아올랐다 하면 남명(南溟)에 내려앉게 되니 이 세상은 너무나 좁다. 바람을 타고 한 번 날랐다 하면 15일 간이나 날아다니는 열자(列子)가 있고, 천지의 올바름을 타고서 육기(六氣)의 변

---

19) "汩余若將不及兮, 恐年歲之不吾與." "老冉冉其將至兮, 恐修名之不立."
   (「離騷」)

20) 然秦以區區之地, 致萬乘之權, 招八州而朝同列, 百有餘年矣. 然後以六合
   爲家, 殽函爲宮.

화를 부리면서 무궁함에 노니는 사람도 있다. 초(楚)나라 남쪽의 명령(冥靈)이란 나무는 봄 한 철이 500년이고 또 가을 한 철이 500년이며, 대춘(大椿)은 봄 한 철이 8000년이고 또 가을 한 철이 8000년이다. 그리고 막고야산(藐姑射山)의 신인(神人)은 구름을 타고 용을 부리며 이 세상 밖을 노닌다. 그러니 이 세상이란 공간이나 백구과극(白駒過隙) 같은 시간은 형편없이 보잘것없는 것이 된다. 그리고 신선이나 부처는 사람들의 시간과 공간을 초월하여 무한한 세계 속에 존재한다.

이런 정서는 시대에 따른 변화는 있지만 위진남북조(魏晉南北朝)를 거쳐 당대에 까지도 이어진다.[21]

❀ 4. 송(宋)대 이후의 시공 개념

송대에 와서는 우리가 사는 제한된 시간이나 공간 때문에 고민하거나 슬퍼하는 일이 거의 없어졌다. 소식(蘇軾,

---

21) 曹植(192-232) 「贈白馬王彪」; "人生處一世, 去若朝露晞." "丈夫志四海, 萬里猶比鄰."
陶淵明(365-437) 「歸園田居」; "誤落塵網中, 一去三十年."
宋之問(656?-712?) 「有所思」; "年年歲歲花相似, 歲歲年年人不同."
李白(701-762) 「將進酒」; "君不見, 黃河之水天上來? 奔流到海不復廻. 又不見, 高堂明鏡悲白髮? 朝如靑絲暮如雪."

1036-1101)의 「적벽부(赤壁賦)」를 보면 인생의 덧없음을 한하면서 슬픈 가락의 퉁소를 분 사람에게 작자는 이렇게 말하고 있다.

가는 것은 이와 같이 쉬지 않고 흐르지만, 영영 흘러가 버리는 것이 아니요,
차고 이지러지는 것은 저 달과 같지만, 끝내 아주 없어지지도 더 늘어나지도 않소.
변한다는 관점에서 보면 천지간에는 한 순간도 변하지 않는 것이라고는 없고,
변하지 않는다는 관점에서 보면 만물과 우리는 모두 무궁한 것이오.

　서자여사　이미상왕야　　영허자여피　이졸막소장야
逝者如斯, 而未嘗往也; 盈虛者如彼, 而卒莫消長也.
　개장자기변자이관지　　즉천지증불능이일순　자기불변자이
蓋將自其變者而觀之, 則天地曾不能以一瞬; 自其不變者而
　관지　즉물여아개무진야
觀之, 則物與我皆無盡也.

시간과 공간을 보는 시야가 무척 커진 것이다. 시를 보더라도 왕우칭(王禹偁, 954-1001)은 「대설(對雪)」 시에서 "제향에 한 해가 저물고 있다(帝鄉歲云暮)"로 시작하는 시에서 "처자들 굶고 헐벗지 않으니, 함께 모여 시절의 상서로움을

노래한다.(妻子不飢寒, 相聚歌時瑞)"는 낙관으로 끝맺음을 하고 있다. 시에 있어서의 평담(平淡)은 짧은 시간이나 좁은 공간을 대하는 정서까지도 담담해졌음을 뜻하는 듯하다. 구양수(歐陽修, 1007-1072)의 경우에도 「풍락정춘유(豊樂亭春遊)」에서 꽃이 붉게 피고 풀이 파랗게 자란 봄에 지는 해를 보면서도 "정자 앞 왔다갔다 하며 떨어진 꽃잎 밟는다.(來往亭前踏落華)"하고 마음의 평정을 잃지 않고 있다. 육유(陸游, 1125-1209)의 「보춘(暮春)」의 경우처럼, 제비가 갔다기 다시 돌아오면서 날자가 흐르고 꽃이 피었다가 지면서 가버리는 봄을 보면서도 자신보다는 나라 걱정으로 "높은데 오르니 비분으로 거의 자신은 잊게 된다.(憑高慷慨欲忘身)"하고 노래 부르는 것이 일반적인 현상으로 변하고 있다.

송대에 성행한 사에 있어서도 같은 현상을 보여준다. 다만 사의 특징은 언제나 시간의 흐름이나 계절의 이동을 보면서 떠올리고 있는 생각이 떠난 임에 대한 그리움이라는 것이다.[22] 그리고 그 상대가 기녀 같은 일시적으로 즐기며 좋아했던 사람들이라 그 정서가 별로 심각하지 않다. 사를 놓고 보면 그러한 경향은 송 이전에 생겨났음이 분명하다.[23]

실은 이러한 변화는 중당(中唐) 때부터 일기 시작한 것이다. 두보(杜甫, 712-770)의 경우만 보더라도 「추우탄(秋雨

---

22) 晏殊「浣溪沙」; "落花風雨更傷春, 不如憐取眼前人." 周邦彦「蘭陵王」; "長亭路, 年去歲來, 應折柔條過千尺." 姜夔「鷓鴣天」; "肥水東流無盡期, 當初不合種相思."

23) 溫庭筠「菩薩蠻」; "楊柳又如絲,---畫樓音信斷, 芳草江南岸." 李煜「烏夜啼」; "世事漫隨流水, 算來一夢浮生."

歎)」에서 우중백초(雨中百草)와 계하결명(階下決明)을 인용하면서 계절의 변환을 노래한 뒤 끝머리는 "당상의 서생은 공연히 흰 머리 되었으니, 바람 따라 몇 번이고 향내 맡으며 우네.(堂上書生空白頭, 臨風三嗅馨香泣)"하고 끝맺고 있다. 그는 시 여러 곳에서 세월의 흐름 또는 계절의 변환을 노래하고 있으나 거의 모두 지나가는 시간이 슬프고 아쉬운 것은 원인이 자기 뜻을 아직 이루지 못하였기 때문이거나 어지러운 세상 때문이다.[24] 그리고 천지(天地)라는 말과 같은 뜻이면서도 철학적인 성격을 지닌 건곤(乾坤)이란 말을 많이 쓰고 있는 것도 시간 개념과 함께 변한 공간 개념의 성격을 설명해 주는 듯하다.[25]

그 밖에도 한유(韓愈, 768-824)는 「유회(幽懷)」에서 "다만 시절 잃기 쉬운 것 서러운데, 사철은 속절없이 바뀌고 있네(但悲時易失, 四序迭相侵)"하고 읊으면서도 "나는 군자행을 노래하니, 옛날을 보면 지금이나 같았다.(我歌君子行, 視古猶視今)"이라고 끝을 맺고 있다. 백거이(白居易, 772-846)도 「부득고원초송별(賦得古原草送別)」 시에서 "무성하게 자란 들판 위의 풀은, 일년에 한 번 말랐다가는 다시 살아나네. 들 불이 다 태워버리지 못하여, 봄바람이 불어오면 다시 살아나네.(離離原上草, 一歲一枯榮. 野火燒不盡, 春風吹又生)"하고 읊고 있다. 이 시에 있어서의 계절의 변화는

---

24) 「春望」·「春江村」·「今夕行」·「莫相疑行」·「登高」·「贈衛八處士」·「江南逢李龜年」 등.

25) 「上岳陽樓」; "乾坤日夜浮", 「江漢」; "乾坤一腐儒", 「投哥舒開府翰」; "乾坤遶漢宮", 「春日江村」; "乾坤萬里眼" 등.

생명의 갱생을 뜻한다. 이런 시간개념 때문에 그는 좋은 한적시(閒適詩)를 많이 쓸 수가 있었을 것이다.

다시 이러한 시공개념의 변화는 도학(道學)의 대두와도 밀접한 관계가 있다. 한유의 「원도(原道)」를 보면 요(堯)·순(舜)·우(禹)·탕(湯)·문무(文武)로 전해지던 성인(聖人)의 도는 시간과 공간을 초월한 것이다. 따라서 도학자들이 보는 시간과 공간에는 큰 여유가 생기게 되었다. 송대에 와서는 소옹(邵雍, 1011-1077)이 『황극경세서(皇極經世書)』에서 원(元)·회(會)·운(運)·세(世)를 바탕으로 하는 영원한 우주시간의 싸이클을 계산해 내었다. 장재(張載, 1020-1077)는 「서명(西銘)」에서 "건칭부, 곤칭모(乾稱父, 坤稱母)"라고 하면서 모든 사람들이 우리의 동포(同胞)이고 만물이 우리의 친구라 하고 있다. 주희(朱熹, 1130-1200)는 여기에 "천하를 일가(一家)로 삼고 중국을 일인(一人)으로 삼는다"고 주를 달고 있다. 무한한 공간도 도의 범주 안으로 들어온 것이다. 정호(程顥, 1032-1085)는 윤리문제에 있어서도 만물일체지인(萬物一體之仁)을 내세웠다. 도학자들이 학문의 지표로 삼은 천리(天理)를 터득한 성인은 결국 시공을 초극하는 인물인 것이다.

⊛ 5. 맺는 말

  남송(南宋) 이후 청 말에 이르기까지 시를 중심으로 하는
중국의 전통문학은 복고(復古)의 테두리를 별로 벗어나지
못하였음으로 시간과 공간에 대한 태도도 앞에서 얘기한 범
위를 크게 벗어나지 못한다. 문인 개인이 숭상하는 이전의
작가와 시대를 따라 시공의 개념도 왔다 갔다 한 느낌이다.
그러나 중국문학사를 통하여 전체적으로 드러나고 있는 일
반적인 특징은 맨 앞에서 얘기한 중국 전통적인 시공개념의
흐름이 계속 주도하고 있다는 것이다. 실은 송대의 시공개
념도 이 전통적인 사상이 보다 거시화(巨視化) 한 것이라 할
수 있는 것이다.

  중국문학사를 통하여 가장 시간의 흐름을 애탄하며 아쉬
워한 문학작품은 서한(西漢) 때의 사부(辭賦)와 고시(古詩)
일 것이나, 한(漢)에서 당(唐)에 이르는 시기 전체를 놓고 얘
기할 적에 그러한 시간과 공간에 대한 정조가 주류였다고
하기는 어렵다. 이 세상 밖에서 이상적인 고장을 추구하고
계절의 변환을 슬퍼하는 작품이 한 때 보다 많이 나왔을 뿐
이다.

  따라서 지금까지도 중국문학에 나타나는 일반적인 시공개
념은 우리가 타고난 인생이나 이 세상은 한 번 멋지게 살아
볼만한 곳이라는 생각이 주조를 이루고 있다. 그것은 일반
적인 중국 사람들의 세계관이나 인생관으로도 발전하고 있
는 실상이다.

  장몽린(蔣夢麟)의 자전인 『서조(西潮)』에서 향촌생활에 대

하여 쓴 제2장에는 이런 대목이 있다.

"시골사람들은 이 세상은 상당히 괜찮은 곳이어서 더 진보를 추구할 것도 없고, 우리 생명은 매우 짧다고 여겨지기도 하나 죽은 다음 투태전세(投胎轉世)하여 더 행복해질 수도 있는 것이라 생각하고들 있다."

그래서 일반 백성들은 "천고황제원(天高皇帝遠)"이라 하면서 자기들과 연이 먼 일에 대하여는 욕심을 부리는 법도 없다. 주어진 공간 안에 주어진 시간으로 만족하려는 것이다. 사는 것이 죽도록 힘이 들어도 이것이 전부라고 생각한다. 그러기에 중국에는 역대로 자살하는 사람이 극히 드물었다.

이 시공개념은 그 문학의 성격 특히 서정의 흐름을 규정한다고도 할 수 있다. 따라서 각 방면에 걸친 중국문학과 시간 공간의 관계 규명은 중국문학의 특징을 올바로 파악하는 데 크게 기여하게 될 것이라 기대한다.

04. 당시(唐詩)와 무습(巫習)

– 이하(李賀)를 중심으로 하여

🌸 1. 들어가는 말

중국의 상고시대에는 하(夏) · 상(商)시대로부터 춘추(春秋)시대에 이르기까지 무습(巫習)이 매우 성행하였다.[1] 전국시대 이후로 무습이 쇠퇴하였다고는 하지만 중국 각지의 민간에는 그 풍습이 끊이지 않고 계승되었다. 특히 초(楚) · 월(越)지방과 묘족(苗族) · 요족(瑤族) 토가족(土家族) 등 소수민족 사이에는 무습이 지금까지도 여전히 전해지고 있다.

왕국유(王國維, 1877-1927)는 그의 『송원희곡고(宋元戲曲考)』에서 무격(巫覡)은 중국 희곡의 근원이었다고 주장하면서, "고대의 '무'는 노래와 춤을 직업으로 삼고 귀신과 사람들을 즐겁게 해주는 자들이었다" "혹은 의젓이 움직이며 신을 대신하기도 하고 혹은 너출너풀 춤을 추면서 신을 즐겁게 해주기도 한다. 대체로 후세 희극의 싹이 이미 여기에 보이는 것이다."고 하였다. 비록 일부 사람들이 무당들의 활동은 '장신농귀(裝神弄鬼)'의 원시종교에 불과한 것이라고 비판하였지만, '무'가 고대 음악과 무용 및 시가의 발전에

---

1) 李宗侗 『中國古代社會史』(臺北 華岡出版社, 1954) 참조.

매우 큰 작용을 발휘하였음은 아무도 부인할 수 없는 사실이다.

'무'의 문학에 관한 영향에 있어서는 특히 『초사(楚辭)』와 관련된 분야에 있어서는 수많은 특출한 업적들이 이미 나와 있다. 시와 관련된 업적으로는 「중국의 낭만문학(浪漫文學) 탐원(探源)」이란 부제가 붙은 주책종(周策縱)의 『고무의여육시고(古巫醫與六詩考)』[2]가 가장 우리의 눈길을 끈다. 그는 자서(自序)에서 "시와 문학은 '무'와 심원한 관련이 있으나 오히려 이에 대하여 주의를 기울인 이는 매우 적다"고 전제하면서, 그는 이 책에서 특히 '시의 육의(詩之六義)'의 형성과 고대의 '무' 사이의 매우 밀접한 관계를 연구하고 있다. 만약 그의 주장처럼 옛 '무' 사이의 '시의 육의'의 형성이 밀접한 관계가 있다면, 중국시의 발전이 '무'와 밀접한 관계가 있음을 부인할 길이 없게 된다. 그러함에도 불구하고 이 방면에 관한 연구가 부진한 것은 이상하다고 할만하다.

중국시의 발전이 가장 눈부신 발전을 이룬 시대는 당(唐)대이다. 당대에는 불교와 도교가 성행하였고 무습(巫習)은 매우 쇠퇴하였으나 민간에는 무습이 완전히 사라지지 않고 일부가 전승되고 있었음으로, 당시 속에 그 영향이 전혀 없을 수가 없는 일이다. 따라서 이 소론은 당시 속에는 틀림없이 '무'의 흔적이 남아있으리라는 전제 아래, 특히 귀재(鬼才)라 부르는 중당(中唐)의 시인 이하(李賀)를 중심으로 하여 '무'와 당시의 관계를 탐색하여 그 영향관계를 밝혀보려는 것이다.

2) 臺北 聯經出版社, 1986 刊.

이 작업을 진행함에 있어서 가장 큰 걸림돌은 '도술(道術)'과 '무술(巫術)'의 구별이 분명치 않아 많은 경우 시와 관계되는 그것이 도교(道敎)의 것인지 무교(巫敎)의 것인지 확언할 수가 없다는 것이다. 부근가(傅勤家)도『중국도교사(中國道敎史)』³⁾에서 이렇게 말하고 있다. "도교로 말할 것 같으면 그 의리(義理)는 본시 도가(道家)에 근본이 있는 것이지만 그 신앙은 실로 옛날의 무(巫)와 축(祝)으로부터 와서, 전승되는 사이에 진(秦)·한(漢)대에는 방사(方士)가 되었었고, 더욱 발전하여 지금의 도사(道士)가 이루어졌던 것이다. 그러나 오늘날까지도 '무'와 '축'은 도사와 함께 유행하면서 없어지지 않고 서로 뒤섞이어 있는 것이다."

도교는 중국의 토생토장(土生土長)한 종교로 '무'의 신귀(神鬼) 개념 등의 종교적 이론과 각종 무술(巫術)·무기(巫技)·무법(巫法) 등을 모두 흡수하여 발전한 것임으로 그러한 현상은 당연하다 할 것이다. 당나라 왕실에서는 노자(老子) 이이(李耳)를 자기네 조상으로 받들어 모시어, 고조(高祖, 618-626 재위)로부터 도교를 특별히 떠받들기 시작하였다. 그 뒤에도 고종(高宗, 650-683 재위)은 노자를 태상현원황제(太上玄元皇帝)라 추호(追號)하였고, 현종(玄宗, 713-755 재위)은 현원묘(玄元廟)에 현학(玄學)을 설치하여 존중하였고 현학박사(玄學博士)를 두었으며, 도가의 여러 전적들을 진경(眞經)이라 부르게 하였다. 이런 시세에 따라 '무'는 발붙일 여지가 더욱 없어지게 되었다.

---

3) 臺北 商務印書館, 1975 版 第5章.

이런 사정 때문에 당시 중에는 '무'와 직접 간접으로 관련이 있다고 여겨지는 작품들이 상당히 많으나 다른 한편으로 그것들은 모두 도교의 것이라고 말할 수도 있는 것이다. 따라서 이 작업에 인용할만한 작품은 매우 적어지는 수밖에 없다. 그것은 '무'와 직접 관련이 있음이 분명한 시들만을 이용해야 하기 때문이다.

그래도 『전당시(全唐詩)』를 읽어보면 '무'와 직접 관계되는 시들이 적지는 않지만 이것들을 종합 정리하기가 내우 어려웠다. 그래서 먼저 '무'와의 관계가 비교적 뚜렷하다고 여겨지는 이하(李賀, 790-816)를 중심으로 하여 초보적인 탐색을 해보려는 것이다.

❀ 2. 당시와 무습

당대의 옛 악부체(樂府體) 시 중에는 무습의 영향에서 이루어진 시제(時題)임이 분명한 「무산고(巫山高)」·「초비탄(楚妃歎)」·「상비원(湘妃怨)」·「소상신(瀟湘神)」·「죽지(竹枝)」[4] 등이 있는데, 이들은 모두 『초사(楚辭)』구가(九歌)의 영향에서 이루어진 것이라고도 할 수 있다. 『전당시』[5]만 보

---

4) 顧況 「竹枝」注; "竹枝本出於巴渝. 唐貞元中, 劉禹錫在沅湘以俚歌鄙陋, 乃依騷人九歌作竹枝新辭九章, 敎里中兒歌之. 由是盛於貞元元和之間."

5) 『全唐詩』第一函 第四册~第七册 樂府.

더라도 「무산고」의 작자로 정세익(鄭世翼, ?-637?) · 장구령(張九齡, 678-740) · 심전기(沈佺期, 656-712, 2수) · 노조린(盧照隣, 637?-676?) · 장순지(張循之, 683 전후) · 유방평(劉方平, 758 전후) · 황보남(皇甫枏, 714-767) · 이단(李端, 785 전후) · 우분(于濆, 874 전후) · 맹교(孟郊, 751-824, 2수) · 이하(李賀) · 승재기(僧齋己) 등이 있고, 「초비탄」과 「초비원」의 작자로는 장적(張籍, 765?-830?), 「상비(湘妃)」의 작자로 유장경(劉長卿, 709-870) · 이하(李賀), 「상비원」의 작자로 맹교(孟郊) · 진우(陳羽, 806 전후), 「상비열녀조(湘妃列女操)」의 작자로 포용(鮑溶, 813 전후), 「상부인(湘夫人)」의 작자로 추소선(鄒紹先, ?) · 이기(李頎, 742 전후) · 낭사원(郎士元, 766 전후), 「소상신」의 작자로 유우석(劉禹錫), 「죽지」의 작자로 고황(顧況, 725?-814?) · 유우석(12수) · 백거이(白居易, 772-846) · 이섭(李涉, 806 전후, 4수) · 손광헌(孫光憲, ?-968, 2수) 등이 있다.

이중 보기로 이하의 「무산고」 한 수를 든다.

무산엔 초목 짙푸르게 우거지고
높이 하늘로 솟았는데,
장강(長江)의 사나운 물결을 신이 안개로 가리고 있네.
초왕(楚王)의 꿈속의 선녀 찾노라니 바람만 씽씽 불고
새벽 산 기운은 비 뿌리며 바위를 이끼가 자라 덮게 하네.
선녀가 가버린 지 일천년,

향나무와 대나무 사이에선 늙은 원숭이만이 울고 있네.
낡은 사당 지붕 위엔 차가운 달이 걸려있고
산초 꽃 붉게 떨어지며 구름 사이를 물들이고 있네.

碧叢叢, 高揷天, 大江翻瀾神曳煙.

楚魂尋夢風颸然, 曉風飛雨生苔錢.

瑤姬一去一千年, 丁香筇竹啼老猿.

古祠近月蟾桂寒, 椒花墜紅濕雲間.

이러한 시 이외에도 '무'와 관련된 적지 않은 작가들의 시가 보인다. 보기를 들면 왕유(王維, 791-761)의 「어산신녀사가이수(漁山神女祠歌二首)」·「양주새신(涼州賽神)」, 조영(祖詠, 741 전후)의 「고의이수(古意二首)」·이약(李約, 751-801?)의 「관기우(觀祈雨)」·이가우(李嘉祐, 755 전후)의 「야문강남인가새신인제즉사(夜聞江南人家賽神因題卽事)」·왕예(王叡, 831 전후)의 「사어산신녀가이수(祠漁山神女歌二首)」·위응물(韋應物, 735-789?)의 「원두산신녀가(黿頭山神女歌)」·유우석(劉禹錫)의 「화배군기우(和裴君祈雨)」·「양산묘관새신(陽山廟觀賽神)」·「무산신녀묘(巫山神女廟)」·「양국사(梁國祠)」, 한유(韓愈, 768-824)의 「유성남십륙수(遊城南十六首)」중의 제1수 새신(賽神), 맹교(孟郊)의 「상현원(湘弦怨)」·「초죽음수노건단공견화상현원(楚竹吟酬

盧虔端公見和湘弦怨)」·「무산곡(巫山曲)」·「초원(楚怨)」, 원
진(元稹, 779-831)의 「화지무(華之巫)」·「묘지신(廟之
神)」·「새신(賽神)」2수, 왕건(王建, 751?-835?)의 「새신곡
(賽神曲)」, 장적(張籍)의 「상강곡(湘江曲)」·「화산묘(華山
廟)」, 황보염(皇甫冉)의 「잡언영신사이수(雜言迎神祠二首)」,
이단(李端)의 「강상새신(江上賽神)」, 이상은(李商隱, 812-
858)의 「중과신산사(重過神山祠)」·「이속이수(異俗二首)」·
「장악자사(張惡子祠)」·「성녀사(聖女祠)」·「초궁이수(楚宮
二首)」·「과초궁(過楚宮)」 등이 있다.

이하의 시집을 읽어보면 앞에 든 「무산고」와 「상비」 이외
에도 또 직접 '무와 관련이 있다고 여겨지는 「신현곡(神弦
曲)」·「신현(神弦)」·「신현별곡(神弦別曲)」·「패궁부인(貝
宮夫人)」·「난향신녀묘(蘭香神女廟)」 등의 시가 있다.

당대의 무습을 대표할만한 시로 위에 든 작품들 중 왕유의
「어산신녀사가이수」를 보기로 든다.

영신(迎神)

둥둥 북치는 소리가
어산 아래에서 울리고,
퉁소 부는 소리 따라
극포(極浦)를 바라보네.
무당이 나와
어지러이 춤을 추고,

옥 자리 펴고
맑은 술 즐기네.
바람 쌀쌀히 불면서 밤비 내리니
신께서는 오실런지 안 오실런지 모르겠어서,
내 마음 괴롭고 또 괴롭게 하네.

坎坎擊鼓, 漁山之下, 吹洞簫, 望極浦.
女巫進, 紛屢舞. 陳瑤席, 湛清酤.
風凄凄兮夜雨, 不知神之來不來, 使我心兮苦復苦.

송신(送神)

당 앞으로 요란한 춤을 추며 나아가는데
화려한 잔치자리를 잊지 못하는 듯 바라보네.
뜻을 전해주지 않고 말도 하지 않은 채
신께서 돌아가게 되니 고요한 산도 시름 안겨주네.
다급한 피리소리 슬프게 하고 요란한 거문고 소리 애틋하게
　　하는데,
신께서 타신 수레는 엄연히 돌아가려 하네.
문득 구름 걷히고 비 멎으니
산은 파릇파릇 하고 냇물은 줄줄 흐르네.

紛進舞兮堂前, 目眷眷兮瓊筵.
來不言兮意不傳, 作暮雨兮愁空山.
悲急管兮思繁弦, 神之駕兮儼欲旋.

^{숙 운 수 혜 우 헐   산 청 청 혜 수 잔 원}
倏雲收兮雨歇, 山靑靑兮水潺湲.

당대 시 중에 무와 관계되는 시가 별로 많은 것은 아니지
만 당시는 무습과 일정한 관계가 있었음은 확인하였으리라
믿는다.

❀ 3. 무습과 관련이 있는 이하의 시

이하의 시 중에서 직접 무습과 관련이 있는 내용을 읊고
있는 것으로는 「신현곡(神絃曲)」·「신현(神絃)」·「신현별곡
(神絃別曲)」의 세 수가 있다. 「신현곡」은 신을 제사지낼 적
에 무당이 춤추고 노래하면서 신을 즐겁게 해주는 내용의
노래이다. 시에 "살쾡이가 울고 여우가 죽고(狸哭狐死)",
"올빼미 둥지가 불에 타는(火燒鴞巢)" 등의 말이 들어있는
것을 보면 무당이 제사지내는 신은 요망한 것을 쫓아내고
불행을 없애주는 올바른 신인 듯하다.

서산으로 해가 지자 동산도 어두워지고

회오리바람 말에게로 불어가자 말은 구름을 밟고 내려오네.

화려한 거문고와 고운 피리소리 낮았다 높았다 하는 중에

아름다운 치마 버석거리며 걷는 발길에 가을 먼지 이네.

계수나무 잎을 바람이 휩쓸고 지나가니 계수나무 열매
　　떨어지고

푸른 살쾡이는 피 토하며 곡을 하고 싸늘한 여우는 죽어가네.·

낡은 사당 벽에 채색으로 그려진 규룡(虯龍)에는 황금 꼬리가
　　달렸는데

비의 신이 타고서 가을 연못 물 속으로 들어가네.

백 년 늙은 올빼미는 나무귀신이 되었는데

웃음소리 속에 푸른 불이 둥지 속에서 일어나네.

　　　서 산 일 몰 동 산 혼　　선 풍 취 마 마 답 운
　　西山日沒東山昏, 旋風吹馬馬踏雲.

　　　화 현 소 관 성 천 번　　화 군 최 채 보 추 진
　　畵絃素管聲淺繁, 花裙綷縩步秋塵.

　　　계 엽 쇄 풍 계 추 자　　청 리 곡 혈 한 호 사
　　桂葉刷風桂墜子, 靑狸哭血寒狐死.

　　　고 벽 채 규 금 첩 미　　우 공 기 입 추 담 수
　　古壁彩虯金帖尾, 雨工騎入秋潭水.

　　　백 년 로 효 성 목 매　　소 성 벽 화 소 중 기
　　百年老鴞成木魅, 笑聲碧火巢中起.

첫째 두 구절은 해가 져서 날이 어두워지자 회오리 바람을

따라서 천신(天神)이 말을 타고 강림함을 노래한 것이다. 둘째 셋째 구절은 무당이 강림한 신을 맞아 음악 연주에 맞추어 춤을 추며 신을 즐겁게 해주는 장면이다. 그 뒤의 여섯 구절은 천신이 무당의 소원을 따라 큰 바람을 일으키면서 요괴들을 물리치고 몰아내는 장면이다. 여기에서 몰아내는 요괴로 푸른 살쾡이 · 싸늘한 여우 · 늙은 올빼미 등이 있다. 두목(杜牧, 803-852)은 「이장길가시서(李長吉歌詩敍)」에서 이하의 시를 평하여 이렇게 말하고 있다.

"구름과 안개가 자욱한 것도 그의 자태를 표현하기엔 부족하고, 강물이 질펀한 것도 그의 정을 표현하기엔 부족하고, ―――제철에 피는 꽃이며 아름다운 여인도 그의 색감(色感)을 표현하기엔 부족하다. 황폐해진 나라나 무너진 전각이며 잡목 잡초와 거친 언덕과 밭두둑도 그의 원한과 슬픔 시름을 표현하기엔 부족하고, 고래가 물을 들이켜고 큰 자라가 물결을 튀기는 것과 소귀신 뱀귀신도 그의 허황되고 큰 환상을 표현하기엔 부족하다."[6]

그의 시경(詩境)이 초속비범(超俗非凡)할 뿐만이 아니라 그의 문장도 신묘(神妙)함을 말한 것이다.

「신현(神絃)」은 '무당이 요주(澆酒)를 하며' 영신(迎神)을 한 뒤 북 소리와 악기의 연주에 맞추어 춤추고 노래하며 신을 즐겁게 해주는 모습을 형용한 것이다. 여기에는 주신(主神) 이외에도 해신(海神) · 산귀(山鬼) · 천성(天星) · 산매(山

---

6) "雲煙綿聯, 不足以爲其態也. 水之迢迢, 不足以爲其情也.―――時花美女, 不足以爲其色也. 荒國陊殿, 梗莽邱壟, 不足以爲其怨恨悲愁也. 鯨吸鼇擲, 牛鬼蛇神, 不足以爲其虛荒誕幻也."

魅) 등의 많은 신들도 등장하고 있다. 그래서 끝 구절에서는 "만 필의 말을 탄 신들을 전송하여 청산으로 돌아가게 한다 (送神萬騎還靑山)"고 읊고 있는 것이다. 시의 품격이나 문장 모두 앞의 「신현곡」과 크게 다를 바 없다. 황순요(黃淳耀, 1605-1645)는 「여이초비점황도암평본이장길집(黎二樵批點 黃陶庵評本李長吉集)」에서 이런 말을 하고 있다.

"「신현」은 초사(楚辭) 속에 섞어 놓는다면 굴원(屈原)이나 송옥(宋玉)의 것이 아니라고 어떻게 분별하여 내겠는가?"[7]

「신현」을 읽어보기로 하자.

> 무당이 술을 땅에 붓는데 하늘 가득히 눈이 내리고
> 옥화로 숯불에선 둥둥 울리는 북소리 따라 향기 피어오르네.
> 해신과 산귀도 자리 가운데로 내려오니
> 종이 돈 회오리바람 따라 버석버석 하네.
> 상사목에는 황금빛 춤추는 난 새 그려진 휘장 쳐져 있고
> 나방을 모아 한꺼번에 삼키고는 다시 한번 치네.
> 별을 부르고 신을 불러 잔과 쟁반의 음식 드시게 하니
> 산매가 머을 적엔 사람들이 으스스함을 느끼네.
> 종남산(終南山)의 햇빛이 평평한 물굽이에 드리우니
> 신은 여전히 유무의 사이에 존재하고 있네.
> 신이 성내고 신이 기뻐하는데 따라 무당 얼굴빛 바뀌어지고

7) "「神絃」雜之楚詞, 何以辨非屈宋?"

만 필의 말을 탄 신을 전송하여 푸른 산으로 돌아가네.

여 무 요 주 설 만 공　옥 로 탄 화 향 동 동
女巫澆酒雪滿空, 玉爐炭火香鼕鼕.

해 신 산 귀 래 좌 중　지 전 실 솔 명 선 풍
海神山鬼來座中, 紙錢窸窣鳴旋風.

상 사 목 첩 금 무 란　찬 아 일 잡 중 일 탄
相思木帖金舞鸞, 攢蛾一嗟重一彈.

호 성 소 귀 흠 배 반　산 매 식 시 인 삼 한
呼星召鬼歆杯盤, 山魅食時人森寒.

종 남 일 색 저 평 만　신 혜 장 재 유 무 간
終南日色低平灣, 神兮長在有無間.

신 진 신 희 사 경 안　송 신 만 기 환 청 산
神嗔神喜師更顔, 送神萬騎還靑山.

유신옹(劉辰翁, 1234-1297)은 『전주평점이장길가시(箋注評點李長吉歌詩)』에서 이 시를 다음과 같이 평하고 있다.

"이 글을 읽으면 사람들이 정신과 뜻을 잃고 낡은 사당 컴컴한 속에서 무당들이 굿을 하고 있는 모습을 보고 있는 것 같은 생각이 들게 한다."[8]

이 시는 사람들로 하여금 무당들이 굿을 하는 모습을 보면서 속세를 초월한 신비스런 느낌을 갖게 하는 것이 사실이다. 「신현별곡」은 송신(送神)의 노래이고 내용도 가장 간단하다.

---

8) "讀此章, 使人神意索然, 如在古祠幽黯之中, 視睹巫覡賽神之狀也."

무산의 소녀가 구름 저편으로 떠나가는데
송화 가루 날리는 봄바람이 산위로부터 불어오네.
녹색 포장의 수레가 외로이 향기로운 길 따라 돌아가는데
흰 말과 요란한 깃대가 앞쪽에 우뚝우뚝 하네.
촉강(蜀江)의 바람 잠잠하니 물은 비단결 같고
떨어진 난초 꽃잎을 누가 띄웠는지 그 속을 헤치고 지나가네.
남산의 계수나무 임 위해 죽었다 하고
구름 같은 적삼은 붉은 연지 자국으로 살짝 더럽혀졌네.

무 산 소 녀 격 운 별　춘 풍 송 화 산 상 발
巫山少女隔雲別,　春風松花山上發.

녹 개 독 천 향 경 귀　백 마 화 간 전 혈 혈
綠蓋獨穿香徑歸,　白馬花竿前孑孑.

촉 강 풍 담 수 여 라　타 란 수 범 상 경 과
蜀江風澹水如羅,　墮蘭誰泛相經過.

남 산 계 수 위 군 사　운 삼 천 오 홍 지 화
南山桂樹爲君死,　雲衫淺汚紅脂花.

　앞의 네 구절은 무산의 여신이 돌아가는 모습을 노래한 것
이다. 여기의 아름다운 여신은 작자 이하의 환상 속에 자신
이 사랑하는 여인의 화신으로 발전하고도 있다. 일곱번째
구절의 임을 위해 죽은 '남산의 계수나무'는 또한 작자의 화
신인 듯도 하다. 어떻든 돌아가는 여신은 그의 옷에 사랑의
흔적인 '붉은 연지 자국'을 묻히고 있다.

이 세 수 이하의 시는 일반적인 당시의 풍격이나 표현과는 전혀 다른 모습이다.

❀ 4. 이하의 시에 보이는 무습의 영향

고병(高棅, 1350-1423)은 『당시품휘(唐詩品彙)』의 칠언고시서목(七言古詩敍目)에서 이런 말을 하고 있다.

"장길(長吉) 같은 사람은 하늘이 낸 기재(奇才)라서 당시의 무리들보다 크게 뛰어나 그의 작품은 범상(凡常)하고 가까운 것으로부터 뚝 떨어져 붓으로 써놓은 일반적인 문장으로부터 멀리 떠나 있다."[9]

그처럼 독특한 이하의 시에는 무습과의 관련이라 여겨지는 특징들이 여러 가지로 발견된다. 말을 바꾸어 표현하면 그의 시의 특징은 무습의 영향 아래 이루어졌다고 할 수 있는 면이 많다. 여기에서는 그러한 이하의 시의 특징을 중심으로 이 문제를 추구해보려는 것이다.

(1) 귀기(鬼氣)

이하의 시를 평하는 사람들은 옛날부터 흔히 '귀(鬼)'자를 사용하였다. 많은 사람들이 특히 이하를 '귀재(鬼才)'라 하

---

9) "若長吉者, 天縱奇才, 驚邁時輩, 所得離絶凡近, 遠去筆墨畦徑."

였고, 또 귀선(鬼仙)·귀기(鬼氣)·귀시(鬼詩)·귀어(鬼語)·귀취(鬼趣) 같은 말도 쓰였다.[10] 그의 시 속에는 귀기(鬼氣)가 많기 때문에 그의 시의 풍격이나 그의 시재(詩才)를 얘기하자면 부득이한 일이었다. 그뿐 아니라 작자 자신도 '귀(鬼)'자를 비롯하여 귀기와 가까운 읍(泣)·사(死)·혈(血) 따위의 글자를 시에 많이 사용하였다.[11] 또 그의 시를 짓는 재능과 그의 시의 분위기도 '귀(鬼)'자를 사용하여 표현할 수 밖에 없는 일반적인 것들과는 다른 점들이 많다.

중국의 종교 가운데 신·귀와 가장 밀접한 관계가 있는 것이 무습이다. 그러므로 그가 읊은 시들은 직접 무습과 관계가 있을 뿐만이 아니라, 무습의 영향이라 여겨지는 무당과 비슷한 분위기의 일반적인 사람들의 생활이나 감정과는 다른 기묘하고 특이한 위에 음산한 느낌을 갖게 하는 작품들이 많다. 기묘하고 특이한 위에 음산하다고 한 말을 가장 잘 대표하는 말이 '귀'이다.

『이하 시집』 4권을 조사해 본 결과 총 219수의 시 가운데 7수에 '귀(鬼)'자가 들어있고, 25수에 '신(神)'자가 들어있다. 그리고 '귀'나 '신'자는 쓰지 않았어도 「금동선인사한가(金銅仙人辭漢歌)」처럼 "밤에는 말 울음소리를 들었는데 새벽에 보니 흔적도 없네(夜聞馬嘶曉無跡)"하고 귀신을 읊은 것들이 있다.[12] 이 밖에도 「소소소묘(蘇小小墓)」·「제자

---

10) 嚴羽의 『滄浪詩話』, 李維楨의 「昌谷詩解序」, 施補華의 「峴傭說詩」 등.
11) 王思任 「昌谷詩解序」; "李賀---喜用鬼字, 泣字, 死字, 血字. 如此之類, 幽冷谿刻, 法當夭乏, ---"
12) 譚元春도 『唐詩歸』 卷31에서 이시는 "說鬼"한 것이라 하였다.

가(帝子歌)」·「추래(秋來)」·「상비(湘妃)」·「패궁부인(貝宮
夫人)」·「난향신녀묘(蘭香神女廟)」 등 직접 신·귀를 묘사
한 부분이 들어있는 작품들이 적지 않다. 다음에 「소소소묘」
한 수를 보기로 든다.

그윽한 난초에 이슬 내리니
마치 울다가 잠이 든 듯.
마음을 함께 묶어놓을 아무런 물건도 없지만
안개 서린 꽃은 차마 자르지 못하네.
풀은 돗자리 깐 듯 하고
소나무는 수레 위 포장 같으니,
바람으로 치마 삼고
물로 패옥(佩玉) 삼고서,
임의 수레를
저녁에도 기다리고 있는데,
싸늘한 비취색 촛불만이
수고로이 빛을 발하고 있네.
서릉 아래엔
바람에 빗발 날리네.

유 란 로   여 제 면
幽蘭露, 如啼眠.

무 물 결 동 심   연 화 불 감 전
無物結同心, 煙花不堪剪.

초 여 인   송 여 개
草如茵, 松如蓋,

풍 위 상　수 위 패
風爲裳, 水爲珮,

유 벽 거　석 상 대
油壁車, 夕相待,

냉 취 촉　노 광 채
冷翠燭, 勞光彩.

서 릉 하　풍 취 우
西陵下, 風吹雨.

　　마치 구가(九歌) 중의 「산귀(山鬼)」를 읽는 듯하다.

　　심지어 시사(時事)를 풍자하는 시 속에서도 적지 않은 '귀기'가 느껴진다.　보기를 들면 「추래(秋來)」는 세상에 대한 분만(憤懣)을 노래한 시인데, 그 후반은 다음과 같다.

　　오늘 밤 그리움에 끌리어 창자도 뻣뻣해질 것이니
　　차가운 빗속에 향기로운 혼이 나그네 서생을 위로해 주네.
　　가을 무덤에서 귀신이 포조(鮑照)의 시를 창하고
　　한 서린 피는 천년 되면 흙 속에서 파래지리라.

사 견 금 야 장 응 직　우 랭 향 혼 조 서 객
思牽今夜腸應直, 雨冷香魂弔書客.

추 분 귀 창 포 가 시　한 혈 천 년 토 중 벽
秋墳鬼唱鮑家詩, 恨血千年土中碧.

시사에 대한 분만을 노래하면서도 '향혼(香魂)'·'추분(秋墳)'·'귀(鬼)'·'한혈(恨血)'이란 말들을 동원하여 자기의 감정을 나타내고 있고, 그 분위기도 딴 세상의 일처럼 으슥하다. 그 밖에도「감풍오수(感諷五首)」중의 셋째 수,「노부채옥가(老夫採玉歌)」등도 시사와 관계되는 일을 읊으면서 모두 '귀기'를 띄고 있다.

물건을 노래한 영물시(詠物詩) 속에도 '귀기'가 적지 않다.

「나부산인여갈편(羅浮山人與葛篇)」에서는

　　늙은 선인 박라가 동굴로부터 갖고 나오니
　　천년 묵은 석상에서 귀공이 우네.

　　　박 라 노 선 지 출 동　　천 세 석 상 제 귀 공
　　博羅老仙持出洞, 千歲石牀啼鬼工.

「춘방정자검자가(春坊正字劍子歌)」에서는

　　잡아 꺼내자 서쪽의 백제가 놀라고
　　엉엉 어미 귀신이 가을 교외에서 우네.

<ruby>提出西方白帝驚<rt>제출서방백제경</rt></ruby>, <ruby>嗷嗷鬼母秋郊哭<rt>오오귀모추교곡</rt></ruby>.

하고 읊고 있다. 보통 경우라면 칡베나 칼을 읊은 시라고는
생각할 수도 없을 정도이다.

 그러니 풍경을 읊은 영경(詠景)의 시 같은 곳에는 더욱 '귀
기'가 없을 수 없다. 보기를 들면 「남산전중행(南山田中行)」
에서는

바위 사이로 샘물이 흘러 모래밭을 적시는데
도깨비불이 옻칠처럼 소나무 꽃에 붙어있네.

<ruby>石脈水流點滴沙<rt>석맥수류점적사</rt></ruby>, <ruby>鬼燈如漆點松花<rt>귀등여칠점송화</rt></ruby>.

「녹수사(綠水詞)」에서는

그것을 소고에게 보내지 못했는데

또한 그것 때문에 시름하는 혼이 느껴지네.

_{미 지 기 소 고} _{차 지 감 수 혼}
未持寄小姑, 且持感愁魂.

하고 읊고 있다. 앞 시는 남산 기슭의 풍경을 노래하는데, 소나무 꽃이 핀 어두운 솔가지에는 '도깨비 불' 또는 '귀신 등불'인 '귀등(鬼燈)'이 붙어있고(아마도 반딧불이었을 것이다), 푸른 물을 노래한 뒤의 시에는 신녀(神女)인 소고(小姑)[13]가 등장하고 '수혼(愁魂)'을 느끼고도 있다.

이하의 시 속에는 기타 작품들 중에도 '귀기(鬼氣)' '신기(神氣)'가 느껴지는 시가 많다. 그것은 모두가 무습의 영향 때문이라고 말할 수 있을 것이다.

(2) 『초사(楚辭)』의 영향

두목(杜牧, 803-852)은 「이장길가시서(李長吉歌詩敍)」에서 이렇게 말하고 있다.

"대체로 「이소(離騷)」의 후예라고 할 수 있어서, 논리가 비록 미치지 못한다 하더라도 문장이 간혹 그보다도 뛰어나다. 「이

---

13) 小姑는 본시 漢 秣陵尉 蔣子文의 셋째 누이동생인데, 吳나라 孫權 때에 神女가 되어 蔣子文이 鍾山에 그의 廟를 세웠다 한다. 南朝 樂府詩 神絃歌 중에는 「청계소고가(淸溪小姑歌)」 등이 있다.

소」에는 감정과 원망과 풍자와 불만이 있고, 내용은 임금과 신하가 다스리고 어지럽히고 하는 일에 미치고 있어서 때로는 사람들의 뜻을 격발(激發)하기도 한다. 그런데 이하가 지은 시에 이런 것들이 없을 수가 있겠는가? 이하는 다시 이전의 일들을 추구하고 찾았기 때문에 고금에 일찍이 말한 일이 없었던 것을 깊이 탄식하며 한하고 있는 것이다."[14]

이하가 『초사』의 영향을 받고 또 그가 『초사』 특히 「이소」를 본뜨려 한 것은 분명한 사실이다. 그에 내한 『초사』의 영향은 특히 악부체시(樂府體詩)에 현저히 나타난다. 이유정(李維楨, 1547-1526)은 「창곡시해서(昌谷詩解序)」에서 이렇게 말하고 있다.

"그의 여러 악부(樂府)는 구가(九歌)의 「동황태일(東皇太一)」및 「국상(國殤)」·「예혼(禮魂)」에 이르는 제체(諸體)와 매우 같으니, 정말 그는 귀재(鬼才)라 할 수 있다."[15] 하상(賀裳, 1681 전후)도 『재주원시화(載酒園詩話)』에서 "두 시에는 진실로「상군(湘君)」, 「산귀(山鬼)」의 영향이 있다"[16]고 「신현곡」과 「신현별곡」의 두 시에 대하여 평하고 있다. 『초사』 가운데에서도 특히 「구가」에는 옛날 무가(巫歌)의 모습이 가장 뚜렷하게 남아있어서, 앞에서 논한 '귀기(鬼氣)'도 가장 뚜렷이 느껴진다.

이하의 시 속에는 스스로 『초사』를 공부한다고 말하고 있는 구절이 여러 곳에 보인다. 보기를 들면 「창곡북원신순 사수(昌谷北園新筍 四首)」 둘째 수에서는 "푸른 빛을 잘라다 놓고는 초

---

14) "蓋騷之苗裔, 理雖不及, 辭或過之. 騷有感怨刺懟, 言及君臣理亂, 時有以激發人意. 乃賀所爲, 得無有是? 賀復探尋前事, 所以深嘆恨古今未嘗經道者."
15) "諸樂府, 亦若九歌東皇太乙, 以至國殤禮魂諸體, 信乎其爲鬼才矣."
16) "二詩眞有湘君山鬼之遺."

사를 베끼니, 기름 향기 끄림으로 검어 칙칙하네.(斫取靑光寫楚辭, 膩香春粉黑離離)"[17], 「상심행(傷心行)」에서는 "중얼중얼 초사 가락을 배우노라니, 병골인데다가 갖고 있던 건강 조차 손상케 하네.(咽咽學楚吟, 病骨傷幽素)", 「증진상(贈陳商)」에서는 "능가경(楞枷經)을 책상 앞에 쌓아놓고, 「초사」는 팔꿈치 뒤에 매어놓네.(楞枷堆案前, 楚辭繫肘後)", 「남원(南園)」시의 끝 구절에서는 "고장의 원로이신 정공께서 술통을 여시니, 자리에 초나라 가락 울리면서 「초혼」을 읊조리네.(鄭公鄕老開酒樽, 坐泛楚奏吟招魂)"라 하고 있다.

다음에는 이하의 시 중에서 「구가」와 비슷한 풍격을 지니고 있다고 여겨지는 「감풍오수(感諷五首)」중에서 그 셋째 시를 보기로 들겠다.

　　남산은 어찌 그리도 슬픈가?
　　귀신 비가 조용한 풀 위에 내리네.
　　장안은 가을 한 밤중인데
　　바람 앞에 얼마나 많은 사람들이 늙어가고 있는가?
　　황혼이 깃든 오솔길을 거닐다가
　　푸른 참나무 욱어진 길을 서성이네.
　　달이 떠오르니 나무 그림자가 서는 듯하고
　　온 산이 뿌연 새벽 빛 아래 있네.
　　까만 등불로 새 사람 마중하는데

17) 여기에서 "寫楚辭"는 실은 李賀 자신의 詩를 쓰고 있는 것이다.

으슥한 무덤에는 반딧불만이 요란하네.

남 산 하 기 비   귀 우 쇄 공 초
南山何其悲? 鬼雨灑空草.

장 안 야 반 추   풍 전 기 인 로
長安夜半秋, 風前幾人老?

저 미 황 혼 경   요 뇨 청 력 도
低迷黃昏徑, 裊裊靑櫟道.

월 오 수 립 영   일 산 유 백 효
月午樹立影, 一山惟白曉.

칠 거 영 신 인   유 광 형 요 요
漆炬迎新人, 幽壙螢擾擾.

황순요(黃淳耀)가 "『초사』 속에 섞어놓아도 굴원(屈原)이
나 송옥(宋玉)의 작품이 아니라고 어떻게 분별하겠는가?"[18]
고 말하였듯이 이하의 시 속에는 『초사』의 영향이 매우 뚜렷
한데, 그것은 또한 무습의 영향이라고 할 수도 있는 것이다.

(3) 범속(凡俗)을 초월하는 환상

이하의 시의 또 하나의 특징은 그의 시경(詩境) 속에 환상
이 많다는 것이다. 왕사임(王思任, 1600 전후)은 「창곡시해
서(昌谷詩解序)」에서 이하의 시를 평하면서 이런 말을 하고
있다.

---

18) 앞에 인용한 「神絃」시에 대한 評語.

"그의 시를 보면 만고의 일에 마음을 두고 만권의 책을 읽어서, 입으로는 아름다운 누각을 뿜어내고 땅에 던져도 진속(塵俗)을 벗어나며, 때로는 귀뚜라미 우는 소리를 내고 때로는 꾀꼬리 우는 소리를 내며, 때로는 서리 내리는 중에 울고 있는 학 모습을 그려내고 때로는 꽃처럼 아름다운 미인을 그려내기도 하며, 때로는 얼음판 위에 전차(戰車)가 달리기도 하고 때로는 왕후(王侯)가 권세를 뿜내기도 하며, 때로는 푸른 인광(燐光)이 나고 번개가 치며, 잠간 동안도 그대로 있지 아니하고 일반적인 사물(事物)은 찾아볼 수도 없다."[19]

이하의 시가 초속(超俗)적이고 환상적이며 변화가 많은 것을 잘 드러낸 말이다. 보기로 아래에 「몽천(夢天)」 시를 한 수 든다.

늙은 토끼와 싸늘한 두꺼비가 하늘 빛 내며 울고 있고
구름 서린 누각은 문이 반쯤 열려 있어 비껴 서있는 벽이 희네.
옥 수레바퀴는 이슬 위를 굴러가며 둥글게 젖어 빛을 내는데,
난 방울 단 수레 타고 계수나무 향기 나는 길거리에서 만나네.
누런 먼지와 맑은 물이 삼신산(三神山) 아래로 보이니
천 년의 변화가 말이 달려가듯 이루어지고 있네.
멀리 안개 서린 구주(九州)를 바라보니

---

19) "顧其冥心千古, 涉目萬書, 噀空繡閣, 擲地絶塵, 時而蛩吟, 時而鸚鵡語, 時而作霜鶴唳, 時而花肉媚眉, 時而氷車鐵馬, 時而寶鼎焝雲, 時而碧燐劃電, 阿閃片時, 不容方物."

깊고 넓은 바닷물이 잔속에 부어놓은 물인 듯하네.

노 토 한 섬 읍 천 색　운 루 반 개 벽 사 백
老兎寒蟾泣天色, 雲樓半開壁斜白.

옥 륜 알 로 습 단 광　난 패 상 봉 계 향 맥
玉輪軋露濕團光, 鸞珮相逢桂香陌.

황 진 청 수 삼 산 하　경 변 천 년 여 주 마
黃塵淸水三山下, 更變千年如走馬.

요 망 제 주 구 점 연　일 홍 해 수 배 중 사
遙望齊州九點烟, 一泓海水杯中瀉.

「몽천」이란 '하늘에 올라갔던 꿈'이어서, 시상은 완전히 환상으로부터 우러나온 것이다. 앞 네 구절은 대체로 작자가 꿈에 하늘에 올라갔을 적의 정경을 읊은 것이고, 뒤 네 구절은 하늘 위에서 천하를 내려다보면서 세상의 무상한 변화와 중국 땅의 모습을 읊은 것이다. 모두가 작자의 초속적인 환상에서 나온 것이다.

그 밖에도 「천상요(天上謠)」·「호가(浩歌)」·「제자가(帝子歌)」·「진왕음주(秦王飮酒)」 등의 시가 모두 그의 환상을 바탕으로 읊은 시이다. 이하의 시 속에는 이러한 환상적인 풍격의 시들이 적지 않은데, 한편 그것들은 또 앞에서 얘기한 '귀기(鬼氣)'와 '초사(楚辭)의 영향'과도 밀접한 관계를 지니고 있다. 실상 '귀기'나 '초사'는 모두 환상을 바탕으로 하여 발전한 것이기 때문이다.

그는 사물에 대한 연상(聯想)을 하는 경우에도 범속(凡俗)을 초월하는 환상적인 경우가 많다. 보기를 들면 그는 화초를 보면 아름다운 여인을 떠올린다. "꽃가지 아래 풀 넝쿨이 눈앞에 펼쳐있는데, 작은 흰 것과 긴 붉은 것들이 월(越)나라 미녀의 볼 같네.(花枝草蔓眼中開, 小白長紅越女腮. -「南園十三首」)". 뽕나무를 보고서는 그 나무 잎을 따서 누에를 길러 고급 비단까지 짜나오는 것을 상상한다. "긴 허리의 튼튼한 부인이 몰래 올라가 꺾어다가, 오나라 임금의 좋은 비단을 짤 누에를 먹이리라.(長腰健婦偸攀折, 將餧吳王八繭蠶. -「南園十三首」)". 대나무를 볼 적에도 여러 가지 쓰임이 떠오른다. "짜면 자리되어 향그런 땀 받들게 되고, 잘라 다듬으면 낚시대 되어 비단 같은 비늘의 물고기 낚아 올리리라.(織可承香汗, 裁堪釣錦鱗. -「竹」)" 특히 「나부산인여갈편(羅浮山人與葛篇)」에서는 "상수(湘水) 가운데의 하늘 한자를 자르고자 하였던 것이니, 오나라 미녀는 오나라 칼이 무딘 것을 탓하지만 말게나!(欲剪湘中一尺天, 吳娥莫道吳刀澀)" 하고 환상적인 말로 이 시를 끝맺고 있다. 그는 칡베를 "상수 가운데 비친 하늘"이라 표현하고 있다. 이러한 환상은 일반 사람들의 상상으로는 도저히 미칠 수가 없는 경지의 것이다. 심지어 배를 저어가는 뱃사람 「황두랑(黃頭郎)」을 노래하면서 그의 생각은 집안에서 홀로 시름 겨워하는 아름다운 부인의 모습으로 달려간다. 또 옥돌을 캐고 있는 영감을 노래하면서, 곧 그가 캐고 있는 옥돌은 귀부인 머리 위의 옥 장식으로 상상이 비약하고, 영감에 대하여는 "굶주리고 헐벗음을 용도 걱정할 것"이라고 동정하는 마음이 비약한다 (「老夫採玉歌」)

　이하의 감각은 매우 예민하여 일반적인 사물을 접하더라

도 그를 통한 상상은 극단적인 지경으로까지 달려간다. 북쪽지방의 추운 정경을 노래한 「북중한(北中寒)」시를 보기로 들어 보겠다.

한 쪽에서는 검은 빛 비치고 다른 세 쪽에는 자주 빛 비치며
황하는 얼음이 꽁꽁 얼어붙어 물고기와 용도 죽어버렸네.
나무껍질 석 자나 쪼개져 나뭇결 모두 끊이었고
백 석(石)의 무거운 수레도 황하 위를 건너네.
풀 위의 서리꽃은 크기가 동전만 하고
칼을 휘둘러도 들어가지 않을 정도로 하늘은 자욱하네.
철석거리는 바닷물은 날아 튀어 오르며 요란하고
산의 폭포도 소리 내지 않고 옥 무지개 모습으로 걸려있네.

일방흑조삼방자　황하빙합어룡사
一方黑照三方紫, 黃河氷合魚龍死.

삼척목피단문리　백석강거상하수
三尺木皮斷文理, 百石强車上河水.

상화초상대여전　휘도불입미몽천
霜花草上大如錢, 揮刀不入迷濛天.

쟁영해수비릉훤　산폭무성옥홍현
爭濴海水飛凌喧, 山瀑無聲玉虹懸.

이러한 환상은 무술과 관련이 있다. 무당들이 굿을 할 적에 흔히 절정에 이르면 무당들은 황홀광란(恍惚狂亂)의 상

태가 된다. 황홀광란의 상태에서의 마음가짐이 환상인 것이다. 따라서 그의 '초속적인 환상'도 무습과 연관이 있다고 볼 수 있는 것이다.

(4) 괴상하고 특별한 아름다움의 추구

이하의 시는 음산하고도 서글픈 정조가 일반적인 특징이지만 다른 한편으로는 비범한 괴상하고도 특별한 아름다움도 추구하고 있음을 발견하게 된다.

이 괴상하고도 특별한 아름다움의 추구는 이미 앞에 인용한 「신현」·「무산고」·「소소소묘」·「감풍(感諷)」·「몽천」 같은 시에 분명히 드러나고 있다. 이 시들은 모두 음산한 분위기인데도 그 속에서 제각기 특수한 아름다움도 드러내려고 노력하고 있다. 이하의 시는 어려움이나 시름·슬픔 등을 읊으면서도 한편 그 속에 있는 특별한 아름다움도 추구하고 있다는 것이다. 보기로 촉도(蜀道)의 험난함과 시름을 함께 읊고 있는 「촉국현(蜀國絃)」 시를 들어 그가 추구하고 있는 특수한 아름다움을 찾아보기로 한다.

단풍 향기 속에 저녁 꽃이 고요히 피어있고
금수(錦水)에는 남산의 그림자 드리웠네.
바위 떨어지는 것에 놀라 원숭이 슬피 울고

대나무 위의 구름은 고개 중턱에서 시름 안겨주네.
싸늘한 달이 가을 물 위로 떠오르고
옥 같은 모래가 맑은 물속에 빛나네.
어느 집안의 피눈물 흘리는 나그네인가?
차마 구당(瞿塘)을 지나가지 못하네.

楓香晚花靜, 錦水南山影.
풍 향 만 화 정   금 수 남 산 영

驚石墜猿哀, 竹雲愁半嶺.
경 석 추 원 애   죽 운 수 반 령

凉月生秋浦, 玉沙粼粼光.
양 월 생 추 포   옥 사 린 린 광

誰家紅淚客? 不忍過瞿塘.
수 가 홍 루 객   불 인 과 구 당

이 시의 나무·꽃·물·바위·구름·달·모래 등이 아름답기는 하되 모두가 일상적인 것은 아니다.

옥을 캐는 늙은 공인의 노고를 읊은 「노부채옥가(老夫採玉歌)」는 이른바 풍유시(諷諭詩)인데도 어려움의 묘사 속에 특수한 아름다움도 곁들여 드러내고 있다.

옥을 캐고 또 옥을 캐려면 모름지기 물이 푸르러야 하고,
쪼아서 머리 장식 만들 것이라는데 부질없이 색깔을 좋아하네.
늙은 영감 굶주리고 헐벗으니 용도 그 위해 걱정인데

남계의 물 기운은 맑고 깨끗함이 없네.

밤 비 맞으며 언덕 위에서 개암이나 먹고

두견새가 토하는 피 같은 눈물을 영감은 흘리고 있네.

남계의 물은 산 사람을 싫어하여

몸이 죽어 천년이 지나도 계곡 물을 한하네.

비탈진 산 잣나무에 빗 바람 치는데 휘파람 소리가 나고

샘물 아래 걸려있는 푸른 덩굴 가지 하늘거리네.

싸늘한 마을 가난한 집의 어여쁜 딸 생각하는데,

낡은 누대로 올라가는 비탈길엔 덩굴풀이 매달려 있네.

採玉採玉須水碧, 琢作步搖徒好色.

老夫饑寒龍爲愁, 藍溪水氣無淸白.

夜雨岡頭食榛子, 杜鵑口血老夫淚.

藍溪之水厭生人, 身死千年恨溪水.

斜山柏風雨如嘯, 泉脚挂繩靑裊裊.

村寒白屋念嬌嬰, 古臺石磴懸腸草.

이 괴상하고 특별한 아름다움도 무습과 통하는 것이다. 무
당의 신단(神壇)은 늘 울긋불긋한 꽃으로 장식되어 있고, 무
당이 입는 옷이나 몸에 걸치는 장식도 모두가 통념을 벗어
난 화미(華美)한 차림이다. 화미하기는 하되 일반 사람들의
눈으로 보면 정상적인 것이 못 된다.

따라서 이러한 괴상하고 아름다운 경향을 일부 비평가들은 '요(妖)'라는 말로 표현하기도 한다. 보기를 들면 명(明)대의 육시옹(陸時雍, 1635 전후)은 『시경총론(詩鏡總論)』에서 이런 말을 하고 있다.

"요괴가 사람들을 감동시킬 적에는 그의 본래 모습은 감추고 다른 소리와 다른 색깔로 기량을 다하여 그 일을 꾀한다. 법도가 있는 눈으로 비추어 들어가면 스스로 곧 그것이 깨지게 된다. 그렇다면 이하도 요괴란 말인가? 요괴가 아니라면 이째시 사람들을 미혹시키는가? 그러므로 귀신 중에 재주가 있는 놈은 요괴가 될 수 있고, 물건 중에 신령(神靈)이 있는 것도 요괴가 될 수 있다. 이하는 특이한 재주를 갖고 있지만 대도(大道)로 들어가지 않았기 때문에 애석하게도 그가 가고 있는 길이 미혹되고 있는 것이다."[20]

그는 '요'가 "귀신 중에 재주가 있는 놈"과 "물건 중에 신령이 있는 것"에서 이루어진다고 하고 있다. 그러므로 이 '요'는 앞에서 논한 '귀기'와 '범속을 초월하는 환상' 및 '괴이하고 특별한 아름다움'과도 서로 통하는 것이다. 그러니 이하의 '미'에 대한 관념도 무습과 상당히 가까운 연관이 있다고 할 수 있다.

---

20) "妖怪感人, 藏其本色, 異聲異色, 極其伎倆而爲之. 照入法眼, 自立破耳. 然則李賀其妖乎? 非妖何以惑人? 故鬼之有才者能妖, 物之有靈者能妖. 賀有異才, 而不入於大道, 惜乎其所之之迷也."

(5) 여성에 대한 사랑

이하의 시집을 읽어보면 그의 시는 대부분이 여성과 관련이 있는 것이다. 그러니 앞에서 논한 그의 시의 특징으로 보아 그의 여성에 대한 사랑의 정도 특출한 것일 수밖에 없을 것이다. 본격적으로 여성에 관한 일을 읊은 시만도 다음과 같은 것들이 있다.

「소소소묘(蘇小小墓)」・「낙주진주(洛姝眞珠)」・「이부인(李夫人)」・「상비(湘妃)」・「궁와가(宮娃歌)」・「추화하사동작기(追和何謝銅雀妓)」・「사수재유첩호련개종어인수재인류지부득후생감억좌인제시조초하부계사수(謝秀才有妾縞練改從於人秀才引留之不得後生感憶座人製詩嘲誚賀復繼四首)」・「풍소련(馮小憐)」・「방중사(房中思)」・「패궁부인(貝宮夫人)」・「난향신녀묘(蘭香神女廟)」・「강루곡(江樓曲)」・「염사상춘기(染絲上春機)」・「휴세홍(休洗紅)」・「미인소두가(美人梳頭歌)」・「월록록편(月漉漉篇)」・「허공자정희가(許公子鄭姬歌)」・「막수곡(莫愁曲)」・「야래악(夜來樂)」・「용야음(龍夜吟)」・「한당희음주가(漢唐姬飲酒歌)」.

그의 평생에 시를 지은 기간은 10년도 되지 못하는데, 위에 든 시들은 그의 시집 4권의 219수의 시 가운데서 뽑은 것이니, 전적으로 여성을 읊은 시들이 적지 않음을 알 것이다.

그 밖에도 「감춘(感春)」 시에서 "버드나무는 오로지 춤추는 여인의 허리 같고(柳斷舞兒腰)"하고 읊고 있듯이 하늘거리는 버들가지를 보면 춤추는 여인의 허리를 생각하고, 「모란종곡(牡丹種曲)」에서 "미인이 술 취하여 정원 안의 안개에게 말하고 있네(美人醉語園中烟)"하고 읊고 있듯이 모란을 보고는 바로 미인을 연상하며, "꾀꼬리의 울음은 걱정 많은 여인의 노래(鶯唱閱女歌)"(「昌谷詩」), "작은 흰 꽃 긴 붉은 꽃이 월녀의 볼 같네(小白長紅越女腮)"(「南園」). "싸늘한 꽃에 이슬 내리어 아름다운 여인이 우는 기색이네(冷紅泣露嬌啼色)"(「南山田中行」), "짜놓으면 향기로운 땀 받게 되겠네(「竹」) 등등 꽃이나 새 울음 소리나 나무 같은 것을 보고도 쉽사리 여인을 생각하고 있다. 그 밖에도 궁중으로부터 흘러나오는 도랑물을 보고는 궁녀들의 화장을 생각하고, 낚시질을 하는 것을 보고도 초녀(楚女)를 떠올리고, 공후(箜篌) 소리를 듣고는 강아(江娥)를 생각하고(「李憑箜篌引」), 피리소리를 듣고는 화낭(花娘)을 떠올리고 있다.(「中胡子觱篥歌」)

이하는 19세 때 낙양부시(洛陽府試)를 보러 가는데, 그때 지은 「하남부시십이월악사(河南府試十二月樂詞)」를 보면 전시를 뜻밖에도 여인의 입장에서 짓고 있다. 정월달에는 "비단 침대 위에 새벽에 누워있으려니 옥 살갖이 싸늘하네(錦牀曉臥玉肌冷)", 2월달에는 "금 깃털로 장식한 높다란 머리쪽 여인 저녁 구름 보며 시름에 잠기네(金翹峨髻愁暮雲)", 3월달에는 "군장을 한 궁기가 눈썹을 엷게 화장했네(軍裝宮妓掃蛾淺)", 5월달에는 "비단 옷소매가 휘둘려 돌아가고 있네(羅袖從徊翔)", 7월달에는 "춤추는 옷 얇은 것 약간 싫어하네(僅厭舞衫薄)", 8월달에는 "과부가 긴 밤을 원망하네(孀妾怨長夜)", 10월달에는 "긴 눈썹의 여인이 달을 보며 누가 더 예쁘게 굽었나 견주고 있네(長眉對月鬪彎環)", 윤달에는 "서왕모(西王母)가 천도(天桃)를 따다가 천자에게 바치네

(王母移桃獻天子)” 등으로 직접 여인의 일인 것처럼 읊고 있다.

이하가 시를 통하여 읊고 있는 여인들은 대부분이 역사상 또는 전설상의 인물들이어서 모두 작자가 직접 눈으로 본 사람들이 아니다. 그의 시 중에서 그가 직접 만난 일이 있는 여인을 읊고 있는 것은 「허공자정희가(許公子鄭姬歌)」에 등 장하는 허공자의 '정희' 한 사람이 있을 따름이다. 그 밖의 인물들은 모두 귀신에 속하는 이미 죽은 인물들이거나 전설 상의 귀신들이다. 그렇기 때문에 그들은 모두 무척 아름답 게 묘사되어 있지만 약간 음산한 분위기를 느끼게 한다.

그리고 그의 묘사는 모두 그 자신에 매인 데 없고 거침이 없는 상상에 바탕을 두고 있기 때문에 고조(高潮)에 달하는 곳에서는 약간 음란한 느낌조차도 갖게 하는 것들이 보통이 며 심지어는 남녀의 성교를 암시하는 경우까지도 있다. 보 기를 들어본다.

「대제곡(大堤曲)」; “큰 제방 위에 북쪽 사람이 묵는데, 남 편은 잉어 꼬리를 먹고 마누라는 원숭이 입술을 먹는다.(大 堤上, 留北人, 郎食鯉魚尾, 妾食猩猩脣)”

「낙주진주(洛姝眞珠)」; “금 거위 병풍 둘린 방에서 무산(巫 山) 선녀의 꿈을 꾸는데, 난새 수놓인 옷 뒷자락과 봉황새 수놓인 띠 위에 안개가 짙게 깔리네.(金鵝屏風蜀山夢, 鸞裾 鳳帶行煙重)”

「상비(湘妃)」; “서로 떨어져 있던 난새와 봉새가 안개 서린 오동나무 위에서, 무산(巫山)의 구름과 비가 멀리 서로 통하 게 하고 있네.(離鸞別鳳煙梧中, 巫雲蜀雨遙相通)”

「병풍곡(屛風曲)」; "침향 향불 따스하고 수유의 기운 퍼지는 속에, 술잔 잡고 띠 풀고는 새로운 기쁨 즐기네.(沈香火煖茱萸煙, 酒舫縮帶新承懽)"

「뇌공(惱公)」; "무산의 안개 두터운 비단 위에 나르고, 무협(巫峽)의 비가 가벼이 얼굴 위에 뿌려지네.(蜀煙飛重錦, 峽雨濺輕容)"

아름다우면서도 음산한 분위기며 격정이 설정에 딜하면 성행위도 불사하는 것은 바로 무당들의 특징이기도 하다. 그러니 이하의 시에 보이는 여성에 대한 사랑도 무술(巫術)과 관련이 있음이 분명하다.

(5) 맺는 말

당대에도 무습은 완전히 사라지지 않고 유행되고 있어서, 당시 중에도 여전히 무습의 영향이 남아있었음이 분명하다. 특히 이하 같은 시인의 환상적인 정서를 바탕으로 하는 시 창작은 무습의 영향을 분명히 받고 있다. 그의 시 속에 보이는 귀기(鬼氣)·초사(楚辭)의 영향·범속을 초월하는 환상·괴상하고 특별한 아름다움의 추구·여성에 대한 독특한 사랑 등의 특징은 모두 무습의 영향으로 이루어진 것이라 할 수 있다. 따라서 말을 바꾸어 표현하면 무습의 영향 아래 이하 시의 독특한 개성의 추구 및 낭만주의적 경향으로 대표되는 시의 특징이 이루어졌다는 것이다.

또 중당(中唐)을 대표하는 시인들이 보여주는 개성적인 특징, 곧 한유(韓愈)의 괴탄(怪誕), 맹교(孟郊)의 교격(矯激), 백거이(白居易)의 천절(淺切), 원진(元稹)의 음미(淫靡) 같은 특징은 모두 이하 시의 개성의 추구 및 낭만적인 경향과 서로 통하는 것임으로 무습과 연관시켜 이를 이해할 수도 있을 것이다. 당대 사회에 있어서 특히 중당 이후로는 서민들의 지위가 크게 향상되고, 시인들의 서민에 대한 관심도 크게 늘어났기 때문에, 민간에 유행하던 무습도 일반적으로 시 창작에 보다 큰 영향을 끼치게 되었던게 아닌가 한다. 만당(晚唐)의 이상은(李商隱)과 두목(杜牧) 등이 보여준 낭만주의 경향도 중당시풍의 발전선 위에 놓고 이해할 수가 있을 것이다.

중국시의 종교적인 영향관계를 연구함에 있어서 무습은 완전히 소외되고 있는 듯하다. 중국시 창작에 있어서의 무습의 영향은 보다 적극적으로 검토되어야 할 것으로 믿는다.

05.중국시의 언어와 문자

◈ 1. 백화(白話)와 한자

중국의 현대문학은 일반적으로 호적(胡適, 1891-1962)의 이른바 백화문학운동에서 시작되었다고 한다. 호적의 백화문학운동의 이론은 1917년 1월에 그가 『신청년(新靑年)』 잡지에 발표한 「문학개량추의(文學改良芻議)」라는 글과 다음해 4월 같은 잡지에 발표한 「건설적문학혁명론(建設的文學革命論)」이라는 글에 담기어 있다. 그 요지는 이제껏 수천년에 걸쳐 자기 조상들이 써온 문장인 문언문(文言文, 곧 漢文)을 버리고 새로 알기 쉬운 일상적인 말 형식의 백화문(白話文)을 문학용어로 쓰자는 것이다. 그는 문언문은 이미 죽은 글이라고 하였다. 그 자신은 문학혁명론이란 용어를 쓰고 있지만 실은 문체개혁론(文體改革論)이라고 하는 것이 옳을 것이다.

그러나 이것은 자신들이 쓰고 있는 문자에 대한 반성없이 제창된 이상론에 불과하다고 혹평을 할 수도 있는 성격의 것이다. 한자는 본시 뜻글자인 상형문자(象形文字)여서, 사람들의 생각을 표현하는 데에는 편리하고 우수한 문자라고 할 수 있겠지만 사람들의 말을 소리나는 대로 기록하기에는 불편하기 짝이 없는 문자인 것이다. 중국의 문장은 우리가 아는 한 처음부터 그들의 말과는 거리가 먼 형식의 글이다. 어느 나라이고 문장과 말 사이에는 차이가 있게 마련이지만, 중국의 경우에는 소리글자를 쓰고 있는 세계의 다른 나라들과는 그 차이의 성격이 전혀 다르다. 다른 나라에서는 문장이 말을 기록한다는 기본입장에서 발전하였지만 중국에서는 처음부터 문장은 사람들의 말보다도 뜻의 표현을 위주로 하여 발전한 것이다.

갑골문자(甲骨文字)를 놓고 본다면 한자는 사람들 사이에 쓰인 글이라기 보다는 사람들이 신(神)과 뜻을 통하기 위하여 개발한 문자라고도 볼 수 있다. 따라서 은(殷)나라 이전의 글씨를 쓰는 전문가라면 무(巫)·축(祝) 같은 사람들이었다. 그리고 주(周)나라 이후(서기 기원전 10세기 이후)의 중국은 서로 말이 통하지 않는 수많은 방언(方言)을 사용하는 종족들이 이루는 나라로 확장 발전하고, 그들이 말하는 온 천하에서 공용문자(公用文字)로 한자를 사용했기 때문에 더욱이 한자는 그들의 말과 상당한 거리를 두고 발전할 수밖에 없었다. 곧 한문은 옛날 온 천하에 통용되던 에스페란토 같은 것이었다. 말하자면 세계의 공용어인 에스페란토나 같은 문자이다. 천하에 통용되던 문자이다. 때문에 한자는 어떤 말을 적기 위하여 만들어진 글이 아니다. 게다가 한자는 상형문자여서 글자 모양이 복잡하여 쓰기도 어렵고 읽기도 쉽지 않았다. 그래서 은(殷)나라와 서주(西周) 시대만 하더라도 글 쓰는 전문가도 따로 있었고 글을 읽는 전문가도 다로 있었다. 어렵게 쓰는 글이기에 그 글은 기왕 쓰는 이상 모양이 아름다워야만 하였다. 그래서 중국 글은 말보다는 한층 더 교묘하고 중요하고 아름다운 표현이어야 한다는 입장에서 발달하였다. 공자(孔子)가 "감정은 진실하여야만 하고 문사는 교묘하여야만 한다.(情欲信, 辭欲巧)"고 한 것도(『禮記』 表記), 그러한 전통에서 말한 것이다.

따라서 중국 사람들은 자기 뜻이나 감정을 말로 표현하는 것과 글로 적어놓는 것은 그 양식이 매우 달랐다. 그것은 사람들의 말을 직접 인용하고 있는 곧 직접화법(直接話法)이 대부분인 옛날의 『서경(書經)』이나 『논어(論語)』 같은 경전과 제자(諸子)의 글은 말할 것도 없고, 후세의 백화로 쓴 것이라는 송원(宋元)대의 화본(話本)이나 원명(元明)대 희곡의 대사까지도 그 시대 사람들의 일상 쓰는 말을 그대로 적은 것이라고 볼 수 있는 것은 아주 드물다는 사실로도 증명이 된다.

잘라 말하면 중국에 있어서의 언어와 문자는 서로 모순되는 성격의 것이다. 말을 소리나는 대로 적기로 말한다면 한자처럼 불편하고도 거북살스런 글자는 다시 없다고도 말할 수가 있을 것이다. 호적(胡適)은 앞에 든 논문에서 "백화(白話)는 산 글이고 고문(古文)은 죽은 말이다" 하고 크게 소리쳤지만, 그가 죽었다고 선언한 고문인 한문(漢文)이 있게 된 것은 한자 때문이라는 사실을 소홀히 하고 있었던 것이다. 한자를 쓰는 이상 완전한 백화란 있을 수가 없는 것이며, 백화를 쓰려고 노력한다 하더라도 그것은 매우 비능률적인 것일 수밖에 없는 것이다.

아침을 말할 적에 한자로는 조(朝) 한 자이면 될 것을 백화로는 자오츤(早晨) 또는 자오샹(早上)이라 적어야 하고, 해는 일(日) 한 자면 충분한 것을 타이양(太陽)이라 적어야 한다. 따라서 "아침해가 떴다"는 말은 고문이라면 "조일출(朝日出)"이면 될 것을 백화로는 "자오츤더타이양샹라이러(早晨的太陽上來了)"라고 말을 따라 적어야 한다. 『논어(論語)』에 "공자께서 말씀하시기를 아침에 참된 도에 관한 말을 들어서 알게 된다면 그날 저녁에 죽는다 해도 괜찮다고 하셨다.(子曰: 朝聞道夕死可矣)"는 유명한 말이 있는데, 이를 백화로 옮기면 다음과 같이 된다. "쿵후쯔슈어: 쯔야오능꺼우짜이자오츤우더즌리, 찌우시당텐완샹쓰취, 예메이유이흔러.(孔夫子說: 只要能够在早晨悟得眞理, 就是當天晚上死去, 也沒有遺恨了)"(徐伯逸 譯 『四書讀本』) 백화로 쓴 글이 번잡할 뿐만이 아니라 결코 읽고 이해하기도 더 쉽지 않다. 이런 백화를 한자로 쓸 소양이 있는 사람이라면 백화 보다도 고문 쪽이 쓰기도 편하고 읽기도 좋을 것이다.

이처럼 중국의 문장은 그들이 쓰고 있는 언어와 문자 사이에 모순되는 성격을 안고 있다. 사람들은 언어를 이용해서 자기의 사고를 정리하고 또 그것을 표현하게 마련인데, 문장을 쓸 경우에는 문자가 그 언어를 그대로 받아들이려 하지 않는 것이다. 이러한 중국의 언어와 문자의 관계는 그들의 문장 발전은 물론 그들의 사고방식에 이르기까지도 많은 영향을 끼치고 있다.

여기에서는 이러한 중국의 언어와 문자의 관계가 그들의 시 발전에 어떠한 영향을 끼쳤는가, 또 그것은 그들의 현대시에 어떤 문제를 일으키고 있는가를 살펴보려는 것이다. William Empson(1906- ?)이 Seven Types of Ambiguity(p.28)에서 "운률(韻律)에 관한 요구 때문에 시인은 보통 회화체의 영어가 아닌 다른 말로 시를 쓰게 된다."고 하였다. 시는 일상적인 말보다는 보다 음악적이고 상징적이며 뜻이 응축된 형식의 문장으로 이루어진다. 그 때문에 많은 사람들이 한문은 산문을 쓰는 데에는 불편할는지 모르지만 시를 짓는 데에는 조금도 불편하지 않을 뿐만이 아니라 오히려 글자한 자 한 자가 모두 음악적인 음가(音價)와 상징적이고 응축된 뜻을 지니고 있어서 시어(詩語)로서는 이상적인 문자라고 생각하는 경향까지도 있다.

중국에는 이미 지금으로부터 3000여년 전부터 『시경』에 실려 있는 것 같은 아름다운 시가가 있었고, 그 뒤로도 굴원(屈原) · 도연명(陶淵明) · 이백(李白) · 두보(杜甫) · 구양수(歐陽修) · 소식(蘇軾) 같은 대시인들을 시대마다 배출하고 있다. 그러니 한문은 다른 어떤 나라의 문자보다도 시를 쓰는데 적합한 문자라고 말할 수 있을 듯하다. 그러나 언어와 떨어져 있는 그 문자는 장점도 있겠지만 시의 발전에 어떤 특수한 문제를 던져주지 않을 수가 없을 것이다. 여기에서는 그 문자가 던져주고 있는 문제에 대한 초보적인 탐색에 초점을 맞추어보려 한다.

❀ 2. 중국문자의 특성

중국의 한자에는 형(形)·음(音)·의(義)의 세 가지 요소가 있다. 한자는 상형문자라고는 하지만 수만 자에 이르는 한자 중에 실제로 어떤 물건의 형상을 본떠서 만든 상형자(象形字, 山·木·人 등)나 어떤 상태를 나타내는 지사자(指事字, 上·下·三 등)는 불과 얼마 되지 않고, 나머지 대부분이 이미 이루어진 이들 글자를 활용하여 만들어낸 회의자(會意字, 明·好·間 등)와 형성자(形聲字, 城·江·珠 등)이다. 또 후세에는 이미 만들어진 글자들을 다른 여러 가지 뜻으로 응용하기도 하고 빌려쓰기도 하였다. 그 때문에 한자는 형·음·의에 있어서 모두 간단치 않다.

우선 한자의 독음은 한 글자가 한 개의 음절로 이루어져 있지만 뜻에 있어서는 한 가지로 고정되어있지 않고 여러 가지 많은 뜻을 지니고 있다. 백(白)이라는 글자를 보기로 들어보면 '하얀' '깨끗한' '밝은' '텅 빈' '공연한' '무료한' '싱거운' '흰 색' '밝히다' '고백하다' 등 무수한 뜻을 지니고 있다. 심지어 난(亂)자는 '어지럽히다' '다스리다', 이(離)자는 '떠나다' '만나다'처럼 한 글자가 서로 정반대가 되는 뜻을 갖고 있는 경우도 있다. 반대로 한 가지 뜻에 서로 비슷한 여러 가지 글자가 있는 경우도 많다. 보기로 '좋다'는 뜻을 지닌 글자를 찾아보면 선(善)·가(佳)·양(良)·우(優)·호(好)·숙(淑)·미(美)·가(嘉)·가(可)·장(長)·상(上) 등 여러 글자가 있다. 따라서 한자로 쓴 글을 읽을 때나 글을 쓸 때나 뜻에 대한 혼란은 일어나지 않을 수가 없는 것이다.

한자의 모양도 복잡하여 혼동을 일으키기 쉽다. '기(己)' '이(已)' '사(巳)' 등은 약간의 차이로 뜻과 음이 달라지며, 또 이들은 다른 글자와 결합하여 '기(杞)' '이(坦)' '사(祀)' 등의 글자를 이루기 때문에 혼동의 가능성은 더욱 커진다. '관(冊)'과 '무(毋)' '모(母)', '우(于)'와 '간(干)' '천(千)', '인(儿)'과 '궤(几)' '올(兀)' 등 그러한 글자가 무척 많다. '병(竝)'을 '병(並)'으로도 쓰고 '고(鼓)'는 '고(皷)' 등으로 쓰는 예도 많다. 일부 글자는 '군(群)'과 '군(羣)'이 같은데, 일부 글자는 '기(期)'와 '기(朞)'가 다른 글자로 취급된다. 또 '간(閒)' 자처럼 '한(閑)' 자와도 통용되고 '간(間)' 자와도 통용되는 글자도 있다. 이 밖에도 글자의 모양이 글을 읽는 데나 쓰는 데에 혼동을 일으키게 하는 것들이 상당히 많다.

한자의 음도 한 글자가 단음절(單音節)로 이루어져 있지만 한 글자가 한 음만을 갖고 있는 것은 아니다. 읽는 음이 달라지는데 따라 뜻도 달라지는 글자가 매우 많다. '殺'은 '살' '쇄' '시' 등의 음이 있고, '射'는 '사' '야' '석' '역' 등의 음이 있고, 그 음에 따른 뜻이 모두 다르다. 그리고 같은 한 가지 음으로 읽는 글자가 수 십자 씩이나 있다.

이 형·음·의의 세 가지 요소는 모두 독립되어 있는 것이 아니라 서로 관련을 갖고 있다. 곧 모양에 있어 공통점이 있는 글자들은 대개 뜻이나 음에 있어서도 공통점을 지니고 있게 마련이고, 음이 같거나 비슷한 글자는 뜻이나 모양에 있어서도 공통점이 있는 것들이 많다. 예를 들면 같은 부수(部首)의 글자들은 대부분 뜻에 있어서도 공통점이 있다. 수

백 자가 넘을 '氵'변의 글자들은 모두 물과 관련이 있고, '火'변의 글자들은 모두 불과 관련이 있으며, '足'부의 글자들은 모두 발과 관련이 있다. 부수 뿐만이 아니라 형성자(形聲字)의 소리를 나타내는 글자가 같은 글자들, 보기를 들면 '발' 음의 '發(펴내다)' '撥(튀겨내다)' '潑(물을 뿌리다)' '醱(발효되다)' '蹳(밟고가다)' '鱍(물고기가 팔딱거리다)' '鏺(베어내다)' 등 모두 서로 뜻에 있어서도 관련이 있다. 그리고 형태가 달라도 음이 같은 글자들도 뜻에 있어서 공통점이 있는 것들이 많다. '민' 음의 '閔' '憫' '悶' '愍' '怋' '瞀' 등이 모두 '고민하다' '걱정하다' 등의 뜻과 관련이 있고, '정' 음의 '政' '正' '貞' '程' '廷' '訂' '靖' 등이 모두 '바르다' 는 뜻과 관련이 있는 글자이다.

이러한 특성 때문에 한자로 이루어지는 글은 다른 어떤 외국의 글보다도 그 낱말 자체가 나쁘게 말하면 모호성(模糊性, Ambiguity)이 심하고 좋게 말하면 함축성(Implication)이 풍부하다고 할 수 있다. 이 한자로 이루어진 낱말이 지닌 함축성은 여러 가지 연상(Association)을 유도하기 때문에, 그러한 특성은 시의 성격 형성에 여러 면에서 큰 영향을 끼치고 있다(James J. Y. Liu, The Arts of Chinese Poetry 제1편 제2장 참조).

◈ 3. 한문에는 난문이 없고 모두가 시

　중국의 전통문학은 시를 중심으로 하여 발전해왔다고 한
다. 그것은 중국에는 완전한 산문이 없었다고 극언할 수 있
음을 말한다.

　한자는 앞에서 논한 것처럼 형·음·의가 복잡한 이외에
도, 동한(東漢) 장제(章帝) 때(서기 80 전후)에 종이가 발명
되기 이전까지는 글을 쓴다는 것은 매우 힘을 들여야 하는
일이었다. 붓과 먹도 없었고 종이 대신 나무쪽이나 대쪽을
주로 썼기 때문이다. 나무쪽이나 대쪽은 길이와 너비가 일
정하여 한 쪽에 일정한 수의 글자를 쓰게 됨으로 자연히 한
구절의 글자 수가 일정해진다. 또 쓰기가 어려움으로 되도
록 적은 글자 속에 많은 뜻을 담으려 하여 함축적인 문장이
된다. 그리고 한자는 한 글자가 한 음절로 읽힘으로 두 자
이상의 글자를 결합시킬 적에는 그 독음이 해화(諧和)하도
록 노력하여야 한다. 곧 독음이 높은 글자는 낮은 글자와 어
울려야 되고, 음이 긴 글자는 짧은 글자와 어울려야 한다.
그래야 읽기에 자연스러워진다.

　진(秦)나라 이전에는 한자의 자체(字體)가 완전히 통일되
어있지 않았음으로 한자는 쓰기도 어려웠지만 읽기도 쉽지
않았다. 게다가 선진(先秦)시대의 글의 독자는 주로 왕후(王
侯)와 귀족이었다. 그래서 무(巫)·축(祝)·사(史) 같은 글을
쓰는 전문가도 있었지만, 글을 읽어주는 전문가로 송훈(誦
訓)·훈방씨(訓方氏)·탐인(撢人) 같은 관원(이상 『周禮』)이
있었다. 이들은 글을 듣는 왕후나 귀족이 지루함을 느끼지

않도록 읽어야 했음으로 한자로 쓴 글은 처음부터 읽을 적에는 가(歌)·송(誦)을 하였다. 이런 여러 가지 연유로 한문은 처음부터 운문으로 발달한 것이다.

따라서 중국에서 가장 오래된 책으로 유가의 삼경(三經)이 있는데, 『시경(詩經)』의 글은 노래의 가사이니 더 말할 것도 없고, 산문으로 쓰여있다고 생각되는 『서경(書經)』과 『역경(易經)』도 실은 모두 옛날에는 가송(歌誦)되던 운문이다. 제자백가(諸子百家)의 글도 산문이라 하기 어려운 것들임은 마찬가지이다.(졸저 『중국문학사론 I』 고전문학사의 문제들 참조). 이 한자로 이루어진 중국의 글은 한(漢)나라 시대에 그 형식이 더욱 다듬어져 결국은 당(唐)나라 때까지 널리 통용된 변려문(騈儷文)으로 발전하는 것이다. 변려문은 사륙문(四六文)이라고도 부르게 되는데, 그것은 글의 거의 모든 구절이 4자나 6자로 이루어지고, 거의 모든 글이 대구(對句)를 이루며, 모든 쓰인 글자의 독음의 해화(諧和)까지도 신경을 쓴, 실은 산문이 아니라 다른 어떤 나라의 운문보다도 시적인 표현의 글인 것이다.

이 변려문은 중당(中唐)에 고문운동(古文運動)이 일어나기 이전까지 중국의 대표적인 산문으로 행세해 왔다. 그렇다면 고문은 완전한 산문인가? 고문에 있어서는 음운(音韻)에 대한 일정한 규칙은 없지만 여전히 글 뜻만 제대로 표현되면 되는 것이 아니라 운문처럼 글을 읽을 적에 독음이 자연스럽게 잘 어울려야 한다. 보기로 고문운동의 중심인물이었던 한유(韓愈, 768-824)의 『사설(師說)』이란 논설문 한 토막을 읽어보기로 한다.

아아! 스승의 도가 전해지지 않은 지가 오래 되었구나! 사람들이 의혹을 없애고자 하더라도 어렵게 되었구나! 옛날의 성인은, 보통 사람들보다 월등히 뛰어났다. 지금의 보통 사람들은, 성인보다 훨씬 못한대도, 스승에게 배우는 것을 부끄럽게 여긴다. 그러므로 성인은 더욱 성인답게 되고, 어리석은 자는 더욱 어리석게 된다. 성인이 성인다운 까닭과, 어리석은 자들이 어리석은 까닭이 모두 여기에서 나오고 있다. 그의 자식을 사랑하면, 스승을 골라 그를 가르치게 하면서, 그 자신에 대하여는 스승을 모시기를 부끄러워하고 있으니, 미혹되었도다!

차호 사도지부전야구의 욕인지무혹야난의 고지성인 기
嗟乎! 師道之不傳也久矣! 欲人之無惑也難矣! 古之聖人, 其

출인야원의 유차종사이문언 금지중인 기하성인야역원의
出人也遠矣, 猶且從師而問焉. 今之衆人, 其下聖人也亦遠矣,

이치학어사 시고성익성 우익우 성인지소이위성 우인지소
而恥學於師. 是故聖益聖, 愚益愚. 聖人之所以爲聖, 愚人之所

이위우 기개출어차호 애기자 택사이교지 어기신야 즉치
以爲愚, 其皆出於此乎! 愛其子, 擇師而敎之, 於其身也, 則恥

사언 혹의
師焉, 惑矣!

간단한 글이지만 한 번 소리내어 읽어보기만 해도 이론을 전개하고 있지만 순전한 산문이 아님을 알 수가 있을 것이다. 『열자(列子)』 중니(仲尼)편에서 자공(子貢)이 공자의 문하에서 종신토록 "현가송서(絃歌誦書)"했다 하였고, 『묵자(墨子)』 비유(非儒)편과 공맹(公孟)편에서는 공자와 그의 무리가 "현가고무(絃歌鼓舞)"하였다고 했다. 운문을 읽을 적에 악기 반주까지 하며 노래했음은 말할 것도 없고, 보통 책들도 모두 읽을 적에 노래하거나 읊는 방법을 사용했음을 알 수 있다. 이것은 중국의 모든 글이 운문이었기 때문이라 할 것이다. 그래서 후세까지도 중국의 선비들에게는 금서자오(琴書自娛)하는 습관이 남게 되었을 것이다. 그래서 중국에서는 민간에서 사람들에게 얘기를 들려주는 설서(說書)는 말할 것도 없고 모든 종류의 연극도 노래를 중심으로 하여 연출하게 되었을 것이다.

✿ 4. 문자의 특성이 중국시에 미친 영향

한자의 형·음·의가 지니는 특징은 간결(簡潔)하게 하고 정형(定型)으로 발전시키는 작용을 하였다. 중국의 민요는 어느 지방 어느 시대를 막론하고 자유로운 형식의 구어(口語)로 이루어졌을 터이나, 이미 가장 오래된(지금으로부터 대략 3000여년 전) 중국 각 지방 노래의 가사를 모아놓은 『시경』을 보면 단음절의 한자가 이루어놓는 기본 리듬인 한 구절 사언(四言)의 형식이 기본으로 되어있다. 이것은 사대부들이 민가를 채록(採錄)하여 전하는 사이에 허자(虛字)가 빠지고 형식이 간결하게 다듬어져 사언으로 더욱 발전하였을 것이다.

그러나 대략 이보다 500년 뒤 중국 남방의 초(楚)나라에서 발전하였다는 사부(辭賦)는 형식이 보다 자유롭기는 하지만 대체로 삼언(三言)이 그 기본 리듬을 이루고 있다. 그런데 한(漢) 고조(高祖) 유방(劉邦, B.C. 206-B.C. 195 재위)과 그와 천하를 두고 다투었던 항우(項羽)가 모두 초 지방 사람들이어서 한나라에는 남쪽 초나라 문화의 영향이 크게 끼쳐지게 되었다. 한 대에 와서 크게 성행하였던 초사(楚辭)와 부(賦)가 모두 『시경』과는 다른 삼언을 기본 리듬으로 하는 새로운 형식의 시가이다. 보기로 항우가 죽기 전에 불렀다는 「해하가(垓下歌)」를 읽어보자.

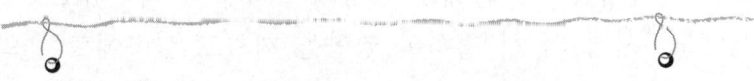

　　힘은 산을 뽑을 만하고 기세는 세상을 뒤덮을 만한데
　　시국이 불리하니 명마 추(騅)도 달려주지 않네.
　　추도 달려주지 않거늘 어이하면 좋은가?
　　우(虞, 항우의 부인)여, 우여! 어이하면 좋은가?

　　　역 발 산 혜 기 개 세　　시 불 리 혜 추 불 서
　　力拔山兮氣蓋世, 時不利兮騅不逝.
　　　추 불 서 혜 가 내 하　　우 혜 우 혜 내 약 하
　　騅不逝兮可奈何? 虞兮虞兮奈若何?

　이 시를 보면 세 글자로 이루어진 구절을 중간에 '혜(兮)'자를 써서 연결해 놓은 것이다. 『초사』나 부의 형식도 모두 이런 시형 또는 이런 시형의 약간의 변형이다.
　한 대에는 형식이 비교적 자유로운 민간의 악부시(樂府詩)도 있었지만 결국 이 초나라 노래의 영향으로 전통 시가는 오언(五言)과 칠언(七言)의 구형으로 발전한다. 본시 『시경』

의 사언(四言)이란 두 자와 두 자가 결합된 것임으로 여기에 삼언이 보태어질 때 오언(2+3)이나 칠언(4+3)으로 발전하게 되는 것이다. 그리고 표현이 간결하게 다듬어지면서 『시경』에 보이는 지(之) · 의(矣) · 야(也) · 사(思) · 지(只) · 지(止) · 혜(兮) 같은 조사들과 『초사』에 보이는 혜(兮) · 지(之) · 이(而) · 사(些) · 지(只) 같은 조사들을 모두 쓰지 않게 된다. 여기에서 『시경』에도 남방의 노래들이 섞여있고 『초사』에도 『시경』의 시 형식이 영향을 끼치고 있음에도 유의해야 한다.

오언과 칠언으로 구절이 정형화 된 한 대의 고시(古詩)는 그 길이와 압운(押韻) 방법 및 구절을 이루는 글자들의 성조(聲調) 등에는 일정한 규칙이 없었다. 그러나 더욱 간결함과 아름다움을 추구하면서 이 시들은 구수(句數)와 압운(押韻) 및 한 글자 한 글자의 성조에 이르기까지 일정한 규칙이 생기어 당(唐)대에 와서는 율시(律詩)와 절구(絶句)로 대표되는 근체시(近體詩)가 이루어져 성행하게 된다. 이것은 산문이 변려문(騈儷文)으로 발전하는 과정과 궤(軌)를 같이한다. 유협(劉勰, 464?-520)이 『문심조룡(文心雕龍)』 정채(情采)편에서 "입문(立文)의 도(道)에는 그 이치가 세 가지 있는데, 첫째는 형문(形文)으로 오색(五色)과 같은 것이며, 둘째는 성문(聲文)으로 오음(五音)과 같은 것이며, 셋째는 정문(情文)으로 오성(五性)과 같은 것이다."고 말하고 있다. 곧 그림처럼 아름답고 음악처럼 아름다운 글 속에 사람들의 여러 가지 감정과 사상을 담겠다는 것이다. 그리고 이 형(形) · 음(音) · 의(義)는 극도로 응축(凝縮)된 아름다운 글이어야 한다고 생각했기 때문에 중국시는 근체시로 발전하였던 것이다.

그러나 「안록산의 난」 이후 중당(中唐) 때(8세기)부터 커진 이족들의 문화의 영향은 시가에도 영향을 미치어 새로운 장단구(長短句) 형식의 사(詞)를 발전시키어 오대(五代) 송(宋)에 이르러 크게 성행케 한다. 그러나 몽고족(蒙古族)이 지배하는 원(元)나라 때에 이르러는 이전 만주족(滿洲族)의 금(金)나라의 영향과 겹쳐져 새로운 연극인 잡극(雜劇)과 함께 이들의 음악을 따라 부르는 노래의 가사인 곡(曲, 곧 散曲)이 발전하게 된다. 여기에서 중국 전통문학의 중심을 이루어왔던 시는 북송(北宋)에서 발전의 정점(頂點)에 이른 뒤 남송(南宋) 이후(10세기)로는 더 이상의 발전을 하지 못한다는 점에 유의하여야 할 것이다.

한자의 뜻의 모호성(模糊性)은 낱말에만 그치지 않고 문장 전체에도 영향을 미친다. 호적(胡適)이 『문학개량추의(文學改良芻議)』에서 문학개량을 위한 중요한 여덟 가지 조건을 내세우면서 첫째로 "실속 없는 글을 쓰지 마라"고 외쳤던 것도 그의 조상들이 쓴 글의 모호성을 무엇보다도 한심하게 여겼기 때문일 것이다. 그는 또 셋째로 "반드시 문법에 맞는 글을 쓰라"고 했는데, 특히 압축된 표현을 추구하는 시에는 문법에 맞지 않는 글이 더 많게 된다. 문법에 맞지 않는 글이란 뜻이 모호할 수밖에 없을 것이다. 보기로 백거이(白居易, 772-846)의 『문유십구(問劉十九)』란 시를 보면 그 전반이 "녹의신배주, 홍니소화로(綠螘新醅酒, 紅泥小火爐)"이다. '녹의'는 익은 술 위에 뜨는 술구더기, '신배주'는 새로 익은 술, '홍니'는 붉은 진흙, '소화로'는 작은 화로, 모두가 명사 또는 명사구이다. 문법상 절대로 문장이 될 수 없는 것이다. 중국의 유명한 시인들 시에는 이런 구절이 수없이 많다. 이백(李白)의 「자야가(子夜歌)」; "장안일편월, 만호도의성(長安一片月, 萬戶擣衣聲)", 두보(杜甫)의 「야망(野望)」; "서산백설삼성수, 남포청강만리교(西山白雪三城戍, 南浦淸江萬里橋)" 등 무수히 많다. 모두 읽는 사람이 적당히 뜻이 잘 이루어지도록 명사들을 연결시켜주는 수밖에 없다. 한자는 한 자 한 자가 모두 독립된 구체적인 개념을 지니고 있기 때문에 시인들은 자기 머리 속에 떠오르는 개념을 지닌 글자들을 늘어놓고, 그 개념들 사이의 연결은 독자에게 맡겨버리고 있는 것이다.

한자는 일정한 개념의 뜻을 갖고는 있지만 그 뜻의 품사적인 구분은 전혀 되어있지 않다. 보기로 '부(父)'는 보통 '아버지'라는 명사로 풀이하고 있지만, 『논어』에 "부부(父父)" 곧 "아버지는 아버지답게 행동한다"는 말이 있고, '부성애(父性愛)' '부상(父喪)' '양부(養父)' 등의 말에서 '부' 자의 품사를 따져보면 명사 이외에 동사·형용사·부사 등 놓이는 자리에 따라 무엇이든 될 수가 있다. 품사가 애매한 문장이란 뜻이 애매할 수밖에 없는 것이지만, 한편 독자들에게는 단어의 품사가 뚜렷하고 문법적으로 분명한 문장보다 더 뜻의 함축을 풍부하게 해주고 여러 가지 연상까지 유발하게 해준다.

심지어 송(宋)대의 여류시인 이청조(李淸照, 1081-1140?)의 사 「성성만(聲聲慢)」을 보면 첫머리가 "심심멱멱, 냉랭청청, 처처참참척척(尋尋覓覓, 冷冷淸淸, 悽悽慘慘戚戚.)"으로 첩자(疊字)의 연속이다. 문법상으로는 문장이 될 수 없는데도 명문으로 평판이 높다. 아래에 이 글을 번역해보지만, 독자들은 모두 필자와 다른 번역을 하게 될 것이다. 어떤 번역이 가장 정확한 것인지는 아무도 알 수가 없다.

이리 둘러보고 저리 둘러보아도
온 집안은 썰렁하기만 하여
내 마음 쓸쓸하고 서러웁다 못하여 무척 슬퍼지네.

또 독음을 이용한 쌍관어(雙關語)를 써서 다른 뜻을 암시하기도 한다. 이상은(李商隱, 812-858)의 「무제(無題)」란 시에 "춘잠도사사방진(春蠶到死絲方盡)" 곧 "봄 누에는 죽을 때에야 비로소 실이 다한다"는 뜻의 구절이 있다. 그러나 여기의 '사(絲, 실)'는 '사(思, 생각)'와 음이 같아 실제로 이 구절이 나타내는 뜻은 "내가 죽게되어야 임 그리운 생각이 비로소 없어질 것"이라는 것이다. 유우석(劉禹錫, 772-848)의 「죽지사(竹枝詞)」에는 "도시무청각유청(道是無晴卻有晴)" 곧 "날 개이는 날 없다고 하면서도 개이는 날이 있네"라는 뜻의 구절이 있다. 그런데 중국의 독음으로는 '청(晴, 날개임)'은 '정(情)'과 같아 실제로는 "무정하다고 하지만 뜨거운 정이 있다"는 뜻을 나타내고 있다. 이것은 중국에서나 그 문자의 특성 때문에 있을 수 있는 현상이다.

그리고 한문은 이미 수천 년 동안을 써왔기 때문에 말할 수 없이 많은 숙어(熟語)·헐후어(歇後語)[1]·전고(典故) 등이 있다. 이런 말들은 더 많은 함축(含蓄)과 연상(聯想)을 추구하는 시에서 더욱 많이 응용되고 더욱 발달하게 되었다. 따라서 시의 표현에 힘을 기울이는 작가라면 거의 매 구절마다 이러한 숙어나 전고 등을 쓰고 있다. 따라서 여간 박식한 사람이 아니고는 그 시의 뜻을 알아보기 매우 힘들게 된다. 보기로 이상은(李商隱)의 「곡강(曲江)」이란 시를 한 수 읽어보기로 한다.

　　멀리 바라보아도 평시에 취옥(翠玉)으로 장식한 수레 다니던
　　　　모습 보이지 않고
　　밤이면 귀신이 부르는 자야(子夜)의 슬픈 노래만 들릴 뿐.
　　금수레는 절세의 미인 싣고 되돌아오지 않는데
　　옥 전각(殿閣)은 여전히 곡강의 물결 갈라놓고 있네.
　　옛날 육기(陸機)는 죽으면서도 화정(華亭)의 학 울음소리
　　　　생각하였고,
　　색정(索靖)은 늙어서도 왕실 걱정으로 궁전 앞 청동 낙타가
　　잡초에 묻힐 생각에 울었다네.
　　세상의 격변이 내 마음 비록 슬프게 하지만
　　죽은 미인과 한창 시절 생각하는 상춘(傷春)의 정에 비긴다면
　　　　아무 것도 아닐세.

1) 헐후어(歇後語)란 앞 뒤 두 부분으로 이루어진 구절을 앞부분만을 말하는 것인데, 실제로 말뜻은 뒷부분에 담겨있다. 보기를 들면 "니보살과강(泥菩薩過江, 진흙 부처가 강물을 건넌다)"는 말은 "진흙부처가 강물을 건넌다"는 뜻임으로 진흙부처가 강물에 들어가면 몸이 다 녹아 없어져 버림으로 실제로 나타내는 뜻은 "자신난보(自身難保)" 곧 "스스로를 보전치 못하게 된다"는 것이다.

망 단 평 시 취 련 과　공 문 자 야 귀 비 가
望斷平時翠輦過, 空聞子夜鬼悲歌.

금 여 불 반 경 성 색　옥 전 유 분 하 원 파
金輿不返傾城色, 玉殿猶分下苑波.

사 억 화 정 문 려 학　노 우 왕 실 읍 동 타
死憶華亭聞唳鶴, 老憂王室泣銅駝.

천 황 지 변 심 수 절　약 비 상 춘 의 미 다
天荒地變心雖折, 若比傷春意未多.

　이 시를 이해하자면 먼저 곡강은 장안(長安) 주작가(朱雀
街) 동쪽에 흐르는 강물 이름, 당(唐) 현종(玄宗)이 보수한
승경(勝景)으로 유명하며 뒤에 문종(文宗)도 양현비(楊賢妃)
와 함께 자주 나와 놀던 곳임을 알아야 한다. 따라서 첫 구
의 '취련(翠輦)'은 현종의 양귀비(楊貴妃)나 문종의 양현비
같은 미인들이 타던 수레를 가리킨다. 둘째 구의 '자야가(子
夜歌)'는 남북조(南北朝)시대에 유행하던 민요로 진(晉)나라
자야라는 여자가 만들었는데, 여인들의 애상(哀傷)을 노래
한 슬픈 곡으로, 여러 곳에서 밤에 귀신이 자야가를 노래했
다는 전설이 전한다. 셋째 구의 '경성색(傾城色)'은 한(漢)대
이연년(李延年, B.C.140?-87?)이 지은 「가인가(佳人歌)」의
"한 번 돌아보면 사람들의 성을 기울게 하고, 두 번 돌아보
면 사람들의 나라를 기울게 한다.(一顧傾人城, 再顧傾人國)"
이란 말에서 나온 것으로 절세의 미인을 뜻한다. 그리고 다
섯째 구는 오(吳) 육기(陸機, 261-303)의 고사를 인용한 것
이고, 여섯째 구는 서진(西晉) 색정(索靖, 239-303)의 고사
를 인용한 것이다. '동타(銅駝)'는 낙양(洛陽) 왕궁의 남쪽의

동서로 뚫린 길 이름인데, 그 길에는 양편에 청동으로 만든 낙타가 세워져 있었다. 색정은 천하가 크게 어지러워질 것임을 예견하고 청동 낙타를 가리키며 "지금은 궁문 앞에 서 있지만 곧 가시덩굴 우거진 폐허 속에서 너를 보게 되리라"고 하면서 눈물을 흘렸다 한다. 얼마 뒤 낙양은 오호(五胡)의 침입으로 폐허로 변한다.

이 밖에도 망단(望斷)·공문(空聞)·금여(金輿)·하원(下苑)·화정(華亭)·천황지변(天荒地變)·심절(心折)·상춘(傷春) 등 더 뜻을 깊이 알지 않으면 안 되는 어려운 말과 숙어들이 많다. 이러한 전고와 숙어의 뜻을 알고 시를 읽어야만 그 시가 굉장한 함축을 지닌 아름답고도 슬픈 정감이 담긴 아름다운 글로 이루어진 작품임을 알게 된다.

다시 한자가 지니고 있는 형(形)·음(音)의 특징 때문에 중국시는 압운(押韻)을 할 뿐만이 아니라, 시에 쓰여지는 한 글자 한 글자의 운(韻)과 성조(聲調)의 해화(諧和)에 주의를 기울여야만 하고, 대구(對句)와 첩자(疊字)·첩운(疊韻)·쌍성(雙聲) 등의 수사법을 극도로 강구하고 있다. 곧 시의 음악적인 수식과 함께 회화적인 수식을 위하여 작품에 동원되는 모든 글자에 세심한 신경을 쓰지 않으면 안 되는 것이다.

이 때문에 중국의 시인들은 자기 뜻의 정확한 표현보다도 표현이 묘한 명구(名句)를 이루기에 더 애를 쓰는 경우도 있었다. 그것은 중국시가 작가의 창의나 개성의 발휘보다도 묘문(妙文)을 이루는데 더욱 무게가 실리었음을 뜻한다. 이 때문에 많은 경우 중국시에서 진실성의 결여와 인위적인 구성을 느끼게도 된다.

더구나 남송(1127-1276) 이후로는 시를 중심으로 하는 전통문학은 더 이상의 발전을 이룩하지 못하여 다른 나라 문학사에서는 보기 힘든 모의주의(模擬主義)의 경향을 드러낸다. 따라서 그들은 오랜 세월을 두고 시의 형식은 물론 시의 의경(意境)에 있어서까지도 옛날 사람들의 것을 본뜨는 것을 지극히 당연한 것으로 여겨왔다. 심지어는 남의 시구 여러 개를 주어 모아 새로운 시를 합성시키는 집구(集句) 조차도 유행하였다. 여기에서 중국시에 있어서의 창작의 개념은 서양문학의 경우와 판연히 달라졌던 것이다.

❀ 5. 중국 현대시에 있어서의 문제

　중국 현대시는 호적(胡適)의 백화문학운동(白話文學運動)이란 문체개혁 주장을 바탕으로 시작되었다. 그러나 백화문학이란 이미 앞에서 지적했듯이 그들이 한자를 쓰는 이상 성공할 수 없는 이론이다. 서양문학의 개념을 바탕으로 새로운 시를 쓴다 해도 한자를 쓰는 한에 있어서는 이전 중국시의 전통의 멍에를 완전히 벗어버리기 어려운 것이다. 그러면 중국의 현대시는 구체적으로 어떤 문제들을 안고 있는가?

　호적은 백화문학을 제창하면서 1918년부터 직접 백화로 새로운 시를 지어 발표하였고, 또 많은 사람들이 그의 뒤를 따랐다. 그러나 이들 초기의 신시(新詩)는 고시(古詩)의 운률(韻律)만을 버리고 격식은 옛 율시(律詩)나 절구(絕句) 또는 악부(樂府)와 사(詞)의 모양을 따른 것이었다. 호적 스스로가 자신도 새로 지은 이러한 시들은 구시(舊詩)로부터 완전히 벗어나지 못한 참된 신시가 아님을 반성하고 있거니와(「蕙的風序」), 이 뒤로도 수많은 시인들이 구시의 운율과 격식에서 완전히 벗어나려고 발버둥쳐야만 하였다. 그런 뒤에야 격식까지도 완전히 자유로운 신시가 나왔다.

그러나 문장이 고문체(古文體)가 되지 않기 위하여는 고작 과거를 나타내는 어미사(語尾詞) '러(了)'나 진행을 나타내는 '쩌(着)' 같은 조자(助字)를 문법에 맞추어 꼭 써야 한다고 주장하기도 하였다(胡適『嘗試集』四版 自序). 그 결과 유평백(俞平伯)의 "윈찌아오찌예, 워더이, 시아란만, 타더쥔쮜(雲皎潔, 我底衣, 霞爛漫, 他底裙裾,---(희고 깨끗한 구름은 나의 옷, 아름다운 노을은 그녀의 치마자락,---" 식의 시는 구시 냄새가 나는 좋지 못한 작품이고, 왕정지(汪靜之)의 "워나츠관부쭈러, 찌우웨이펑아이더찌예찡더신게이니,---(我那次關不住了, 就爲封愛的結晶的信給你,---(나는 그때 참지를 못하고, 곧 사랑의 결정인 편지를 너에게 붙이려고,---" 식으로 쓰인 시는 신선한 맛이 담긴 좋은 시라 평하는 경향도 있었다(보기: 胡適「蕙的風序」).

그러나 1928년에는 문일다(聞一多)·서지마(徐志摩) 등을 중심으로 하는 신월파(新月派)가 모여, 산문인지 운문인지도 알기 어려운 신시의 성격을 배격하며 새로운 시의 격률을 주장하였다. 그들은 시라면 적어도 형식상 절(節)마다 균형이 잡혀야 하고 구(句)마다 균일(均一)해야 하며, 음운도 중시하여 음악적 아름다움 · 회화적 아름다움 · 건축적 아름다움을 갖추어야 한다고 주장하였다(聞一多「詩的格律」, 1926). 그런데 절마다 균형이 잡히고 구마다 균일하며, 음악적인 아름다움 · 회화적 아름다움 · 건축적 아름다움을 다 갖춘 시로는 옛날의 근체시(近體詩) 보다 더한 것이 있을 수가 있겠는가? 이들은 백화로 시를 쓰기는 하였지만 결국 신시를 버리고 다시 구시로 돌아가자는 주장을 한 것이나 다름없다. 어떻든 이들의 시풍은 1930년대에 이르기까지 중국 시단의 주류를 이루었다.

1932년에는 대망서(戴望舒)를 중심으로 하는 시인들이 모여『현대지(現代誌)』를 내면서 앞의 신월파에 대한 반동으로 시의 모든 격률을 버리고 내용을 보다 중시해야 한다는 주장을 들고 나왔다. 이들은 프랑스 상징파(象徵派)의 영향을 받았다 하여 역시 상징파라 부른다. 그러나 형식과 운율을 완전히 무시하고 시가 이루어질 수가 있는 것인가? 대망서의 대표작이라고 높이 평가되는「우항(雨巷)」이란 시의 앞머리 일부분을 읽어보기로 한다.

기름종이 우산 받쳐들고 홀로 撐着油紙傘, 獨自

하염없이 거닌다, 하염없이 彷徨在悠長, 悠長

또 적막한 비오는 골목에서 又寂寥的雨巷

내가 만나기 바라는 이는　　　　　　我希望逢着

라일락 같은　　　　　　　　　　　一個丁香一樣地

시름 안고 있는 아가씨.　　　　　　結着愁怨的姑娘.

그녀는　　　　　　　　　　　　　她是有

라일락 같은 모습,　　　　　　　　丁香一樣的顏色,

라일락 같은 향기,　　　　　　　　丁香一樣的芬芳,

라일락 같은 우수 지니고,　　　　　丁香一樣的憂愁,

빗속을 서러운 원망 속에　　　　　　在雨中哀怨,

서러운 원망 속에 거닐고 있으리라.　哀怨又彷徨.

---

06. 중국 현대시의 가능성

❀ 1. 중국 현대시 발전의 근거

(1) 백화문학(白話文學) 운동

중국에 이른바 현대시가 발전하게 된 것은 현대문학의 발전과 더불어 호적(胡適, 1891-1962)의 선창으로 전개되었던 이른바 백화문학 운동이 그 가장 중요한 기점이 된다. 1917년 1월 『신청년(新靑年)』 2권 5호에 호적이 「문학개량추의(文學改良芻議)」라는 글을 발표하여 자기네의 일상용어인 백화(白話)로 글을 쓸 것을 제의하자[1] 곧 다음 달에는 진독수(陳獨秀, 1880-1942)가 『신청년』 2권 6호에 「문학혁명론(文學革命論)」을 발표하여 이에 적극적으로 호응하였다. 다시 같은 해 5월에는 유반농(劉半農, 1891-1934)이 「나의 문학개량관(我之文學改良觀)」(『新靑年』 3권 3호)을 써서 가세함으로서 낡은 그 시대 지식인들이 이에 합세하여 중국에 새로운 백화로 쓰는 현대문학 현대시를 탄생케 하였다.

---

1) 胡適의 「逼上梁山」(1933)에 의하면, 그는 1915년 여름 미국에서 중국유학생들과 文學革命 문제를 논의하였다고 하였다.

현대시는 초기에는 신시(新詩)라고 불렀는데[2], 이 신시가 이전의 구시(舊詩)와 다른 점은, 호적이 1920년에 발표한 중국 최초의 현대시집인 『상시집(嘗試集)』의 서문에서 전현동(錢玄同, 1897-1938)이 지적하고 있듯이, "백화로 쓴 운문"이라는 점 뿐이다.

그러나 백화로 시를 쓴다는 것은 그렇게 단순한 일은 아니었다. 유반농은 「나의 문학개량관」에서 신시의 방법으로 1) 구운(舊韻)을 파괴하고 신운(新韻)을 새로이 창조해야 한다. 2) 시체(詩體)를 증가시켜야 한다는 두 가지 주장을 하고 있다. 그리고 호적도 1919년에는 다시 「신시를 얘기함(談新詩)」(『新潮』 11월호)이라는 글을 발표하여 구시의 격식을 완전히 타파하고 새롭고 자유스러운 절주(節奏)를 추구할 것을 주장하였다. 이처럼 문언으로 쓰던 구시를 버리고 백화로 신시를 써야 한다는 주장에는 누구나 찬성하여 이후 중국문학계는 백화로 쓰는 새로운 현대시의 창작에 온 힘을 기울이게 되지만 여기에는 처음부터 적지않은 문제가 그 속에 끼어있었던 것이다.

(2) 서양 모방

1917년 7월에 유반농(劉半農)은 「시와 소설 정신에 있어서

---

2) 중국 최초의 新詩는 1918년 1월 『新青年』 4권 1호에 실린 胡適의 「鴿子」·「人力車夫」·「一念」·「景不徙篇」 및 沈尹黙의 「鴿子」·「人力車夫」·「月夜」, 劉半農의 「相隔一層紙」·「題女兒小蕙周歲日造像」의 9편이다.

의 혁신(詩與小說精神上之革新)」(『新靑年』3권 5호)이란 글을 발표하여 "중국의 옛 시는 너무나 격률(格律)에 얽매인 나머지 작가의 〈참(眞)〉 정신을 추구하지 못하였다. 시란 거짓되지 않은 〈참〉의 세계를 추구해야 한다"고 주장하면서 그 보기로 영국의 18세기 시인 Dr. Samuel Johnson의 시 세계를 소개하고 있다. 그 다음 해에 호적은 「건설적 문학혁명론(建設的文學革命論)-국어의 문학(國語的文學), 문학의 국어(文學的國語)」(『新靑年』4권 4호)란 글을 발표했는데, 그는 그 글에서 첫째 중국문학의 방법이란 실로 불완전한 것이어서 우리의 모범으로 삼을 것이 못된다고 하면서[3] (그 보기로 오직 서정시만이 있고 서사시는 거의 없으며, 장편시도 거의 나온 일이 없다는 말을 하고 있다), 서양의 문학 방법이야말로 우리 문학에 비하여 실로 완전히 갖추어진 것이며 훨씬 고명(高明)한 것이니 규범으로 삼지 않을 수가 없는 것이라고 강조하고 있다. 곧 그들은 서양시의 자유로운 형식과 진지한 시 정신을 배워 새로운 현대시를 창작해야 한다고 생각했던 것이다.

그 뒤로도 서지마(徐志摩, 1896-1931)는 유럽 방식의 자유로운 백화의 어법(語法)을 활용하면서도 거기에 중국 문상만이 지니는 독특한 성운(聲韻)의 아름다움을 살려 시를 지으려 하였고(「詩刊放假」, 1926. 6. 10. 『農報』副刊 『詩

---

3) 1915년 9월 陳獨秀가 창간한 『新靑年』지의 목표 자체가 중국의 전통문화를 맹렬히 공격하며, 서양의 民主主義와 科學을 내세우면서, 個人主義, 自由主義, 抵抗主義, 現實主義 등을 내세웠으니, 이는 시에만 국한된 상황은 아니다.

刊」11期), 이금발(李金髮, 1900-1976) 같은 이는 프랑스의 상징주의를 도입하여[4] 중국시의 새로운 기법을 시도하는 등 (「異國情調」 참조), 중국의 현대시는 서양시를 본뜨는 것이 그들의 중요한 목표의 하나가 되었다.

(3) 시대 의식

위의 백화문학운동이나 서양시를 본뜨려는 노력은 한편 모두 현대라는 시대 의식이 바탕이 되고 있다. 『신청년』 잡지만 보아도 거의 매 호마다 중국의 지식인들은 모두 자기네 전통문화는 썩고 낡은 것이어서 나라를 망하게 하는 장본이 되고 있다는 관점에서 문화혁신의 이론을 펴고 있다. 따라서 호적에 의한 백화를 쓰자는 문학용어의 개혁 제의는 바로 진독수에 의하여 「문학혁명론」으로 발전하고 있는 것이다. 곧 그들은 현대에는 낡은 구시는 버리고 현대에 맞는 신시를 창조해야 한다고 생각하고, 그 보기를 민주주의와 과학을 발달시킨 서양에서 찾았던 것이다. 앞에 든 사람들 뿐만이 아니라 1920년대 초까지도 주무(周無, 「詩的將來」)·강백정(康白情, 1896-1945, 「新詩的我見」)·유평백 (俞平伯, 1900-1990, 「詩底進化的還原論」) 등이 모두 그러한 시대 의식을 바탕으로 한 시의 창작을 주장하였다.

그러나 곧 중국의 지식인들은 열강의 침략 앞에 힘없이 무

---

4) 戴望舒를 비롯하여 많은 그때의 시인들이 그를 따랐다.

너져가는 조국을 실감하지 않을 수가 없었고, 또 새로 수입되어 유행하기 시작한 공산주의 사조도 이들에게 적지 않은 새로운 영향을 끼치게 되었다. 그들의 시대 의식은 조국이 당면한 어려운 상황에 대한 문제의식으로 발전하지 않을 수가 없었다. 성방오(成仿吾, 1897- ?)가 「시의 방어전(詩之防禦戰)」(1923. 5.『創建週報』제1호)에서 현실에 대한 의식이 없는 신시를 맹렬히 공격하고 현대시의 의의를 새로운 시대의식의 표현에서 찾아야 한다고 주장한 것이 그 두드러진 변화의 보기이다. 이로부터 중국시는 일본에 대한 항전문학(抗戰文學)과 새로 이루어진 좌련문학(左聯文學)으로 이어지면서 지나칠 정도로 현실문제에 집착하여 현실문제에 끌려다니게 된다.

❀ 2. 중국 현대시에 대한 반성

(1) 백화운동과 시체(詩體)의 해방

중국 현대시의 출발이라 할 수 있는 최초의 백화시는 그들의 옛 시의 시체(詩體)를 바탕으로 하고 단순히 그 문체만을 백화로 바꾼 것이었다. 보기로 호적의 「나비(蝴蝶)」라는 시를 읽어보자.

두 마리 노란 나비

쌍쌍이 하늘로 날아오르네.

무엇 때문인지 몰라도

한 마리 갑자기 돌아오니,

남은 한 마리

외롭고 불쌍하기 짝이 없네.

더 날아오를 마음 없으니

하늘 위는 너무나 외롭기 때문이지.

<ruby>兩<rt>양</rt></ruby><ruby>個<rt>개</rt></ruby><ruby>黃<rt>황</rt></ruby><ruby>蝴<rt>호</rt></ruby><ruby>蝶<rt>접</rt></ruby>, <ruby>雙<rt>쌍</rt></ruby><ruby>雙<rt>쌍</rt></ruby><ruby>飛<rt>비</rt></ruby><ruby>上<rt>상</rt></ruby><ruby>天<rt>천</rt></ruby>.

<ruby>不<rt>부</rt></ruby><ruby>知<rt>지</rt></ruby><ruby>爲<rt>위</rt></ruby><ruby>甚<rt>심</rt></ruby><ruby>麼<rt>마</rt></ruby>, <ruby>一<rt>일</rt></ruby><ruby>個<rt>개</rt></ruby><ruby>忽<rt>홀</rt></ruby><ruby>還<rt>환</rt></ruby><ruby>飛<rt>비</rt></ruby>.

<ruby>剩<rt>잉</rt></ruby><ruby>下<rt>하</rt></ruby><ruby>那<rt>나</rt></ruby><ruby>一<rt>일</rt></ruby><ruby>個<rt>개</rt></ruby>, <ruby>孤<rt>고</rt></ruby><ruby>單<rt>단</rt></ruby><ruby>怪<rt>괴</rt></ruby><ruby>可<rt>가</rt></ruby><ruby>憐<rt>련</rt></ruby>.

<ruby>也<rt>야</rt></ruby><ruby>無<rt>무</rt></ruby><ruby>心<rt>심</rt></ruby><ruby>上<rt>상</rt></ruby><ruby>天<rt>천</rt></ruby>, <ruby>天<rt>천</rt></ruby><ruby>上<rt>상</rt></ruby><ruby>太<rt>태</rt></ruby><ruby>孤<rt>고</rt></ruby><ruby>單<rt>단</rt></ruby>.

이는 백화로 〈시험삼아 써본다(嘗試)〉[5]는 뜻은 있을지 몰
라도 분명한 중국시의 후퇴이다. 이에 그들은 구시의 시체
로부터 해방되어, 구운(舊韻)을 파괴해 버리고 신운(新韻)을
창조하고 새로운 여러 가지 시체를 만들어 내려고 꾀하였

---

5) 胡適의 첫 시집이 「嘗試集」임.

다. 유반농의 「무료(無聊)」는 그러한 노력의 결과를 대표하
는 시이다.

　　　음침한 날
　　　작은 뜰악 속에도
　　　버들 꽃 하늘 가득히 나르고
　　　느릅나무 열매 땅 가득히 떨어진다.
　　　밖의 큰 정원 안엔
　　　시렁 위에 자색 등나무 꽃 피어 있는데,
　　　꽃 속을 꿀벌들 누비고
　　　참새들 쩍쩍이면서 오르내리고,
　　　작은 쇠 방울이
　　　등나무 위에 매달려 있다.
　　　봄바람 솔솔 불어오면
　　　쇠 방울 멈추지 않고 딸랑거린다.
　　　꽃은 지려고
　　　엷은 자색 꽃잎이
　　　소슬바람에 날리는 보슬비처럼
　　　살랑살랑 떨어지고 있다.

　　음침침적천기　　이면일좌소원자리
　　陰沈沈的天氣, 裡面一座小院子裏,

　　양화비득만천　　유전낙득만지
　　楊花飛得滿天, 楡錢落得滿地.

　　외면적대원자리　　각개착일붕자등화
　　外面的大院子裏, 却開着一棚紫藤花,

^{화중유래래왕왕적밀봉} ^{유비명상하적소조}
花中有來來往往的蜜蜂, 有飛鳴上下的小鳥.

^{유개소동령} ^{계재등상}
有個小銅鈴, 繫在藤上,

^{춘풍서서취래} ^{동령정정당당향개부지}
春風徐徐吹來, 銅鈴叮叮噹噹響個不止.

^{화요사료} ^{눈자색적화판}
花要謝了, 嫩紫色的花瓣,

^{미풍적표세우사적} ^{일진진낙하}
微風的飄細雨似的, 一陣陣落下.

여기에서 일단 백화에 의한 자유시가 완성되었다고 할 수
있다.

뒤이어 호적이 신시 중의 첫 번째 걸작이라고 칭송한 주작
인(周作人, 1885-1967)의 「소하(小何)」[6] 같은 작품이 나오
고, 유평백이 「독훼멸(讀毀滅)」이란 긴 글을 써서 시단의 걸
작이라 추켜 세운 주자청(朱自淸, 1898-1948)의 장시 「훼
멸(毀滅)」(1922. 12.)[7]이 나오면서 중국의 신시는 완전히 자
기 자리를 잡게 된다. 이 무렵에 활약한 시인들 중 곽말약
(郭沫若, 1892-1978)·사빙심(謝冰心, 1900~) 등도 중국
신시의 발전에 크게 공헌한 작가라 할 수 있다. 그리고 그들
의 신시는 서양시를 규범으로 하여 발전을 꾀하였음은 이미
앞에서 지적한 바와 같다[8].

─

6) 본시 『新靑年』지에 발표, 뒤에 朱自淸 등 8인이 함께 편찬한 시집 『雪朝』와
   그 자신의 시집 『過去的生命』에 실려 있음.
7) 朱自淸 시집 『踪跡』 속에 들어 있음.

1924년 4월 『북경신보(北京晨報)』의 『시전(詩鐫)』을 중심으로 문일다(聞一多, 1899-1946) · 서지마(徐志摩, 1895-1931) · 주상(朱湘, 1904-1933) 같은 시인들이 모여들었다. 이들은 모두 신시의 새로운 격률(格律)을 찾으려고 자기 나름대로 노력하였다. 서지마는 유럽식의 백화 어법에다가 중국문자 특유의 성운미(聲韻美)도 살려 시를 쓰려 하였고[9], 문일다는 서양시의 이식(移植)을 반대하고 중국적인 시 곧 중국적인 풍미(風味)를 지닌 시를 쓰려 하였다[10]. 따라서 이들은 백화시가 지닐 수 있는 절주(節奏)의 아름다움을 극도로 살리면서 정감(情感)의 형상화(形象化)에 이르기까지도 성공을 거두고 있다고 할 수 있다. 보기로 문일다의 「고백(口供)」을 한 수 읽어보자.

난 널 속이지 않아!
나는 대단한 시인도 아니야!
비록 내가 좋아하는 것이 차돌의 견정(堅貞)함과

---

8) 郭沫若도 1921년 「女神」, 1923년 「星空」을 내면서 스스로 타고르 · 괴테 · 휫트만 · 하이네 같은 시인들의 영향을 받았다고 말하고 있다.
9) 朱自淸이 『中國新文學大系』詩集의 導言에서 "徐志摩의 시는 음악적인 美, 회화적인 美와 建築的인 美를 모두 갖추고 있다"고 평한 것도 그 때문이다. 그의 시집으로는 『志摩的詩』(1925)에 이어 『翡翠冷的一夜』· 『猛虎集』· 『雲遊』 등이 있다.
10) 그의 시집으로 『紅燭』(1923)에 이어 『死水』가 나왔다.

푸른 솔과 큰 바다와
석양을 등에 지고 있는 까마귀와
저녁노을을 꽉 차게 메운 박쥐의 날개 짓이라지만,
너는 내가 영웅과 높은 산을 사랑하고
내가 한 폭의 국기가 바람 속에 나부끼는 것과
노란 색으로부터 고동색에 이르는 국화를 사랑한다는 것을
　　알고 있지.
내 양식은 한 주전자의 쓴 차라는 걸 잊지 말라!
그러나 또 다른 내가 있는데
넌 아마 걱정도 하지 않으리라!
쉬파리 같은 사상이
쓰레기 통 속에 기어 다니고 있는 것을.

我不騙你! 我不是甚麼詩人!

縱然我愛的是白石的堅貞, 靑松和大海,

鴉背駄着夕陽, 黃昏裏織滿了蝙蝠的翅膀,

你知道我愛英雄還高山, 我愛一幅國旗在風中招展,

自從鵝黃到古銅色的菊花.

記着我的糧食是一壺苦茶!

可是還有一個我, 你怕不恤!

蒼蠅似的思想, 垃圾桶裏爬.

이들의 새로운 격률의 추구는 신시를 완성시켰다고는 하지만 결국은 산문인지 운문인지도 모르는 상황에 놓이게 되었다는 데 대한 반성에서 출발한 것이다. 그러나 이들의 백화어법을 바탕으로 한 새로운 격률의 추구나 상징파 시를 비롯한 여러 가지 서양시의 방법의 도입 노력은 중국 신시의 발전에 큰 공헌을 한 것은 사실이지만, 새로운 시의 완성과는 아직도 거리가 먼 것이었다. 잘라 말하면 그것이 산문인지 운문인지도 모르겠다는 불만은 여전히 해소되지 않고 있기 때문이다.

그리고 곧 이어 중국문학계에 팽배하게 되는 시국에 대한 문제의식, 혁명이나 우국(憂國)의 정열과 비분 같은 것은 오히려 시의 형식 같은 것은 문제 삼지 않도록 만들어 중국 신시는 형식상 발전의 기회를 잃고 만 느낌조차 든다. 20년대 후반으로부터 30년대 전반에 걸친 이른바 좌련시기(左聯時期)에는 시단에 있어서 조차도 민족혁명과 반제국주의라는 명제 앞에 순수한 시작활동은 위축이 되는 수밖에 없었다. 이 시기에는 다만 장극가(臧克家, 1905~, 「烙印」 1934)·애청(艾靑, 1910~, 「大堰河」 1936) 등이 나와 서지마 등이 개발한 아름다운 시의 형식에다가 현실문제도 담을 수 있다는 것을 증명한 정도가 가장 두드러진 업적이라 할 것이다.

다시 30년대 후반기로부터 40년대 중반까지 이어진 항전문학(抗戰文學)은 문학을 극단적으로 현실문제에 국한시키게 된다. 이때에 나왔던 문장입오(文章入伍)·문장하향(文章下鄕)·문장진공장(文章進工場) 등의 구호가 이를 잘 증명해준다. 이때에는 특히 낭송시(朗誦詩) 운동이 활발하여 가두시(街頭詩)·전단시(傳單詩) 등이 유행하였으며, 전에는 시를 써본 일이 없는 사람들 조차도 시작활동에 가담하였다. 보기로 고란(高蘭, 1909~)의 「너의 그 붓은 놓을 수 없다(放不你那枝筆)」는 작품을 든다.

우리는 포효한다, 우리는 노호한다!
우리는 이빨은 이빨로, 눈은 눈으로 갚으련다!
우리는 노예의 쇠사슬에서 벗어나련다!

또 다른 한 자루의 붓을 들자!
진리와 정의를 위하여 소리치자!
민족해방의 전선으로 달려나가자!

我們咆哮, 我們怒吼!

我們要以牙還牙, 以眼還眼!

我們要擺脫奴隷的索鍊!

拿起另一枝筆吧!

爲眞理正義而吶喊!

衝上民族解放的陣線!

이쯤 되면 신시의 발전은 더 이상 얘기하기 조차도 곤란하다.

제2차 세계대전 이후로도 중국은 대륙이나 대만을 막론하고 정치 우선의 풍조가 계속 문학계를 지배하고 있는 셈이다. 중국은 1942년 5월에 모택동(毛澤東) 주석이 유명한 「재연안문예좌담회석상지강화(在延安文藝座談會席上之講話)」를 발표하여 노동자 농민을 위한 사회주의적 사실주의 문예노선을 밝힌 이래로, 시기에 따라 차이는 약간씩 있었으나 당(黨)의 노선이 문학창작의 방향을 지시해 주고 있다. 그런 제약 속에서 올바른 시의 창작이나 발전이 이루어 질 수 없음은 너무나 자명한 일이다. 특히 1960년대의 문화대혁명(文化大革命) 시기에는 문학에 있어서 노동자 농민이나 군인에 의한 아마추어리즘도 강조되어, 이 무렵의 시란 모두 앞에 인용한 항전문학 시기의 작품 수준을 넘을 수가 없는 것이었다. 문화대혁명이 끝난 뒤로도 그때와 같은 제약은 없다 하더라도 작가들에게 개성이나 창의를 마음대로 발휘할 자유까지 주어진 것은 아니다.

대만 쪽에서는 처음에는 조용하다가 1950년대 초부터 문학에 대하여 주의를 기울이며 중화문예장금위원회(中華文藝獎金委員會) 등을 중심으로 반공대륙(反攻大陸)을 목표로 하는 이른바 전투문학(戰鬪文學)이 고취되었다. 그러나 중화민국은 자유주의 국가라서 문학에 대한 정치적인 제약이 중국 대륙처럼 노골적일 수는 없었으나, 아무래도 작은 섬으로 밀려나와 있는 현실적인 조건은 간단한 상황이 아니었다. 그런 중에도 정치적인 제약에 대한 반발로 1956년에 기

현(紀弦)을 중심으로 시인들이 모여 『현대시(現代詩)』를 창
간하면서 보드레르 이래의 프랑스 현대파의 시 기교를 도입
하여 중국 현대시의 발전을 꾀하고자 하였다. 그들은 자기
네 전통의 계승을 부정하며 문학의 횡적(橫的)인 이식(移植)
을 노골적으로 표방하고 나섰다. 그러나 결과적으로는 시에
있어서의 전통이 없는 단순한 횡적인 이식에는 한계가 있음
을 드러내고 말았을 뿐이다. 그 뒤로도 정치적인 제약을 안
은 채 대만의 시인들은 그들 현대시 발전의 계기를 여러 가
지로 추구하였지만 이렇다할만한 결과를 맺지는 못하였다.

(2) 현대시에 관한 좌담회를 통해 본 그들의 고민

1978년 4월 15일 대북(臺北)에서 열린 '중국현대시의 미
래와 발전(中國現代詩的未來發展)'이란 좌담회의 내용[11]은
중국 현대시가 안고 있는 문제와 고민을 가장 잘 대표할 듯
하다. 여기에는 그 당시 대만 현역시인의 대다수가 참여하
고 있는데, ① 시의 근본정신, ② 시의 형식, ③ 전통 문제,
④ 사회적 기능, ⑤ 자기 반성 등으로 나누어 좌담회에서 들
어난 문제점들을 요약해 본다.

① **시의 근본정신** ; 이 좌담회의 주석인 나문(羅門)이 개
회사에서 "시란 바로 인류의 자유로운 심령과 정신문명의
탁월하고도 강력한 상승력(上昇力)이다"라고 선언하면서 무

---

11) 出版與硏究社 주최 '中國現代詩的未來發展' 座談會實錄(『出版與硏究』 半
月刊 第21期 5號, 1968 所載) 의거.

엇보다도 시의 창작에 있어서의 "정신적인 자유"를 강조하고 있다. 뒤의 토론에서 팽방정(彭邦楨)도 "문학은 자유의 토양 위에서만 비로소 성장할 수가 있다"[12]고 하면서 자유를 강조하고 있다. 이는 대륙을 의식한 발언인 동시에 자기네 문학풍토와 정책에 대한 반성이라고 보아야 할 것이다. 오망요(吳望堯)가 "시는 반드시 무엇을 근거로 하지 않아도 된다"[13]고 말한 것도 같은 동기에서일 것이다. 그러나 실제로 대만에 있어서 '자유'란 무엇을 뜻하는가, 왜 '자유'가 문제가 되고 있는가를 구체적으로 논한 사람은 하나도 없다. 이밖에도 "시는 이상의 탐색이다"(周鼎), "시는 경험이다"(蓉子)[14]는 등의 여러 가지 이론을 개진하고 있으나 본제와는 직접적인 관련이 적어 이 정도 소개로 그친다.

② **시의 형식** ; 특히 방신(方莘)은 '좋은 시'를 쓰기 위하여는 시인의 내면적인 문제 이외에도 시의 형식을 못지않게 중시해야 함을 강조하고 있다. 그는 시란 "기술과 방법이 있어야 하고, 또 언어의 성운(聲韻)과 결구(結構)에도 주의를 기울여야 한다"고 하면서 "시는 매우 정련(精練)된 문체임으로 거기에는 결구감(結構感)이 있어야만 하고 질서감(秩序感)과 조직감(組織感)도 있어야 한다"고 주장하고 있다.[15] 그

---

12) "文學自由的土壤上才能成長"은 그의 발언의 主題이다.

13) "不一定要根據什麼"도 그의 발언 主題임.

14) "詩是理想的探索" "詩是經驗"도 각각 周鼎과 蓉子의 발언 主題임. 다만 경험론은 T. S. Eliot의 시론을 근거로 하고 있으며, 이 밖에 여러 사람들이 각기 약간의 서로 다른 입장에서 이를 부연하고 있다.

15) 方莘 '如何去寫好詩?'

리고 양령야(羊令野) 같은 사람은 "우리나라는 전통적인 유산이 풍부한데도 그것을 버리고 자립갱생(自立更生)하려는 것은 매우 어려운 일이다"고 하면서 중국의 고시의 성취를 응용함으로써 "장래의 시의 작법에 있어서는 현대시에다가 압운(押韻)을 하는 방법도 시도해 볼만한 일이다"고 말하고 있다. 그것은 "중국의 문자란 성운(聲韻)을 갖추고 있고 뜻도 연상케 할 수 있는 것이어서 중국문자로 작품을 쓴다는 것은 가장 좋은 일이기 때문"[16]이라는 것이다. 이 밖에는 시의 형식에 대하여 더 구체적인 발언을 한 이가 없지만, 대부분이 시의 언어와 표현의 문제에 많은 관심을 보여주고 있다.

③ 전통 문제 ; 앞의 '시의 형식'에서도 인용한 양령야(羊令野)의 "현대시는 응당히 '중국의 현대시'이어야 한다"는 주제의 발언은, 시를 쓰는데 있어서 보다 전통의 계승에 힘쓸 것을 강조한 발언이다. 이 밖에도 진수희(陳秀喜)가 "시는 자기의 위치에 서서 써야만 한다"[17]고 한 발언이나 진제응(陳齊應)이 시란 "반드시 민족의 내함(內涵)을 표현하여야 한다"[18]고 한 말도 중국의 전통과 중국인으로서의 자아를 잃어서는 안 된다는 것을 강조한 말이다. 증상탁(曾祥鐸)이 "일부의 현대시들은 모방을 지나치게 중시하고 있다"[19]고 비판하고 있는 것도, 너무나 자아를 잃어버린 현대시가 지니

---

16) 羊令野 "現代詩應是 '中國的現代詩'."
17) 陳秀喜 "寫一首詩讓人傾倒."
18) 陳齊應 "現實經驗中找到創作的內容."
19) 曾祥鐸 "對現代詩的印象."

는 그릇된 경향에 대한 일침(一針)이라고 할 수 있다.

④ **사회적 기능** ; "시는 이상의 탐색"이라 주장한 주정(周鼎)은 "시는 아무런 사회적인 공능(功能)도 없는 것"이라고 깨끗이 부정하고 있다. 그러나 신울(辛鬱)·용자(蓉子)·고준(高準)·진고응(陳鼓應)·나문(羅門) 등 대부분의 시인들은 주장에 적극적 또는 소극적이라는 차이는 있으나 모두 현실적인 고민이나 사회적인 문제들을 시에 반영해야 한다고 주장하고 있다. 물론 상창(商倉)처럼 "시에는 유용지용(有用之用)이 있는가 하면 무용지용(無用之用)도 있는 것"이라 하면서 "시에 어떤 공용(功用)이 있고 없는 것은 작자와 독자에 의하여 결정될 일"[20]이라고 애매한 태도를 취한 이도 있기는 하다. 그러나 시의 사회적 기능을 수긍하는 쪽이 훨씬 강세인 셈이다.

⑤ **자기반성** ; 중국 현대 시인들의 자기반성 가운데 가장 두드러지는 것은 모두 현대시가 그전만 못해졌다는 것이다. 장묵(張黙)은 주로 시의 언어에 대하여 반성하면서 "지금 시를 쓰고 있는 사람들은 진정한 시의 언어를 파악하지 못하고 있어서 15년 전만도 못해졌다"[21]고 말하고 있고, 『남성(藍星)』이란 시 잡지의 주편인(主編人)인 향명(向明)도 "중국의 현대시는 질과 양에 있어 모두 종전만 못하다"[22]는 주제의 발언을 하고 있다. 이 때의 15년 전이란 1963년에 해당

---

20) 商倉 "詩有無功用, 依作者與讀者而定."
21) 張黙 "就詩的言語而談."
22) 向明 "質量都不如從前."

하며, 향명이 말한 종전이란 담자호(覃子豪)가 『남성』지를 내고 있던 1957년 8월에서부터 1963년 10월에 이르는 기간을 가리킨다.

그보다도 고준(高準)의 발언 중에 5년 전 어떤 좌담회에서 어떤 인사가 "그러나 지금까지도 어떤 사람은 말하기를 현대시는 겨우 60년의 기간이 지났는데, 당시(唐詩)는 300년을 두고 발전한 것이니, 현대시란 겨우 걸음마를 시작한 단계에 지나지 않음으로 당연히 당시와는 견줄 수가 없는 것"이란 말을 하였다고 하고 있고, 또 이번 좌담회에서도 양령야(羊令野)가 "지금 문제는 대단히 많다. 그러나 5·4시기로부터 지금까지의 발전은 겨우 60년이 지났으니, 당시가 300년을 두고 발전했던 것과 비교해 본다면 아직도 더 발전할 수 있는 시간이 있는 것이다"고 말하고 있다. 이런 말들은 심지어 중국의 현대시는 아직도 어느 면에서는 옛날의 당시만 못하다는 생각을 지닌 이들이 많다는 것을 뜻한다 할 것이다.

이상 좌담회의 발언을 통해 볼 때 중국 현대시가 안고 있는 고민은 감당하기 어렵다고 여겨질 정도로 무겁게 느껴진다. 더구나 지난 시대에는 세계의 다른 어떤 지역에서도 찾아보기 어려울 정도로 발달한 시를 지녔던 중국인들에게 새로운 현대시의 개발은 큰 짐이 되고 있는 듯하다.

3. 구시(舊詩)에 대한 검토

1910년대 말, 중국의 지식인들은 수천 년을 두고 그들의 조상이 발전시켜온 구시를 하루아침에 깨끗이 내 동댕이치고 새로운 현대시를 짓기 시작하였다. 그런데 이 중국의 구시란 내버려도 좋을 만큼 가치가 전혀 없는 것일까? 또는 버릴 수밖에 없을 정도로 낡아빠진 것일까? 현대 중국의 신시가 안고 있는 고민을 참작하면서 이 질문에 대한 간단한 검토를 해보기로 한다.

첫째: 문장; 모든 시의 특징이 무엇보다도 고도의 정련(精鍊)을 거친 언어의 사용에 있다면, 한자를 사용하는 중국의 시는 자연히 문언화(文言化) 하는 수밖에 없을 것이다. 중국의 현대문학 자체가 호적의 〈백화문학운동〉을 계기로 시작되었다고 하지만, 한자라는 글씨를 사용하는 이상 일상용어의 형식을 따라 글을 쓰자는 백화문학운동은 그 자체가 모순이 되는 발상이다. 사람들이 말하는 대로 적는다면 결국 한자를 발음기호로 쓰자는 것인데, 뜻글자이며 복잡한 모양의 한자를 발음기호로 사용하자는 발상은 어리석고도 매우 비효율적인 짓이라 보는 수밖에 없다.

보기로 "헤가 떴다"는 뜻의 글을 쓸 때 한자로는 문언(文言) 방식으로 "日出"이라고 간단히 쓰면 그만이다. 그러나 그것을 말하는 대로 백화로 쓴다면 "太陽上來了(Taiyang Shanglai Le)"하고 복잡해지고 알아보기도 어렵게 된다. 더구나 시의 두드러진 표현상의 특징이 응축(凝縮)에 있다면 한자로 쓰는 시는 문언 방식으로 기우는 수밖에 없을 것이다. 그뿐 아니라 문언의 다른 어떤 언어보다도 뛰어난 함축성(含蓄性) 예술성 같은 특징은 시어(詩語)로서는 오히려 가장 이상적인 문장이라 할 만한 것이다. 그리고 한(漢)대의 악부시(樂府詩)나 당(唐)대의 백거이(白居易) 같은 작가의 시에는 그 시대의 백화체 문장도 가리지 않고 함께 섞어 쓴 것이라는 점까지 고려할 때, 백화를 고집하는 현대시가 오히려 문장면에 있어서는 크게 후퇴한 것이 아닌가 하는 의문을 털어버릴 수가 없다.

둘째: 시체(詩體)와 격률(格律); 중국 옛날 시의 대표적인 구형(句形)은 오언(五言)과 칠언(七言)이다. 이는 『시경』에서 사부(辭賦)를 거치면서 1000년의 세월을 두고 중국인들이 찾아낸 가장 간략하면서도 다양한 변화까지 지닌 멋진 구식(句式)이다. 그들은 자유형에서 시작하여 삼언(三言)·사언(四言)·육언(六言)·십언(十言)·잡언(雜言) 등 여러 가지 구절의 형식을 모두 시도해본 끝에 결국은 청신(淸新)하고 가벼운 오언과 장려(壯麗)하고 무거운 칠언의 두 가지 형식으로 집약되고 말았던 것이다. 다시 당(唐) 이후로는 구시라고 하면 근체시(近體詩)가 대표하게 되었는데, 이는 성조(聲調)의 해화(諧和)를 통한 음악적인 문장의 수식과 형식미의 추구가 오언·칠언의 완성 이후 다시 500년의 연마를 거쳐 이루어진 성과인 것이다. 따라서 근체시가 지닌 평측(平仄)의 변화나 대구(對句)의 활용 및 시의 형식은 모두 자연스런 문장의 단련을 통해서 이루어진 형식미의 극치라고 할 만한 것이다. 문제는 후세 사람들이 선인이 이루어 놓은 이 아름다운 시의 형식을 규식(規式)으로 받아들이며 꼭 그대로 지

키려고만 한데 있는 것이지, 근체시의 형식미 자체에 어떤 문제가 있는 것은 아니다. 곧 구시를 대표하는 근체시의 격률(格律)이란 후세 사람들이 스스로 그것을 격률이라 강조하고 그것에 얽매인 것이지 구시 본래의 성격이 그런 것은 아니다. 실제로 율시(律詩)의 규범처럼 알려진 두보(杜甫)의 시를 보더라도 조금도 격률에 벗어나지 않는 완전무결한 작품은 드물다는 것으로도 이 사실은 충분히 증명된다. 구시도 본시는 자유로운 형식의 것이었는데, 가장 아름다운 형식을 추구하는 중에 스스로도 깨닫지 못하는 사이에 격률이 이루어졌고, 시원찮은 후세 사람들은 그 격률은 시를 짓는 데 있어서의 절대적인 법칙이라 믿고 거기에 얽매이기 시작했던 것이다. 그 격률로부터 벗어난다고 해서 시가 아니거나 시가 잘못될 수가 없는 것인데도 결국은 가장 아름다운 형식이라 공인된 격률 때문에 자신의 뜻에 따라 자유롭게 시를 짓는 권리를 포기하고 말았던 것이다. 이 점이 구시의 발전을 정체(停滯)케 한 가장 큰 원인의 하나일 것이다.

그러나 지금 보더라도 중국 구시의 발전을 정체케 한 근체시의 격률은 중국시의 형식에 있어서 아직도 아름다움의 극점(極點)에 자리하고 있다는 점은 아무도 부인할 수가 없을 것이다. 그러니 시의 격률은 그 자체에 문제가 있는 것이 아니라 그것을 대하고 다루는 시인들의 태도에 문제가 있음이 분명한 것이다.

셋째: 시대성; 중국의 현대시는 서양문화의 수용으로 말미암아 격변하는 새로운 시대를 반영한다는 것이 그 중요한 존재 의의라 할 것이다. 그러나 과거의 구시도 언제나 그 시

대를 반영하였고, 작자의 사상과 개성까지도 유감없이 발휘할 수 있는 것이었다. 당시(唐詩)와 송시(宋詩)의 성격이 판이하고, 또 당시라 하더라도 초당(初唐)·성당(盛唐)·중당(中唐)·만당(晩唐)이 시의 성격을 모두 달리하고 있는 것이다. 또 당나라에 〈안록산(安祿山)의 난〉이 일어난 뒤 30여 년 동안 당나라가 내란에 정신을 못 차리는 기회를 틈타서 토번(吐藩)이 농우육주(隴右六州)를 연이어 침범하였을 적에, 백거이(白居易)·원진(元稹)·두목(杜牧)·이익(李益)·장적(張籍)·사공도(司空圖) 등 이 시대의 시인들 거의 모두가 변방(邊方)의 국난(國難)을 백성들에게 일깨우려는 시를 짓고 있다. 또 송(宋)나라가 금(金)나라에 밀려 남쪽으로 밀려갔을 적에도 신기질(辛棄疾)·육유(陸游) 등 수많은 시인들이 우국의 열정을 담은 시사(詩詞)를 짓고 있다. 구시라고 해서 시대감각을 반영하지 못하거나 그 시대를 대변하지 못하는 것이 아니었다.

중국 사람들이 현대에 와서 자기네 구시를 버렸지만, 그 구시의 형식이나 내용은 물론 그 기능에 어떤 문제가 있기 때문은 아니었다. 오히려 그들이 버린 구시에서는 아무런 하자(瑕疵)도 찾을 수가 없는 것이다. 다만 그들은 서양문화를 받아들이면서 자기네 전통이야말로 조국을 망하게 한 장본이라 단정하고, 자기네 옛 전통적인 것들을 내 버리는 과정 중에 아무런 하자도 발견하지 못한 구시까지도 통틀어 아무런 검토나 반성도 해보지 않은 채 한꺼번에 쏟아버렸던 것이다.

❀ 4. 맺는 말

중국에 현대문학이 발전한 지 60년이 넘는 세월이 흘렀는데도 현대시는 어째서 아직도 자기 자리 조차도 제대로 잡지 못하고 지금까지도 고민을 하지 않으면 안 되는 것인가? 중국의 현대시는 아직도 어떤 가능성은 있는 것인가?

첫째; 중국의 현대시는 출발부터 어딘가에 잘못이 있었던 게 분명하다. 무엇보다도 시를 백화로만 쓰려고 하는 노력은 시의 본질과 모순되는 노력이라 할 수 있다. 그리고 처음부터 서양을 배우겠다는 노력보다는 모방하여 새로운 것을 만들려는 의욕이 앞섰고, 낡은 것은 무조건 모두 버려야만 한다는 시대조류도 현대시를 그릇된 방향으로 이끄는 요인이 되었다.

둘째; 자신들이 사용하고 있는 문자인 한자의 특성을 별로 고려하지 않아 표현상에 많은 문제를 낳았다. 한자는 한 자 한 자가 모두 독립된 개념의 구체적인 뜻을 지니고 있어서, 이런 글자들의 결합으로 이루어지는 글은 의미상으로는 풍부한 함축(含蓄)과 연상(聯想)을 가능케 하며, 문장을 정련(精鍊)케 하고 극도로 응축(凝縮)시키게 된다. 그 위에 한자는 그림글사서 글자마다 독특한 모양을 지니고 있어서 이들의 결합으로 이루어지는 글은 다른 어떤 문자보다도 시각적인 아름다움도 추구하게 한다. 다시 한자는 한 자 한 자가 모두 단음절(單音節)로 이루어진 독립된 독음(讀音)을 지니고 있고 그 독음에는 모두 변화가 많은 성조(聲調)가 있기 때문에 이들의 결합으로 이루어지는 문장은 청각상(聽覺上)

의 해화(諧和)도 고려해야만 하고 따라서 수사(修辭)의 음악적인 효과도 추구하게 되는 것이다. 중국의 구시 특히 근체시(近體詩)란 이러한 시각적인 아름다움과 음악적인 수식 효과가 극대화 되어 이루어진 결정인 것이다.

현대시는 이러한 한자가 지니는 시어로서의 장점을 모두 버리고 서양의 표음문자로 쓰는 시작의 방법을 배우려는 것이다. 일부 시인들이 압운(押韻)을 시도하기도 하고 회화적인 시구의 구성을 꾀하여보기도 하였지만, 그것들은 모두 구시가 이루어놓은 성과에 훨씬 못 미치는 유치한 수준의 것이었다.

셋째; 그들은 구시에 대한 진지한 반성이나 문학전통의 중요성은 무시한 체 현대시를 발전시키려고 애썼기 때문에, 결국은 중국시의 특징도 찾기 어려운 처지에서 헤매게 된 것이다. 구시의 장점은 모두 버리고 문학이 정치에 예속되었던 나쁜 습속만을 계승하고 있는 꼴이 되고 있다.

이상 여러 가지 점을 근거로 결론을 내리자면, 중국의 현대시는 처음부터 출발을 새롭게 하지 않으면 그 가능성을 찾기도 어려울 것 같다. 적어도 이제와서 문언이니 백화니 하는 시의 표현형식에 구애받지 않아야 할 것이다. 일부러 어려운 문언을 쓸 필요는 없지만 자연스럽게 시어의 단련과 응축의 결과로 문언이 되는 경우 같은 것은 피할 필요가 없을 것이다.

그리고 구시가 이루어놓은 시각적·청각적 아름다움의 추구도 어떤 방법으로든 현대어 속에 살리도록 노력해야 할 것이다. 전통을 현대와 연결시키고 선인들의 정신을 계승하

여야 할 것이다. 서양시의 형식이 아니라 서양인들의 시정
신(詩精神)을 올바로 배우도록 노력하여야 할 것이다. 그래
야만 중국 현대시의 가능성도 살아날 수가 있을 것이다.

1983. 7.

Ⅲ. 우리 선인들과 한시

1. 중국에 견주어 본 이규보(李奎報)의 기론(氣論)

2. 우암(尤庵) 송시열(宋時烈)의 시관(詩觀)과 시

01. 중국에 견주어 본 이규보(李奎報)의 기론(氣論)

❋ 1. 너론

이규보(李奎報, 1168~1241)의 「백운소설(白雲小說)」에는 우리나라 최초의 본격적인 시론(詩論)이라 할 수 있는 기록이 여러 조목 들어 있다. 그 중에서도 특히 우리의 눈을 끄는 것은 그의 시론으로서의 기(氣)를 바탕으로 한 이론이며, 이미 여기에 대하여는 수많은 학자들의 훌륭한 연구업적들이 나와 있다. 따라서 여기에서는 이규보의 기론(氣論) 자체의 연구는 미루어 두고, 중국문학에 있어서의 기론과 견주어 볼 때 그것은 문학사상의 어떤 의의를 지니게 되는가 하는 문제를 중심으로 삼고자 한다.

다만 이제껏 문학에 있어서의 기의 문제를 다루어 온 적지 않은 사람들에게서 발견되는 혼란은 옛 사람들의 기론의 성격에 대하여 기본 태도가 애매하다는 것이다. 곧 옛 사람들의 기에 관한 논의가 문학의 기본 원리로서의 기를 논한 것인가 또는 단순한 비평용어로서 기라는 말을 사용한 것인가를 구분하지 않고 있다는 것이다. 문학의 기본 원리로서의 기라면 그것은 문학사상사적 철학적 의의를 지니게 되는 것이며, 비평용어로서의 기라면 단순한 그 말뜻의 해석에 그쳐도 좋은 것이다. 보기를 들면 역저로 알려진 곽소우(郭紹

虞)의 「중국문학비평사(中國文學批評史)」를 보더라도 제3장의 조비(曹丕, 187~226)의 「전론(典論)」 논문(論文)을 논한 대목에서 "문이기위주(文以氣爲主)"의 기는 '재기(才氣)'를 뜻하고, "서간시유제기(徐幹時有齊氣)"와 "공간유일기(公幹有逸氣)"(「與吳質書」)의 기는 '어기(語氣)'를 뜻한다는 해석을 하면서 같은 성질의 기인 것처럼 처리하고 있다. 그것은 뒤의 유협(劉勰, 464?~520)의 『문심조룡(文心雕龍)』의 기나 당(唐)·송(宋) 이후 고문가(古文家)들의 기론을 논하는 대목에서도 똑같이 발견되는 현상이다. 그러나 우리는 "글이란 기를 위주로 하여야 하는 것"이라고 말할 때에는, 기란 그에게 있어 문학의 중심을 이루는 것임으로, 그 기가 재기(才氣)의 뜻을 지녔느냐, 기질(氣質) 또는 기상(氣象)의 뜻을 지녔는가 하는 글자의 해석보다도 그 말이 지니는 문학사적 사상사적 의의가 더 중요하게 되는 것이다. 그리고 이 경우에는 그 문학사적 사상사적 의의가 규명되어야만 그 글자에 대한 가장 적절한 해석이 가능하게 되는 것이다. 어떤 작가에게는 "빼어난 기"가 있다고 말했을 때에는, 그 말이 그 작가의 문체를 평한 것인가 또는 그의 작품의 내용을 평한 것인가를 따져 어기(語氣)·기세(氣勢)·기상(氣象) 등으로 해석하면 될 것이다.

여기에서 기론은 앞에서의 경우 곧 문학의 기본 원리로서의 기를 논한 경우를 문제의 핵심으로 삼는다. 물론 여기에서 비평용어로서 기라는 말을 사용했을 경우도 참고로 삼게 될 것이다. 곧 중국의 경우에도 중국문학비평사에 있어서 기론이 차지하는 위치가 문제의 중심을 이룰 것이며, 이규

보의 기론을 그러한 중국의 경우에 견주어 봄으로써 그것이
지니는 문학사상의 가치를 밝혀보자는 것이다.

다만 중국의 경우에는 역대로 문학에 있어서의 기를 얘기
한 사람들이 너무나 많다. 그러나 문학원리로서의 기론을
완전히 정리했다고 여겨지는 학자는 별로 없는 듯하다. 따
라서 여기에서 행한 간략한 중국 기론에 대한 검토에는 낮
은 식견과 편견에서 오는 무리가 있지 않을까 걱정된다. 그
러나 문제의 핵심이 이규보의 기론에 있음으로, 그에 대한
논의는 꼭 필요한 한계를 넘을 수 없다는 제약이 있다.

2. 중국문학에 있어서의 기론

(1) 기론의 발생

중국의 옛 전적들을 보면 "정기(精氣)"(『易』 繫辭上), "생
기(生氣)"(『禮記』 月令), "혈기(血氣)"(『左傳』 昭公十年, 『論
語』 季氏, 『中庸』), "호연지기(浩然之氣)"(『孟子』 公孫丑 上)
등 기에 관한 기록이 도처에 보인다. 한(漢)대에 와서는 왕
충(王充, 27~100?)의 『논령(論衡)』의 경우처럼[1] 기에 관한

---

1) 王充『論衡』命義篇；"人稟氣而生,, 含氣而長, 得貴則貴, 得賤則賤."
  同 幸偶篇；"俱稟元氣, 或獨爲人, 或爲禽獸."
  同 無形篇；"人稟氣於天, 名受壽夭之命, …… 用氣爲性, 性成命定. …… 人
  稟氣於天, 氣成而形立." 등.

논의가 더욱 빈번해진다. 이들은 기라는 말에 대한 정의(定義)없이 그것을 우주론·자연론에서부터 일반용어에 이르기까지 그때그때 적절히 여러 가지로 사용하고 있다. 그리고 『논어』에서 증자(曾子)가

> 말과 기운을 입 밖으로 냄에 있어서는 비루하고 사리에 어긋남을 멀리해야 한다.

<ruby>出<rt>출</rt></ruby><ruby>辭<rt>사</rt></ruby><ruby>氣<rt>기</rt></ruby>, <ruby>斯<rt>사</rt></ruby><ruby>遠<rt>원</rt></ruby><ruby>鄙<rt>비</rt></ruby><ruby>倍<rt>배</rt></ruby><ruby>矣<rt>의</rt></ruby>. (<ruby>泰<rt>태</rt></ruby><ruby>伯<rt>백</rt></ruby>)

고 말한 것이, 최초로 말과 기를 연결시킨 것이어서 문학에 있어서의 기론의 가능성을 보여준 것이다.

그러나 중국에서 이러한 기라는 말을 최초로 문학론에 본격적으로 사용한 것은 위(魏)나라 문제(文帝) 조비(曹丕, 187~226)의 『전론(典論)』 논문(論文)(蕭統 『文選』 卷52)에서이다. 여기에서 그는 같은 건안(建安)시대의 문인들을 평하면서 "서간시유제기(徐幹時有齊氣)", "공융체기고묘(孔融體氣高妙)"라는 말을 사용한 이외에 다음과 같은 본격적인 기론을 폈다.

> 문장은 기를 위주로 하는 것인데, 기의 맑고 흐림에는 체(體)가 있어 힘으로 억지로 이르게 할 수 없는 것이다. 음악에 비유한다면 곡조기 비록 고르고 절주의 법도가 같다 하더라도, 기를 끄는 것이 모두 같지 않아 본시 타고난 교묘함과 졸렬함이 있게 되는 것이니, 비록 부형이라 하더라도 그것을 자제들에게 전수시켜 줄 수 없음과 같은 것이다.

<ruby>文<rt>문</rt></ruby><ruby>以<rt>이</rt></ruby><ruby>氣<rt>기</rt></ruby><ruby>爲<rt>위</rt></ruby><ruby>主<rt>주</rt></ruby>, <ruby>氣<rt>기</rt></ruby><ruby>之<rt>지</rt></ruby><ruby>淸<rt>청</rt></ruby><ruby>濁<rt>탁</rt></ruby><ruby>有<rt>유</rt></ruby><ruby>體<rt>체</rt></ruby>, <ruby>不<rt>불</rt></ruby><ruby>可<rt>가</rt></ruby><ruby>力<rt>력</rt></ruby><ruby>强<rt>강</rt></ruby><ruby>而<rt>이</rt></ruby><ruby>致<rt>치</rt></ruby>. <ruby>譬<rt>비</rt></ruby><ruby>諸<rt>저</rt></ruby><ruby>音<rt>음</rt></ruby><ruby>樂<rt>악</rt></ruby>, <ruby>曲<rt>곡</rt></ruby><ruby>度<rt>도</rt></ruby><ruby>雖<rt>수</rt></ruby><ruby>均<rt>균</rt></ruby>,

<ruby>節<rt>절</rt></ruby><ruby>奏<rt>주</rt></ruby><ruby>同<rt>동</rt></ruby><ruby>檢<rt>검</rt></ruby>, <ruby>至<rt>지</rt></ruby><ruby>於<rt>어</rt></ruby><ruby>引<rt>인</rt></ruby><ruby>氣<rt>기</rt></ruby><ruby>不<rt>부</rt></ruby><ruby>齊<rt>제</rt></ruby>, <ruby>巧<rt>교</rt></ruby><ruby>拙<rt>졸</rt></ruby><ruby>有<rt>유</rt></ruby><ruby>素<rt>소</rt></ruby>, <ruby>雖<rt>수</rt></ruby><ruby>在<rt>재</rt></ruby><ruby>父<rt>부</rt></ruby><ruby>兄<rt>형</rt></ruby>, <ruby>不<rt>불</rt></ruby><ruby>能<rt>능</rt></ruby><ruby>以<rt>이</rt></ruby><ruby>移<rt>이</rt></ruby><ruby>子<rt>자</rt></ruby><ruby>弟<rt>제</rt></ruby>.

여기의 기는 말할 것도 없이 이전 사람들이 우주론이나 자연론에 사용하던 말에서 빌려 온 것이다. 그러나 이 기가 무엇을 뜻하는 말인가는 확실치 않다.

"제기(齊氣)"·"체기(體氣)"라는 말로 어떤 사람의 글의 성격을 평할 적에는, 곽소우(郭紹虞)처럼 그 기는 "어기(語氣)"를 뜻한다고 보아도 그만이다. 그러나 "문장은 기를 위주로 한다"고 할 적에는 문장을 이루는 가장 중요한 요소가 기임을 뜻하는 것임으로, 기가 어기를 뜻한다거나 또는 재기(才氣)·기질(氣質)·기상(氣像)을 뜻한다는 식의 해석은 그다지 중요하지 않다. 그보다도 그는 어째서 기를 문장의 가장 중요한 요소로 보았으며, 그러한 문학론은 문학사조에 있어서 어떤 의의를 지니고 있는가 하는 문제의 해결이 더욱 중요하다. 그리고 그러한 문제가 해결되어야만 거기에서 말하는 기라는 말에 대한 가장 적절한 해석이 무엇인가도 알게 될 것이다.

따라서 조비의 기에 대한 이해는 그의 시대에 일어났던 사상적 문학적인 성격의 변화에서부터 살피기 시작하지 않으면 안 될 것이다. 건안시대에 있었던 가장 두드러진 사상상의 변화는 유학의 경시이다. 조비의 아버지인 위 무제(武帝) 조조(曹操)는 술책을 좋아하던 사람이며 유학보다는 법술(法術)을 중시하였고, 조비도 능률 위주의 사람이었기 때문에, 그 시대에는 자연히 형명(刑名)을 중히 여기고 절조를 지키는 것을 그다지 중시하지 않는 풍조가 만연하였다.[2] 이러한 유학의 경시는 한대로부터 자리를 굳혀 온 전통적인 풍유(諷諭)를 내세우던 시론으로부터의 이탈을 가능케 하였다.

문학에 있어서의 두드러진 변화는 한대의 대부(大賦)를 중심으로 하던 창작의 풍토가 여러 가지 서정을 위주로 하는 오언고시(五言古詩) 중심으로 바뀌었다는 것이다. 옛날의 번잡하고 형식적인 수사(修辭)를 늘어놓는 일을 일삼던 부(賦)로부터 간단하고도 청신(淸新)한 오언시로 창작의 주류가 바뀌었다는 것은, 현실적인 인간 생활의 경험과 감정에 대한 다각적인 추구를 뜻하는 것이기도 하였다. 이것은 유학에서 벗어나려던 시상에 있어서의 변화와 밀접한 관계가 있는 것이며, 문학에 있어서는 종래의 형식주의적인 경향을 벗어난 새로운 내용이 있고 활력이 있는 문학의 대두를 뜻하는 것이기도 하였다.

거기에다 한대 이래로 개인의 이름 아래 창작된 작품들도 상당히 많은 분량이 쌓여졌던 때이므로, 이상과 같은 건안 시대의 사상적 문학적 변화는 문인들로 하여금 새삼 문학이란 무엇인가를 생각해보지 않을 수 없게 하였다. 그 때문에 유협(劉勰)이 『문심조룡(文心雕龍)』 서지(序志) 편에서 이미 지적했듯이, 중국문학사에 있어서는 위(魏)·진(晉) 시대로 들어오면서 갑자기 많은 문론(文論)이 쏟아져 나오게 되는 것이다.[3] 조비에게는 『전론』 이외에도 문학을 논한 글로 「여

---

2) 淸 顧炎武 『日知錄』 권 13 兩漢風俗 ; "孟德(曹操) 有冀州, 崇獎跅弛之士 ; 觀其下令再三, 至於求負汚辱之名, 見笑之行, 不人不孝, 而有治國用兵之術者."
晉 傅玄 「掌諫職上疏」; "近者魏武(曹操)好法術, 而天不貴刑名. 魏文(曹丕)慕通遠(一作達), 而天不賤守節."(『全晉文』卷46)
3) 『文心雕龍』 序志 ; "詳觀近代之論文者多矣. 至於魏文述典, 陳思序書, 應瑒文論, 陸機文賦, 仲洽流別, 宏範翰林, 各照隅隙, 鮮觀衢路."

오질서(與吳質書)」(『文選』)가 있고, 조식(曹植, 192~232)에게는 「여양덕조서(與楊德祖書)」(『文選』)가 있으며, 또 응창(應瑒, ?~217)에게는 「문질론(文質論)」(『藝文類聚』), 육기(陸機, 261~303)에게는 「문부(文賦)」 등의 문학을 논한 글들이 있다. 조비의 논문은 이런 상황 아래 쓰인 것이며, "문장은 기를 위주로 한다(文以氣爲主)"는 그의 문학론은 이러한 시대의 새로운 문학의식을 대표하는 것이다.

곧 "문장의 주가 되는 기"란 이 시대에 와서 문인들이 깨닫기 시작한 유가의 공용적인 풍유(諷諭)라는 요소 이외의 또 다른 기본적인 문학의 요소를 뜻하는 말로 보아야 할 것이다. 그것은 조비의 기론이 맹자의 기론에서 암시를 받은 것으로 생각되는 점에서도 그렇게 여겨진다. 맹자는

> 뜻이란 기의 통솔자이고, 기는 몸에 가득 차 있는 것일세. 뜻이 나타나면 기가 그 다음에 오게 되네. 그러기에 자기의 뜻을 잘 지니어 그의 기를 함부로 하지 말라고 하는 것일세.
>
> 부지 기지수야 기 체지충야 부지지언 기차언 고왈 지기
> 夫志, 氣之帥也; 氣, 體之充也. 夫志至焉, 氣次焉. 故曰; 持其
> 지 무폭기기 공손추 상
> 志, 無暴其氣. (公孫丑 上)

고 하면서 호연지기(浩然之氣)의 기를 설명하고 있다.

한편 『서경(書經)』 순전(舜典)에서 말한

> 시는 뜻을 표현한 것.(詩言志.)

및 『시경』 대서(大序)에서

> 시란 뜻의 가는 바이니, 마음에 있으면 뜻이 되고, 말로 표현하면 시가 되는 것이다.

시 자 지 지 지 소 지 야　재 심 위 지　발 언 위 시
詩者志之所之也; 在心爲志, 發言爲詩.

고 한 "시란 뜻의 표현이다"라는 말이 전통적인 중국문학에
있어서의 시의 정의이다. 조비는 시에는 "뜻" 이외에 또 다
른 중요한 그 무엇이 있음을 깨닫고, 맹자가 "뜻이 나타나면
기가 그 다음에 온다.(夫志至焉, 氣次焉)"고 한 말을 근거로
문학의 중심이 되는 것을 기라 표현했던 듯하다. 그것은 뒤
에 유협이 『문심조룡(文心雕龍)』명시(明詩) 편에서

　　시란 지니는 것이니, 사람의 감정과 본성을 지닌다는 것이다.
　　시 자　지 야　지 인 정 성
　　詩者, 持也, 持人情性.

고 맹자의 "그의 뜻을 지닌다(持其志)"는 말을 근거로 시의
또 다른 일면을 설명했던 방법과 같다.[4]

　여기에서의 뜻(志)은 대체로 문학에 있어서의 풍유(諷諭)
의 뜻을 뜻한다. 같은 「논문」에서 또 조비가 "문장이란 것은
나라를 다스리는 위대한 일(蓋文章, 經國之大業)"이라고 설
명하면서 주(周) 문왕(文王)의 연역(演易)과 주공단(周公旦)
의 제례(制禮)를 얘기하고 있는 것을 보면[5] "시는 뜻을 표현
한 것(詩言志)"이라는 전통적인 시관을 버렸던 것은 아니다.
그러므로 그가 "문장은 기를 위주로 한다(文以氣爲主)"고 말

---

4) 詩緯 「含神霧」에서도 "詩者, 持也"라 하였다.
5) 『典論』論文 ; "蓋文章, 經國之大業, 不朽之盛事. 年壽有時而盡, 榮樂止乎
　其身, 二者必至之常期, 未若文章之無窮.……故西伯幽而演易, 周旦顯而制
　禮, 不以隱約而弗務, 不以康樂而加思."

한 것은 맹자의 기론에서 암시를 받고 그가 새로 인식하기 시작한 문학의 새로운 요소, 곧 그 예술성이나 개성에 대한 막연한 인식을 '기'라는 말로 표현한 것이라 보아야 할 것이다.

한편 그가 "기의 맑고 흐림에는 체(體)가 있고" 또 그것은 "노력에 의하여 얻어지는 것이 아니며" "남에게 전수할 수도 없는 타고난 것"이라 하고 있기 때문에, 그의 기는 바로 '재기(才氣)'를 뜻한다고 보는 이들이 많다.[6] 그러나 그가 「논문」의 앞머리에서 당시의 이른바 건안칠자[7]를 개별적으로 평하기에 앞서 이들을 다음과 같이 합평하고 있다.

학문에 있어서 빠뜨린 것이 없고, 문장 표현에 있어 부족한 게 없으며 모두 천리 길을 준마로 달리는 듯하다.

<small>어 학 무 소 유 어 사 무 소 가 함 이 빙 기 록 어 천 리</small>
於學無所遺, 於辭無所假, 咸以騁驥騄於千里.

이에 의하면 그는 문학의 기본으로 학문과 수사능력도 중시하고 있었음에 틀림없다. 따라서 뒤에 가서 다시 "문장은 재기(才氣)를 위주로 하는 것"이라 말했을 이가 없는 것이다. 그는 풍유 이외에 문학의 또 다른 요소로서 예술성 같은 것을 발견하고, 그것은 작가의 개성과 같은 것이며, 그 개성이란 사람이 본시부터 타고난 본성과 관계가 있는 것이라 생각했던 것이 아닌가 싶다. 건안문학의 시대적 특징에서 보더라도 조비의 '기'는 단순한 '재기'를 뜻하는 것으로만 볼 수는 없는 것이다.

6) 郭紹虞 『中國文學批評史』 3章 14節, 車柱環 「東方文化 第九輯 1970」 등.
7) 孔融・陳琳・王粲・徐榦・阮瑀・應瑒・劉楨의 七人.

(2) 유협(劉勰)의 기론

중국 최초의 본격적인 문학평론서로 평판이 높은 유협 (464?~520)의 『문심조룡』에는 '기'라는 글자를 그의 문론에 더욱 자주 쓰고 있다. 거기에는 거의 모든 편에 '기' 자가 눈에 뜨이며, 특히 신사(神思) · 체성(體性) · 풍골(風骨) · 양기(養氣) 편 등에는 '기' 자의 사용이 두드러진다. 위(魏) · 진(晋) 이후 종영(鍾嶸)의 『시품(詩品)』을 비롯한 여러 사람들의 문론에도 '기'의 사용이 발견되기는 하지만, 『문심조룡』이라는 문학이론서로서의 권위와 그 속에 많이 보이는 '기'의 원용(援用) 때문에 흔히 조비의 기론은 유협이 계승 발전시킨 것으로 생각하고 있다.[8] 그런데 정말로 유협이 기론을 문학론으로 더 높은 차원으로 발전시키고 있는 것일까? 먼저 『문심조룡』에서는 '기'라는 글자가 어떤 뜻으로 쓰이고 있는가를 알아보기로 한다.

거소우(郭紹虞)는 『중국문학비평사』 3장 20절 풍격과 신기(風格與神氣)에서 『문심조룡』에 보이는 '기'의 뜻은 대체로 다음과 같은 세 가지가 있다고 하였다. 첫째 ; 양기(養氣)편에 보이는 기는 그 뜻이 '신(神)'과 가까우며, 실제로는 '신기(神氣)'를 가리킨다. 둘째 ; 체성(體性)편에 보이는 기는 그 뜻이 '성(性)'에 가까우며, 그것은 바로 '재기(才氣)'를 뜻한다. 셋째 ; 풍골(風骨)편에 보이는 기는 그 뜻이 '세(勢)'에 가까우며, 그것은 '어기(語氣)'를 뜻한다는 것이다.

---

8) 郭紹虞 『中國文學批評史』第 3章, 徐復觀 「中國文學中的氣的問題」(『中國文學論集』臺灣 學生書局 發行 所載) 등.

그리고 그는 양기편에서 다음과 같은 말을 인용하고 있다.

뜻을 따라 잘 조화시키면 곧 이치가 융합되고 감정이 창달되며, 과분하게 애쓰고 노력하면 곧 신이 피로해지고 기가 쇠하여진다.

솔 지 위 화　즉 이 용 이 정 창　　찬 려 과 분　　즉 신 피 이 기 쇠
率志委和, 則理融而情暢 ; 鑽礪過分, 則神疲而氣衰.

여기의 '신'이 사람의 '정신'을 뜻한다면, '기'는 '신기'라기 보다는 '기력(氣力)'·'기운' 또는 '정기(精氣)'라고 봄이 좋을 것이다. 같은 편에도 이런 말이 보인다.

옛날 왕충(王充)은 글을 지어 양기론(養氣論)을 폈다.…… 나이 어린 사람은 견문이 얕지만 뜻이 왕성하고, 나이 많은 사람은 견식은 확실하지만 기가 쇠하여 있는데, 뜻이 왕성한 사람은 생각이 예리하고 수고로움을 이겨내는데, 기가 쇠한 사람은 생각이 치밀하지만 신(神)을 손상시킨다.

석 왕 충 저 술　제 양 기 지 론　　　범 동 소 감 천 이 지 성　장 애 식 견 이
昔王充著述, 制養氣之論, …… 凡童少監淺而志盛, 長艾識堅而
기 쇠　지 성 자 사 예 이 승 노　기 쇠 자 려 밀 이 상 신
氣衰. 志盛者思銳以勝勞, 氣衰者慮密以傷神.

이 밖에 양기편에 보이는 기[9]는 모두가 '기력(氣力)'의 뜻이며, 『논형(論衡)』 및 『회남자(淮南子)』에 보이는 양생법(養生法)과 관계가 되는 기[10]와 같은 성질의 것이다. 따라서 이곳의 기는 글을 쓰는 사람에게 있어 중요한 요건이 되는 기

---

9) 『文心雕龍』養氣 ; "於是精氣內銷, …… 若銷鑠精膽, 蹙迫和氣, …… 淸和其心, 調暢其氣, …… 斯亦衛氣之一方也. 贊曰 ; …… 元神宜寶, 素氣資養."

10) 『論衡』自紀 ; "養氣自守, 適食則酒, …… 性命可延, 斯須不老."
『淮南子』原道訓 ; "是故得道者, …… 形神氣志, 名居其宜,, 以隨天地所爲. 夫形者生之舍也, 氣者生之充也, 神者生之制也."

이지, 문장의 요소 그 자체는 아닌 것이다.

둘째로 곽소우는 체성(體性)편에서 다음과 같은 말 곧

그러나 재(才)에는 용열함과 빼어난 것이 있고, 기에는 강함과
유함이 있고, 학문에는 얕고 깊은게 있고, 습성에는 우아함과
야비함이 있다.

然才有庸儁, 氣有剛柔, 學有淺深, 習有雅鄭.
<small>연 재 유 용 준   기 유 강 유   학 유 천 심   습 유 아 정</small>

는 글을 인용하고서 여기의 '기'는 '성(性)'에 가까운 '새기
(才氣)'를 뜻한다 하였다. 이것은 황간(黃侃)의 『문심조룡찰
기(文心雕龍札記)』를 따른 해설인데, 황간 자신이 기에 대하
여 뚜렷한 개념을 갖고 있지 않았던 듯하다.[11] 같은 편에 "혈
기(血氣)"라는 말도 보이니 이곳의 기는 "혈기"나 "기질"이
라 볼 수도 있다. 어떻든 여기에서도 재질·학문·습성과
함께 글을 쓰는 사람의 중요한 요건으로 '기'를 얘기하고 있
는 것이지, 문장의 기본 요소로서 그것을 논하고 있는 것은
아니다. 셋째로 다시 풍골(風骨)편에서는

말 맺음이 단정하고 곧으면 곧 문골(文骨)이 이루어지고, 의
(意)와 기가 빼어나고 깨끗하면 곧 문풍(文風)이 맑아진다.

結言端直, 則文骨成焉. 意氣駿爽, 則文風淸焉.
<small>결 언 단 직   즉 문 골 성 언   의 기 준 상   즉 문 풍 청 언</small>

고 한 말을 인용하며, 이곳의 기는 '어기(語氣)'를 뜻한다고
하였다. 같은 편의 "가호능운(氣號凌雲)"또는 "골경이기맹

---

11) 『文心雕龍札記』를 보면 體性편의 "風趣剛柔, 寧或改其氣"의 "風趣"를 해
   설하여, "風趣則風氣. 或稱風氣, 或稱風力, 或稱體氣, 或稱風辭, 或稱意
   氣, 皆同一義."란 애매한 태도를 취하고 있다.

야(骨勁而氣猛也)"라 한 말의 기는 '기세(氣勢)'의 뜻이며, 문장에 있어서는 '어기(語氣)'나 '사기(辭氣)'를 뜻하는 말로 볼 수가 있을 것이다. 그러나 이 편의 첫머리에서

> 시는 육의(六義)로 총괄되는데, 풍(風)이 그 첫머리에 놓이며, 그것은 곧 감화의 본원(本源)이며 지기(志氣)의 부신(符信) 같은 것이다.
>
> _{시 총 육 의   풍 관 기 수   사 내 화 감 지 본 원   지 기 지 부 계 야}
> 詩總六義, 風冠其首, 斯乃化感之本源, 志氣之符契也.

고 말한 '지기'의 기는 단순한 '어기(語氣)'라고만 볼 수는 없다. 더욱이 이 편의 뒤 대목에서 유협은 조비의 "문장은 기를 위주로 한다" 운운한 말과 그의 기를 원용한 작가평을 인용하며 앞에 나온 기의 중요성을 강조하고 있는데, 곽소우는 책의 앞머리(3장 13절)에서 "문장은 기를 위주로 한다"의 기는 '재기(才氣)'의 뜻이라 해설하고 있으니 자기모순이다. 한편 이것은 유협 자신이 문학에 있어서의 기가 무엇을 뜻하는 것인가 확고한 정의 없이 자기 문론에 여기저기 기라는 말을 적당히 쓰고 있는 것임을 알려준다.

이 밖에도 기라는 글자가 붙은 비교적 뜻이 분명한 복합어(複合語)의 경우만 보더라도, 『문심조룡』의 통변(通變)편에는 '기력(氣力)', 성률(聲律)편에는 '혈기(血氣)', 총술(總術)편과 장구(章句)편에는 '사기(辭氣)', 부회(附會)편과 서지(序志)편에는 '성기(聲氣)'가 보이는데 모두 뜻이 같다고 볼수는 없는 것이다. 이것은 유협이 기에 대한 분명한 개념도지니지 않은 채 그때그때 적당히 문론에 그것을 원용하였음을 뜻한다. 따라서 『문심조룡』에 쓰인 기라는 글자가 지닌

뜻은 각 편에 따라 차이가 있음은 물론, 풍골(風骨)편의 경우처럼 한 편 안에서도 약간 다른 뜻으로 이 글자가 사용되기도 한 것이다. 따라서 「논문」 보다는 『문심조룡』이 문학론으로써 훨씬 체계화하고 구체화한 것이지만은, 기론 자체에 있어서는 조금도 더 발전하지 못한 것이라 할 수 있다.

그보다도 약간 뒤의 안지추(顏之推, 531~591?)의 『안씨가훈(顏氏家訓)』 문장편에 이르러서야 우리는 좀 더 구체화한 문학론으로서의 기론을 발견하게 된다.

모든 문장을 짓는 것은 마치 준마를 타는 것과 같아서, 비록 빼어난 '기'가 있다 하더라도 마땅히 재갈과 채찍으로 말을 제어하여, 옛 법도를 어지럽게 해서는 안 되고 마음을 놓아 구덩이에 떨어지지 않도록 해야 한다. 문장은 마땅히 이치로서 심장과 콩팥을 삼고, 기조(氣調)로서 근육과 뼈를 삼고, 사의(事意)로서 피부를 삼고, 화려(華麗)로서 관면(冠冕)을 삼아야 한다.…… 옛사람들의 글은 넓은 재능과 빼어난 '기' 및 체도(體度)와 풍격에서 지금 사람들 보다 크게 뛰어났다.

凡爲文章, 猶乘騏驥. 雖有逸氣, 當以銜策制之, 勿使流亂軌躅,

放意塡坑岸也. 文章當以理 致爲心賢, 氣調爲筋骨, 事義爲皮膚,

華麗爲冠冕.…… 古人之文, 宏材逸氣, 體度風格, 去今實遠.

그는 문장을 이루는 요소로써 '이치'와 '기조'와 '사의'와 '화려'의 네 가지를 들고 있다. 여기의 '기'나 '기조'는 앞뒤에 보이는 '빼어난 기(逸氣)'로 미루어 "문장의 기세"를 뜻하는 말일 것이다. '이치'란 문장의 대의(大義)일 것이며, '사의'는 묘사하는 감정이나 사물에 대한 정확한 표현일 것이며, '화려'란 문장의 수사를 의미할 것이다. 여기의 '기세(氣勢)'란 문장 자체의 사세(辭勢)뿐만이 아니라 작가의 개성까지도 포함되는 말일 것이다. 문학론으로서의 '기'의 개념은 오히려 유협보다도 안지추 편이 훨씬 더 구체적이라 할 수 있다. 유협의 『문심조룡』이 뛰어난 문학비평서이기는 하지만은 '기'의 개념에 있어서는 매우 모호하며, 그는 문학 자체의 기본 요소로서의 기는 별로 생각하지 않았던 듯하다. 그는 조비가 '기'라는 말로 표현했던 문학에 있어서의 개성이나 예술성 같은 것을 신사(神思)·체성(體性)·풍골(風骨)·정채(情采) 등 여러 편에서 발견되는 것처럼 다른 말을 사용하여 좀 더 구체적으로 체계화 해보려고 노력하였다. 그러나 기라는 글자가 지니는 글자 뜻의 풍부한 함축성과 표현상의 묘미 때문에 이후의 문학론에 있어서도 그 사용은 자취를 감추지 못하고 계속 나타난다.

(3) 당(唐)대 이후의 기론

남북조(南北朝)가 지나고도 수(隋)·당(唐)의 문론이나 송(宋)대 이후 크게 유행하기 시작한 여러 문인들의 시화(詩話) 등에 비평용어로서 기라는 말이 계속 씌었다. 그러나 당대 이후 기론이 문학의 본질을 논하는 본격적인 문학론으로 쓰여지게 된 것은 시론이 아닌 고문가(古文家)들의 문론에서이다. 그것은 앞에서 얘기한 『문심조룡』뿐만이 아니라 종영(鍾嶸, 468~518)의 『시품(詩品)』 등에서, 조비가 '기'라는 말로 표현했던 풍유(諷諭)와는 다른 시에 있어서의 문학적인 요소들을, 다른 더욱 적절한 말들로 표현하기 시작하였고,[12] 당·송 이후로는 그 순수문학적인 개념이 시론에 있어서는 신운설(神韻說)[13]이나 성령설(性靈說)[14] 등으로 더욱 구체화하였기 때문에 기론은 존재할 여지를 잃었던 때문이다. 그러나 중당(中唐)시대 한유(韓愈, 768-824)를 중심으로 하여 전개된 고문운동(古文運動) 이후 고문가들은 고문을 짓는데 있어 다시 '기'의 요소를 중시하게 된다.

그런데 이 고문론에 있어서의 기론은 당나라 시대 고문운동이 전개되기 시작할 때부터 대두된 것이다. 한유에 앞서 당대 고문운동의 선구자인 유면(柳冕, 730?~804?)은 「답구주정사군논문서(答衢州鄭使君論文書)」에서 이런 말을 하고 있다.

글을 잘 짓는 사람은 글이 드러나 성(聲)을 이루게 하고 고취하여 '기'를 이루게 하는데, 곧으면 곧 기가 웅대하고 정교하면 곧 기가 살아나 다섯 가지 채색을 아울러 사용하며 그 가운데 기가 흘러 다니도록 만드는 것이다.

부 선 위 문 자　발 이 위 성　고 이 위 기　직 즉 기 웅　정 즉 기 생　사 오
夫善爲文者, 發而爲聲, 鼓而爲氣, 直則氣雄, 精則氣生, 使五

채 병 용　이 기 행 어 기 중
彩並用, 而氣行於其中.

─────────────────────────

12) 『文心雕龍』의 神·思·性·風·骨·情 등 및 『詩品』의 風力·眞骨·性靈 등.

13) 嚴羽(1200 前後)의 『滄浪詩話』 및 王士禎(1634~1711)의 神韻說 등.

14) 明末 袁宏道(1568~1610)를 중심으로 한 公安派의 文學論 및 袁枚(1716~1797)의 性靈說 등.

다시 「답양중승서(答楊中丞書)」에서는 이렇게 논하고 있다.

보내주신 편지에 글을 논하여, "재능을 기르는 도를 다하고 작가로서의 '기'를 늘리어 미루어 나아간다면 성인의 가르침을 부흥시키고 천지의 마음을 드러내게 될 것이다"고 하셨는데, 매우 좋은 말씀입니다.

내 서 논 문　진 양 재 지 도　증 작 자 지 기　추 이 행 지　가 이 복 성 인 지
來書論文, 盡養才之道, 增作者之氣, 推而行之, 可以復聖人之

교　현 천 지 지 심　심 선
敎, 見天地之心, 甚善!

이처럼 여러 가지로 '기'를 논한 끝[15]에 다시

그러므로 병이 없으면 '기'가 생겨나고, '기'가 생겨나면 재능이 용감해지며, 재능이 용감해지면, 글이 웅장해진다.

고 무 병 즉 기 생　기 생 즉 재 용　재 용 즉 문 장
故無病則氣生, 氣生則才勇, 才勇則文壯.

고도 하였다. 여기에서 '재(才)'가 개인의 학문과 수양에 따른 능력을 뜻한다면, '기'는 그 개인의 독특한 기질과 정기 같은 것, 곧 개성을 뜻한다고 보아야만 할 것이다. 고문가들은 형식적인 변려문(駢儷文)을 벗어나면서 여러 사람들이 쓴 글의 개성을 중시하고 그것을 '기'라는 말로 표현했던 것이다. 그것은 고문대가인 한유(韓愈)와 그를 계승한 송대의 소철(蘇轍, 1039~1112)의 경우에서 더욱 확인된다.

한유는 「답이익서(答李翊書)」에서 인의지도(仁義之道)와

---

15) 柳冕 「答楊中丞書」; "嗟乎! 天也養才而萬物生焉, 聖人養才而文章生焉, 風俗養才而志氣生焉. 故才多而養之, 可以鼓天下之氣 ; 天下之氣生, 則君子之風盛. …… 文章之氣衰甚矣, 風俗之不養才病矣, 才少而氣衰使然也. …… 所以其才日盡, 其氣益衰, 其敎不興, 故其人日野, 如病者之氣."

시서지원(詩書之源)을 근거로 하면서도 다음과 같은 문론을 펴고 있다.

기가 물이라면 말은 거기에 떠있는 물건이다. 물이 크다면 그 위에 있는 크고 작은 물건들이 다 뜨게 된다. '기'와 말의 관계는 꼭 이와 같다. 기가 성대하다면 곧 말의 짧고 길은 것과 소리의 높고 낮은 것이 모두 적절하게 된다.

氣, 水也; 言, 浮物也. 水大, 而物之浮者, 大小畢浮. 氣之與言, 猶是也. 氣盛則言之短長, 與聲之高下者皆宜.[16]

본격적인 고문에 있어서의 기론은 소철에게서 굳어진다. 그는 「상추밀한태위서(上樞密韓太尉書)」에서 이렇게 논하고 있다.

나는 나면서부터 글짓기를 좋아하여 거기에 대하여 지극히 깊이 생각해본 결과, 글이란 '기'에 의하여 이루어지는 것이라 여기게 되었다. 그런데 글은 배워서 잘 지을 수 없다 하더라도 '기'는 길러서 이룩할 수가 있는 것이다.…… 맹자께서는 "나는 내 호연지기를 잘 기른다"고 하셨는데, 지금 그의 문장을 보면 넓고 두터우며 광대하여 하늘과 땅 사이에 가득 찬 듯한데, 그의 '기'의 크기와 잘 어울리는 것이다.

태사공(太史公)은 천하를 돌아다니면서 세상의 유명한 산과

---

16) 邵長蘅(1637~1704)은 「與魏叔子論文書」에서 韓愈의 이 말을 다음과 같이 설명하고 있다. "是故其氣盛者, 其文暢以醇 ; 其氣舒者, 其文疏以達 ; 其氣矜者, 其文礦以秕 ; 其氣惡者, 其文詖以刌 ; 其氣撓者, 其文剽以瑕. 是故 涵泳道德之塗, 菑畬六藝之圃, 以充吾氣也 ; 泊乎寡營, 浩乎自得, 以舒吾氣也 ; 植聲氣, 急標榜, 矜吾氣者也 ; 投贄干謁, 蠅附蟻營, 惡吾其者也 ; 應酬輳輻, 諛墓攫金, 撓吾氣者也. 此養氣之說也, 二者所以濬文之源也."

큰 강물을 두루 보고 연(燕)나라와 조(趙)나라 사이의 호걸들과
도 교유를 하였으므로, 그의 글은 넓고 거침이 없으며 매우 기
특한 '기'가 있는 것이다. 이 두 분이 어찌 일찍이 붓을 들고 그
러한 글을 짓는 법을 배운 일이 있겠는가? 그들의 '기'가 그 속
에 충만하여 그 외모로 넘쳐나고 그 말을 통해 움직이어 그러한
글로 나타나는데도 그 자신들은 알지 못하는 것이다.

轍生好爲文, 思之至深, 以爲文者, 氣之所形. 然文不可以學而

能, 氣可以養以致. ……孟子曰; 我善養吾浩然之氣. 今觀其文

章, 寬厚弘博, 充乎天地之間, 稱其氣之大小.

太史公行天下, 周覽四海名山大川, 與燕趙間豪俊交遊, 故其文

疎蕩, 頗有奇氣. 此二子者, 豈嘗執筆學爲如此之文哉? 其氣充

乎其中, 而溢乎其貌, 動乎其言, 而見乎其文, 而不自知也.

이상과 같이 고문가들은 문장에 있어서의 개성을 기라는
말로 표현하려 하였다. 그러나 중국문인들의 개성에 대한
인식은 그다지 투철한게 못되었기 때문에, 그 뒤로 나온 기
론들에 있어서는 약간의 성격상의 차이가 보이기도 한다.

명(明)대 송렴(宋濂, 1310~1381)은 "글을 짓는다는 것은
반드시 '기'를 기르는데 달린 일이다"(爲文必在養氣)고 하
면서, 기를 철학적인 것 또는 도덕적인 것으로 승격시켜 보
려 하였고,[17] 청(淸)대 유대괴(劉大櫆, 1698~1780) 같은 이
는 "글을 짓는 도는 '신'을 위주로 하고 '기'가 그것을 보좌
한다."(行文之道, 神爲主, 氣輔之)고 하면서 「논문우기(論文
偶記)」에서 '신'과 '기'를 연결시킨 다음, 다시 신기(神氣)

와 음절(音節)·자구(字句)를 대조시키며 문론을 펴고 있다. 이는 왕사정(王士禎, 1634~1711)의 시론인 신운설(神韻說)의 영향인 듯도 하다. 이 밖에 후방역(侯方域, 1618~1654)처럼 "대략 진나라 이전의 글은 골(骨)을 위주로 하고, 한나라 이후의 글은 '기'를 위주로 하였다"(大約秦以前之文, 主骨, 漢以後之文, 主氣. -「與任王谷論文書」)고 하면서 개성과 전혀 다른 것으로 생각되는 기의 개념을 문론에 적용한 사람도 있다. 그러나 이것은 예외에 속하는 경우이고 고문가들의 기론은 앞에 인용한 유면·소철과 같이 글에 있어서의 개성의 인식이 그 중심을 이루었고, 그 때문에 기론이 문학론으로써 고문가들에 의하여 계속 받들어졌다고 할 수 있을 것이다.

(4) 중국 기론의 특징

중국에 있어 문학론으로서의 기론은 건안시대에 들어와 문학풍조의 변화로 말미암은 풍유(諷諭)의 뜻 이외에 또 느끼기 시작한 애매한 순수문학 또는 문학에 있어서의 개성의 의식에서 출발하였다. 그러나 그들의 순수문학 개념이나 개성에 대한 각성이 구체적인 것이 되지는 못하였기 때문에

---

17) 宋濂「文原」下 ; "爲文必在養氣. 氣與天地同, 苟能充之, 則可配序三靈, 管攝萬彙. 不然, 則一介之小夫爾." 同人「文說贈王生黼」: "聖賢之文若彼, 而我之文若是, 豈我心之不若乎? 氣之不若乎? 否也, 特其心與氣失其養耳. 聖賢之心,. 浸灌乎道德, 涵泳乎人義, 道德仁義積, 而氣因之充. 氣充, 欲其文不昌, 不可遏也."

'기'의 성격도 애매할 수밖에 없었다. 조비 이후 유협에 이르러는 그의 『문심조룡』에 더욱 다양하게 기론을 전개시키고 있지만, 그 기의 성격은 더욱 알기 어려운 것으로 변하고 있다. 그것은 순수문학이나 개성적인 것을 더 정확히 표현할 여러 가지 말이 개발되었기 때문에 문학론에 있어서의 기의 지위가 애매해졌던 때문인지도 모른다.

당(唐) 이후로 시론에 있어서의 기의 지위는 거의 무시해도 좋은 정도로 격하된다. 그것은 시론의 발달로 말미암아 애매한 기 같은 용어는 논거를 잃게 되었기 때문이기도 하다. 그러나 모든 고문가들은 계속 문장에 있어서의 개성을 표현하는 말로 기론을 펴게 된다.

중국문학비평사에 있어서 기론이 갖는 의의는 불완전하지만 처음으로 그것을 통하여 순수문학을 인식하고 어설프게나마 그것을 설명할 수 있게 했다는 점과, 당대 이후 고문가들로 하여금 문장에 있어서의 개성을 중시하고 또 그것을 주장할 수 있게 했다는 점일 것이다. 그러나 시종 문학에 있어서의 풍유(諷諭)의 개념은 지극히 높은 위치에서 중국문학을 지배하여 왔기 때문에, 개성이나 순문학 의식 같은 것은 구체화될 여지가 적었던 것이다. 언제나 온 사회와 인류를 위하는 뜻을 살려야만 한다는 지극히 높은 지표 아래에서는 어떤 개인만에 국한된 문제나 순수문학의 의식같은 것은 별로 큰 의미가 없는 것이다. 그러나 실용문과 문학작품의 구별조차도 있기 어려운 그러한 문학풍토 아래에서, 이상 논한 '기'의 개념의 문학에의 도입은 중국문학 발전에 얼마나 큰 공헌을 하였는지 모를 일이다. 그럼에도 불구하고

기의 명확한 말뜻이나 문학론적 의의를 분명히 드러내지 못하는 것은, 한자가 지니는 함축적인 성격과 분명치 않은 표현으로 모든 것을 이해해온 중국적인 성격 탓이라 할 것이다. 그들 스스로 애매한 태도로 사용한 말을 지금 와서 우리가 명확하고 합리적인 해석을 시도한다는 것은 그 자체가 무리인지도 모른다.

❀ 3. 이규보의 기론

(1) 기의 의의

우리 나라의 이규보(李奎報, 1168~1241)는 그의 『백운소설(白雲小說)』에서 다음과 같은 기론을 수용한 시론을 전개하고 있다.

시란 뜻(意)이 주가 되는 것임으로 의를 표현하는 것이 가장 어렵고, 문사를 엮는 것은 다음 일이다. 뜻은 또한 '기'가 주가 됨으로, 기의 우열로 말미암아 곧 뜻의 깊고 얕은 것이 생긴다. 그러나 기는 나면서 타고나는 것이어서 배워서 얻을 수는 없는 것이다. 그러므로 기가 졸렬한 자는 글을 꾸미는 것을 능사로 삼고 전혀 뜻을 앞세우지 않게 된다. 대체로 글을 꾸미고 다듬어 구절을 아롱지게 해놓으면 정말 아름답기는 하다. 그러나 그 속에 심후한 뜻이 함축되어 있는 것이 없어서 처음에는 볼 만하나 다시 씹어보게 되면 곧 맛이 없어져 버린다.

夫詩, 以意爲主, 設意最難, 綴辭次之. 意亦以氣爲主, 由氣之優
劣, 乃有深淺耳. 然氣本乎天, 不可學得. 故氣之劣者, 以雕文爲
工, 未嘗以意爲先也. 盖雕鏤其文, 丹靑其句, 信麗矣, 然中無含
蓄深厚之意, 則初若可觀, 至再嚼則味已窮矣.

여기에서 주목해야 할 것은 이규보는 무엇보다도 시에 있
어 '뜻(意)'을 가장 중시하고 있다는 것이다. 그는 「논시(論
詩)」란 시(『李相國後集』 卷1)에서도 첫머리에

시를 짓는데 특히 어려운 점은
말과 뜻이 다 아름다움을 이루는 것.

作詩尤所難, 語義得雙美.

이라 노래하고 있다. 중국에서는 범엽(范曄, 398~445)이
「옥중여제생질서(獄中與諸甥姪書)」(『宋書』 卷十六 范曄傳)
에서

마땅히 뜻으로써 주를 삼고
문으로써 뜻을 전해야 한다.

당 이 의 위 주 이 문 전 의
當以意爲主, 以文傳意.

하였는데, 여기의 '뜻'은 "시언지(詩言志)"의 '지(志)'와 비
슷한 말일 것이다. 그가 「논시」 시에서

근래의 작자들은
풍아의 뜻을 생각지 않고 있다.

이 래 작 자 배 불 사 풍 아 의
邇來作者輩, 不思風雅義.

고 비판하고 있으니, 기본적으로는 그도 전통적인 중국에
있어서의 풍유(諷諭)의 뜻에서 벗어나지는 않고 있는 것이
다. 그는 시에 있어서 가장 중요한 것은 이 '뜻'의 표현이

며, 문사를 잘 꾸미는 것은 그 다음의 일이라 하였다. 곧 시란 내용인 "뜻의 표현"(說意)과 형식인 "문사를 엮는 것"(綴辭)의 두 가지 요소로 이루어지는데, 그 중에서도 가장 중요한 것이 '뜻'이라고 생각했던 것이다. 그 뜻이란 말은 풍유의 뜻에 가까운 세상에 유위한 내용을 말하는 것인 듯하다.

그런데 그는 이 뜻이 깊고 얕은 것을 결정하는 요소로 '기'를 내세우고 있다. 이 기는 날 때부터 타고 나는 것이어서 "배워서 얻을 수는 없는 것"이라고도 말하여 조비의 「문론」의 기와 흡사하게 느껴지지만, 곧장 "문장은 기를 위주로 한다(文以氣爲主)"고 한 조비의 입장과는 크게 다른 것이다. 그는 시에 있어서 가장 중요한 것은 뜻이지만, 그 뜻에 심후한 함축을 지니게 만드는 요소가 '기'라고 생각했다. 따라서 조비의 '기'가 막연한 순수문학의 의식을 표현한 것인데 비하여, 이규보는 타고 난 본성에 바탕을 둔 개성으로서의 '기'를 훨씬 더 구체적으로 인식하고 있었던 것이다. 그가 「논시」에서 "뜻은 본시 하늘이 내려주는 것(意本得乎天)"이라 말한 것을 보면, 그가 "기는 본시 하늘이 내려준 것(氣本乎天)"이라 말한 것과 아울러 생각할 때, 그의 기는 본시 타고 난 재기(才氣)나 기질 뿐만이 아니라 타고난 본성이 학문과 수양 등을 통하여 발전한 개성을 가리키는 것으로 생각했던 듯하다. 다만 그는 개성의 본바탕이 되는 재질이나 기본 성격 같은 것은 처음부터 타고나는 것이지 후천적으로 바꿀 수가 없는 것이며, 시의 내용을 이루는 '뜻'은 그러한 개성에 의하여 좌우된다고 생각했던 것이다. "뜻은 본시 하늘에서 내려주는 것(意本得乎天)"이라 했지만 그가 말하는 시의 '뜻'이 사람이 태어났을 때 지녔던 그대로의 뜻을 가리키는 것이 아니라면, "기는 하늘에 근본을 두고 있다(氣本乎天)"는 '기'도 사람이 타고난 그대로의 '기'가 아니라 "하늘에서 타고난 본성이 바탕이 된 기"를 뜻하는 것임에 틀림없다. 그것은 사람의 본성을 바탕으로 개인의 학문과 수양을 통하여 이루어진 개성일 수밖에 없다. 어떤 사람의 개성이란 다른 사람이 그것을 본뜨고 배우려 한다 하더라도 그렇게 될 수는 없는 것이다.

그래서 그는 이 개성의 우열에 따라 문장이나 시의 내용에 깊고 얕은 구별이 생긴다고 한 것이다. 그는 아무리 아름답고 화려한 작품이라 하더라도 거기에 개성이 없다면 그 작품의 뜻이 얕아질 수밖에 없는 것이라 본 것이다. 다시 말하면 그는 시에 있어서 가장 중요한 것은 시의(詩意, 곧 그 內容)와 시어(詩語, 곧 시의 表現)인데, 그 시의에 독특한 함축을 지니게 하여 좋은 시를 이루도록 만드는 것이 '기' 곧 개성이라는 것이다. 이것은 문장의 기본요소를 이치(理致)·기조(氣調)·사의(事義)·화려(華麗)의 네 가지로 보았던 안지추(顔之推)의 문론에 매우 가까운 생각이다. 이치는 '뜻(意)', 기조는 '기', 사의와 화려는 "문사를 엮는 것(綴辭)"에 해당되기 때문이다. 그러나 '기'를 '뜻'에 종속되는 것으로 본 이규보 쪽이 개성의 이해란 점에서 보면 훨씬 뛰어나며, 문장의 표현도 사의와 화려를 따로 나눈 것은 지나친 처사이다. 이렇게 보면 이규보의 시론에 있어서의 '기'의 이해는 중국의 유협을 비롯한 어떤 문인보다도 간단하고도 명확한 것이다.

(2) 이규보 기론의 의의

중국에 견주어볼 때 이규보의 기론은 시대적으로 상당히 뒤진 것이 사실이다. 이미 중국에서는 본격적인 시론에 있어 기의 개념은 문제가 되지 않고 오직 고문가들이 문론에서 개성으로서의 문장의 기를 중시하고 있던 때이다. 조비가 "문장은 기를 위주로 한다"는 말로 기론을 시작한데 비하여 이규보는 "시는 뜻을 위주로 한다"고 한 뒤에 다시 "뜻은 또한 기를 위주로 한다"고 하였지만, 얼핏 보기에 그의 기론은 1000년이나 앞선 조비의 그것과 큰 차이가 없는 듯이 보이기도 한다. 다시 조비가 뒤이어 "기의 맑고 흐림에는 체(體)가 있어서 힘으로 억지로 이르게 할 수는 없는 것이다."고 말한데 비하여 이규보는 "기의 우열로 말미암아 곧 깊고 얕은 차이가 있게 된다. 그러나 기는 하늘에 근본을 두고 있어서 배워서 얻어질 수 있는 것이 아니다."고 말하고 있는 것을 보면, 확실히 이규보는 조비의 기론의 영향을 받은 것이라 할 수 있다. 그러면 조비보다 1000년이나 뒤져 나온 이규보의 기를 바탕으로 한 시론은 무의미한 옛 문론을 다시 내세운 것에 불과한 것인가? 또는 그 나름대로의 문학사적 의의를 지닌 것인가?

앞 "기의 의의"에서 지적했듯이 얼핏 보기에 그의 기론은 조비와 비슷한듯 하지만 실제로 그 개념에는 큰 차이가 있다. 그러나 이들이 기론을 펴게된 동기에는 약간의 공통점이 있다고 할 수 있다. 곧 조비가 건안(建安)의 새로운 문학풍조에 대한 반성으로 여기에 부응하는 문학이념을 모색하는 과정에서 기론을 편 것이라면, 이규보는 삼국 이후 우리

나라에 수입되어 고려(高麗)조에 들어와 완전한 터전을 잡은 우리 한문학에 있어서의 우리 나름대로의 시관을 정립하려는 노력의 일단으로 기론을 펴게 된 것이라는 점이다.

중국에서는 구양수(歐陽修, 1007~1072)의 『육일시화(六一詩話)』가 나온 이래 무수한 사람들이 『시화』를 써내어, 이규보가 살았던 무렵에는 시론이 상당한 수준으로 다양하게 발전하고 있었다. 황정견(黃庭堅, 1045~1105)에 의하여 대표되는 이른바 강서시파(江西詩派)에 의하여 시구의 단련(鍛鍊)과 개성적인 시의 표현을 통한 나름대로의 인간문제의 추구가 이루어진 이래, 거의 모든 작가들이 자기 나름대로 시의 본질에 관하여 심각한 연찬을 거듭하고 있었다. 엄우(嚴羽, 1200 전후)가 『창랑시화(滄浪詩話)』에서 묘오(妙悟)와 신운(神韻)의 구현을 내용으로 하는 선리(禪理)를 인용한 새로운 시론을 편 것도 그 무렵이다. 그러나 엄우의 경우를 보더라도 그의 시론이 선에 대한 이론적 체계화 없이 거의 즉흥적으로 이루어진 것이어서, 그것이 새로운 시론의 제시와 순문학의 이론 모색의 가능성을 보여주었다는 의의 이외에 시론 자체로서는 높이 평가하기 어려운 것이다. 그에게서도 기는 작가나 그의 작품의 기상(氣象)이나 기세(氣勢)를 표현하는 단순한 용어로만 쓰이고 있다. 따라서 이러한 새로운 시론의 전개는 한편 전통적 풍유론에서 벗어난 새로운 시의 길을 찾아보려는 지표를 잃은 자들의 방황 같은 느낌이 들기도 한다. 곧 그 시대 중국에 새로운 시론이 다양하게 나왔다는 것은 그만큼 시인들의 방황의 도가 심했던 것을 뜻한다고도 할 수 있다.

그러나 이규보는 우리나라에 들어와 뿌리 박기 시작한 우리 한시(漢詩)의 개념을 정립시킨다는 뜻에서 이러한 시론을 폈다. 그는 중국의 전통적인 시관을 바탕으로 하면서도, 한시가 우리나라에 들어와 우리나라 사람들에 의하여 개발된 새로운 성격도 살리려는 뜻에서 기론을 도입한 것으로 생각된다. 물론 이규보의 『백운소설(白雲小說)』과 그의 문집을 보면 이 기론 이외에도 시의 본질이나 기교 또는 풍격·격율 등을 논한 많은 시론들이 보인다. 그의 시론은 이것들을 전부 종합한 위에 그에 대한 평가가 이루어져야 하겠지만, 여기서는 시종 기론만을 문제의 핵심으로 삼고 있다는 것을 다시 강조해 둔다.

그가 시론에 '기'를 도입하게 된 데에는, 그 시대 중국에 유행했던 문장의 개성을 뜻하는 고문가들의 문론에서 얘기하는 '기'의 성격을 파악한 위에 조비의 「논문」을 본떠 새로운 자기의 시론을 정리했던 것으로 생각된다. 그러기에 이규보에 있어서는 시의 내용인 '뜻'을 뒷받침하는 개성으로서의 '기'의 개념이 조비의 경우에 비하여 훨씬 구체화할 수 있었던 것이다.

그리고 그는 중국의 시인 중에서 누구보다도 백거이(白居易)를 좋아했다. 『동국이상국집(東國李相國集)』을 보면 백거이의 시에 화작(和作)한 작품이 상당히 많고 「서백낙천집후(書白樂天集後)」[18]에서는 노경에 백거이의 시를 애독하는 이유와 백거이의 시의 장점 등을 논하고 있다. 그리고 백거이

---

18) 「東國李相國集」 後集 卷11.

의 「병중십오수(病中十五首)」에 화작한 시의 서문[19]에는 그
의 백거이에 대한 인간적인 경도가 유감없이 표현되어 있다.

　나는 본시 시를 좋아하는데, 전생의 빚이라고는 하지만, 병중
에는 더욱 좋아하게 된다.……『백락천후집』의 노경의 작품들을
보니 대부분이 병중에 지은 것이며, 술 마시는 것 역시 그러하
다.……백거이는 병가(病暇)가 100일이 차자 벼슬을 내놓았다.
나도 어느 날이건 벼슬에서 물러나려 하고 있는데 병가(病暇)를
계산해보니 110일이 되니, 기약없이 서로 비슷힘이 이와 같
다.……아아, 재덕(才德)과 명망(名望)은 비록 백거이에 훨씬 미
치지 못할 것이지만,……그중(和詩)에서 이렇게 스스로 풀어서
말하였다. "노경에 모든 생각 잊고 평탄하게 살아가니, 백낙천
은 나의 스승으로 삼을 만하네."

余本嗜詩, 雖宿負也, 至病中尤酷好. ……及見白樂天後集之
老境所著, 則多是病中所作, 飮酒亦然.……白公病暇滿一百日解
綏. 余於某日將乞退, 計病暇一百有十日, 其不期相類如此.……
噫, 才德名望, 雖不及白公遠矣,……其自解曰;「老境忘懷履坦
夷, 樂天可作我之師.……」"

한편 백거이는 「여원구서(與元九書)」에서 이렇게 말하고
있다.

　옛 사람이 말하기를 "궁할 때에는 홀로 그의 몸을 잘 간수하
고, 뜻을 이루면 아울러 천하를 위하여 일한다." 하였다. 나는

---

19) 『東國李相國集』 後集 卷2. 『白雲小說』에도 같은 글이 실려 있음.

비록 못났지만 늘 이 말로 스승을 삼고 있다.……그러므로 나의 뜻은 겸제(兼濟)에 있고 행실은 독선(獨善)에 있다. 이를 받들어 처음부터 끝까지 지키면 곧 도가 되고, 말로서 그것을 밝혀내면 곧 시가 되는 것이다. 풍유시(諷諭詩)라 말하는 것은 겸제의 뜻을 읊은 것이오, 한적시(閒適詩)라 말하는 것은 독선의 뜻을 읊은 것이다.

고인운　궁즉독선기신　달즉겸제천하　복수불초　상사차어
古人云; 窮則獨善其身, 達則兼濟天下. 僕雖不肖, 常師此語.

　　고복지재겸제　행재독선　봉이시종지　즉위도　언이발명
……故僕志在兼濟, 行在獨善. 奉而始終之, 則爲道, 言而發明

지　즉위시　위지풍유시　겸제지지야　위지한적시　독선지의야
之, 則爲詩. 謂之諷諭詩, 兼濟之志也; 謂之閒適詩, 獨善之義也.

그는 시를 짓는 최고의 목표가 온 세상을 위하는 풍유에 있고, 그 다음으로 자기 몸을 깨끗이 건사하는 한적을 추구하고 있다고 선언하고 있는 것이다. 따라서 그의 문집 속에는 신악부(新樂府)로 대표되는 150수를 넘는 풍유시(諷諭詩)가 있고, 100수가 넘는 한적시(閒適詩)가 있다. 그러나 보통 우리는 그의 대표작으로「장한가(長恨歌)」나「비파행(琵琶行)」같은 감상적인 장시를 들게 되고 또 감상시(感傷詩)의 분량이 풍유시보다 별로 적지 않은 것을 보면, 그는 실제로 시를 짓는 데에 있어 풍유나 한적과는 다른 차원의 서정도 추구했음이 분명하다. 그것은 백거이가 다른 한 편으로 시에 있어서 낮은 서민들의 언어와 그들의 서정을 추구하기도 하였기 때문이다. 어떻든 이규보는 백거이가 이룩한 전통적인 그의 시론과는 다른 차원의 창작성과를 보고 시에 있어서의 기의 문제를 생각하게 되었던 것 같다.

따라서 이규보의 기론은 우리나라 한시의 독자적인 성격

의 규정을 위한 노력에서 이루어진 것이라 하겠다. 그 때문에 그의 기론을 바탕으로 한 시관은 중국의 어떤 문인보다도 그들의 전통적 시론을 바탕으로 한 그 시대에 알맞은 구체적인 것이라 말할 수 있을 것이다. 다시 말하면 이규보의 시대 이후로 중국의 시인들은 오히려 "시를 짓는 뜻"을 두고 방황하는 느낌이었으나, 그는 우리 한시를 위하여 올바르고 확고한 시관을 제시하고 있는 것이다.

특히 중국시사상 창작에 있어서의 개성의 주장은 무엇보다도 소중한 것이라 여겨진다. James J.Y. Liu는 「The Arts of Chinese Poetry」[20] PartⅡ. Some Traditional Chinese Views on Poetry에서 (1) The Didactic View; Poetry as moral instruction and social comment, (2) The individualist View; Poetry as self-expression, (3) The Technical View; Poetry as literary exercise, (4) The Intuitionalist View; Poetry as contemplation의 네 가지를 논하였다. 그러나 그가 두 번째로 든 "개성주의적 관점"에서 실제로 개성을 주장한 문인으로서는 청대의 김성탄(金聖歎, ?~1601)과 원매(袁枚, 1716~1797)의 두 사람을 들고 있을 뿐이다. 그것도 이들이 전통문학면에서 보면 반동적인 인물들임을 생각할 때, 그리고 그들의 시론이 개성만을 강조한 것도 아니라는 것을 생각할 때, 이규보의 기론은 더욱 그 값이 돋보인다.

이것도 우리나라가 많은 면에서 실제로 중국보다 오히려

---

20) 韓譯으로 李章佑 교수의 『中國詩學』(明文堂, 1976, 서울)이 있다.

중국문화의 전통적인 성격을 순수하게 간직하고 있음을 보여 주는 실례의 하나가 될 듯하다. 그리고 이규보가 내세운 시에 있어서의 '기'는 우리나라 가사나 시조 등을 통하여 중국과는 다른 우리 시가의 성격으로 살아 전해졌을 것이다.

02. 우암(尤庵) 송시열(宋時烈)의 시관 (詩觀)과 시

❀ 1. 서론

우암 송시열(1607~1689)은 결코 시인이라 할 수는 없다. 더욱이 한 시대의 학술을 대표하고 일세의 정치문화를 영도 하였던 큰 인물을 놓고 그의 시를 논한다는 것 자체가 무의 미한 일로 여겨지기 십상이다. 그러나 우암 스스로 "문예와 사람의 성격 및 감정은 서로 관계가 밀접하다(文藝之與性 情, 相關審矣.")[1]고 말하고 있듯이 작자가 문예에는 무관심했 다 하더라도 그의 문예는 그의 성격과 감정을 잘 드러내 보 여주고 있는 것이다. 시는 다른 어떤 문예보다도 아무런 부 담없이 솔직한 생각과 느낌을 노래하는 것이어서 더욱 그러 하다. 주자(朱熹, 1130~1200)도 "시라는 것은 사람의 마음 이 사물에 대하여 느낀 것을 말로 형용하고 난 나머지인 것 이다(詩者, 人心之感物而形於言之餘也)"[2]라 하였다. 그러므 로 시는 사람의 인격과 사상을 꾸밈없이 드러내어, 바로 그 사람을 대표하게 된다. 주자는 그 당시 여러 사람들의 시를

---

1) 『宋子大全』 권138 晴峯集序.
2) 『詩集傳』 序.

비롯한 글에 대하여 쓸 적에는 반드시 먼저 그의 사람됨에 대하여 썼다고 하는데[3] 바로 그 때문인 것이다.

우암의 시는 『송자대전(宋子大全)』 제1권으로부터 제4권에 이르는 분량과 그 밖에 거기에서 누락된 얼마간의 것들이 있다. 분량은 그다지 많지 않으나 이 시들은 바로 작자의 성격과 감정의 표출이어서, 우암 시의 연구는 그 문학적인 성취뿐만이 아니라 작자의 사상과 학문의 특징을 이해하는 데에도 큰 도움이 될 수 있을 것으로 믿는다.

우암의 시는 얼핏 보기에 다른 사람에 화작(和作)하거나 만시(挽詩)를 비롯하여 남에게 지어준 시들이 그 대부분을 차지하는 형편이다. 그러나 그의 시 전체를 자세히 읽어보면 그 중심을 이루는 것은 작자의 사상이 담겨있는 철학적인 시들임을 알 수 있다. 거기에는 우암이 학문뿐만이 아니라 생활면에서까지도 배우려고 했던 주자의 영향이 가장 큼은 아무도 부인할 수 없을 것이다. 아마도 주자의 「재거감흥(齋居感興)」 20수 같은 철학시를 우암은 본받으려 했을 것이다. 그러나 실제로 우암시에서 가장 두드러지는 것은 소옹(邵雍, 1011~1077)의 영향이다. 우암은 소옹의 『이천격양집(伊川擊壤集)』을 다른 어떤 책보다도 애독하여, 길을 다닐 적에도 그 책 한권만은 언제나 손에서 놓지 않았다 한다.[4] 우암의 소옹의 「수미음(首尾吟)」의 운을 따라서 「차강절수

---

3) 註 (1) 참조.

4) 『語錄』: '……積置朱子大全, 語類, 及擊壤集, 兩先生往復書等文字, 沁潛不已, 而常以擊壤集爲主, 其餘則隨意看過. 擊壤集一卷常不釋手.' (『宋子大全』附錄 卷18, 朴光一綠 下)

미음운(次康節首尾吟韻)」이라는 134수에 달하는 대작의 시를 남겼는데 이 시가 우암 철학시의 주축을 이루고 있다. 이 밖에도 뒤에 다시 설명하겠지만 소옹과 관계가 있는 시들이 여러 편 있고, 그 밖에 거의 모든 시들에 그의 철학이나 학문의 영향까지도 느끼게 하는 내용들이 담겨 있다. 따라서 우암의 시를 연구한다는 것은 우암의 학문과 사상을 이해하기 위해서도 매우 중요한 일이나 우리 한문학사상 우암의 시는 올바른 평가와 관심을 받지 못하고 있는 듯하다. 그 시대 문학사상 우암 시의 위치와 그가 끼친 영향 등도 다시 새롭게 조명되어야만 할 줄로 믿는다.

❀ 2. 우암의 시관

첫째로 우암의 문학관은 송(宋)대의 주돈이(周敦頤, 1017~1073)가 "글이란 도를 실어 나르는 방법이다(文所以載道也)"[5]라 한 도학적(道學的)인 문론을 바탕으로 하고 있다. 주자가 "글이란 깃은 도를 관통하는 기구이다(文者貫道之器)"라고 한 초기 도학자들의 문론을 비판하며,

"도라는 것은 글의 근본이고, 글이라는 것은 도의 지엽이나 같은 것이다. 오직 그 뿌리를 도에 박고 있어야만 글로 나타내

---

5) 『通書』 文辭 제28.

는 것이 모두 도가 될 수 있는 것이다.

도 자 문 지 근 본　문 자 도 지 지 엽　유 기 근 본 호 도　소 이 발 지 어 문
道者文之根本, 文者道之枝葉. 惟其根本乎道, 所以發之於文

개 도 야
皆道也."6)

라고 한다기 보다 엄정한 문학관을 따르고 있다. 그러기에
한유(韓愈,768-824)와 유종원(柳宗元, 773-819)의 문장을
비교하여 "한유가 바다 같다면 유종원은 강물 같고, 한유가
강물 같다면 유종원은 시냇물 같다"고 하고, 한유와 소식(蘇
軾, 1036~1101)의 시문을 비교하면서 "소식의 글에는 한유
의 「원도(原道)」와 같은 글들이 없고, 소식의 시에는 한유의
「남산(南山)」 같은 시들이 없다"고 평했던 것도7) 우암의 그
러한 시문관을 증명해준다. 그러기에 「해봉집서(海峯集序)」
에서는 해봉(海峯)이 자신과는 달리 '산문은 양한대의 것을
위주로 하고, 시는 오로지 성당 것이어야 한다(文主兩漢, 而
詩專盛唐)'고 하는 작가이지만 그가 고산독우(高山督郵)로
있을 적에 지은 「각기시(却妓詩)」 몇 수에서 작자의 엄격하
고 바른 몸가짐에 옷깃을 여미고 존경하는 마음이 자신도
모르는 사이에 일어났다고 하면서, "옛날부터 문인들이나

---

6) 『朱子語類』
7) 『語錄』: '柳與韓何如? 曰 : 古人云, 韓如海, 柳如川. 就此可定其高下也. 曰
: 人言, 韓長於文, 短於詩. 蘇詩文俱長云, 何如? 曰 : 蘇文無原道等文, 蘇詩
無南山等詩. 蘇韓優劣, 不難辨也.' (『宋子大全』 附錄 卷18 崔愼錄 下)
8) 「海峯集序」: '余早聞, 公文主兩漢, 而詩專盛唐. 亟受而繙閱, 至高山督郵時
却妓數詩, 不覺斂衽而起敬也. 自古文人詞客, 有能說道及此者乎? 雖爛如錦
繡, 富如河海, 若求其一言之幾乎道則未也. 公眞可謂百世師也.' (『宋子大全』
139)

시인들 중에 도를 논하면서도 이런 경지에 이른 사람이 있었던가?(自古文人詞客, 有能說道及此者乎?)" 하고 찬탄하고도 있다.[8] 곧 우암은 시문은, 아름다운 문장의 수식이나 다른 어떤 무엇보다도 '도를 표현하는 것(說道)'이 가장 중요한 요건이라는 신념을 갖고 있었다.

우암 스스로 "시속적인 한가한 말들을 때때로 자신이 쓰기도 하지만 진부하고 용열하여 기율이 없는데 누가 그런 것을 시라고 할 수가 있겠는가?(里巷閒言語, 時時自寫之, 陳庸無紀律, 誰得謂之詩?)"(獨吟)하고 읊었다. '기율'이 없는 '진부하고 용열한' 시란 '도'와 관계없는 것이며, 그것은 시라고 부를 수도 없는 것이라는 뜻이다.

따라서 우암에 따르면 시문이란 "의리(義理)가 정순(精純)하고 논의가 올바라서, 올바른 공부에 도움이 되고 세상의 도리를 바로잡고 보충해 줄 수 있는 것"[9]이어야만 한다. 아무리 교묘하고 아름다운 시라 하더라도 올바른 공부에 도움이 되지 못하고, 세상의 도리를 바로잡고 보충해 줄 수 없는 글이라면 아무런 소용도 없는 것이 되고 만다. 그러므로 문장은 쓰기에 앞서서 작자에게 도덕이 먼저 갖추어져 있어야만 한다. 올바른 도만 갖추어져 있으면 문장은 곧 저절로 이루어지는 것이라 믿었다. 그래도 우암은 "주자의 글은 갖추어지지 않은 것이 없는데, 마음이 하고자 하는 대로 따라서 글을 토해낸 섯이 글이 된 것이다. 그러니 아마도 문장에 있어서도(도덕뿐만

---

9) 「澤堂集序」: '然求其義理之精, 論議之正, 可以羽翼斯文, 裨補世道者, 則未有若澤堂公文稿者也.……詳而其發爲文章者, 無非義理之實, 而非藻繪纂組者之可比也.' 『宋子大全』138.

이 아니라) 주자만한 이가 없을 것이다"[10]라고도 말하고 있다.

둘째로 우암은 시를 짓기는 하였지만 별로 중시하지는 않았다. 우암이 중시한 것은 도덕일 따름이다. 어떤 사람이 우암선생을 찾아뵙고 두보(杜甫)의 시를 공부하겠다고 하자 "그런 시 같은 것은 나는 모르는 일이다"고 하면서 사절하고 가르치지 않았다 한다. 우암은 시는 말할 것도 없고 과거(科擧)에 급제하여 출세하는데 필요한 공부도 그것은 올바른 공부가 아니라 생각하고 전혀 마음에 두지 않았을 뿐만이 아니라 그것을 남에게 가르치지도 않았다.[11] 그가 마음에 두고 있던 것은 성인(聖人)의 도이며 제자들에게 가르친 것은 소학(小學)을 시작으로 하여 사서(四書)·오경(五經)과 성리학(性理學)을 바탕으로 한 『주자가례(朱子家禮)』·『근사록(近思錄)』·『주자서절요(朱子書節要)』 등 성인의 학문 범위를 벗어나지 않는 것이었다. 우암이 얼마나 엄정한 도학자였는가 알 수가 있다. 따라서 우암은 "시란 지어도 괜찮고 짓지 않아도 괜찮은 것이다. 시를 짓지 못한다 하더라도 무슨 상관이 있겠는가?"[12]라고도 말하고 있다.

---

10) 『語錄』: '問朱子道德, 孔子後一人也, 文章何如? 先生曰 : 朱子之文, 無所不具, 而從心所欲, 吐辭爲文, 則窃恐文章亦無如夫子也.'(『宋子大全』附錄 卷18, 崔愼錄 下)

11) 『語錄』: '有人欲學杜詩, 先生却之曰 : 此等詩詞, 吾所不知者也. 辭而不誨. 蓋習肄科工, 取第榮身之事, 先生一切不以經心, 故亦一切不以敎人, 敎人始自小學, 而大學論孟中庸, 詩書禮記周易春秋等書, 次第爲敎, 家禮近思錄朱子書節要亦從其願而敎之.'(『宋子大全』附錄 卷18, 崔愼錄 下)

12) 『語錄』: '問, 士之不能作絶句律詩者, 何如? 先生曰 : 詩詞, 作之可也, 不作亦可也. 不能作詩詞, 何害之有?'(『宋子大全』附錄 卷18, 崔愼錄 下)

셋째로 우암은 시나 글을 짓되 글을 아름답게 꾸미는 사조(辭藻)는 반대하고 가벼이 여겼다. 우암은 「사계선생유고서(沙溪先生遺稿序)」에서 『논어(論語)』의 공자가 '글은 뜻만 전하면 그뿐이다(辭達而已)'고 한 말에 주자가 '매우 아름다운 글을 잘 지었다고 생각하지 않은 것이다(不以富麗爲工)'[13]고 보충설명한 말을 인용한 뒤, "우리 문원공(文元公)선생께서는 일생을 진리를 탐구하는 데에 몰두하여 저술(著述)에 종사하지 않았으나, 혹 부득이 하여 문자로 표현한 글은 질박하고 실질적이면서 성실하여 화려한 수사를 떼어버린 것이었다. 그러므로 이를 보는 이들은 위대한 소박함이 흩어지지 않은 것이라 하였다."고 말하고 있다.[14] 그러니 글을 쓴다 하더라도 글을 아름답게 꾸미는 일과는 상관없는 것이 되는 것이다. 글을 꾸민다는 것은 오히려 올바르지 못하고 불순한 내용들을 덮어주어 혼란을 일으킴으로써 참된 것과 거짓된 것을 분별하기 어렵게 만들뿐이라고 생각하였다.[15]

따라서 우암은 스스로 평생을 통하여 일찍이 잡된 글을 지은 일도 없거니와 쓸데없이 소용도 없는 글을 짓지도 않았

---

13) 衛靈公篇, 朱子 『論語集註』.

14) 「沙溪先生遺稿序」: '我文元公先生, 一生沈潛理窟, 不事著述, 或不得已而見於文字, 則質實渾厚, 絕去華飾, 故見者曰 : 大朴未散也.……然則學文之爲道, 豈文華之可與哉?'

15) 「晴峯集序」: '然辭語之富麗, 節族之淸越, 則其所謂性情者雖或不純乎天理之正, 而反爲其籠罩掩蓋者多矣. 於是乎淫哇混乎宮徵, 繁促間乎黃簇, 眞僞之辨不易而其難矣.' (『宋子大全』 138.)

다고 말하고 있다.[16] 한번은 우암이 오랜만에 주위 여러 사람들과 함께 화양동(華陽洞)에서 속리산으로 유람을 가다가 파곡(巴谷)에서 시를 지어 주고받았는데, 도중에 문득 주자의 한 가지 얘기를 생각하고 스스로 시 짓는 일에 대하여 경각심을 일으켰다. 주자는 장식(張栻, 1133~1180)과 남악(南嶽)에 놀러나가 시를 지어 서로 주고받다가는 곧 자신들이 너무 즐김에 빠져버리는 게 아닌가 스스로 반성하고 시를 함께 짓는 일을 중지했다는 것이다. 주자와 장식은 자연의 아름다운 경치만을 감상했을 뿐만이 아니고 그 때 지은 시에는 건곤(乾坤) · 태극(太極) · 대학(大學) · 혈구(絜矩)(이상 朱子) 및 강교(强矯) · 체용(體用) · 임심(臨深) · 이박(履薄)(이상 張栻) 등을 읊은 내용이 있는데도 그러하였거늘 지금의 자신들로서야 어찌 경각하고 반성치 않을 수가 있겠느냐고 하면서 방만해지려는 마음과 뜻을 다스린 것이다.[17] 그러니 우암으로서는 풍월을 읊으며 풍류를 즐긴다는 것은 마음의 자세를 허물어뜨리는 짓으로 여겨졌음이 분명하다.

따라서 문장이란 성인의 학문을 발전시키고 세상을 올바른 도로 이끄는 데에 도움이 되는 위대한 뜻이 실린 글이어

---

16) 『語錄』: '先生曰 : 吾平生未嘗作如此雜說, 又未嘗無故作無用之文也.' (『宋子大全』附錄 卷18 崔愼錄 下)

17) 「書巴谷酬唱詩後」: '……有謂今日之行甚樂, 盍相與賦詩以紀行? 皆曰 : 然……余忽思朱先生南嶽之遊, 酬唱甚富, 而旋卽自警曰 : 是亦足以爲荒矣. 遂與南軒相約而止. 今吾輩浸濟不已, 則無乃犯先生之戒乎? 且當時酬唱多依於理致, 故朱先生有乾坤太極大學絜矩之詠, 南軒有强矯體用臨深履薄之句, 不徒賞江山景物之勝. ……今吾輩無亦警省之心少, 而放浪之意多耶?' (『宋子大全』149)

야지, 아름다운 글을 꾸미는 것은 중요하지 않은 것이 될 수밖에 없는 것이다. 우암은 곧 문장이란 세상의 어지러움을 다스릴 『춘추(春秋)』의 글이나 '원망하고 비판하면서도 어지럽지 않은' 소아(小雅) 같은 글이나 '시사(詩史)'라고 부를 만한 두보(杜甫, 712~770)의 시 같은 위대한 뜻이 실려 있는 글이어야만 한다고 생각했던 것이다.[18] 우암이 문학에 대하여도 일마니 근엄한 태도를 취하였는가 알 수 있다.

끝으로 그러면 우암은 왜 그처럼 시나 아름다운 글을 쓰는 것을 경시하면서도 스스로 시를 지었는가? 그것은 비평가들이 "여러 가지 이치를 두루 표현하고 모든 자연의 변화를 총괄했다"고 하는 주자의 「감흥시(感興詩)」처럼 '사람들을 가르치고자 하는 절실한 마음에서 사람들에게 쉽게 이해되고 쉽게 느껴지는 시를 이용하여, 사람들이 이해하기도 어렵고 느끼기도 어려운 진리의 오묘함을 깨우치게 하고자 했던 때문'[19]인 것이다. 우암 스스로도 '시는 읊고 노래하는 사이에 사람들을 쉽사리 감동시켜서 사람들로 하여금 선한 것을 좋아하고 악한 것을 미워하는 마음을 일으키게 한다.'[20]는 뜻의 말을 하고 있다.

---

18) 「六吾堂遺稿跋」: '人謂春秋因亂而作, 又謂小雅怨誹而不亂. 又以杜工部所作爲詩史, 若此編者可謂義兼之矣.'(『宋子大全』148)

19) 「文公朱先生感興詩」 蔡模 後序 : '蓋以理義之奧難明, 詩章之言易曉 : 難明者難入而難感, 易曉者易入而易感也. 朱子切於敎人, 故特因人之易入易感者, 以發其所難入難感者耳.'

20) 「書閔台叟所編五倫詩後」: '然必以詩爲主者, 豈非以諷詠抑揚之間, 其感人易以入, 而興起其好善惡惡之心, 如朱子之訓也耶!'(『宋子大全』147)

그러면 결론적으로 시는 어떻게 지어야만 하는 것인가? 우암은 스스로 자신은 시의 성율(聲律) 같은 것에 대하여는 본시부터 자세히 알지 못한다고 전제하면서 주자의 말을 인용하여 다음과 같이 말하고 있다.

"먼저 반드시 고금(古今)의 체제(體制)와 아속(雅俗)의 향배를 잘 알아가지고 마음속의 더러운 것들과 지저분한 것들을 깨끗이 씻어내어야만 비로소 육예(六藝)의 향기와 윤기로 양치질을 함으로써 참되고 깨끗한 취향과 뜻을 추구할 수 있게 되는 것이다."[21]

그리고 우암은 시의 바탕이 되는 자신의 도에 대하여 다음과 같이 말하고 있다.

"도의 본체는 무궁한데 마음은 이 도에 잠기어 있으니 그래서 마음의 본체도 무궁한 것이다. 그러므로 도가 태극(太極)이 되고 마음도 태극이 되는 것이다."[22]

그러니 우암은 '도에 잠기어 있고' 또 '태극이 되는' '마음'의 참되고 올바른 표현을 추구하려는 것이 시의 이상이었음을 알 수 있다.

---

21) 「泛翁集序」: '余於聲病之功, 素昧源委, 而獨聞晦翁先生論詩之說矣. 其意蓋曰 : 先須識得古今體制, 雅俗向背, 能洗滌腸胃間軍血脂膏, 方可以漱六藝之芳潤, 以求眞澹之趣.' (『宋子大全』131)

22) 「看書雜錄」: '尤庵曰 : 道體無窮, 而心涵此道, 故心體亦無窮. 故曰 : 道爲太極, 心爲太極.' (『宋子大全』131)

❀ 3. 우암의 시의 특징

주자가 사람들이 시를 짓는데 빠져버리면 올바른 학문에 마음을 제대로 쓸 수 없게 된다 하여 시를 공부하는 일에 찬성하지 않았듯이 우암도 일부러 아름다운 문사를 다듬어 시를 짓거나 시 짓는 기교를 발전시키려 애쓰지 않았다. 그러기에 우암의 시는 아무런 꾸밈없이 생각이나 느낌을 있는 그대로 얘기하듯 자연스럽게 쓴 것들이 많다. 보기를 들어 보기로 한다.

자손들에게

내 나이 지금 일흔 하나이어서
너희들 할아버지 된지 오래이다.
너희들을 직접 가르치는 일을 나는 할 수 없으니
글 읽고 수행하는 일 모두 너희 자신에게 달려있다.

我今行年七十一, 久矣爲人之祖父.
敎之以身我未能, 讀書修行都在汝.「示兒孫」

스스로를 경계하여 읊음

내 나이 이제 팔십이 되어
뒤늦게 지난 평생의 일 한하네.

더욱이 후회스런 일 산처럼 쌓였으니

일일이 다 쓸 수도 없네.

아 년 금 팔 십　추 한 평 생 사
我年今八十, 追恨平生事,

우 회 여 산 적　일 필 난 가 기　　자 경 음
尤悔如山積, 一筆難可記. 「自警吟」

봉서사에 놀러갔는데 계곡을 따라갈수록 길
이 더욱 깊어지니 이 그윽한 흥취는 언제 끝
낼 것인가, 已자의 운을 받아 지음

숭정년간 을축년,

한 여름 십삼 십사일에,

종장이신 계담옹과

봉서사에 놀러가기로 약속하였네.

여러 종중 분들이 함께 갔는데

가고 가고 또 가다가는 멈추기도 하였네.

함께 온 십여 명 중에

성이 다른 분은 두 사람뿐이었네.

숭 정 을 축 세　중 하 순 삼 사　종 장 계 담 옹　약 속 기 봉 사
崇禎乙丑歲, 仲夏旬三四. 宗長桂潭翁, 約束期鳳寺.

제 종 병 비 행　행 행 행 차 지　동 래 십 여 인　이 성 유 유 이
諸宗並轡行, 行行行且止. 同來十餘人, 異姓唯有二.

유 봉 서 사 이 연 계 로 전 심 유 홍 하 시 이 분 운 득 이 자
「遊鳳棲寺以緣溪路轉深幽興何時已分韻得已字」

『송자대전(宋子大全)』(1985, 보경문화사 영인본) 권1의 101장부터 104장 사이에서 아무 시나 손닿는 대로 뽑아본 것인데도 이러하다. 시라지만 매우 산문적이다. 당(唐)대의 한유(韓愈, 768-824)가 많은 비평가들에게서 '이문위시(以文爲詩)' 했다는 평을 받았지만 한유보다도 그런 성향이 더하다. 이처럼 꾸밈없다는 것은 참됨을 뜻하고 산문적이라는 것은 무엇보다도 의리를 위주로 시를 썼음을 뜻하는 것이다. 그리고 '시는 읊고 노래하는 사이에 사람들을 쉽사리 감동시켜서 사람들로 하여금 선(善)을 좋아하고 악(惡)을 미워하는 마음을 일으키게 한다.'[23]고 생각했기 때문에 시에 자신의 중요한 사상을 담기에 힘썼을 것이다. 따라서 우암의 시는 다른 어떤 사람의 경우보다도 작자의 사상과 인격을 잘 드러내고 있다고 할 것이다.

여기에서는 우암의 시를 (1) 철학시, (2) 윤리시, (3) 우암시의 풍격과 사상이라는 세 분야로 나누어 그 특징을 검토해 보기로 한다. 우암의 시에는 철학과 윤리에 관계되는 것들 이외에 다른 여러 가지 특징도 있지만은 특히 이 두 가지가 가장 두드러지고 또 가장 중요하다고 여겨진다.

23) 앞 註 20)과 同.

(1) 철학시

우암은 학문은 말할 것도 없고 글씨까지도 주자를 배우려 했으니[24] 시에 있어서도 주자가 가장 큰 학습의 대상이었다. 그러나 앞에서도 이미 얘기했듯이 실제로 우암의 철학적인 시에 가장 크게 두드러진 영향을 드러내고 있는 것은 소옹 (邵雍)의 시이다. 우암의 시에는 「관격양집(觀擊壤集)」·「관격양집우음(觀擊壤集偶吟)」·「용강절어연구(用康節語聯句)」·「용강절선생운영회암부자(用康節先生韻咏晦庵夫子)」·「차주손소용강절운(次疇孫所用康節韻)」 등 직접 소옹과 관계되는 작품들도 많고, 소옹이 등장하는 시구가 들어 있는 시도 적지 않다. 그러나 무엇보다도 중요한 것은 「차강절수미음운(次康節首尾吟韻)」 134수(『宋子大全』 권4)이다. 이는 우암이 72세 되던 기미년(1679) 8월 9일 지은 것이니, 여기에 담긴 사상과 경륜 등은 우암의 원숙한 경지를 대표하는 것으로 보아도 좋을 것이다. 따라서 우암의 철학시로는 먼저 이 「차강절수미음운」을 연토하는 것이 당연한 순서가 될 줄로 믿는다.

「차강절수미음운」 134수를 보면 대체로 1·2수는 자신의 학문과 사상의 기초를 읊고 있고, 3~30수는 자경(自警)·자탄(自歎)에서 앙관부찰(仰觀俯察)·한간전기(閒看傳記)에 이르는 자신의 생활철학과 학문태도를 읊은 것이며, 31~41수

---

24) 『尤庵先生言行錄』 下篇 : '先生謂朴光一曰 : 君學習何書? 對曰 : 酷好顔魯 公筆法. 先生曰 : 欲勝朱子耶? 光一曰 : 先生寫習顔體云, 然否? 先生曰 : 吾若習顔體, 則當已練熟矣. 以不逮之才, 效朱子體, 古今畵虎不成矣.'

는 삼황오제(三皇五帝)에서 우탕문무(禹湯文武)에 이르는 옛 성왕에 대하여 읊은 것이고, 42~59수는 춘추전국(春秋戰國)에서 원(元)·명(明)에 이르는 중국의 역대 왕조의 정교(政敎)와 그에 관한 역사관을 읊은 것이고, 60~67수까지는 송(宋)대 이전까지의 유학의 전승을 읊은 것이고, 68~78수는 주돈이(周敦頤)에서 시작하여 주자에 이르는 송대 신유학(新儒學)의 발전과 전승을 읊은 것이고, 79~82수는 고조선(古朝鮮)에서 조선에 이르는 우리 역사를 시대별로 읊은 것이며, 83~94수는 여러 가지 유교의 경전(經傳)과 사서(史書)에 대하여 읊은 것이고, 95~99수는 주자 이전 송대 도학자(道學者)들의 저서에 대하여 읊은 것이고, 100~123수는 주자의 여러 가지 저술에 대하여 읊은 것이며, 124~129수는 여러 가지 자신의 자연관(自然觀)을 읊은 것이고, 끝머리 130~134수는 우암의 양성(養性)·거경(居敬)의 심법(心法) 등에 대하여 읊은 것이다. 이처럼 대강 이 시를 분류해 보아도 12부문에 달하는 그의 학문과 사상에 관한 다양한 내용을 읊은 것임을 알 수 있다.

이는 소옹의 「수미음(首尾吟)」이 시종 자신의 생활철학을 바탕으로 한 자기의 사상과 감정을 읊고 있는 것과는 크게 다르다. 다만 이 두 분 모두 첫째, 둘째 시만은 자신의 학문과 사상의 기반을 읊고 있어 비슷하다. 다음에 두 시를 비교해 보기로 한다.

제1수

우암 : 우암은 시를 읊기 좋아하는 것이 아니요
시란 우암에게 있어서 옛날 시대를 흠모하는 것이네.
요순과 복희(伏羲)·황제(黃帝)의 시대 비록 멀지만
우(禹)·탕(湯)·문왕(文王)·무왕(武王)이 그분들
　　계승하였네.
시·서·예·악의 경전은 가르침 아닌 것이 없고
신령한 성인과 어진 현명한 이들은 모두가 저술을
　　하셨네.
천만년을 두고 사람들이란 모두가 하나 같으니
우암은 시를 읊기 좋아하는 것이 아닐세.

　　우 옹 비 시 애 음 시　　시 시 우 옹 모 고 시
　　尤翁非是愛吟詩, 詩是尤翁慕古時.
　　요 순 희 헌 수 막 의　　우 탕 문 무 각 승 지
　　堯舜羲軒雖邈矣, 禹湯文武却承之.
　　시 서 예 악 무 비 교　　신 성 인 현 진 저 제
　　詩書禮樂無非敎, 神聖仁賢儘著題.
　　천 만 년 인 도 일 개　　우 옹 비 시 애 음 시
　　千萬年人都一箇, 尤翁非是愛吟詩.

소옹 : 요부는 시를 읊기 좋아하는 것이 아니요
성현을 만나 뵈려다가 흥취가 날 때가 있는 것이네.
해와 달과 별들을 요임금 법도로 삼았고
장강(長江)과 황하(黃河)와 회수(淮水)와 제수(濟水)를
　　우임금이 다스리셨네.

제왕과 제후들은 공자의 포폄(褒貶)을 거쳤으나
눈과 달과 바람과 꽃은 글로 제대로 표현되지 못하였네.
어찌 옛 분들에게 그에 관한 규범이 없었겠는가?
요부는 시를 읊기 좋아하는 것이 아닐세.

요 부 비 시 애 음 시　　위 견 성 현 흥 유 시
堯夫非是愛吟詩, 爲見聖賢興有時.

일 월 성 진 요 칙 료　　강 하 회 제 우 평 지
日月星辰堯則了, 江河淮濟禹平之.

황 왕 제 백 경 포 폄　　설 월 풍 화 미 품 제
皇王帝伯經褒貶, 雪月風花未品題.

기 위 고 인 무 관 전　　요 부 비 시 애 음 시
豈謂古人無關典, 堯夫非是愛吟詩.

제2수

우암 : 우암은 시를 읊기 좋아하는 것이 아니요
시란 우암이 사물을 살펴보았을 적에 나오는 것이네.
광대한 우주를 누가 주관 하시는가?
모든 자연 변화에는 전혀 사사로움이란 없네.
차고 이글어지고 살고 죽는 변화는 모두 미묘하게 드
　　러나고
음양의 변화는 상생상극(相生相剋)하며 만물을 생성
　　하네.
크고 작은 것이 모두 한 가지 원리로 관통되기 때문이지
우암은 시를 읊기 좋아하는 것이 아닐세.

우 옹 비 시 애 음 시　　시 시 우 옹 착 안 시
尤翁非是愛吟詩, 詩是尤翁著眼時.

방 박 곤 륜 수 주 시　　인 온 숙 살 자 무 사
磅礴昆侖誰主是, 氤氳肅殺自無私.

유행대대개미현　합벽유강지우기
流行對待皆微顯,　闔闢柔剛只偶奇.

대소부동개일관　우옹비시애음시
大小不同皆一貫,　尤翁非是愛吟詩.

소옹 : 요부는 시를 읊기 좋아하는 것이 아니라
　　　안락와 안에 앉아 살펴볼 적에 나오는 것이네.
　　　한 기운이 빙빙 돌면서 조금도 쉬는 일이 없고
　　　음양이 이리저리 변화하되 전혀 사사로움이란 없네.
　　　사철은 엇바뀌면서 서로 그때그때의 주인이 되고
　　　만물은 새로 태어나면서 다투어 기묘함을 드러내려
　　　　　하네.
　　　수많은 집안에서의 즐거운 일을 누리는 것이지
　　　요부는 시를 읊기 좋아하는 것이 아닐세.

요부비시애음시　안락와중좌간시
堯夫非是愛吟詩,　安樂窩中坐看時.

일기선회무소식　양의복도미상사
一氣旋回無少息,　兩儀覆燾未嘗私.

사시경혁호위주　백물신진쟁효기
四時更革互爲主,　百物新陳爭效奇.

향료허다가락사　요부비시애음시
享了許多家樂事,　堯夫非是愛吟詩.

―――――――――――――――――――――――

　　소옹의 시에서 '요부'는 그의 자이고, '안락와'는 그의 거
처이다. 앞에서도 이미 지적한 바와 같이 제1수는 각기 자신
의 학문 연원에 대하여 읊은 것이다. 학문의 연원이 소옹과
우암이 다를 수가 없다. 그러나 우암이 복희(伏羲)·황제(黃

帝)로부터 요(堯) · 순(舜) · 우(禹) · 탕(湯) · 문왕(文王) · 무왕(武王)의 성왕으로 이어지는 성인의 사상을 바탕으로 이룩된 시서예악에 대하여 성실히 읊고 있는데 비하여, 소옹은 성현으로 요(堯) · 우(禹)만을 내세우면서 보다 함축적으로 읊고 있다. 제2수도 다같이 자신의 사상의 근원이라 할 음양의 변화를 노래하고 있는데 우암 쪽이 만물생성의 원리와 태극(太極)의 이치를 좀 더 구체적으로 파악하고 있다고 볼 수 있다. 그것은 우암이 주자에 이르러 더욱 집대성(集大成)된 사상을 노래한 「재거감흥(齋居感興)」시의 시취(詩趣)까지도 소화를 하였기 때문일 것이다. 「재거감흥」 2수의 제1수는 다음과 같다.

흐릿한 하늘은 커서 한계가 없고
엉기어 있는 땅은 아래로 깊고 넓기만 하네.
음양의 변화는 잠시도 멈추는 법이 없어
추위와 더위가 서로 엇갈리며 왔다 갔다 하네.
옛날에 성스럽고 신령스런 복희씨가
몸을 숙여 땅을 살피고 몸을 젖혀 하늘을 우러러 오묘한 진리
    터득하니,
하도(河圖)는 볼 필요도 없이
인류문화를 바로 밝게 펴주셨네.
모든 것이 하나의 이치로 관통되어
분명하여져 애매함이 없게 되었네.
소중하신 주돈이(周敦頤)선생께서

우리 위하여 거듭 가르쳐 주셨네.

昆侖大無外, 旁礡下深廣.
곤 륜 대 무 외　방 박 하 심 광

陰陽無停機, 寒暑互來往.
음 양 무 정 기　한 서 호 래 왕

皇犧古神聖, 妙契一俯仰.
황 희 고 신 성　묘 계 일 부 앙

不得窺馬圖, 人文已宣朗.
불 득 규 마 도　인 문 이 선 랑

渾然一理貫, 昭晣非象罔.
혼 연 일 리 관　소 석 비 상 망

珍重無極翁, 爲我重指掌.
진 중 무 극 옹　위 아 중 지 장

　이를 읽어보면 사상의 내용에 있어서는 우암의 시는 소옹
보다도 주자 쪽에 훨씬 가까움을 알 수 있을 것이다. 곧 제1
수 학문에 대하여 읊은 경우도 그러하였지만은 제2수 사상
에 관하여 읊은 경우도 그 크기나 깊이에 있어 우암이 소옹
보다 훨씬 발전하고 있음을 알게 된다.
　우암의 시 중에서도 소옹의 「수미음」의 내용에 가장 접근
하고 있는 것은 제3수에서 제30수에 이르는 자신의 생활철
학과 학문태도를 읊은 부분이다. 그러나 우암이 소옹보다는
훨씬 성실하고 도학적이다. 우암은 술 마시는데 관하여는
제5수 한 곳에서만 읊고 있고, 그 경우에도 "자신의 가슴속
을 어지럽히어 뒤에 후회하게 된다(自家盪胸追悔非)"라 하
면서 학문을 잊지 않고 반성을 하고 있는데 비하여 소옹은

제4수, 제29수, 제68수 등에서 반취(半醉) 또는 대작(對酌)·독작(獨酌) 등을 읊고 있는데, "달 때문에 꽃 때문에 흥취 때문에 시를 읊는다(因月因花因興詠)"(제4수) 하였고, 또 "한 잔 두 잔 하다가 세 잔이 되고, 다섯 수 일곱 수 읊다가 열 수에 이르기도 한다(一盞兩盞至三盞, 五題七題或十題)"(제68수)고 읊고 있다. 곧 소옹은 꽃과 달을 읊고 즐기며 술 자체를 좋아하여 마셨는데 비하여, 우암은 잡된 마음가짐에서 벗어나 호연(浩然)해지려고 술을 마셨던 듯하다. 따라서 소옹은 봄을 노래할 적에도 "술잔 깊숙이 비단처럼 비치는 꽃 사이에서 취한다(盃深似錦花間醉)"(제43수) 하고 여름을 읊을 적에도 "대나무 밭에 손님들 머물게 하고 막걸리를 마신다(醪酒竹間留客飮)"(제44수) 하였으며, 가을을 노래할 적에도 "이제 시원해졌으니 새 술 마시는 것 미루어도 될 듯 하다(纔涼便可停新酒)"(제45수)고 읊고 있고, 그 밖에도 여러 곳에 술에 관한 구절이 보인다. 우암은 술을 반대하지는 않았으나 술을 즐기는 것을 노래한 시구는 보이지 않는다.

또 완전히 같은 뜻의 주제를 노래한 경우도 그 풍격이 뚜렷이 다르다. 보기로 '스스로 기뻐하는 것(自喜)'을 주제로 한 경우를 들어본다. 우암은 같은 주제를 거듭 노래하지 않았으나 소옹은 비슷한 내용을 두세 번 노래한 경우도 있어 '스스로 기뻐하는 것'의 경우에도 두 수가 있다.

우암 : 우암은 시를 읊기 좋아하는 것이 아니라
　　　시는 우암이 스스로 기뻐할 적을 드러내네.
　　　시 짓기를 추구하지 않으니 원래 졸열함이 당연하나
　　　본시 동기(動機)도 없는 것인데 어찌 그만둘 수도 있겠
　　　　　는가?
　　　머리 위의 해와 달은 널리 깨끗이 비춰주고 있고
　　　눈 아래 솔개와 물고기는 멋대로 날고 뛰고 있네.
　　　물외(物外)의 경지에 유유히 노니니 한 가지 일도 거리
　　　　　끼는 것이 없기 때문이지
　　　우암은 시를 읊기 좋아하는 것이 아닐세.

　　　　우 옹 비 시 애 음 시　　시 시 우 옹 자 희 시
　　　　尤翁非是愛吟詩, 詩是尤翁自喜時.
　　　　부 대 구 지 원 유 졸　　하 수 식 야 본 무 기
　　　　不待求之元有拙, 何須息也本無機.
　　　　두 변 일 월 한 소 쇄　　안 저 연 어 임 약 비
　　　　頭邊日月閒瀟洒, 眼底鳶魚任躍飛.
　　　　물 외 유 연 무 일 사　　우 옹 비 시 애 음 시
　　　　物外悠然無一事, 尤翁非是愛吟詩.　　(제12수)

소옹 : 요부는 시를 읊기 좋아하는 것이 아니요
　　　시는 요부가 스스로 기뻐할 적에 나오는 것이네.
　　　명색이 선비로 태평성대에
　　　중국에 남아로 태어났네.
　　　좋은 철 아름다운 경치도 무참히 지나가고
　　　　　무너져버리며
　　　소낙비와 회오리바람도 때 없이 불어오네.

이런 일들이 지나간다 해도 어찌 후회하는 일이 있겠
　　는가?
요부는 시를 읊기 좋아해서가 아닐세.

요부비시애음시　시시요부자희시
堯夫非是愛吟詩, 詩是堯夫自喜時.
명재사인당성세　생어중국작남아
名在士人當盛世, 生於中國作男兒.
양진미경인허폐　취우표풍무정기
良辰美景忍虛廢, 驟雨飄風無定期.
과차언능사추회　요부비시애음시
過此焉能事追悔, 堯夫非是愛吟詩.　　(제35수)

요부는 시를 읊기 좋아하는 것이 아니요
시는 요부기 스스로 기뻐할 적에 나오는 것일세.
헛된 명성 소용없고 지혜와 술수 뽐내지 않으며
본마음을 굽힐 쓸데없는 기운도 없다네.
술이 좋으면 문득 한 사발 떠서 마시고
꽃이 마음에 들면 가끔 두어 가지 꺾어 머리에 꽂네.
그래도 전혀 아무도 지나치거나 괴상하다 여기지 않기
　　때문이지
요부는 시를 읊기 좋아하는 것이 아닐세.

요부비시애음시　시시요부자희시
堯夫非是愛吟詩, 詩是堯夫自喜時.
불용허명긍지수　차무한기요심비
不用虛名矜智數, 且無閑氣撓心脾.
주가맥지범일구　화호유시잠양지
酒佳驀地泛一甌, 花好有時簪兩枝.
갱종무인아광괴　요부비시애음시
更縱無人訝狂怪, 堯夫非是愛吟詩.　　(제46수)

우암의 '스스로 기뻐하는 것'은 자연과 우주의 섭리속에 물외(物外)에 유유히 노니는 참되고 깨끗한 기쁨인데 비하여, 소옹의 '스스로 기뻐하는 것'은 이 세상에서 선비라는 지위를 누리고 있는 기쁨이요, 또 태평성대에 중국의 남자로 태어났다는 기쁨이다. 따라서 우암의 기쁨과 소옹의 기쁨은 그 차원을 완전히 달리하고 있는 성질의 것이다. 소옹의 「수미음」에는 이 밖에도 '한월(恨月)', '애월(愛月)', '중야(中夜)', '방우(訪友)', '신각(信脚)'(제82~86수)을 비롯하여 가벼운 자신의 감정을 노래한 작품들도 있으나 우암의 경우에는 그처럼 가벼운 작품이 없다. 소옹의 작품을 한 수 보기로 든다.

요부는 시를 읊기 좋아하는 것이 아니요
시는 요부가 친구를 방문했을 적에 우러나는 것일세.
반갑게 맞아줄 주인이 어쩌다가 없게 되면
머리 흰 늙은이는 허탕 치고 되돌아오네.
몇 집의 큰 저택이 기우는 햇볕 아래 가로놓였고
한 가닥 남은 봄이 아쉬워 뻐꾹새가 울고 있네.
홀로 갔다 홀로 와서 또 홀로 앉아 있기 때문이지
요부는 시를 읊기 좋아하는 것이 아닐세.

堯夫非是愛吟詩, 詩是堯夫訪友時.
靑眼主人偶不在, 白頭老叟還空歸.

幾家大第橫斜照, 一片殘春啼子規.
^{기 가 대 제 횡 사 조} ^{일 편 잔 춘 제 자 규}

獨往獨來還獨坐, 堯夫非是愛吟詩.
^{독 왕 독 래 환 독 좌} ^{요 부 비 시 애 음 시}

곧 한적(閒適)을 즐기는 자신의 생활관을 가벼이 표현한 것이다. 그러나 우암의 경우에는 주제가 가벼워 보이는 경우에도 시의 내용은 가볍지 않다. 보기로 '낮잠 꿈(午夢)'을 주제로 한 제 15수를 읽어보자.

우암은 시를 읊기 좋아하는 것이 아니요
시는 우암이 낮잠 자다 꿈을 꾸었을 적에 우러나는 것일세.
초목 욱어진 구의산(九疑山)으로 순임금 찾아뵙고
팔괘의 원리에 대하여 복희씨(伏羲氏) 찾아가 여쭈었네.
노래 주고받고 권하고 사양하며 석 잔의 술 마시고
도끼자루 썩는 줄도 모르며 바둑으로 한 판 다투기도 하였네.
나비와 장자(莊子)가 문득 다 사라졌기 때문이지
우암은 시를 읊기 좋아하는 것이 아닐세.

尤翁非是愛吟詩, 詩是尤翁午夢時.
^{우 옹 비 시 애 음 시} ^{시 시 우 옹 오 몽 시}

蒼莽九疑朝帝舜, 縱橫八卦問包犧.
^{창 망 구 의 조 제 순} ^{종 횡 팔 괘 문 포 희}

歌賡揖遜三盃酒, 柯爛交爭一局碁.
^{가 갱 읍 손 삼 배 주} ^{가 난 교 쟁 일 국 기}

낮잠을 자면서도 꿈에 창오지야(蒼梧之野)로 순(舜)임금을 찾아뵙기도 하고, 팔괘(八卦)를 만든 복희씨(伏羲氏)를 찾아가 그 원리를 물어보기도 하는 것이다.

그 밖에도 우암은 더욱 많은 부분을 옛 성왕과 성현들 및 경전과 성리(性理)에 관한 책들에 대하여 읊고 또 역사를 읊는데 할당하고 있는 것을 보면 소옹에 비하여 훨씬 성실한 위에 학문에 더욱 전념하고 있었음을 알 수 있다.

이는 우암의 사상이 주자에게서 이루어진 이기설(理氣說)을 더욱 발전시킨 것이기 때문에 주자 못지않게 학술적인 기반을 중시한 때문인 것 같다. 우암은 학문이 생애의 전부이며 가장 큰 보람이었다. 보기로 주자의 『문공전집(文公全集)』을 읽는 기쁨에 대하여는 제122수에서 다음과 같이 읊고 있다.

　　우암은 시를 읊기 좋아하는 것이 아니요
　　아침저녁으로 문공전집을 읽을 적에 우러나는 것이네.
　　뜻을 이해하게 되어 기뻐지고 또 이치를 이해하게 되니
　　책을 펴려 하면 이미 미간(眉間)부터 펴지네.
　　내 삶이 비록 아침 저녁에 달린 일이라 하더라도

이 즐거움 어찌 곤궁하다하여 바뀌어지겠는가?
큰 나무에 붙은 왕개미를 두고 때로는 한 번 웃게 되기
　　때문이지
우암은 시를 읊기 좋아하는 것이 아닐세.

尤翁非是愛吟詩, 早夜文公全集時.
우옹비시애음시　조야문공전집시

忻會意時還會理, 欲開編處已開眉.
흔회의시환회리　욕개편처사개미

吾生縱是朝昏事, 此樂何能困戹移?
오생종시조혼사　차락하능곤액이

大樹蚍蜉 天下陸學 時一笑, 尤翁非是愛吟詩.
대수비부 천하육학 시일소　우옹비시애음시
　　　吾東尹鐫
　　　오동윤전

──────────────────────────────────

　　"큰 나무에 붙은 왕개미"란 중국의 육상산(陸象山)과 조선
의 윤전(尹鐫)을 가리킨다고 스스로 주를 달고 있다.
　　끝머리 제124수 이하 11수의 우암의 자연관과 생활철학을
읊은 시들에서도 크면서도 빈틈없는 그의 사상을 엿보게 된
다. 보기를 들면 벌레를 보더라도(제126수) 우암은 거기에
서 음양의 조화와 천리(天理)를 발견하고 있는 것이다.

우암은 시를 읊기 좋아하는 것이 아니요
곤충을 묵묵히 관찰하고 있을 적에 우러나는 것이라네.
음양이 아니라면 그 누가 만물을 존재케 했을 것인가?

모두가 감정과 본성을 지니고 있음은 감출 수 없는 일이네.
때로는 울다가 때로는 뛰어다니는 데에 하늘의 기틀 드러나고
혹은 나타나고 혹은 숨어버리는 데에서 시절의 변화 알게 되네.
모두가 이렇게 되어가고 멈춰지는 일이란 없기 때문이지
우암이 시를 읊기 좋아하는 것이 아닐세.

우 옹 비 시 애 음 시　묵 찰 곤 충 다 소 시
尤翁非是愛吟詩, 黙察昆虫多少時.

숙 사 음 양 능 유 물　혹 함 정 성 막 운 미
孰捨陰陽能有物, 或含情性莫云微.

시 명 시 약 천 기 동　혹 계 혹 배 세 후 지
時鳴時躍天機動, 或啓或坏歲候知.

함 약 지 시 개 부 독　우 옹 비 시 애 음 시
咸若之是皆不瀆, 尤翁非是愛吟詩.

　　우암의 성실한 성격 때문에 그의 글에는 잡문이나 쓸데없
는 내용이 없을 뿐만 아니라, 다소의 차이는 있을지언정 거
의 모든 시에 자신의 철학이 깃들어 있다. 다만 본격적으로
자신의 사상을 읊은 시로는 「차박화숙소기십이편(次朴和叔
所寄十二篇)」·「용제노선생소차자극궁운근정농수정주인(用
諸老先生所次紫極宮韻謹呈籠水亭主人)」같은 것들이 있다.
보기로 음양의 원리를 읊은 앞 시 중에서 제2수를 든다.

양의 효(爻)는 어째서 하나의 곧은 줄인가?
음의 효는 누가 나누어 놓았는가?

자연히 단 하나이기도 하고 나누어지기도 한 것이니
사람들이 손대어 자른 것이 아닐세.
단 하나인 것은 선(善)의 근본이요
나누어진 것은 악(惡)의 씨일세.
성인은 자연의 변화를 근거로 다스리어
저 편은 억누르고 이 편은 북돋아 주네.
어찌하여 변화가 극심한데
큰 것이 지나간 뒤엔 작은 것이 반드시 오는가?

양 의 하 일 직　음 의 숙 분 개
陽儀何一直? 陰儀孰分開?

자 연 단 이 탁　부 대 인 전 재
自然單而拆, 不待人剪裁.

단 위 선 지 근　탁 시 특 지 태
單爲善之根, 拆是慝之胎.

성 인 병 원 화　피 억 차 언 배
聖人秉元化, 彼抑此焉培.

여 하 화 아 극　대 왕 소 필 래
如何化兒劇, 大往小必來?

우암의 시는 풍류와는 거리가 멀다. 심지어 바람이나 달을
읊은 경우에도 그 속에 깊은 철리를 담고 있다. 보기로 바람
을 읊은 「영풍(詠風)」시를 읽어보기로 하사.

어디로부터 와서 어디로 가는가?

냄새도 없고 형체도 없으나 소리만이 있네.
적벽에서는 일찍이 조조(曹操) 군사들의 배를 불태우고
수양에서는 부질없이 항우(項羽)의 군사들을 흩어지게 하였네.
구름을 뒤엎고 은하수를 돌리어 하늘의 기축(基軸)을 움직이고
바다를 출렁이게 하고 산을 뒤흔들어 땅의 기축을 기울게 하네.
우리 집 지붕의 이엉을 모두 말아 날리어
달빛이 새어 들어오면 마음을 밝게 비쳐주련만!

來從何處去何處? 無臭無形但有聲.

赤壁曾焚曹子舶, 濉陽虛散項家兵.

翻雲轉漢天樞動, 蕩海掀山地軸傾.

捲我屋頭茅蓋盡, 月光穿漏照心明.

　　우암이 읊은 바람은 단순한 바람이 아니라 역사의 추진력
이며 변화를 이끄는 기세이고, 끝 구절에 나오는 '달빛'은
진리의 상징인 것이다. 그것은 「차풍월정운(次風月亭韻)」의
경우도 마찬가지이다.

바람이 맑으니 달도 맑은데
달은 희어도 바람은 희지 않네.

두 가지가 같은가 같지 않은가
정자 안의 손님들께 여쭙고자 하네.

風_풍淸_청月_월亦_역淸_청, 月_월白_백風_풍不_불白_백.
二_이者_자同_동不_불同_동, 請_청問_문亭_정裏_리客_객.

곧 여기의 바람과 달 속에는 우암의 인식론이 깃들여져 있는 것이다. 이렇게 본다면 시는 무엇보다도 우암의 철학을 있는 그대로 싣고 있는 자료라 하여도 좋을 것이다.

(2) 윤리시

우암의 시에는 그의 철저한 성실성과 학문의 성격상 윤리와 관계되는 작품이 많지 않을 수가 없다. "예에 어긋나는 경우엔 움직이지 말라 하셨는데, 이 말씀 버려두고 무엇을 지키겠는가?(非禮勿動云, 捨此將何守?「次後雲翁煥章菴七十一韻」)"하고 스스로 읊고 있는 분이기에 당연한 일이라 할 것이다.「차후운옹환장암칠십일운」시도 이렇게 시작되고 있다.

세상의 사람들 이 몸을 갖고 태어났는데
인의는 본시부터 갖추어져 있던 것이네.
아울러 여기에 가득 차있는 만물과 섭리가 있으니
하늘과 땅이 위대한 부모일세.
게을리 하지 않아 욕된 일이 없어야만
그 높고 두터움을 본받을 수 있게 되네.
예의와 음악은 자연히 밝게 베풀어져
하도(河圖) 낙서(洛書)가 없어도 무방할 것이네.

생 민 유 차 신　인 의 즉 고 유
生民有此身, 仁義即固有.

겸 자 색 여 수　천 지 대 부 모
兼玆塞與帥, 天地大父母.

비 해 무 소 첨　가 초 기 고 후
匪懈無所忝, 可肖其高厚.

예 악 자 선 랑　부 득 용 도 부
禮樂自宣朗, 不得龍圖負.

　　우암은 인의는 인간에게 있어서는 바로 이(理)와 기(氣)라
고 생각했던 것이다. 우암의 사상 중에서 윤리가 차지하는
무게가 어느 정도인가 짐작이 가게 하는 대목이다.
　　심지어 도연명(陶淵明)과 관계되는 시에 있어서도 우암은
다른 사람들과는 달리 술에 대한 말은 한마디도 없이 "사람
들이 말하기를, 인을 따르면 영화롭게 된다 하였다.（人亦有

言, 爲仁則榮)"(「次文谷和陶四章」 其三), "여색(女色)은 가벼이 여기며 현명한 이들을 현명하다고 위해주고, 인을 지키면서 친근한 이들을 친근히 대한다(易色賢賢, 有仁親親)"(「次市南俞 棨和陶六章」 其二)하고 윤리를 설교하고 있는 정도이다. 따라서 인의예지나 성명(誠明) 등을 강조한 말들은 우암의 시 중 어느 곳에서나 발견된다. 풀과 나무를 읊는다 하더라도 매난국죽의 사군자 같은 것들이 시제로 오를 수 있는 것도 당연한 일이라 할 수 있고, 또 그 경우에는 윤리적인 깊은 뜻을 싣고 있을 것도 당연지사라 할 수 있다. 이 경우 무엇보다도 윤리적인 뜻이 가장 두드러질 것임은 더 말할 필요조차도 없다. 보기로 「차주손영국운(次疇孫咏菊韻)」의 제2수를 읽어보기로 하자.

　　떨어진 것이든 떨어지지 않은 것이든 꽃은 모두가 향기로우니
　　왕안석(王安石)은 쓸데 없는 생각이 많다고 구양수(歐陽修)가
　　　　비웃었네.
　　굴원(屈原)은 꽃잎을 먹은 뒤 상수(湘水)에 몸을 던져 죽었는데
　　물고기 배에선 천년이 지났는데도 스스로 향기가 난다네.

　　작자주 : 왕안석의 시에 "떨어지는 국화가 날리니 온 땅이 황금으로 덮이네." 하고 읊었는데, 구양수가 농담을 하기를 "가을꽃은 봄꽃이 떨어지는 것에 견줄 수가 있는 것이 아니니, 시인들은 자세히 관찰하여야 함을 알려주네."라 하였다. 왕안석이 그 말을 듣고 웃으면서 말하기를 "구양수께서는 어찌 『초사』의 '저녁에는 가을 국화의 떨어진 꽃잎을 먹는다' 고 한 것을 보지 못하셨는가?"고 말하였다. 후세 사람이 이에 대하여 평하여 말하

였다. "구양수와 왕안석은 풀과 나무에 대하여 다 알지를 못한 때문이다. 떨어지는 것이 있고 떨어지지 않는 것이 있는 줄을 알지 못했던 것이다."

낙 불 락 영 도 시 방　반 산 다 사 소 구 양
落不落英都是芳, 半山多事笑歐陽.

초 신 찬 후 침 상 수　어 복 천 추 역 자 향
楚臣餐後沈湘水, 魚腹千秋亦自香.

자 주　개 보 시　잔 국 표 령 만 지 금
自注：介甫詩, 殘菊飄零滿地金.

공 희 왈　추 화 불 비 춘 화 락　위 보 시 인 자 세 간
公戲曰：秋花不比春花落, 爲報詩人仔細看.

개 보 문 지　소 왈　구 구 기 불 견 초 사 석 찬 추 국 지 낙 영 호
介甫聞之, 笑曰：歐九豈不見楚辭夕餐秋菊之落英乎?

후 인 평 지 왈　구 왕 어 초 목 유 미 진 식　부 지 유 락 자　유 불 락 자 야
後人評之曰：歐王於草木猶未盡識, 不知有落者, 有不落者耶.

곧 이 시에는 인덕(仁德)이나 올바른 성품은 시종 향기를 뿜는 것이니 수신(修身)을 잘 해야 된다는 교훈을 담고 있다.

시 중에는 자손들에게 지어준 것들과 만시(挽詩)들이 상당히 많은데 이것들도 모두 윤리와의 관련이 매우 뚜렷하다. 자손들에게는 주는 시들을 보기로 들어본다.

아아, 네 나이 한창인데 학문 다 이루지 못하였으니
말 같은 네 마음 재갈 풀린 듯 달려가는 것 누가 막아주랴?
은밀한 곳에서도 마음에 부끄러운 점이 없기가 어렵고
겸손하지 못할 때 환난은 이미 생겨나는 것이니라.

嗟爾年芳學未成, 誰禁意馬脫鞿行?
<small>차이년방학미성 수금의마탈기행</small>

難於隱處心無愧, 當不遜時患已生. 「示曠孫」
<small>난어은처심무괴 당불손시환이생　시주손</small>

어째서 명색이 대장부라 하는가?
재물과 여색(女色) 보기를 없는 것처럼 하기 때문이니라.

何者名爲大丈夫? 於財於色視如無. 「自警吟示兒孫」
<small>하자명위대장부　어재어색시여무　자경음시아손</small>

술 광의 술은 마시지도 말고 탐내지도 말며
짬이 날 적에는 언제나 서가 위의 책 뒤져보아야 하네.
일하는 것과 공부하는 일이 서로 도와 발전할 수 있게 한다는
　　것을 안다면
쓸데없는 말로 뜻이 갈려지게 해서는 안 되느니라.

無事莫眈壚上酒, 暇時須檢閣中芸.
<small>무사막탐로상주　가시수검각중운</small>

從知仕學能相長, 休把閒言用志分. 「送曠孫赴朝」
<small>종지사학능상장　휴파한언용지분　송주손부조</small>

　상대가 자손들이니 올바른 행실과 학문을 독려하는 것은
지극히 당연한 일이라 할 것이다. 그런 중에도 시로써도 빼
어난 작품들이 눈에 뜨인다.

　　수많은 강물 위에 비치는 비갠 하늘의 달처럼 마음은 함께
　　　　밝게 비쳐지고
　　넓은 세상에 부는 세찬 바람처럼 기운은 거침없이 달려가네.
　　옛날부터 영웅들이 한 일을 본다면

두려운 듯 조심조심하면서 실로 중요한 일 이루었음을 알아
야 하네.

제 월 천 강 심 공 조　　　장 풍 팔 우 기 동 구
霽月千江心共照, 長風八宇氣同驅.
수 간 만 고 영 웅 사　　　전 전 긍 긍 실 작 추　　자 경 음 시 자 손
須看萬古英雄事, 戰戰兢兢實作樞. 「自警吟示子孫」

깨끗한 마음과 빼어난 기개에다 정성스럽고도 공경스런
몸가짐을 가르치면서도 시의 대가 못지않은 멋진 구절을 이
루고 있는 것은 우암의 깊은 학문 탓이라 할 것이다.
「차강절수미음운(次康節首尾吟韻)」에도 스스로 경계하여
야한다는 뜻을 읊은 시가 여러 편 보이고 그 밖에도 앞에 든
「자경음시자손(自警吟示子孫)」을 비롯하여 「자경음(自警
吟)」·「자성(自省)」·「자경음시주손(自警吟示疇孫)」·「자경
음시아손(自警吟示兒孫)」등이 보인다. 우암은 늘 스스로를
반성하며 더욱 깨끗하고 올바른 마음가짐을 지니기에 힘썼
기에 이런 시가 많은 것이다. 따라서 이런 시들은 거의 모두
가 윤리적인 내용이 담긴 작품이기도 하다. 병인(丙寅)년
(1686)에 지은 「자경음」시의 앞 쪽 절반을 인용한다.

내 나이 지금 팔십인데
평생의 일을 되돌려 생각해보니,
잘못과 후회가 산처럼 쌓여서
단번에 다 적어내기도 어렵네.
어비이 섬기는데 있어서는 내 생각대로만 하였고
부모님 뜻 거의 받들지 못하였네.
사촌 형은 사사로운 생각에 가리어져
억지로라도 자기 뜻대로 하기 좋아했네.
방안에 홀로 있을 적에 몸을 근신하지 못하였으니
언제나 방구석에 대하여 부끄러운 일만 하였네.
친구를 사귐에 있어서는 충후한 경우가 드물었고
그들의 어려움을 감싸주지 못하였네.
하물며 임금과 신하의 관계에 있어서
감히 의로움에 가까웠다고 하겠는가?
『서경(書經)』에서 말한 오륜(五倫)을
좀 벌레가 뜯어먹듯 무너뜨렸네.
즉시 마땅히 사람들이 바로잡아 주어야 할 것이니
올바른 사람이라 어찌 감히 하겠는가?
망령되이 세상의 도리를 책하면서
스스로 모든 일에 자신을 내세우네.

아 년 금 팔 십   추 억 평 생 사
我年今八十, 追憶平生事,

우 회 여 산 적   일 필 난 가 기
尤悔如山績, 一筆難可記.

事親任所見, 多不承其志,
^{사 친 임 소 견} ^{다 불 승 기 지}

從兄蔽於私, 强剛喜自遂.
^{종 형 폐 어 사} ^{강 강 희 자 수}

居室昧謹獨, 無非屋漏愧.
^{거 실 매 근 독} ^{무 비 옥 루 괴}

交友鮮忠厚, 不能庇其累.
^{교 우 선 충 후} ^{불 능 비 기 루}

況於君臣際, 敢曰近於義?
^{황 어 군 신 제} ^{감 왈 근 어 의}

書所謂五典, 損壞如蠹縋.
^{서 소 위 오 전} ^{손 양 여 려 추}

亟當正於人, 正人安敢企?
^{극 당 정 어 인} ^{정 인 안 감 기}

忘以世道責, 自任於一己.
^{망 이 세 도 책} ^{자 임 어 일 기}

이 시에서는 후세 사람들에게 효도와 홀로 있을 적에도 신중히 행동하라는 신독(愼獨)과 임금에 대한 충성의 법도를 가르쳐 주고도 있는 것이다.

특히 우암은 '충(忠)'에 있어서는 효종대왕(孝宗大王)과 북벌(北伐)을 획책하다가 뜻을 미처 이루지도 못한 채 효종께서 돌아가신 터라, 효종과 관계되는 시에는 그 뜻이 각별하다. 화양동(華陽洞)에는 읍궁암(泣弓岩)이 있을 정도로 효종에 대한 우암의 감정은 절실하였기 때문에, 효종과 관계되는 시편이 많은 것도 당연한 일이다. 「차홍원구기주손이십운(次洪元九寄疇孫二十韻)」·「효묘휘일감음(孝廟諱日感吟)」·「오월사일(五月四日)」·「차김상국기지소기운(次金相

國起之所寄韻)」·「차운사김능지수능견증(次韻謝金能之壽能見贈)」·「야좌청심루첨망녕릉감부 이수(夜坐淸心樓瞻望寧陵感賦 二首)」·「효종대왕만장(孝宗大王挽章)」·「차수곡소의망운(次樹谷逍嶷望韻)」·「차이동보오월사일운(次李同甫五月四日韻)」등이 바로 그것이다. 간단한 「효묘휘일감음」시를 보기로 든다.

기일(其一)

임금님께서 백운향(白雲鄕)으로 올라가신
기해(己亥)년은 이제 이십구 년이나 되었네.
흰 머리의 외로운 신하 멀리서 제사 모시면서
초(楚)나라 강물에 몸을 던진 굴원(屈原)처럼 슬프고 가슴
　　아파 하네.

　중 동 거 상 백 운 향　기 해 어 금 이 십 상
重瞳去上白雲鄕, 己亥於今二十霜.
　백 발 고 신 요 봉 휘　초 강 난 두 공 비 상
白髮孤臣遙奉諱, 楚江蘭杜共悲傷.

기이(其二)

정순하고 한결같은 충성의 참된 근원 찾을 수 없지만
구의산(九疑山)은 아득히 멀고 흰 구름만 짙게 가리었네.
오늘 아침 황폐한 성 밖에서 통곡을 하였는데
초(楚) 땅의 대 같은 굴원의 혼만이 이 마음 알아주리라!

精一眞源不可尋, 九疑迢遞白雲深.

今晨痛哭荒城外, 楚竹惟應識此心.

충성의 열정이 넘쳐나는 듯한 시이다. 지금 사람들에게도 조국과 민족은 어떤 뜻이 있는가, 학문의 목표란 무엇인가를 일깨워주는 시이다. 그리고 우암은 이러한 충(忠)의 뜻을 평생 동안 마음에 새겨두고 있었다. 시국관에 있어서도 우암의 사상은 역사가들로부터 올바른 평가를 받지 못하고 있는 듯하다. 「야좌청심루첨망녕릉감부」의 제1수를 읽어보자.

우리 임금님의 덕과 의로움 그 누가 따를 수 있겠는가?
강가의 누각에서 추운 밤에 깨어 말씀 나누신 적 있었지.
머리 흰 옛 신하로 오직 나만이 남아 있으니
창오(蒼梧)의 고목인들 누구를 위하여 슬퍼할 것인가?
하늘의 마음처럼 어질고 자애로운 분에게 재액이 닥쳤으니
늙은 신하 걱정과 슬픔으로 피눈물 흘리네.
오래 앉아있자니 달 지고 능의 잣나무 어둑어둑해져서
어느 곳에 가서 무릎 꿇고 말씀 아뢰어야 할지 모르겠네!

吾君德義孰能追? 江閣寒宵晤語時.

白首舊臣惟我在, 蒼梧古木爲誰悲?

천심인애재요천　고로우상혈루자
天心仁愛災妖薦, 故老憂傷血淚滋.

좌구월침능백암　부지하처궤진사
坐久月沈陵柏暗, 不知何處跪陳辭.

　　우암에게 특히 많은 만시(挽詩)를 보아도 무엇보다도 사람에 대한 평가는 윤리가 가상 중요한 기준이 되고 있음을 알게 된다. 「한참판필원만(韓參判必遠挽)」 같은 시는 처음부터 끝까지 윤리에 관한 말로 애도의 뜻을 나타내고 있다.

효도와 우애로 평생을 바르고 순수하게 행동하였고
벼슬 높아도 내내 깨끗하고 가난함을 즐기었네.
충성과 부지런함은 이미 드러나 높은 해처럼 드높고
일에 관하여 아뢸 적에는 하는 말이 곧고 쟁론은 적절하였네.
슬하에는 지초(芝草)와 난초(蘭草) 같은 자녀들이 착한 일을
　　　행하고 있고
인간세상의 수와 복은 인(仁)함에서 온다는 것을 증험하고
　　　있네.
분묘 문 앞에서 하루 저녁에 눈물 뿌리게 되었는데
정분은 아직도 친 동기간이나 같네.

효우평생행의순　관고종시락청빈
孝友平生行誼純, 官高終始樂淸貧.

충 근 이 저 임 위 일　당 직 쟁 칭 주 사 진
忠勤已著臨危日, 讜直爭稱奏事辰.

슬 하 지 난 지 적 경　인 간 수 복 험 유 인
膝下芝蘭知積慶, 人間壽福驗由仁.

침 문 일 석 편 휘 루　정 분 환 동 골 육 친
寢門一夕偏揮淚, 情分還同骨肉親.

　그 밖에도 우암의 시에는 윤리적인 구절이 무수히 보인다.
보기를 몇 구절 들어본다.

　　공자의 인과 맹자의 의에 진실로 부끄러울 것이 없으니
　　동쪽의 바다와 산처럼 빛을 발하고 있네.

공 인 맹 의 진 무 괴　노 해 이 산 요 유 광　　이 죽 창 시 직 만
孔仁孟義眞無愧, 魯海夷山耀有光. 「李竹窓時稷挽」

　　평생의 맺은 우의는 쇠나 돌처럼 단단했고
　　만년의 법도는 모두 서로 통하였네.

평 생 계 의 여 금 석　만 세 잠 규 진 폐 장　　완 남 이 후 원 만
平生契誼如金石, 晚歲箴規盡肺腸. 「完南李厚源挽」

　　그 중 옹(顒)은 재주가 있으면서도 현명하고
　　익(益)의 성실한 효도는 사람들이 칭송하는 바일세.

기 중 옹 야 재 차 현　익 지 성 효 인 소 칭　　이 생 영 만
其中顒也才且賢, 益之誠孝人所稱.. 「李生穎挽」

이처럼 윤리시가 많고 또 시들이 전체적으로 윤리적인 성격을 띠고 있다는 것은 우암이 정성(誠)과 공경(敬)을 바탕으로 궁리를 다하면서 학문을 게을리하지 않은 위에 언제나 나라와 사회를 걱정했던 인물이었음을 뜻한다 할 것이다.

(3) 우암시의 풍격과 사상

우암의 시는 전체적으로 볼 때 한마디로 표현하면 질실혼후(質實渾厚)[25]하다. '질실(質實)' 하다는 것은 우암은 시에 있어서도 수사나 성률(聲律)보다도 시에 올바른 도를 담아내려는 '재도(載道)'에만 관심을 기울였음을 뜻한다. 앞에서도 말한 것처럼 철학시와 윤리시가 그 중심을 이루고 있는 것도 그 때문이다. 따라서 풍류적인 시를 즐기는 사람들의 입장에서 보면 심지어 시 같지 않다고 할 작품들도 적지 않다.

나는 정성스러움과 밝음에 노력한다는 소옹(邵雍)의 시구는
그 속에 두텁고 높고 유구한 뜻을 다 포괄하고 있다 여기고
  있네.
천년의 성인의 도가 지금껏 인멸되어 왔으나
오직 유명한 말씀이 책 속에 남아있네.

25) '質實渾厚' 란 말은 尤庵이 沙溪先生의 글을 평한 표현이나 실은 무엇보다
  도 자신의 시의 風格을 잘 드러낸 말이라 생각된다.

吾事誠明康節句, 箇中包括厚高悠.
千年聖道今堙没, 只有名言卷上留. 「次文谷韻」

옛날 글공부를 시작할 적 생각해보니
성현이 될 것을 목표로 삼았었네.
이 노쇠한 때에 이르러서야
젊었을 적 잘못이 뉘우쳐지네.

念昔挾書初, 聖賢以爲期.
及此荒耄日, 悔失少壯時. 「次尹丞靈芝三章韻」

───────────────────────────

　우암은 지은 글이 시 같은가, 또는 시 같지 않은가 하는 문제에는 조금도 신경을 쓰지 않았다. 올바른 학문을 부흥시키고 세도(世道)를 바로 잡을 수 있는 올바른 '도'를 표현하고 있기만 하면 그만이었다. 시이면서도 사조(辭藻)나 성률(聲律)보다는 의리(義理)가 정순해야만 하였고 논의가 정직해야만 하였다.

　'혼후(渾厚)'하다는 것은 이미 앞에 인용한 몇 편의 시들을 통해서도 알 수 있듯이 우암의 시는 바로 작자의 학문과 인격의 표현임을 뜻한다. 시에 있어서도 우암의 관심은 올바른 도를 표현하는 '재도(載道)'에 있었기 때문에 쓸데없는 수사나 잡된 요소가 끼어들 수 없었던 것이다. 따라서 화양

동에서 한가히 지내면서 지었다고 생각되는 시이거나 한 산
봉우리를 바라보고 지은 시라 할지라도 그 속에는 엄격하고
올곧은 학자의 몸가짐이나 높은 이상을 추구하는 작자의 상
념이 담겨있게 되는 것이다.

계곡 물가의 절벽에 손을 대어
그 사이에 집을 한 칸 마련했네.
고요히 앉아 경전의 뜻을 추구하며
조금이라도 더 발전하려 애쓰네.

계 변 석 애 벽　작 실 어 기 간
溪邊石崖闢, 作室於其間.
정 좌 심 경 훈　분 촌 욕 제 반　　화 양 동 암 상 정 사 음
靜坐尋經訓, 分寸欲躋攀. 「華陽洞巖上精舍吟」

한 산봉우리가 구름 위로 솟아
아득히 있는 듯 없는 듯 보이네.
눈 온 뒤로는 또렷이 보이지만
우뚝이 높아서 올라갈 수는 없네.

일 봉 운 외 기　미 망 유 무 간
一峯雲外起, 微茫有無間.
설 후 분 명 견　고 고 불 가 반
雪後分明見, 孤高不可攀.
초 당 남 망 일 석 봉　즉 약 유 약 무　운 하 과 지　즉 전 불 견　백 설 모 지
「草堂南望一石峯, 則若有若無, 雲霞過之, 則全不見. 白雪冒之,

앞 시에는 평상시에 잠시도 학문의 뜻을 소홀히 하지 않는 성실하고도 엄정한 마음가짐이 잘 드러나 있고, 뒤 시에는 멀리 보이는 한 바위 산봉우리에 자신의 학문 이상을 담아 노래하고 있는 것이다. 곧 '눈은 진흙 위에 내리면 진흙탕이 되고, 소나무는 서리를 맞으면 더욱 푸르게 된다(雪遇泥還染, 松迎霜益靑)'(「漫吟」) 하였듯이 우암의 시에서는 눈이나 소나무는 물론 어떤 사물을 읊는다 하더라도 거기에는 깊은 도리가 실려 있게 되는 것이다. 그 때문에 앞에서도 이미 지적한 것처럼 우암의 시는 산문적인 경향을 띠는 경우가 많고, 격한 감정보다는 고요하고 담담한 마음의 자세가 느껴지는 작품이 대부분이다. 이 고요하고 담담한 그의 이른바 '평담(平淡)'한 시의 풍격도 실은 주자의 시론을 따른 것이다.[26]

'질실혼후(質實渾厚)'한 우암의 시를 뒷받침한 그의 사상은 매우 세밀하면서도 그 흉도(胸度)가 무한히 컸다. 세밀한 보기를 몇 가지 들어보기로 하자.

---

26) 「答鞏仲至書」: '夫古人之詩, 本豈有意於平淡哉? …… 又謂有意於平淡者, 旣非純古, 然則, 有意於今之不平淡者, 得爲純古乎!'(『朱子文集』卷64) 『朱子語類』卷140, '淵明詩平淡出於自然, 後人學他平淡, 便相去遠矣!'

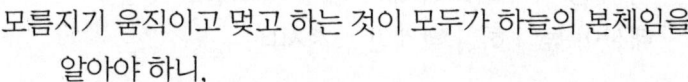

모름지기 움직이고 멎고 하는 것이 모두가 하늘의 본체임을
　　알아야 하니,
극히 가늘고 작은 일이라 하더라도 귀신이 비난하지 않을 것이라
　　생각하지 마라.

수 지 동 식 천 개 체 막 위 섬 미 귀 불 비　차 강 절 수 미 음 운
須知動息天皆體, 莫謂纖微鬼不非. 「次康節首尾吟韻」 (제31수)

공부를 만약 가는 터럭만큼 소홀히 한다 하더라도
그의 물욕은 바다와 산을 옮기고자 할 정도가 될 것일세.

공 부 당 혹 호 망 홀 물 욕 능 령 해 악 이
工夫倘或毫芒忽, 物欲能令海嶽移. 「上同」 (제18수)

많은 속에서 모자라고 지나친 것을 찾으려 할 것 없이
반드시 다급한 곳에서 작은 잘못을 잡아내야 하네.

불 필 중 중 구 과 과 수 어 급 처 적 미 자
不必衆中求寡過, 須於急處摘微疵. 「上同」 (제18수)

다음에는 큰 흉도의 보기를 들어보기로 한다.

땅은 하늘 가운데에서 한 물건에 지나지 않고
하늘은 도 가운데 있어서는 오히려 사소한 것일세.

^{지 재 천 중 위 일 물 천 어 도 리 각 사 아}
地在天中爲一物, 天於道裏却些兒. 「上同」(제129수)

이 세상 지극히 크다 해도 다 싣기 어렵고
태산이 높다 하나 낮게만 느껴지네.

^{환 구 지 대 유 난 재 태 악 수 고 변 각 저}
環區至大猶難載, 泰嶽雖高便覺低. 「上同」(제130수)

수많은 강물 위에 비치는 비갠 하늘의 달처럼 마음은 밝게
　　비쳐지고
넓은 우주에 부는 세찬 바람처럼 기운은 거침없이 달려가네.

^{제 월 천 강 심 공 조 장 풍 팔 우 기 동 구 자 경 음 시 아 손}
霽月千江心共照, 長風八宇氣同驅. 「自警吟詩兒孫」

　사람의 맑고 밝은 심상을 천강(千江)에 비치는 비갠 하늘
의 밝은 달에 견주고 자신의 기상을 넓은 우주에 몰아치는
한 바람에 비길 정도로 흉도가 크고 넓었다.
　그러기에 우암의 안중에는 세속적인 가치나 명리(名利) 같
은 것은 전혀 아무런 뜻도 없는 것이었다. 그는 이렇게 스스
로 읊고 있다.

세상의 영욕에 대하여는 경계할 필요조차 없으니
대장부의 마음은 밝은 해처럼 분명하네.

세 간 영 욕 불 수 경　대 장 부 심 백 일 명　차 가 제 한 식 일 운
世間榮辱不須警, 大丈夫心白日明. 「次家第寒食日韻」

가한 것이나 가하지 않은 것이나 끝에 가서는 가한 것으로 귀
　　착되고
안다고 하는 것과 알지 못한다고 하는 것이 곧 아는 것이네.
명성을 추구하고 이익을 추구하여 결국 무얼 하겠는가?
어둠 속에서 속이는 것이나 밝음 속에서 속이는 것이나 다 같
　　이 스스로를 속이는 것이네.

무 가 불 가 종 귀 가　위 지 부 지 시 즉 지
無可不可終歸可, 爲知不知是即知.
위 명 위 리 경 하 위　기 암 기 명 동 자 기　차 강 절 수 미 음 운
爲名爲利竟何爲? 欺暗欺明同自欺. 「次康節首尾吟韻」 (제13수)

───────────────────────────────

　　우암은 '가하고 가하지 않은 것(可不可)'과 '아는 것과 알
지 못하는 것(知不知)'의 가치판단을 부정하면서 명리에 초
연한 깨끗한 마음가짐을 밝히고 있는 것이다. 그러기에 우
암은 정치와 사회면에서 어려움도 많이 당하였지만 언제나
그런 일에 초연히 대인의 풍도를 지킬 수가 있었다. 예를 들
면 제주도 같은 먼 곳으로 귀양을 가더라도 주어진 처경을
즐기면서 세속적인 어려움을 개의치 않고 의연할 수가 있었
다. 그에 관한 시구를 보기로 들어본다.

타향도 고향과 비슷하네.

^{타 향 사 고 향}　　^{탐 나 적 소}
他鄉似故鄉.「耽羅謫所」

타향도 고향과 반드시 다를 것이 없네.

^{불 필 타 향 이 고 향}　　^{시 손 아 배}
不必他鄉異故鄉.「示孫兒輩」

몸을 편안히 두면 어느 곳인들 내 고향 아니랴?

^{안 신 하 처 불 오 향}　　^{정 사 팔 월 일 일 영 회}
安身何處不吾鄉?「丁巳八月日詠懷」

바다 위에 있는 산이 얼마나 높다란가?
아름다운 봉우리 그림 같은 진짜 봉래산 같네.

^{해 상 유 산 하 최 외}　　^{호 봉 여 화 진 봉 래}　　^{만 음}
海上有山何崔嵬? 好峯如畵眞蓬萊.「漫吟」

　심지어는 명성과 이익 같은 세속적인 욕심뿐만이 아니라
생사에 대하여도 초연한 자세를 유지하면서 오직 '도'만을
추구하였다.

　나이 늙고 몸 쇠하여 저승 갈 날 가까웠으나
오직 몸 잘 다스리며 진리의 근원 추구하네.

年老身殘近九原, 惟將經理究眞源.
　　　　　　　　　　　　연로신잔근구원　유장경리구진원

　　　　　　　　　　　　차박화숙소제사서의의권상운
　　　　　　「次朴和叔小題四書疑義卷上韻」　(제9수)

　그는 몸이 늙고 쇠약하여 죽을 날 멀지 않음을 알고 있어
도 오직 이치를 따지며 신리의 근원인 '도'만을 추구하고 있
음을 선언하고도 있다.

　　　눈앞에 세상일은 유유히 지나가고 있고
　　　머리 위 하늘의 바람은 솔솔 불고 있는데,
　　　그처럼 사람도 살고 죽을 따름일세.

　　　안전인사유유거　두상천풍슬슬취
　　　眼前人事悠悠去, 頭上天風瑟瑟吹,

　　　여시사생이사의　　차강절수미음운
　　　如是死生而巳矣.　「次康節首尾吟韻」　(제9수)

　또 우암은 눈앞의 부귀영화 같은 세상일도 어렵고 힘든 일
과 함께 그대로 흘려보내면서 천리(天理)를 따라 살다가 죽
겠다는 뜻을 읊고 있는 것이다. 이 시의 장본인인 소옹이
「수미음(首尾吟)」에서

어찌할 방도도 없이 봄은 또 가고 있네.

무 계 내 하 춘 우 로
無計奈何春又老. (제17수)

꽃이 핀 것 막 보자마자 바로 꽃은 지네.

흡 견 화 개 변 화 사
恰見花開便花謝. (제42수)

등 시간의 흐름을 절감하며 아쉬워하고 있는 태도와 좋은 대조가 된다. 이것은 바로 우암철학의 거시적인 성격을 말해주는 것이라 하여도 좋을 것이다.

이처럼 우암의 사상이 세밀하면서도 무한히 컸기 때문에 조선 성리학의 발전이 그에게서 발전의 정점을 이루고, 충효를 비롯한 윤리를 청명(淸明)하고 정대(正大)한 경지로 이끌 수가 있었을 것이다.

우암의 시를 '질실혼후(質實渾厚)'하다고 표현할 수 있는 것은 그의 시가 사조(辭藻)나 성률(聲律)은 거들떠보지도 않고 의리(義理)와 내용만을 중시하고 있는데도 자연스러운 고상하고도 우아한 풍취를 이루고 있기 때문이다. 앞에 든 시들에서도 도학적이면서도 자연스럽게 이루어진 자연스럽고도 원만한 운율을 이미 느꼈으리라 여겨진다. 보기로 세 수의 시를 더 들어보기로 한다.

앉아서 흰 구름 사이를 보고 있다가
아래를 굽어보니 맑은 물결 고요하네.
명당이 또 시를 요구하여 오니
주인 영감 한가하고 조용할 새가 없네.

坐見白雲間, 俯看淸波靜.
名堂又求詩, 主翁無閒靜. 「次閒靜堂韻」

바람 맑고 달도 맑지만
달은 밝아도 바람은 밝지 않네.
두 가지가 같고 같지 않은 점을
정자 안 손님들에게 물어보고자 하네.

風淸月亦淸, 月白風不白.
二者同不同, 請問亭裏客. 「次風月亭韻」

남쪽 땅에서는 세월이 긴다고 말하지 말자,
몸만 편안하면 어느 곳인들 내 고향 아니랴?
바람아 나뭇잎에 불어도 뿌리는 고요하고
서리에 난초 줄기 꺾이어도 본성 그대로 향기를 뿜네.
고맙게도 주자(朱子)는 내 귀를 밝혀주고
소옹(邵雍)은 내 눈을 밝혀주었음을 알아야 하네.
그런 중에 절실한 공부가 되는 것이니

맹자(孟子)께서는 옛날에 일을 급히 조장(助長)하려 들지
　　말고 목적도 잊지 말 것을 경계하셨네.

蠻土休言歲月長, 安身何處不吾鄕?
風吹木葉根猶靜, 霜折蘭枝意自香.
多謝晦翁提我耳, 須知康節刮人眸.
箇中密切工夫在, 鄒聖當年戒助忘. 「丁巳八月日詠懷」

　　사상과 학문을 읊으면서도 이처럼 자연스럽고도 우아하고
도 반듯한 운율을 이룬다는 것은 지극히 어려운 일이다. 우
암처럼 심오한 사상과 무르익은 학문이 뒷받침되지 않는다
면 이러한 시는 이룩될 수가 없는 것이다. 이처럼 '질실혼
후'한 시는 보통 시인이라 부르는 사람들의 작품에서는 찾
아보기 힘든 풍격의 것이다. 주자는 이런 말을 하였다.

　　"그래서 옛날의 군자들은 덕을 충분히 추구하여 그 뜻이 반드
　　시 높고 밝으며 순수하고 한결같은 경지로 나아가서 시는 진실
　　로 배우지 않고도 잘 지었다."[27]

이러한 주자의 시론은 바로 우암을 두고 말한 것인 듯하다.

---

27) 「答楊宋鄕書」 : '是以古之君子德足以求, 其志必出於高明純一之地, 其於
　　詩因不學而能之.'(『朱子文集』 卷39)

그리고 주자가 '글은 자연히 한 가지 천성으로 격조(格調)가 이루어진다(文字自有一個天生成腔子)'고 한 말(『朱子語類』 卷八)을 우암의 시가 증명해 보이고 있다.

❀ 4. 맺는 말

우암은 시를 쓰고자 하여 시를 쓴 것이 아니라 '도'를 추구하고 구현하는 한 가지 방편으로 시를 썼다. 따라서 보통 사람들의 시가 풍류나 사조(辭藻)와 관련이 많은 것과는 달리 우암의 시에 대한 관심은 오직 '도'를 드러내는 데에만 있었다고 하겠다. 우암의 시는 '읊고 노래하는 사이에 사람들을 쉽사리 감동시키는 것'이라는 생각으로 올바른 학문을 진작시키고 세도(世道)를 바로잡기 위하여 쓴 것이라는 것이다.

따라서 우암의 시는 산문적인 경향을 띠고 의리(義理)와 논의(論議)를 위주로 하면서 잡된 표현이나 소용없는 말들이 없다. 우암은 시란 단순한 문예의 일종이 아니라 학문의 표현이며 수양의 연장이라 생각했던 듯하다. 때문에 시의 풍격은 '질실혼후(質實渾厚)'하고 시를 대하는 태도는 성실하고도 엄정했다. 주자도 학자들에게 시를 짓는 일에 정신을 팔면 도학(道學)에 전념하여 천리(天理)를 터득할 수 없게 된다고 하면서 시 짓는 일을 경계하였지만[28] 간혹 상당히 깊이 시흥(詩興)에 젖어드는 경우도 있었다. 우암은 거의 모든 면에서 주자를 배우려 하였지만 시에 있어서의 학문적인 성실성과 윤리적인 엄정성만은 오히려 스승을 앞섰던 듯하다. 그것은 우암에 이르러 한 단계 더 발전하였던 도학의 수준을 뜻한다고도 여겨진다.

그러므로 우암의 시는 바로 작자의 사상과 학문을 대변하고 있다. 시를 짓는 일에 관심이 없고 성률을 등한히 하는데도 자연스런 운율을 지닌 격조 높은 시들이 저절로 이루어지고 있는 것도 크고도 빈틈없는 사상과 심오한 학문 때문일 것이다. 우암 스스로 이렇게 말하고 있다.

"고금의 체제와 아속(雅俗)의 향배를 잘 알아가지고 마음속의 더러운 것들을 깨끗이 씻어내어 육예(六藝)의 향기와 윤기로 양치질을 하여 참되고 맑은 뜻과 취향을 이룩하게 된다."[29]

이는 우암 자신이 목표로 한 시의 경지를 말한 것이다. 곧 '도에 잠기어 있고', '태극(太極)이 되어 있는' 마음을 드러내는 시를 이루고 있다는 것이다.

임방(任防, 1640~1724)은 『수촌만록(水村漫錄)』에서 이렇게 말하고 있다.

'우암 선생은 비단 도학에 있어서 일세의 종주(宗主)였을 뿐만이 아니라 문장도 위대해서 동방의 첫째가는 대가였다고 해

---

28)「南嶽遊山後記」: '詩之作本非有不善也, 而吾人之所以深懲而痛絶之者, 懼其流而生患耳, 初亦豈有咎於詩哉?'(『朱子文集』卷77)

29) 앞 註 21) 참조

야 할 것이다. …… 시도 역시 바르고 무게가 있고 법도가 있어서 그의 「유풍악시(遊楓岳詩)」는 …… 주자의 「낭음비하축융봉(朗吟飛下祝融峯)」과 기상이 매우 흡사하다.'[30]

우리 한문학사에 있어서의 우암시의 지위는 재검토 되어야만 할 것이다.

다만 시를 통한 우암 사상의 파악은 '극히 세밀하면서도 무한히 크고', '세속적인 이해나 가치 판단을 초월하는 것' 이었다는 등의 추상적인 얘기에서 그치고 만 느낌이 있다. 그러나 이것도 우리 사상사를 연구하는 분들에게는 중요한 시사가 될 수 있을 것으로 믿는다.

---

30) 『水村漫錄』: '尤齋先生, 非但道學爲一世所宗, 文章灝噩, 亦當爲東方第一 大家. ……詩亦典重有法, 其遊楓岳詩曰 : …… 與朱夫子朗吟飛下祝融峯, 氣像宛然一揆.'

Ⅳ. 중국의 옛 시인들의 사랑과 아내

01. 중국인의 부부와 사랑

중국인이란 병이 되어 죽을 수밖에 없도록 뜨겁고 심각한
사랑도 상사(相思)라 하여 '사(思)'라는 말로 표현한 사람들
이다. 감정이나 그 표현이 과격하고 격렬하여 도에 지나친
다면 이는 제대로 된 사람이 못된다. 『중용』에는 "기쁨·노
여움·슬픔·즐거움의 감정이 드러나지 않은 것을 '중(중용
의)'이라 한다." 하였고, 일반적으로 자기의 감정을 얼굴빛
으로 나타내지 않는 경지가 되어야 군자라고 생각했던 사람
들이다. 이처럼 감정을 부정하는 사람들에게 뜨거운 사랑이
있을 수가 없다. 그래서 간혹 중국 사람들은 죽도록 사랑하
는 이성이 있다 해도 가벼이 남 앞에 자기감정을 드러내지
않았다.

결혼도 자기가 사랑하는 사람을 찾아 하는 것이 아니라,
어른들이 정해준 대로 예에 따라서 부부로 결합하는 것이
다. 어쩌다가 다른 이성과 서로 사랑하게 되어 육체관계까
지 맺었다 하더라도 적당한 시기에 정신을 차리고 그 부정
한 관계를 끊어버릴 수가 있어야 현명한 사람이요 군자이
다. 당(唐)나라 원진(元稹)의 소설 「앵앵전(鶯鶯傳)」은 뒤에
유명한 원잡극(元雜劇) 「서상기(西廂記)」의 대본이 된 유명
한 젊은이의 사랑을 주제로 한 작품이다. 그 소설의 주인공

장생(張生)이란 젊은이는 과거를 보러 가다가 도중 보구사라는 절에서 양가집 규수인 앵앵을 만나 우여곡절 끝에 사랑에 빠진다. 이들은 장래를 굳게 약속하며 사랑에 빠져 밤마다 잠자리까지 함께 하다가 장생은 애인을 버려둔 채 다시 과거를 보러 장안으로 떠나간다. 이들은 헤어진 뒤 다시 각각 부모의 안배로 제각기 결혼하여 잘 살게 되는데, 소설 끝머리에 가서 장생은 "세상의 빼어난 물건들이란 그 스스로 요괴 짓을 하지 않으면 반드시 남을 요상하게 만들기라도 하는 법이다"고 애인을 버리고 정식으로 장가든 이유를 말하고 있다. 그리고 다시 작자는 이 애인을 버리고 떠나간 장생을 두고 "그 때 사람들은 장생을 평하기를 잘못을 잘 바로잡은 사람(善補過者)이라 칭찬하였다"고 코맨트를 하고 있다.

그래서 중국말에는 옛날부터 애인이나 연인이란 말이 없었다. 어떤 사람을 사랑한다는 표현은 '사인(思人)' '회인(懷人)' 정도의 말이 고작이었다. 표현상으로는 미지근하기 우정이나 다를 바가 없다. 애인의 뜻으로 '정인(情人)'이란 말이 생겨난 것도 최근의 일이고, 사랑 및 사랑하는 사람의 뜻으로 '애(愛)'와 '애인(愛人)'이란 말이 쓰이게 된 것은 더욱 최근의 일이다.

지금으로부터 대략 3000년 전의 가사를 모아놓은 『시경(詩經)』을 보면 그래도 부부 관계를 노래한 시라고 생각되는 것이 국풍(國風) 속에 한 편 있다. 그 시를 소개한다.

동녘의 해(東方之日)

동녘의 해 같은
저 아름다운 여인이, 내 방에 와 있네.
내 방에 와서는, 내 뒤만 붙어 다니네.
동녘의 달 같은
저 아름다운 여인이, 우리 집 안에 와 있네.
우리 집 안에 와서는, 내 뒤만 따라다니네.

東方之日兮,

彼姝者子, 在我室兮.

在我室兮, 履我卽兮.

東方之月兮,

彼姝者子, 在我闥兮.

在我闥兮, 履我發兮.

　방 안에서건 집 안에서건 언제나 따라다니는 사람이 있다
면 이는 사랑이 지극한 부부라 하여도 크게 틀리지 않을 것
이다.
　서기 기원 전후 시대의 서한(西漢)의 악부시(樂府詩)에는

다음과 같은 「하늘이어(上邪)」란 제목의 민간에 유행했던 노래가 전한다.

하늘이어! 내 임과 서로 사랑하여 오래도록 끊임없기를!
산언덕 닳아 없어지고 강물 말라붙고,
겨울에 벼락치고 여름에 눈 내리고,
하늘땅이 합쳐진대도, 어찌 감히 임과 헤어지랴!

上邪! 我欲與君相知, 長命無絶衰.

山無陵, 江水爲渴, 冬雷震震, 夏雨雪,

天地合, 乃敢與君絶!

여기에서도 번역은 "사랑하여"라고 하였지만 본문은 겨우 "상지(相知)"이다. 표현이야 어떻든 그들에게도 뜨겁고 순수한 이 세상 전부와도 바꿀 수 없는 사랑의 정이 있었던 것이다.

그러나 중국 사람들의 연애에는 아무래도 이런 전통 때문에 최근까지도 중국사람다운 특징이 있는 듯하다. 보기로 중국 현대문학의 거장인 노신(魯迅)과 그의 제자 허광평(許廣平)의 사랑의 과정을 그들이 주고받은 편지를 통해 살펴보기로 하자.

　허광평은 스승 노신에게 편지를 보내면서 스승을 '노신선생'이라 불렀는데, 1925년에 보낸 편지에서는 '노신사(魯迅師)'로 바뀌고 자기 호칭은 '소학생(小學生)' 또는 '학생'에서 '당신의 학생'으로 변하고 곧 '소귀(小鬼)'로 바뀌어 진다. 1926년에 가서는 'Oh My Dear Teacher'로 변하고 간혹 '선생' 또는 '노사(魯師)'로도 부르고, 자신은 'Your H.M.'이라 부른다. 그러다 종당에는 'B. EL' 'EL. Dear' 'EL. L' 등의 호칭을 쓰고 자신은 'H. M'로 부르다가 은연중 부부로 결합하게 된다.

　노신의 편지 칭호도 이에 대응하여 '광평형(廣平兄)'으로 시작하여 'D. H' 또는 'D.H.M'으로 변하고 있다. 이들은 수많은 편지를 이용하여 문학과 사상 또는 그 시대의 문제들을 얘기하며, 사랑한다는 말은 한 마디도 쓰지 않으면서도 불보다도 뜨겁고 소의 힘줄보다도 질긴 사랑을 엮어갔던 것이다.

　따라서 중국의 옛 시인들의 시 속에는 순수한 연시 또는 사랑의 노래가 흔치 않다. 사람들의 정을 부정하다보니 사랑도 잘 모르게 되었기 때문이다. 결혼도 두 남녀의 사랑이 바탕이 되는 것이 아니라 부모가 의식(儀式)을 따라서 두 사람을 맺어준 것이다. 그 때문에 중국에는 부부 사이의 사랑이나 정을 읊은 시들이 많지 않다.

　그러나 중국 시인들에게도 함께 수십 년을 산 아내가 죽었을 적의 충격이 컸던 것을 보면 그들 마음속에는 사실은 참된 사랑도 도사리고 있었을 것이다. 중국 최초의 죽은 처를 애도하는 「도망시(悼亡詩)」를 쓴 이는 진(晉)나라 때의 반악(潘岳, 247-300)이다. 『문선(文選)』 권23 애상(哀傷)에는 반악(潘岳)의 「도망시(悼亡詩)」 3수가 실려 있다. 원강(元康) 8년(198) 경에 죽은 자기의 처를 50세가 지나서 슬퍼하며 지은 시이다. 그는 이 시와 함께 또 「아내를 되생각하는 시(顧內詩)」와 「영원히 가버린 그를 슬퍼하는 글(哀永逝文)」도 남기고 있다. 그는 중국사람답지 않은 애처가였음이 분명하다. 아래에 「도망시」를 소개한다. 시가 너무 길어 첫 수만을 번역한다.

어느덧 겨울과 봄은 지나가고
추위와 더위도 어느새 바뀌었으니,
그이는 황천으로 돌아가
두터운 땅이 영영 아득히 우리를 떼어놓았네.
남모르는 그리움을 누가 어찌 추구할 것이며
그런 속에 머물러 있은들 무슨 소용 있겠는가?
부지런히 조정의 명 받들어 일하고
마음을 돌려 처음 하던 일에 되돌아가기로 하였네.
우리 집 바라보면 그 사람 그리워지고
방으로 들어와 보면 지난 일들 생각나네.
장막이나 병풍 주위에는 그이 모습 전혀 보이지 않지만
종이 위 글씨에는 발자취가 남아있네.
남겨 놓은 향기는 아직도 사라지지 않았고
남겨놓은 걸려있는 물건들이 아직도 벽 위에 있네.

멍청한 중에 아직도 살아있는 듯하여
마음이 놀랍고 두려워지며 놀라서 허둥대네.
저 숲 속을 날아다니는 새가
짝지어 지내다가 하루아침에 외톨이가 되고,
저 개울물에서 헤엄치는 물고기가
나란히 놀다가 중도에 떨어진 것 같네.
봄바람은 틈을 따라 들어오고
아침 낙숫물은 처마 위에서 떨어지고 있는데,
잠을 자거나 쉬고 있거나 어느 때인들 잊겠는가?
깊은 시름 날로 넘치게 쌓이네.
바라건대 노쇠한 때가 되어
장자(莊子)처럼 항아리 두드리며 노래하게 되기를!

荏苒冬春謝, 寒暑忽流易.
임염동춘사　　한서홀류역

之子歸窮泉, 重壤永幽隔.
지자귀궁천　　중양영유격

私懷誰剋從? 淹留亦何益?
사회수극종　　엄류역하익

僶俛恭朝命, 廻心反初役.
민면공조명　　회심반초역

望廬思其人, 入室想所歷.
망려사기인　　입실상소력

幃屛無髣髴, 翰墨有餘迹.
위병무방불　　한묵유여적

流芳未及歇, 遺挂猶在壁.
유방미급헐　　유괘유재벽

悵怳如或存, 周惶忡驚惕.
창황여혹존　　주황충경척

如彼翰林鳥, 雙栖一朝隻,
여피한림조　　쌍서일조척

여 피 유 천 어　　비 목 중 로 석
如彼游川魚,　比目中路析.

춘 풍 연 극 래　　신 류 승 첨 적
春風緣隙來,　晨霤承簷滴.

침 식 하 시 망　　침 우 일 영 적
寢息何時忘?　沈憂日盈積.

서 기 유 시 쇠　　장 부 유 가 격
庶幾有時衰,　莊缶猶可擊.

　이 뒤로 사랑하는 아내가 죽은 것을 슬퍼하는 「도망시」는
시의 한 가지 형식으로 굳어져 후세의 일부 시인들이 계속
이 제목의 시를 짓게 된다.

02. 두보(杜甫)와 중당(中唐)의 발전 변화

안록산(安祿山)의 난 직후(755)의 중당은 중국문학이 일대 변환을 이루었던 시기이다. 산문에 있어서는 고문운동(古文運動)이 전개되고, 민간가요 형식을 따른 사(詞)라는 새로운 시가 발전하기 시작하였으며, 새로운 형식의 소설인 전기(傳奇)가 성행하고, 속강(俗講)도 크게 발전하기 시작한 시대이다. 중국 시인들의 아내에 대한 태도도 이때부터 바뀌어진다.

특히 중국 전통문학의 중심을 이루어온 시도 크게 발전상의 변화를 보여준다. '안록산의 난'을 통하여 백성들의 고난과 나라의 혼란을 직접 체험한 시인들은 시를 짓는데 있어서도 현실문제에 눈을 뜨게 되었다. 그리고 전란을 통하여 위대한 서민의 힘을 실감하고 서민들의 용어로 시를 쓰고 서민들의 서정을 시 속에 살려보려는 작자들도 출현하였다. 그리고 일반적으로 시의 표현이나 내용에 개성을 존중하는 경향도 이전보다 훨씬 뚜렷해졌다. 이러한 경향은 북송(北宋)에 이르도록 그대로 발전을 계속하여 결국 북송 때에 이르러는 중국시 발전을 정점의 위치로 이끌게 된다.

이러한 시를 중심으로 한 중당의 문학발전상의 변화는 시성(詩聖) 두보(712-770)로부터 시작된다. 그는 36세 되던 해(747) 장안(長安)으로 과거시험을 보러 가 낙방한 뒤 어려운 생활을 하면서 당제국의 부패와 사회의 여러 가지 모순에 대하여 눈을 뜨기 시작하였다. 그리고 뒤이어 '안록산의 난'이 일어나자 전쟁의 비정함과 그 속에서 백성들이 겪는 고난을 직접 체험하게 되어, 그의 시는 현실주의적인 경향이 뚜렷하게 된다. 이로부터 두보는 그 시대를 반영하는 시를 짓는데 주력하여 후세 사람들은 그의 시를 두고 〈시사(詩史)〉라 부르게 된다.

이러한 변화는 그가 개성적인 시인이었음을 말한다. 따라서 그의 아내에 대한 감정이나 태도도 이전 사람들과는 달랐다. 그것은 아내에 대하여도 이전 사람들과는 달리 참되고 솔직한 태도를 드러내 보여주고 있다는 것이다. 그것은 중당 이후 중국 시인들의 아내에 대한 마음가짐이나 태도도 크게 달라졌음을 뜻하기도 하는 것이다. 이것도 중당에 있어서의 시 변화의 작은 일면이라 할 수 있을 것이다.

여기에는 그가 '안록산의 난'이 일어난 다음 해 6월 장안이 안록산의 반란군에게 함락되었을 때, 가족을 피란지인 부주(鄜州)에 두고 자기 혼자 반란군에게 잡히어 장안에 와 있으면서 밝은 달 밤 처자를 생각하며 지은 시를 한 수 소개하겠다.

달밤에(月夜)

오늘 밤 부주의 저 달을
규방 안에서 다만 홀로 보고 있으리라.
멀리 있는 어린 아들 딸들 가엾으니

아직 장안을 그릴 줄도 모르기 때문이라.
향기로운 안개는 구름 같은 머리에 젖어들고
맑은 달빛은 옥 같은 팔에 비치고 있으리라.
어느 때면 고요히 장막에 기대어
둘이 서로 바라보며 눈물 자국 말리게 될까?

今夜鄜州月, 閨中只獨看.
今夜鄜州月, 閨中只獨看.

遙憐小兒女, 未解憶長安.
遙憐小兒女, 未解憶長安.

香霧雲鬟溼, 淸輝玉臂寒.
香霧雲鬟溼, 淸輝玉臂寒.

何時倚虛幌, 雙照淚痕乾?
何時倚虛幌, 雙照淚痕乾?

  향기로운 안개가 적셔주고 있을 자기 아내의 구름 같은 머리를 생각하고 있고, 달빛이 비치고 있을 외로운 아내의 팔이 그립기만 하다. 그리고 뒷날 고요한 방 장막에 둘이 기대어 앉아 지금의 고난을 얘기하며 사랑을 나누게 될 날을 기다리고 있는 것이다. 이전의 중국 시인들에게서는 볼 수 없었던 새로운 경향이다.

  이러한 아내를 내어놓고 얘기하는 새로운 정서는 보통 성당(盛唐)의 시인이라 알려져 있지만 중당까지 걸쳐 살았던 시선(詩仙) 이백(李白)에게서도 발견된다. 그에게는 「아내에게 지어 줌(贈內)」이란 시가 있다. 일 년 내내 술에 취하여 지내는 자기 자신을 아내 앞에서 자책하는 시이다.

일 년 삼백육십일
날마다 진창 취하니,
이백 마누라 노릇하기 어려움이
중 마누라와 무엇이 다르랴?

<ruby>三百六十日<rt>삼 백 육 십 일</rt></ruby>, <ruby>日日醉如泥<rt>일 일 취 여 니</rt></ruby>.
<ruby>難爲李白婦<rt>난 위 이 백 부</rt></ruby>, <ruby>何異太常妻<rt>하 이 태 상 처</rt></ruby>?

　당대를 대표할만한 애처가는 백거이(白居易, 772-846)라
고 할 수 있다.　백거이는 두보시의 현실주의적인 경향을 뒤
이었을 뿐만이 아니라 이처럼 참되고 사람다운 아내를 대하
는 태도도 뒤따랐다.

03. 백거이(白居易)의 경우

　백거이는 '안록산의 난' 이후 어지러워진 당나라 사회문제에 눈을 떠 그 시대의 모순과 민생의 어려움을 시로 노래한 작가이다. 그리고 서민들의 언어를 시어(詩語)로 쓰면서 서민들의 서정을 추구하여 당시의 경계를 더 한층 넓힌 작가이기도 하다.

　그는 사랑이란 문제에 대하여도 다른 중국 시인들보다 적극적으로 시를 통해 추구하고 있다. 우선 아내에 대한 태도도 일반 중국 지식인들과는 달랐던 듯하다. 중국문학사상 첫 번째의 가장 두드러진 애처가가 백거이였다고 할 수 있을 것이다. 우선 그의 「아내에게 바침(贈內)」이란 시를 읽어보기로 한다.

　　　살아서는 한 집 식구로 지내다가
　　　죽어서는 한 구덩이 먼지 됩시다.
　　　남들과도 잘 지내려 힘쓰거늘
　　　하물며 나와 당신 사이랴!
　　　옛날 검루(黔婁)는 매우 가난한 선비였지만
　　　처가 현명하여 그들의 가난도 잊었고,

기결(冀缺)은 한 사람의 농부였지만
처는 남편을 손님처럼 공경히 모셨다 하며,
도연명(陶淵明)은 생업이 없어도
부인 적씨(翟氏)는 스스로 알아서 살림을 했고,
양홍(梁鴻)은 벼슬도 하려하지 않았으나
처 맹광(孟光)은 무명치마 달갑게 입고 지냈다 하오.
당신 비록 책 읽지 않았다 해도
이런 일들 잘 들어 알고 있으리라.
지금 와선 천 년 전 일이지만
어떤 사람들이라 전해지고 있나요?
사람이 나서 죽지 않는 동안엔
자기 몸 잊을 수는 없는 일이지만,
꼭 필요한 옷과 음식이란
배부르고 따스하면 그만이니,
채식도 주림을 채우기엔 충분하거늘
어찌 꼭 기름지고 진귀한 음식이어야만 할 것이며,
명주솜도 추위를 막기에 충분하거늘
어찌 꼭 무늬 수놓인 비단옷이어야만 하겠소?
당신 집안엔 대대로 전해오는 가훈이 있어
자손들에게 청렴결백 하라 가르쳤다는데,
나 역시 곧게 애쓰는 선비라서
당신과 지금 결혼하게 된 거지요.
제발 가난함과 소박함 보전하면서
함께 해로하고 즐겁게 삽시다.

생 위 동 실 친   사 위 동 혈 진
生爲同室親, 死爲同穴塵.
타 인 상 상 면   이 황 아 여 군
他人尙相勉, 而況我與君!

黔^검婁^루固^고窮^궁士^사, 妻^처賢^현忘^망其^기貧^빈.

冀^기缺^결一^일農^농夫^부, 妻^처敬^경儼^엄如^여賓^빈.

陶^도潛^잠不^불營^영生^생, 翟^적氏^씨自^자爨^찬薪^신.

梁^양鴻^홍不^불肯^긍仕^사, 孟^맹光^광甘^감布^포裙^군.

君^군雖^수不^부讀^독書^서, 此^차事^사耳^이亦^역聞^문.

至^지此^차千^천載^재後^후, 傳^전是^시何^하如^여人^인?

人^인生^생未^미死^사間^간, 不^불能^능忘^망其^기身^신.

所^소須^수者^자衣^의食^식, 不^불過^과飽^포與^여溫^온.

蔬^소食^식足^족充^충飢^기, 何^하必^필膏^고粱^량珍^진?

繒^증絮^서足^족禦^어寒^한, 何^하必^필錦^금繡^수文^문?

君^군家^가有^유貽^이訓^훈, 清^청白^백遺^유子^자孫^손.

我^아亦^역貞^정苦^고士^사, 與^여君^군新^신結^결婚^혼.

庶^서保^보貧^빈與^여素^소, 偕^해老^로同^동欣^흔欣^흔.

백거이가 36살 때(807) 홍농(弘農)지방 명문인 양씨(楊氏) 집안의 딸과 결혼한 뒤 지은 시라 한다. 일찍이 자손을 낳아 가계를 잇도록 하는 것이 효도의 으뜸이어서 모두 조혼을 하던 습관이 있던 중국이니, 이 결혼이 초혼일 수는 없을 것이다. 어떻든 서른여섯이란 나이에 명문가 딸에게 장가들었

으니 기쁘기도 하려니와 그 아내가 남달리 소중하게 여겨졌을 것이다.

백거이는 이 시에서 자기 아내가 된 사람에게 자신의 결혼관·처세관을 밝히며 함께 깨끗하고도 소박한 일생을 보낼 것을 바라고 있다. 그리고 시의 많은 부분을 옛 명인들의 보기를 들어가며 아내는 남편을 도와 올바르고 깨끗하게 살아가야 함을 강조하고 있다.

이때 백거이는 이미 진사(進士)가 된 뒤 교서랑(校書郎)·집현교리(集賢校理) 등의 벼슬을 거쳐 한림학사(翰林學士) 자리에 있었다. 그리고 당(唐) 현종(玄宗)과 양귀비(楊貴妃)의 사랑을 노래한 장편시 「장한가(長恨歌)」의 작자로 대단한 명성을 떨치고 있었지만 생활은 여전히 청빈하였던 것 같다. 그의 아내 양씨가 부유한 대갓집 규수였기 때문에 특히 가난하면서도 깨끗하고 바른 생활을 강조한 듯도 하다.

다음에는 결혼한 뒤 7년 만에 지어준 「아내에게 바침(贈內)」 시를 소개한다.

새로이 비가 내리자 땅 위에는 자욱이 이끼가 덮히고
가을로 다가가는 하늘에선 가벼운 싸늘한 이슬 내리네.
밝은 달 바라보며 지난 일 생각지 마시오!
당신의 얼굴빛 손상시키고 당신 목숨 줄이는 짓이라오.

막 막 암 태 신 우 지　미 미 량 로 욕 추 천
漠漠闇苔新雨地, 微微凉露欲秋天.

막 대 월 명 사 왕 사　손 군 안 색 감 군 년
莫對月明思往事! 損君顏色減君年.

───────────────────

　그는 10년 되는 해에는 「내자에게 바침(贈內子)」이라는 시
도 짓고 있고, 그밖에 「아내에게 부침(寄內)」·「배에서 밤에
아내에게 바침(舟夜贈內)」 등의 시를 계속 짓고 있다. 백거
이의 아내에 대한 사랑은 남달랐음을 알게 된다.

　"평이하게 산다(居易)"는 뜻의 이름이나 "하늘의 뜻대로
즐긴다(樂天)"는 뜻의 호가 말해주듯, 그의 소박하고도 깨끗
한 생활관 대문에 중국의 시인들 중에서는 보기 드물게 그
는 형부상서(刑部尚書)의 높은 벼슬에 오르며 75세의 장수
를 누릴 수가 있었을 것이다. 그리고 그것은 아내를 비롯한
인간에 대한 사랑이란 참된 감정을 숨기지 않은 데도 까닭
이 있는지 모른다.

　그의 시는 시종 설교조의 말투여서 시답지 않게 느껴져,
독자들은 작자의 아내에 대한 사랑이나 결혼의 기쁨 같은
정은 놓쳐버리기 쉽다. 그러나 시를 잘 음미해 보면 설교조
가 실은 아내에 대한 알뜰한 관심의 표현임을 알게 된다. 그
리고 특히 "살아서는 한 집 식구로 지내다, 죽어서는 한 구
덩이 먼지 됩시다."고 하는 첫머리 구절과 "제발 가난함과
소박함 보전하면서, 함께 해로하며 즐겁게 살아갑시다."고
하는 끝머리 구절의 권유에는 어떤 다른 요란하고 긴 표현
보다도 진실하고 알뜰한 아내에 대한 사랑과 결혼에 대한
자신의 기쁨과 기대가 담기어 있음을 발견하게 된다.

그 뒤로는 적지 않은 시인들이 아내에게 주는 시를 짓고 있다. 보기로 만당(晚唐) 시인 이상은(李商隱)이 아내를 위하여 지은 시 한 수를 소개한다.

비 오는 밤에 아내에게(夜雨寄內)

그대는 내가 돌아올 날을 묻지만 기약할 수 없는데,
파산에 밤비 내리어 가을 연못 불어 넘치네.
어느 때면 둘이서 서쪽 창 아래 앉아 등불 심지 돋우면서
다시 파산에 밤비 내리던 때 얘기를 하게 될까?

군 문 귀 기 미 유 기　파 산 야 우 창 추 지
君問歸期未有期, 巴山夜雨漲秋池.

하 당 공 전 서 창 촉　각 화 파 산 야 우 시
何當共剪西窗燭, 却話巴山夜雨時?

이상은은 어려운 전고(典故)도 많이 동원하여 난해한 개성적인 표현의 시를 많이 쓴 시인으로 알려져 있다. 그러나 이 시만은 별로 학식이 많지 않은 아내에게 써주는 시라서 그런지는 몰라도, 일상적인 용어로 꾸밈없이 노래하고 있다.

04. 송(宋)대의 애처가 매요신(梅堯臣)

송대는 앞 중당(中唐) 시대의 문학 발전상의 변화를 계속 이어 발전시키어 중국 전통문학의 발전을 정점에 이르게 하였던 시대이다. 그러나 학문의 도학적(道學的)인 경향이 강해졌던 시대라서, 시는 더욱 발전하였으면서도 시다운 맛은 더욱 줄어들고, 따라서 남녀의 사랑을 주제로 한 시도 더 보기 어렵게 된다. 그러나 언제 어디에든 진실한 감정의 소유자와 그것을 노래하는 시인은 없을 수가 없는 것이다. 따라서 송대에도 애처가가 있었다. 송대 최고의 애처가는 구양수(歐陽修, 1007-1072)와 함께 송시의 발전을 위하여 크게 공헌한 매요신(梅堯臣, 1002-1060)이다. 그에게는 「동류 강구에 가서 아내에게 부침(往東流江口寄內)」이라는 시가 있다.

배는 물 흐름 따라서
푸른 강어귀에 다다랐네.
산줄기 따라 물도 여러 굽이인데
한 굽이마다 이별의 시름 더해지네.
갈대밭에 둥주리 튼 파랑새는

암 수컷 서로 어울려 다니며,
물결 가르고 먼 하늘로 솟아오르기도 하고
붉은 부리로 가벼이 피라미를 채어내기도 하며,
짹짹 울기를 끝없이 하다가는
함께 주둥이 놀리면서 푸른 섬 향해 날아가네.
그러나 네겐 나래가 없으니
어찌하면 그대와 더불어 노닐 수가 있을까?

<small>정 자 축 계 류　래 지 벽 강 두</small>
艇子逐溪流, 來至碧江頭.

<small>수 산 지 기 곡　일 곡 일 증 수</small>
隨山知幾曲? 一曲一增愁.

<small>소 로 유 취 조　웅 자 자 상 구</small>
巢蘆有翠鳥, 雄雌自相求.

<small>벽 파 투 원 공　단 훼 횡 경 조</small>
擘波投遠空, 丹喙橫輕儵,

<small>호 오 내 불 이　공 탁 향 창 주</small>
呼鳴乃不已, 共啄向蒼洲.

<small>이 아 무 우 익　안 득 여 자 유</small>
而我無羽翼, 安得與子游?

　매요신은 1027년 스물여섯 살 때 높은 벼슬을 지낸 사도 (謝濤)란 사람의 딸과 결혼하였다. 이 시는 1035년 가을, 매 요신이 건덕현(建德縣) 현령(縣令)으로 있으면서 바로 이웃 의 동류현(東流縣)으로 출장을 나가 아내에게 지어 보낸 시 이다. 동류현은 건덕현 바로 옆 고을로, 지금은 두 현이 합 쳐져 한휘성(安徽省) 동지현(東至縣)이 되어있다니 가까운 거리의 짧은 여행이었다. 그러나 이 가까운 곳을 다녀오는

여행도 매요신에게는 결혼한지 9년만에 처음 겪는 이별인데다가, 부부 사이의 정은 남달리 두터워 이런 시를 짓게 되었던 것이다.

그의 시를 가장 높이 평가해준 친구 구양수(歐陽修)가 여러 곳에서 매요신의 가난을 얘기하고 있고, 심지어는 매요신의 생활과 그의 시를 보면서 '시는 생활이 곤궁해야만 잘 쓸 수 있다(詩窮而後工)'는 이론을 전개했을 정도로 평생을 가난 속에 살았던 시인이다. 그러나 다른 어떤 사람보다도 아내를 알뜰히 사랑한 사람이다. 매요신을 보면 '알뜰한 아내 사랑은 생활이 곤궁해야만 깊어진다(愛內窮而後爲深)'고 할 수 있을 것 같다. 매요신에게 있어서 아내는 물질적인 가난을 넘어서서 생활의 여유와 시적인 정감을 추구케 하는 떨어질 수 없는 반려자였음에 틀림이 없다.

그는 아내와 잠시동안 떨어져 바로 이웃 고을로 출장을 가는 길이었지만, 시에서 "한 굽이 돌아갈 적마다 이별의 시름 더해간다"고 읊었을 정도로 아내와의 이별이 아쉬웠다. 이 착실한 남편은 짝을 지어 날아다니는 파란 물새를 보고는 두고 온 아내에 대한 생각이 더욱 간절해진다. 그래서 "나래가 있다면 당장 그대에게로 날아가 함께 노닐고 싶다"는 간절한 소망으로 이 시를 끝맺고 있는 것이다.

매요신은 시를 짓는 데 있어서 특히 〈평담(平淡)〉을 내세워 새로운 송대의 시풍을 이룩했던 사람이다. 이는 인정(人情)을 천리(天理)에 반하는 것으로 보려던 도학(道學)의 경향과도 합치되는 것이다. 그러나 아내와 관계가 되는 한 그도 뜨거운 정을 가눌 수가 없어서 담담한 시를 짓지 못하였던 것이다.

같은 해인 1035년에는 「섣달 그믐날 밤 집사람과 술 마시며(除夕與家人飮)」란 시를 남기고 있고, 1042년에 지은 「설날 여관에 묵으며 집사람과 서로 축수하다(歲日旅泊家人相與壽)」라는 시도 있다. 이들은 가난했지만 그믐날이면 함께 앉아 술잔을 기울이며 지나온 한 해를 돌아보며 사랑을 나누고, 설날에는 서로 축수를 하면서 새해의 설계를 하던 알뜰한 부부였다. 남들 보기에는 가난했었는지 모르지만 실제로는 중국의 어떤 사람보다도 부유하고 행복하게 산 사람이다. 다시 아내와 밤에 배 속에서 술 마시는 즐거움을 노래한 시를 소개한다.

뱃속에서 밤에 집사람과 술을 마시며(舟中夜與家人飮)

달이 물가 절벽 어귀에서 나와
그림자가 떠나가는 배 등을 비치고 있네.
홀로 마누라와 술을 마시니
저속한 손님 대하고 있는 것보단 훨씬 좋네.
달이 짐짐 내 지리에까지 올라오니,
저녁 햇빛도 거의 다 물러갔네.
어찌 반드시 촛불을 밝혀야만 하겠는가?
이 경치만 해도 무척 사랑스러운 것을!

월 출 단 안 구   영 조 별 가 배
月出斷岸口, 影照別舸背.

且獨與婦飮, 頗勝俗客對.
<small>차 독 여 부 음　파 승 속 객 대</small>

月漸上我席, 暝色亦稍退.
<small>월 점 상 아 석　명 색 역 초 퇴</small>

豈必在秉燭? 此景已可愛.
<small>기 필 재 병 촉　차 경 이 가 애</small>

　여행하는 뱃속에서 달밤에 자기 처와 술을 마시는 즐거움
을 노래한 시이다. 매요신은 가난한 선비였지만 중국에서는
찾아보기 힘들 정도의 애처가였다. 그의 시집을 펼쳐보면
자기 처에게 지어준 시들이 여러 편 있다. 북송 채조(蔡條)
의 『서청시화(西淸詩話)』에 의하면, 매요신이 변경(汴京)으
로부터 임지(任地)인 허주(許州)로 돌아가는 길에 영주(潁
州, 지금의 安徽省 阜陽)를 지나다가 그 곳에 귀양을 와 있
던 재상 안수(晏殊)를 만났는데, 안수가 송별 술자리에서
"옛사람 시중에 평성(平聲) 자만을 써서 잘 지은 시는 있으
나 측성(仄聲) 자만을 써서 잘 지은 시는 보지 못하였다"고
하여, 그때 매요신이 측성자만을 써서 지은 시가 이 시라 하
였다.

　매요신이 그토록 사랑하던 처 사씨(謝氏)는 1044년에 그
가 고향을 잠깐 떠난 사이에 죽었다. 17년 동안 괴로움과 즐
거움을 함께 해온 아내가 죽었다는 소식을 듣고 그는 「처의
죽음을 애도함(悼亡詩)」이라는 시 3수를 지어 아내의 죽음
을 통곡하였다.

처의 죽음을 애도함(悼亡) 3수

기일(其一)

머리 얹어 부부가 된 지
이제는 17년.
서로 보고 있어도 부족할 것이어늘,
하물며 영영 떠나버린 것을!
내 머리 이미 희끗희끗하니
이 몸 어찌 오래도록 온전하겠는가?
종당에는 같은 무덤에 묻히게 될 것이나,
죽지 못해 눈물만 줄줄 흐르네!

結髮爲夫婦, 于今十七年.
相看猶不足, 何況是長捐!
我鬢已多白, 此身寧久全?
終當與同穴, 未死淚漣漣.

기이(其二)

집을 나설 때마다 몸은 꿈속인 듯하여
사람들 만나면 억지로 응대하기 일쑤이네.
돌아오면 여전히 쓸쓸하기만 하니
말을 하고 싶다 해도 누구에게 한단 말인가?
싸늘한 창으로 외로운 반딧불이 날아들고

밤은 길기만 한데 외기러기 지나가고 있네.
세상에 이보다 더한 괴로움은 없을 것이니
정신이 그대로 녹고 닳아 없어지고 있네.

매 출 신 여 몽　봉 인 강 의 다
每出身如夢, 逢人强意多.
귀 래 잉 적 막　욕 어 향 수 하
歸來仍寂寞, 欲語向誰何?
창 랭 고 형 입　소 장 일 안 과
窓冷孤螢入, 宵長一鴈過.
세 간 무 최 고　정 상 차 소 마
世間無最苦, 精爽此銷磨.

기삼(其三)

옛부터 목숨엔 길고 짧은 게 있었지만
어찌 감히 푸른 하늘에 그것을 추궁하겠는가?
세상의 부인들 많이 보아왔지만
그처럼 아름답고도 현숙(賢淑)한 사람은 없었네.
가령 어리석은 사람이 오래 살게 되어 있다면,
어찌하여 그의 목숨을 빌려주지 않는가?
차마 이 여러 성(城)과도 맞바꿀 만한 사람을
황천(黃泉)에 묻히도록 버려둘 수 있는가!

종 래 유 수 단　기 감 문 창 천
從來有脩短, 豈敢問蒼天?
견 진 인 간 부　무 여 미 차 현
見盡人間婦, 無如美且賢.
비 령 우 자 수　하 불 가 기 년
譬令愚者壽, 何不假其年?
인 차 련 성 보　침 매 하 구 천
忍此連城寶, 沉埋何九泉!

작자 매요신은 중국의 문인 중에서는 드물게 발견되는 애처가이다. 3수의 시를 통해서 처에 대한 사랑과 애도의 정이 잘 표현되어 있다. 앞 반악(潘岳, 247~300)의 죽은 처를 애도하는 「도망시(悼亡詩)」를 참고 바란다.

그는 2년 뒤에 다시 재혼했지만 그 뒤에 지은 그의 시 중에도 전처를 그리워하는 정이 실려 있는 작품들이 수십 수나 된다. 중국에서는 다시 찾아보기 힘든 순정의 사람이었다고 할 수 있다.

송대는 문학발전면에 있어서 중당의 변화를 계승 발전시킨 시대이니 아내와의 사랑이나 관계를 노래한 시가 매요신의 전유물일 수는 없다. 대표로 송대의 문호 소식(蘇軾)의 시를 한 수 소개한다.

어린아이(小兒)

어린아이는 걱정을 모르고
서나 앉으나 내 옷을 잡아끄네.
내가 아이에게 성을 내려 하자
늙은 마누라가 아이를 바보라고 말린다.
"아이는 바보지만 당신은 더 심하시니,
즐기지 않고 걱정이나 해서 무엇 하려는게요?"
돌아앉아 그 말에 부끄러워하고 있는데,
술잔을 씻어다가 내 앞에 내어놓네.
옛날 유령의 부인보다 훨씬 훌륭하니

좀스럽게 술값 타령이나 했었네.

小兒不識愁, 起坐牽我衣.
<small>소 아 부 식 수　기 좌 견 아 의</small>

我欲嗔小兒, 老妻勸兒癡.
<small>아 욕 진 소 아　노 처 권 아 치</small>

兒癡君更甚, 不樂愁何爲?
<small>아 치 군 갱 심　불 락 수 하 위</small>

還坐愧此言, 洗盞當我前.
<small>환 좌 괴 차 언　세 잔 당 아 전</small>

大勝劉伶婦, 區區爲酒錢.
<small>대 승 유 령 부　구 구 위 주 전</small>

여기의 어린아이는 셋째 아들 과(過)라 한다. 그는 희녕(熙寧) 5년(1072)에 태어났는데, 이 시는 소식이 밀주지주(密州知州)로 있던 희녕 8년에 지은 것이라고 한다. 자기 생활 주변의 일을 가볍게 노래한 것이어서, 아내가 등장하고 있다.

05. 명(明) 청(淸)대 시인들의 아내에 관한 시

그다지 많지는 않지만 명대와 청대에도 자기 아내와의 관계를 시로 읊은 시인들이 있다. 여기엔 그 중 대표적인 작품들을 골라 몇 수 소개하기로 한다.

■람인(藍仁, 1354 전후)

원(元) 말 명(明) 초에 공부는 많이 하였으나 벼슬도 않고 무이산(武夷山)에 숨어 시나 지으면서 평생을 보낸 시인이다.

저녁에 산 속으로 돌아와(暮歸山中)

저녁에 돌아와 보니 산은 이미 어두워졌는데
발을 씻으며 보니 달이 계곡물 속에 있네.
허름한 집 앞의 까치도 둥주리에 이미 깃들었고
어두운 나무 사이엔 날아다니는 반딧불 요란하네.
처자들은 내가 돌아오기를 기다렸다가
불을 밝히고 함께 나물 반찬으로 밥을 먹네.
우두커니 서 있으려니 소나무 계수나무가 싸늘하고
성근 별들이 은하수 저쪽에서도 반짝이고 있네.

暮歸山已昏, 濯足月在澗.
衡門棲鵲定, 暗樹流螢亂.
妻孥候我至, 明燈共蔬飯.
佇立松桂凉, 疎星隔河漢.

지극히 가난한 살림이지만 처자들과의 생활이 매우 단란하다. 그의 가난과 소박함이 아름답게 느껴지는 정도이다.

■유적(劉績)

명(明) 홍치(弘治) 년간(1488-1505) 사람.

전쟁에 나가는 남편의 말과 아내의 말(征夫詞征婦詞)

전쟁에 나가는 남편이 아내에게 하는 말 ;
죽고 사는 일은 알 수 없지만
황천 아래 혼을 위로해 주려면
포대기 안의 아이만 잘 봐주면 되네.

征夫語征婦; 死生不可知,

욕 위 천 하 혼　단 시 보 중 아
欲慰泉下魂, 但視襁中兒.

전쟁에 나가는 사람의 아내가 남편에게 하는 말 ;
몸이 있으면 당연히 나라 위해 바쳐서
당신이 국경의 흙이 된다면
저는 산 위의 망부석(望夫石)이 되지요.

정 부 어 정 부　유 신 당 순 국
征婦語征夫; 有身當殉國,

군 위 새 하 토　첩 작 산 두 석
君爲塞下土, 妾作山頭石.

　전쟁은 단란한 가정을 하루아침에 무너뜨린다. 중국은 옛
날부터 한 때도 전란이 없던 시기가 없어서 출정(出征)은 사
회의 큰 문제가 되고 있었다. 그 출정을 앞두고 있는 부부의
심정을 읊은 것이 이 시이다. 떠나는 남편이 아이만을 부탁
하는 것은 중국적인 윤리의식에서 나온 것이지만 그 말 뒤
에 숨겨진 슬픔이 느껴진다. 부인은 만약 남편이 돌아오지
못하게 되면 망부석이 될 것이라는 굳은 사랑의 결의를 보
여준다. 시의 착상이 재미있다.

■방문(方文, 1612–1669)

　명(明) 말로부터 청(淸) 초기까지 살았던 문인. 벼슬은 않고 저술
에만 전념하였다.

가을밤에 아내에게 지어 보여줌(秋夜示內)

뜰 안의 대나무 바람 소리가 깨어진 벽 틈으로 불어들어 오고
창 종이의 등불 그림자가 빈 술독에 비치고 있네.
오늘 밤은 시름에 겨워 잠 이루기 어려울 것이니
당신 머리 위의 비녀를 빌리어 술을 마실까 하네.

죽원풍성취파벽　지창등영조공담
竹院風聲吹破壁,　紙窓鐙影照空罎.

금소수절응난매　욕음차경두상잠
今宵愁絶應難寐,　欲飲借卿頭上簪.

마누라에게 투정을 부리는 어린 남편 같다. 가을 밤 대나무가 자라 있는 뜰 안의 풍정이 아름다워 술 생각이 나는데 자기에게는 돈이 한 푼도 없다. 마누라에게 머리에 꽂은 비녀라도 잡히고 술을 좀 받아다 달라고 조르는 시이다. 그들의 가난이 부부의 사랑 때문에 미소를 자아내게 한다.

■오가기(吳嘉紀, 1618-1684)

작자가 27세 때 청나라 군사들이 남하하여 명나라를 멸망시키고, 잔인하게 살육과 약탈을 자행하는 것을 보고 고향에 가난하게 숨어살았다. 따라서 그의 시에는 그 시대의 혼란을 반영하는 작품이 많다. 특히 청나라 군대의 잔학과 백성들의 고난을 노래한 시를 많이 지었다.

아내의 생일에(內人生日)

뜻 잃고 비실비실 고향으로 돌아온 지 이십년,
친히 아욱과 콩잎 삶아주며 내 시름 위로해 왔지.
맑은 거울 드려다 볼 한가한 날 전혀 없었고,
흉년 거듭 겪으며 흰 머리가 되었네.
바다기운 거칠고 쌀쌀한데 문 위엔 제비가 있고,
계곡 물빛 출렁이니 집은 배처럼 느껴지네.
술 사다가 생일 축하해주지는 못하고
그대로 돌아와서 당신과 의논하는 수밖에 없네.

요도구원이십추　친취규곽위여수
潦倒邱園二十秋, 親炊葵藿慰余愁.

절무가일임청경　빈과흉년도백두
絶無暇日臨靑鏡, 頻過凶年到白頭.

해기황량문유연　계광요탕옥여주
海氣荒凉門有燕, 溪光搖蕩屋如舟.

불능고주지상축　의구귀래향이모
不能沽酒持相祝, 依舊歸來向爾謀.

　　이 시는 작자의 처 왕예(王睿)의 생일에 지은 것이다. 이민
족의 조정에서 벼슬을 못하고 고향에 숨어사는 시인의 생활
이 말할 수도 없이 가난하다. 그러나 이런 어려움 속에 진실
한 사랑은 자라고 있는 것인 듯도 하다.

■**왕사정**(王士禎, 1634-1711)

신운설(神韻說)을 주장하며 청나라 전기의 시단을 이끌었던 시인이다. 그는 시의 인위적인 수식이나 논리적인 표현을 반대하고 신정(神情)과 운미(韻美)를 주장했던 시인이다. 그러나 그는 시의 규모가 작은 것이 결점이라는 평을 듣고 있다.

패교에서 아내에게 붙임(灞橋寄內) 이수(二首)

기일(其一)

장락파(長樂坡) 앞에 먼지 같은 비가 내리는 중에
소릉원(少陵原) 위에서 눈물로 수건 적시네.
패교 양편 언덕엔 천 가닥 버들가지 늘어져서
동서로 패수(灞水) 건너가는 사람들을 모두 전송하고 있네.

<small>장 락 파 전 우 사 진   소 릉 원 상 루 점 건</small>
長樂坡前雨似塵, 少陵原上淚霑巾.
<small>패 교 양 안 천 조 류   송 진 동 서 도 수 인</small>
灞橋兩岸千條柳, 送盡東西渡水人.

기이(其二)

내가 지나온 태화산(太華山)과 종남산(終南山)은 만 리 저
　　멀리에 있으니
서쪽으로 와서는 어디를 가도 넋이 나가게 하지 않는 곳이란
　　없네.
집에서 만약 당신이 동전 점을 쳐보면

가을비 맞으며 가을바람 속에 패교를 지나고 있을 거란 점괘
　　나올 걸세.

태 화 종 남 만 리 요　　서 래 무 처 불 소 혼
太華終南萬里遙, 西來無處不銷魂.
규 중 약 문 금 전 복　　추 우 추 풍 과 패 교
閨中若問金錢卜, 秋雨秋風過灞橋.

　패교라는 다리는 장안의 동쪽 근처를 흐르는 패수(灞水)
위에 놓인 다리. 옛날부터 장안을 떠나는 사람을 전송할 적
에는 모두 이곳까지 와서 근처에 자라고 있는 버들가지를
꺾어주고 전송하였다 한다. 왕사정은 사천(四川)으로 여행
을 떠나면서 패교에 와 특히 아내 생각이 간절하여 이 시를
지은 것이다. 작자의 아내는 장의인(張宜人)으로 그때 병약
하였기 때문에 시가 감상적이다. 작자가 39세 때 지은 것이
라 하는데, 그 무렵 그의 집안에는 3세의 4남이 죽고 17세
의 차남이 죽는 등 불행이 연이어졌기에 더욱 객수(客愁)가
심각하다. 이처럼 사랑하던 아내가 강희(康熙) 15년 9월 고
향에서 병으로 죽고 만다. 그때 작자는 죽은 아내를 애도하
는「도망시(悼亡詩)」35수를 쓴다. 힌편 한 편이 읽는 이의
가슴을 저리게 하는 내용이다. 아래에 그 중 3편을 골라 소
개한다.

죽은 아내를 애도하는 시(悼亡詩) 삼수(三首)

기일(其一)

먼 객지에 나간 가난한 친구에게 지니고 있던 물건이라도 보
　　내주려는 심정이었을 적에
무성(蕪城)은 봄비 속에 밤이 으슥히 깊어가고 있었고,
나는 한 관리로 변변한 물건이란 아무것도 지닌 것이 없었는데,
당신은 간직하였던 금팔찌를 선뜻 내어주었었지.

천 리 궁 교 탈 증 심　　무 성 춘 우 야 침 침
千里窮交脫贈心, 蕪城春雨夜沈沈.
일 관 장 물 오 하 유　　각 손 규 중 전 비 금
一官長物吾何有? 却損閨中纏臂金.

기이(其二)

병중인데도 내가 사천(四川)으로 떠나는 것을 전송하면서
죽은 두 아들 생각하며 남편 떠나는 슬픔으로 다시 눈물을 흘
　　렸지.
늘 생각나는 것은 창자를 끊이게 하는 원숭이 울음소리 들리
　　던 곳인데
가릉역(嘉陵驛)에서 배를 타고 먼지 일 듯 내리는 비속에 사
　　천을 향하여 가릉강을 배로 내려 가던 때일세.

병 중 송 아 향 남 진　　감 서 상 리 체 루 신
病中送我向南秦, 感逝傷離涕淚新.

<ruby>長憶啼猿斷腸處<rt>장 억 제 원 단 장 처</rt></ruby>, <ruby>嘉陵江驛雨如塵<rt>가 릉 강 역 우 여 진</rt></ruby>.

기삼(其三)

몇 년 동안 우리 생활이 서쪽 동쪽으로 갈렸었으니
어찌 기쁨과 즐거움을 함께하며 한 번 같이 웃어볼 수나 있었
　　는가?
정월달에 눈물 흘리며 이별했던 일이 애긴장 끊어지게 하여
멀리 떨어진 경사(京師)에서 화려한 대보름 등불놀이도 헛되
　　이 보내네.

<ruby>幾年蹤跡判西東<rt>기 년 종 적 판 서 동</rt></ruby>, <ruby>那得歡娛一笑同<rt>나 득 환 오 일 소 동</rt></ruby>?
<ruby>腸斷年時垂淚別<rt>장 단 년 시 수 루 별</rt></ruby>, <ruby>天涯辜負試燈風<rt>천 애 고 부 시 등 풍</rt></ruby>.

　강희(康熙) 15년 9월 작자가 사랑하던 부인이 세상을 떠났
다. 작자는 같은 해 정월 11일에 고향 신성(新城)에서 아내
와 작별하고 경사인 북경(北京)으로 갔는데 그해 9월에 아내
가 죽은 것이다. 지난 날 현숙했던 아내를 추억하면서 아내
의 죽음을 애도하는 작자의 애절한 정이 느껴진다.

■심수굉(沈受宏, 1681 전후)

　강희(康熙) 연간에 공부를 했으면서도 가난하게 살다 간 시인이
다. 가난해야 아내를 사랑하게 되는 것일까?

아내에게(示內)

가난한 집안은 한 해 보내기도 어렵다고 탄식하지 마시오!
북풍 속에 이미 여러 번의 추위를 지내보았지 않소?
내년이 되면 뜰 앞의 복숭아나무 버드나무들이
당신에게 봄빛을 눈 가득히 보도록 돌려줄 것이오!

<ruby>莫<rt>막</rt></ruby><ruby>歎<rt>탄</rt></ruby><ruby>貧<rt>빈</rt></ruby><ruby>家<rt>가</rt></ruby><ruby>卒<rt>졸</rt></ruby><ruby>歲<rt>세</rt></ruby><ruby>難<rt>난</rt></ruby>! <ruby>北<rt>북</rt></ruby><ruby>風<rt>풍</rt></ruby><ruby>曾<rt>증</rt></ruby><ruby>過<rt>과</rt></ruby><ruby>幾<rt>기</rt></ruby><ruby>番<rt>번</rt></ruby><ruby>寒<rt>한</rt></ruby>?
<ruby>明<rt>명</rt></ruby><ruby>年<rt>년</rt></ruby><ruby>桃<rt>도</rt></ruby><ruby>柳<rt>류</rt></ruby><ruby>堂<rt>당</rt></ruby><ruby>前<rt>전</rt></ruby><ruby>樹<rt>수</rt></ruby>, <ruby>還<rt>환</rt></ruby><ruby>汝<rt>여</rt></ruby><ruby>春<rt>춘</rt></ruby><ruby>光<rt>광</rt></ruby><ruby>滿<rt>만</rt></ruby><ruby>眼<rt>안</rt></ruby><ruby>看<rt>간</rt></ruby>!

■ 여악(厲鶚, 1692-1753)

별로 벼슬은 하지 않고 시문으로 평생을 보낸 사람이다. 따라서 맑고 깨끗한 느낌을 주는 시를 많이 쓰고 있다. 그런 시인에게 애희(愛姬)가 생겼으나 일찍 죽어 작자의 애간장을 태운 것이다.

죽은 애희(愛姬)를 애도함(悼亡姬)

건성건성 시간은 흘러가고 모든 일들이 전과 같으나,

작년 이런 계절에 매실(梅實)을 떨어뜨리는 바람 불어 그대를
  데려가 버렸지.
적항(荻港)으로 조각배 타고 돌아오던 일 생각하면서
아름다운 당신의 방이 하루 저녁에 텅 비게 된 것을 어떻게
  믿겠는가?
당신의 오(吳) 지방 말씨가 창 안으로부터 들려오는 듯한데,
아름다운 혼은 정처없이 빗소리 속에 날아가 버렸네!
내 이 삶은 아름다운 이불 속의 꿈만이 그립건만
봄추위로 꿈나라로 통하지도 못함을 어이하랴!

約略流光事事同, 去年天氣落梅風.
思乘荻港扁舟返, 肯信妝樓一夕空?
吳語似來窗眼裏, 楚魂無定雨聲中.
此生只有蘭衾夢, 其奈春寒夢不通!

이는 정실부인이 아닌 사랑하는 애첩(愛妾)의 죽음을 애도
한 시이다. 이 시에 나오는 적항(荻港)은 절강성(浙江省) 오
흥현(吳興縣) 남쪽 초계(苕溪)에 붙어 있다. 작자 여악은 오
흥을 여행하는 도중 애희(愛姬) 주씨(朱氏)를 만나 함께 배
를 타고 집으로 돌아왔던 것이다. 여기에서 또 "오 지방의
말씨"로 주씨를 대신 표현하고 있는 것도 주씨가 오정(烏程.
지금의 浙江省·吳興縣) 사람이기 때문이다. 그는 이 주씨를
무척 사랑했던 듯하다. 그는 주씨가 죽자 절절한 애도의 정

을 노래한 「도망희」 시 12수를 짓고 있다. 여기에 소개한 것은 그 중 열한 번째의 시이다.

■ 고기탁(高其倬)

강희(康熙) 년간에 진사(進士)가 된 뒤 벼슬은 공부상서(工部尙書)·호부상서(戶部尙書)까지 지냈다. 그는 일찍이 젊어서부터 시로 이름이 알려졌다. 벼슬은 높이 올라갔지만 생활은 무척 청렴했던 듯하다. 그런 깨끗한 마음의 사람이었기에 벼슬길도 평탄하고 아내 사랑도 남보다 뛰어났을 것이다.

아내에게(寄內)

비구름은 장막처럼 나지막하게 덮여 있는데
긴 하루 홀로 앉아있으려니 일 년의 세월 같네.
비바람으로 지금 이렇게 길이 막혀 있으니
당신에게로 돌아갈 날만이 더욱 아득해지네.
깊은 시름 낮부터 밤까지 이어지지만
꿈에는 멀리 달려가 고향 산천을 함께 즐기네.
가난한 병든 식구 돌보아줄 방책도 없어서
노쇠한 부모조차 현명한 당신에게 부탁드리네.

濕雲低似幕, 永日坐如年.
風雨方如此, 歸期愈渺然.

深^심愁^수通^통日^일夕^석, 遠^원夢^몽共^공山^산川^천.
無^무計^계憐^련貧^빈病^병, 親^친衰^쇠賴^뢰汝^여賢^현.

　고향을 떠나 객지에 나와 있으면서 집안 살림을 돌보지도 못하고 늙은 부모의 봉양까지도 아내에게 간절히 부탁하고 있다. 가장의 체면은 말이 아니지만 이래서 가난한 부부는 서로 사랑하게 되는 모양이다. 그래도 어느 정도의 관직도 있는데다가 청렴하였기에 가난에 이토록 당당하였는지도 모른다.

색인(索引)

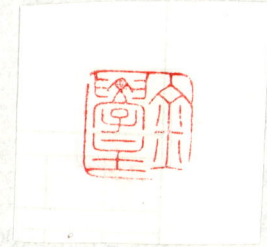

중국 고대시에 관한 담론

初版 印刷：2006年 1月 10日
初版 發行：2006年 1月 16日

著　者：金 學 主
發行者：金 東 求

發行處：明 文 堂
　　　　서울특별시 종로구 안국동 17~8
　　　　대체 010041-31-001194
　　　　Tel （영）733-3039, 734-4798
　　　　　　（편）733-4748
　　　　Fax 734-9209
　　　　Homepage　www.myungmundang.net
　　　　E-mail　mmdbook1@myungmundang.net
　　　　등록 1977.11. 19. 제1~148호

• 낙장 및 파본은 교환해 드립니다.
• 불허복제

값 20,000원
ISBN 89-7270-802-X　03820